宋代文学十讲

王水照　著

目录

代序　我和宋代文学研究

记得我十三岁从浙江余姚西部一座偏僻小镇去县立中学求学时，县城外竖有一方石碑，上镌“文献名邦”四个颜体大字，深深地烙入少时的脑际。后来才知道严子陵、王阳明、朱舜水和黄宗羲是自己的四大乡贤。说起来，这四位乡贤与宋代学术文化都有这样那样的关联，如王阳明继踪宋儒陆九渊，创陆王心学；朱舜水东渡扶桑传播朱子学；黄宗羲乃《宋元学案》的编撰者；至于严子陵，宋代名臣范仲淹有《严先生祠堂记》，“云山苍苍，江水泱泱，先生之风，山高水长”，当时已能背诵；但我走上研究宋代文学之路，并非源自“故乡情结”，却是另有缘由。然而在余姚县中时代，的确培养起对古代文学的浓厚兴趣。

1955年夏天，我负笈北上，就读于北京大学中文系。那时，经过院系调整后的中文系，各校名师宿儒纷纷云集未名湖畔，可称是系史上最为辉煌的时期。林庚先生在四十年后用他诗人的语言写道：“那难忘的岁月仿佛是无言之美。”我和同窗学友共同领受了“向科学进军”口号的感召与鼓舞，一头埋入书林学海；课堂上听到的是游国恩、林庚、吴组缃、季镇淮、王瑶、吴小如等先生的文学史系统讲授，王力、魏建功、周祖谟等先生的语言学课程，还有丰富多彩的校外专家的专题选修课；看着北大图书馆的骄人典藏和种种全国一流的教学条件，庆幸自己获得一个千载难逢的学习良机，度过了两年名副其实的苦读生活。然而，1957年那个不平常的夏天打断了这个进程，在左批右批声中一时颇感迷茫。幸而嗣后的“教育大革命”和“学术大批判”却意外地把我引向宋代文学研究之路。

事情的起因有些偶然：一位受到“大批判”的老教授发话：“你们能‘破’不能‘立’！”这一下子刺激了我们全班七十多位同学的“革命积极性”，倡议自己动手编写一部文学史，“把红旗插上中国文学史的阵地”。这就是震动当年的所谓北大55级学生集体编写的“红皮”《中国文学史》。在组织各断代编写小组时，先由同学自动报名，大都集中在唐代和明清；我因对各代文学都有一些兴趣而又毫无专长，就由班上分配在宋元小组，而且被指派为负责人。对于这部在特定时代条件下产生的“红皮”文学史（包括翌年的再版本），将来的《中国文学史学史》当会作出应有的历史评判；就我个人而言，首要的是得到继续攻读的机会，不像其他年级同学纷纷下乡“与生产劳动相结合”去了；而且阅读的范围不再漫无边际，相对集中于宋元的文学史料和文化典籍；同时锻炼与提高了科研能力和写作水平，而更为重要的是，从那时起直到今天，虽然世事多变，一波三折，断而复续，续而又断，却一直与宋代文学研究结下不解之缘。

1960年我北大毕业后，分配到当时隶属于中国科学院哲学社会科学部的文学研究所，并在该所古代文学研究组工作。一到所，立即投入组里正在进行的另一部《中国文学史》的编写工作。宋代部分正缺人手，我因在大学时期的上述一段经历，顺理成章地承担起唐宋段的编撰任务。从此把自己的治学领域和主攻方向正式地确定下来。

文学研究所也是名家荟萃之地，为我提供了学习请益的好机会。当时的所长何其芳先生强调研究工作中理论、历史、现状的结合，提倡实事求是的学风，古代文学研究虽属历史科学，但也要求学习理论，注意现状，包括古代文学研究的现状，何先生的这些思想是作为文学所的“所风”建设提出来的，给我以很深的影响。所里又为每位初来的年轻研究人员指派一位导师，我的导师就是钱锺书先生。钱先生以他并世罕见其匹的博学与睿智，使我第一次领略到学术海洋的深广、丰富和复杂，向我展示了对中国传统文化全身心的研治、体悟和超越，可以达到怎样一种寻绎不尽的精妙境界。在他和余冠英等先生的富有启发性的指导下，我完成了《中国文学史》《唐诗选》两个集体项目中所承担的编撰任务，并结合编撰工作，或别有心得，或利用占有资料之便，独自发表了一些论著，如关于杜甫诗、柳永词等多篇论文，《宋代散文选注》的编选，都是其时的“副产品”。

在文学研究所最初工作的三四年间，最大的收获是受到对学术规范、学术道德乃至学术伦理的颇为严格的训练与具体的教育，同时初步具有在宋代文学研究领域中进行独立工作的能力，然而，“文化大革命”狂飙突起，我国的学术发展出现一个断裂层，我的研读生活也在劫难逃地留下了一段可叹的空白。

1978年3月我调入上海复旦大学中文系，我们的国家也迈进了新时期，迎来了科学艺术全面繁荣的春天。我一面教书育人，为本科生、研究生开设唐宋文学史、苏轼研究、宋古文六家论、北宋三大文人集团、唐宋文学史料学等课程；一面依旧做着自己钟爱的唐宋文学研究。这时的研究，既作为教学的学术依托与支撑点，保证教学内容的充实和不断更新；同时在教学过程中不断地引起新的思考，在教学、科研互动互补关系中，求得科研选题、内容保持鲜活的时代特点。这时的研究，又与过去那种"以任务带研究"的方式告别，完全能按照自己的学术理念、知识结构的特点、禀赋素质的长处与短处，合理地选择课题：由过去的唐宋诗文并举转向此时的偏重宋代文学，由诗词兼及散文，从个别作家到群体研究，从作品的艺术特质、风格流派到文人心态、文化性格探讨，等等，艺术观念有所更新，研究视野有所开拓，运用方法有所丰富，对学术传承和发展的自觉意识有所加强。具体来说，主要在以下四个领域。

一是苏轼研究。早在北大编写文学史时，我便是修订版《苏轼》一章的执笔人。初次接触苏轼遗存的作品，就被他的那种文学艺术上的"全才"特点所吸引。在他的宏博的文化知识、成熟的艺术技巧、丰富而复杂的人生经验面前，在无限广阔、难测其深的"苏海"面前，我错愕，我惊服。虽然受制于当时"左"的社会思潮，我还是明确地肯定他是宋代文学最高成就的代表。后来文学研究所编写的文学史，其《苏轼》一章也是我写的。由于通读了苏轼的全部诗词作品、大部分的文章以及其他背景材料，似乎写得更充实、更细致一些。然而这个开端在1966年以后即被迫中断，其原因是众所周知的。

重新进行苏轼研究已到了1978年，我在当年《文学评论》上发表了《评苏轼的政治态度和政治诗》一文。针对“文化大革命”中“评法批儒”运动时对苏轼“投机派”“两面派”的指控，这是第一篇为苏轼辩诬“正名”的文章。这一论辩实已超出单纯学术研究的范围，但又为今后自由探讨苏轼的历史真面目创造必要的前提。后来我感到，苏轼毕竟主要是一位文学家，而不是政治家。他与王安石变法的关系问题，对其一生的思想和创作发生过影响，继续探讨仍是必要和有益的；然而他的政治态度毕竟已属于过去，而他留给后人的巨大文化遗产却仍在现实生活中产生深远的作用。因此，苏轼研究的重点不能不放在对于他的文学创作的探讨上。依据这种理解，我便写了一些有关苏轼文学创作的论文。如《论苏轼创作的发展阶段》《生活的真实与艺术的真实——从苏轼〈惠崇春江晓景〉谈起》等。同时编选了《苏轼选集》一书（上海古籍出版社出版）。此书选录苏轼诗词文三百多篇，分体编年，“注释”中注意把前人的歧见加以归纳整理，断以己意；又设“集评”，努力做到“详而不芜，博而得要”；对一些历来聚讼不明的问题以及对理解苏氏作品有关的材料，另立“附录”。由于以学术研究的态度从事编选，此书曾被有的书评誉为“古代作家选本中少见的杰构”，获得全国首届古籍整理图书奖。

随着时间的推移和个人生活体验的积累，我又逐渐认识到，苏轼的意义和价值，似不宜仅限于文学领域。他的全部作品展现了一个可供人们感知、思索的活生生的真实人生，表达了他深邃精微的人生思考。他的人生思想成为后世中国文人竞相仿效的一种典型。于是我把更多的精力投入这方面的探讨。如在《文学遗产》上先后发表的《苏轼的人生思考和文化性格》《苏、辛退居时期心态平议》等文。前篇对苏轼一生于大起大落、几起几落之中的思绪变化，儒、佛、道思想的消长起伏，作了颇为精细的剖析，不仅指出其淑世精神与虚幻意识的并存，还着力发掘他在虚幻性感受中深藏着对个体生命和独立人格价值的追求，并进而详细分析他以狂、旷、谐、适为中心的完整性格系统，使他对每一个生活中遇到的难题，都有自己的一套理论答案和适应办法。此文曾被日本《橄榄》杂志全文译载，并获上海市哲学社会科学优秀成果奖。

从政治家的苏轼，到文学家的苏轼，再到作为文化型范的苏轼，我近二十年来的学苏治苏过程大致如此。这个过程也反映出国内苏轼研究的发展走向，我的研究与之同步。我已把有关苏轼论文十六篇辑为《苏轼论稿》，在台湾出版，其增订本《苏轼研究》(收文二十四篇)亦由河北教育出版社印行。此书曾获教育部第二届人文社会科学研究成果奖(著作二等奖)和首届国家社会科学基金项目优秀成果奖(著作类三等奖)。

二是散文研究。相对于苏轼研究这个“热点”，宋代散文研究却处于颇为沉寂的状态，难点和盲点甚多。我在“文化大革命”前曾在《文学遗产》上发表《宋代散文的风格》《宋代散文的技巧和样式的发展》等文，只能看作初涉这一领域的粗浅习作。1978年后，先后写了《曾巩及其散文的评价问题》(1984)、《苏轼散文的艺术美》(1985)、《苏辙的文学思想和散文特色》(1987)、《苏洵散文与〈战国策〉》(1988)、《论散文家王安石》(1988)、《欧阳修散文创作的发展道路》（1990）等文，还编选了《唐宋散文精选》（此书获第三届全国古籍整理图书奖）等七八种散文选本，开始了对宋代散文颇见系统的研究。其中的体会是，第一，对中国古代散文的“杂文学”性质的重新认识。在我国古代散文研究中，关于文学性散文这一概念的确定，一直存有歧义。我认为不宜把古代散文的文学性、艺术性理解得太窄。比如列名宋代古文六大家的曾巩，以说理文见长，有着“擅名两宋，沾丐明清，却暗于现今”的奇特历史遭遇，重要原因之一就是现代人按照现代文学散文概念观照的结果。如果认真清理和总结我国古典散文的理论成果和写作经验，探明我国散文已经历史地形成的独特概念系统，那些在现代文学分类中不属于文学性散文的说理文，事实上却是中国古代散文的重要组成部分。我在《曾巩散文及其评价问题》中较为深入地讨论了曾巩在各种文体上的创作成就，并分析了“敛气”“蓄势”“文眼”“缩联”等写作技巧，揭示其中所蕴含的审美因素。我们对于诗、词、戏曲、小说等的批评都已基本形成一套较为稳定的术语，而且诗话、词话以及戏曲、小说理论批评资料也已基本得到清理和编辑（如《历代诗话》《历代诗话续编》《词话丛编》等），相对来说，“文”的批评术语和批评模式尚未科学建构，遑论熟练运用。古代散文研究中的当务之急在于对前人已有的诸种批评范畴和术语，如“气”“势”“法”之类加以系统地梳理，并予以准确稳妥地现代阐述，这些范畴和术语绝不仅仅只是形式上、文字上的技巧问题，更是直接与散文的美学内涵相关。因此，全面地辑录和清理古代的“文话”便势在必行。我近年来努力于《历代文话》的编纂，希望能为我国古代散文研究提供一部基础性的参考文献。

第二，对宋代散文的总体把握与对北宋各大家的个案分析相结合。我把“平易自然、流畅婉转”视为宋代散文“稳定而成熟”的风格，或谓之“群体风格”；同时逐一巡视北宋六家各异的创作历程，探求他们在“群体风格”基础上的个人风格，以确立他们各自的文学意义与历史地位，力图勾画出北宋散文演进的轨迹。在梳理历史脉络的同时，也注意澄清一些似是而非的问题。如《欧阳修学古文于尹洙辨》一文，以较充分的材料，辨明所谓欧氏向尹洙学习古文的真相，弄清北宋前期古文家的分流以及欧氏的抉择取舍，更深入地揭示出宋代散文“群体风格”形成的曲折过程及其丰富内涵。但我对南宋散文的发展脉络尚未有明晰的把握，当在今后继续努力。

三是宋词研究。我大学毕业后发表的最早两篇文章都是关于宋词的，即《也谈姜夔的〈扬州慢〉》和《谈谈宋词和柳永词的批判地继承问题》。这是因为研究宋代文学不能不研究作为宋代文学标志性成果的宋词。但我对这个课题没有系统的研究，只是围绕苏辛词派和“苏门”词人作了重点论析。较有影响的论文可举三篇。一是《苏轼豪放词派的涵义和评价问题》，对词学研究中关于“豪放”“婉约”之争的一大公案，本文跳出以往仅从艺术风格着眼区分二者的格套，而从清理这一对概念的历史来由及其涵义的嬗变过程入手，指出应从词的源流正变上来把握这一对概念的实质，从而认识苏词的革新意义。此文为解决这一长期的学术纷争，提供了新思路或切入口，因而获得夏承焘词学奖（论文一等奖）。二是《从苏轼、秦观词看词与诗的分合趋向》，此文着眼于苏轼、秦观的题材相同或相近的诗、词作品，进行多方面的详细对照、比勘，认为秦观诗虽有“词化”倾向，但基本上保持着诗与词的传统界限；而苏轼却“以诗为词”，但又“没有使词与诗同化”，“仍然十分尊重词之所以为词的个性特性”。此文在对照比勘的方法运用上颇有新意，因而获得中国秦观学会优秀论文奖。三是《论秦观〈千秋岁〉及苏轼等和韵词》，通过对秦观名词《千秋岁》及一组和词（共九首，同时人和后人所作）的分析，认为苏轼、黄庭坚、秦观等元祐党人对贬窜岭南等地各具不同的三种心态。其实，这三种对逆境的不同心理反应，大致能概括旧时遭受贬谪的士大夫的一般类型。此文力图以小见大，从一组九首和词的罕见文学现象中，挖掘其背后所蕴藏的特殊意义，因而也为学术同道所重视。此外，秉着“他山之石，可以攻玉”的宗旨，我还主持编译了《日本学者中国词学论文集》一书，收入近三十篇代表日本词学研究水平的论文，并撰写长篇前言，向国内词学界介绍日本词学研究的状况、方法和特点以及成就突出的词学家，以有助于国内的词学发展。

四是专题性的综合研究。我近三四年的主要工作有两项，一是北宋文人集团研究，一是主编《宋代文学通论》一书。前一项着重研究北宋的三大文人集团：以钱惟演为中心的洛阳幕府集团、以欧阳修为盟主的嘉祐举子集团、以苏轼为领袖的元祐“学士”集团。他们都是以交往为联结纽带的文学群体，具有代代相承、成一系列的特点。我试图在详细描述这三大集团的师承、交游、创作等情况的基础上，着重阐明文学主盟思潮的成熟及其文化背景，三大集团的成因、属性和特点，它们与北宋文学思潮、文学运动、诗词文创作发展的关系，群体又对各自成员的心态和创作所产生的交融、竞争等多种机制，从而揭示出北宋文学的真实可感的历史内容，从文学群体的特定视角对北宋文学中的一些重大问题作些阐述和回答，探讨某些文学规律、经验和教训。已发表的主要论文有《北宋的文学结盟与尚“统”的社会思潮》《北宋洛阳文人集团与地域环境的关系》《北宋洛阳文人集团与宋诗新貌的孕育》《嘉祐二年贡举事件的文学史意义》等。这项研究尚在进行之中。

《宋代文学通论》已由河南大学出版社于1997年出版，由我和几位研究生共同撰著。此书由“绪论”“文体篇”“体派篇”“思想篇”“题材体裁篇”“学术史篇”“结束语”七部分组成，共五十万字。我们以专题的方式组织整体框架，用以较为全面系统地论述两宋文学的概貌、特点、发展进程、历史地位和影响。这一条块明晰、各部分相对独立而又互为参证的有序结构，或可在现有通常流行的“以时代为序、以作家为中心”的教科书体例之外，更便于集中探讨一些文学现象的底蕴，便于从理论上总结某些规律性的问题，也便于表达我们学习宋代文学的一些基本认识和体会。比如从“宋型文化”的角度来探讨宋代文学特点的形成和历史地位的确立，从“雅、俗之辨”“尊体与破体”等角度来观察宋代诗、词、文、小说、戏曲五大文体的时代特征及其嬗变，等等，虽不敢自以为定论，却表示我对于调整研究观念、更新视角、开拓思路的努力，对于宋代文学研究有所突破的一份期待。

以上文字均写于1999年1月。2000年，中国宋代文学学会在复旦大学成立，我被推举为会长。此后，除了继续推进以上各方面的研究外，我也时常需要更多地关心当前宋代文学研究的整体建构与发展导向。

相当长一段时间里，宋代文学研究存在着重词轻诗文、重大作家轻中小作家、重北宋轻南宋的倾向，我称之为“三重三轻”。经过学界同仁近二十年的努力，这一偏颇格局得到了明显改观，但仍有待进一步加强。其实，前两点也集中体现在“轻南宋”上，因为南宋中小作家数量庞大，还未得到充分讨论，对南宋诗歌发展脉络的梳理，也远不如北宋之明晰，散文方面更处于被严重遮蔽的状态。这与南宋文学的时代特点与历史定位是很不相称的。我认为南宋文学是中国文学史上一个独立的发展阶段，它虽是北宋文学的继承与延伸，却不是“附庸”。这一百五十多年的文学历史呈现出诸多重大特点，如文学重心在空间上的历史性南移，而作家层级却又明显下移，文体文风上的由“雅”趋“俗”，文学商品化的演进与文学传播广度和密度的加大，都具有里程碑式的转折意义。反观我国南宋史研究界，近年来有长足的进步。杭州市社会科学院南宋史研究中心陆续推出“南宋史研究丛书”，还多次召开富有成果的学术会议，给我们提出了一个重要的新课题："重新认识南宋”。南宋现存一百卷以上别集的作家有相当数量，就“前近代知识分子共同体”这一课题而言，展开南宋文学的全面研究，对我们调整研究布局，提升学术水平，是具有某种战略性意义的。有感于此，我与门人合作撰写了《南宋文学史》(2009)，并就南宋作家作品也尝试写了一些文章，比如《南宋文学的时代特点与历史定位》(2010)、

《杨万里的当下意义和宋代文学研究》（2010）、《王应麟的“词科”情结与〈辞学指南〉的双重意义》（2012）等，虽然乏善可陈，权当引玉之砖吧。

近年宋代文学研究领域出现了文学与科举、文学与地域、文学与党争、文学与传播、文学与家族五个重要的新兴交叉类课题，我将它们戏称为“五朵金花”。这五类课题，均将文学与其他学科紧密联系在一起，是一种“文化-文学”的展开思路。这是对之前从文学到文学的单向、封闭式研究模式的突破：在时间维度上融入空间维度，以个体为单位转向群体研究，从文本的赏析阐释导向它与更广阔、更繁复的政治、经济、社会生活的关系的探求。我们只有将文学置于文化的背景下，才可能真正看清文学的位置。这类交叉研究内在地要求我们拓宽文学研究的视野，不必画地为牢，自为畛域，应以更为宽阔的学术怀抱，去探索古代文学研究的新路径与新方法。与此同时，我们的研究不应该满足于个案，更不能停留在“碎片化”上，而应该着力于学理性建构。所谓学理性建构，就是要有贯穿性、整体性的宏观思考。比如内藤湖南等学者提出的“唐宋变革论”就是一个重要的、有生命力与生长点的宏观性论断，虽然这个命题还有许多局限性，有些学者称其为“假说”，甚至带来了一些学术视野上的遮蔽，但是它对于我们的文学研究无疑仍然具有启迪意义。无论继续补充修正，还是予以辩驳质疑，这种宏观的理论思考，都是我们的研究应有的关怀。我陆续主编了“日本宋学研究六人集”第一辑（2005）、第二辑（2010），并撰写前言《重提“内藤命题”》，就是希望能够借助日本学者的成果，激活我们对这一理论的持续思考。后来又主编了“复旦宋代文学研究书系”第一辑（2013）、第二辑（2019），也有类似的考虑。只有在踏实钻研具体问题的基础上，提升、提炼带有某些规律性的东西，才能真正推进我们的研究。我已无力在这些领域推出成果，但是看到一辑又一辑年轻学者的论著出版，心中仍充满期待。

钱锺书先生以渊博闻名于世，广大精微兼而有之，宋诗研究则是他创造的学术世界中重要的组成部分。在他生前出版的著述中，已有丰富的宋诗研究资料。《宋诗选注》从普及性选本优入宋代诗学经典之林，其作家小传与注释尤为学界奉为圭臬。日本著名宋诗专家小川环树先生评云：“由于这本书出现，大概宋代文学史很多部分必须改写了吧。”1948年问世的《谈艺录》作为诗话，其论析重点就是宋诗和清诗；1983年进行增补，篇幅几与初本相埒，并有对宋诗更精彩、更细致的分析与观察。他的《管锥编》中也有不少论及宋诗之处，甚至旧诗创作和小说《围城》中，也包含启人心智的评论宋诗的见解。因而，我们早就认识到，研究宋诗已经绕不过他这座高峰。当时我也不揣固陋，写过一些文章。钱先生1998年辞世后，从2003年开始陆续出版《钱锺书手稿集》，其第一部分《容安馆札记》更引起学术界一片赞叹而又惊愕之声。此书三大册，共评析两宋诗文集三百六十余种（北宋七十家，南宋近三百家），我们从中辑得约五十五万字，相当于又一部《谈艺录》，在研究钱先生的宋诗观中具有特殊的价值。手稿集的第二部分《中文笔记》二十册，于2011年出版，也有论及宋诗的重要篇章。钱先生这批手稿，随笔挥洒，涂抹勾乙，目力不济者阅读为难；他的笔记草楷杂用，龙飞凤舞，不熟悉其手书者辨认不易；更由于广征博引，出入诸部，无一定学术功底者艰于理解。我自知不是解读这批珍贵史料的合适人选，但时时为其所吸引，禁不住在“钱学”之畔窥视徘徊，粗有涉足，撰写了《〈宋诗选注〉删落左纬之因及其他——初读〈钱锺书手稿集〉》(2005)、《〈正气歌〉所本与〈宋诗选注〉“钱氏手校增注本”》(2006)、《〈钱锺书手稿集·容安馆札记〉与南宋诗歌发展观》(2012)、《读〈容安馆札记〉拾零四则》(2020)等文。眼看十多年过去了，以手稿为主要对象进行宋诗研究的成果，颇显冷落，不免有寂寞之感。《钱锺书手稿集》这座宝藏，我们真该好好利用。

十余年前，我曾以南宋赵蕃“难斋”自勉。赵蕃暮年命名自己的书斋为“难斋”，乃取“末路之难”之义（典出《战国策·秦策五》)。年华老去，“末路”即人生旅程之晚年不请自来。晚年之难，一言难尽，思维迟钝而新知锐增，精力不支而杂事丛脞；衰病日寻，犹白香山所云“病与乐天相伴住”，更是难逃之劫。赵蕃期以克服“末路之难”为暮年人生的追求，努力在文化事业上续有建树，不失为老年人的好榜样。如今，人至耄耋，学术创造已有心无力，但我将继续关注走在大道上的宋代文学研究，只要我们咬定目标不放松，勤勉刻苦不懈怠，宋代文学研究必将有更璀璨夺目的未来。

1

宋代文化与宋代文学

“祖宗家法”的“近代”指向与文学中的淑世精神

——宋型文化与宋代文学之研究

一、宋型文化：中国传统文化成熟期的型范

公元960年，后周归德军节度使、检校太尉、殿前都点检赵匡胤“黄袍加身”，即位称帝，揭开了有宋三百多年的新的王朝史。赵匡胤虽是承袭了唐末五代武人篡权的故伎，却能运用强干弱枝、权力制衡、文官政府、厚禄养士等多种政治智慧，形成了一整套“祖宗家法”，使纷纷扰扰几十年的混乱分裂局面终告结束，重新建立了与秦、汉、唐相并称的统一王朝，创造了彪炳史册的物质文明和精神文明，宋代文学也以其独具的时代特点和杰出成就成为中国文学史中的辉煌篇章。

文学是一种社会现象，必然受到政治、经济、文化等历史条件的制约；作为文学创作主体的作家，也不可能在完全封闭自足的心理结构中进行创作，必然接受社会环境、时代思潮、文坛风气的深刻影响。在制约和影响文学发展的多种因素和条件中，作为物质文

明和精神文明综合成果的文化，无疑是关系最直接、层次最深的因素。从文化的角度探讨文学特点的形成和历史地位的确立，或许是一个较佳的切入点。

在唐宋文化研究中，有所谓“唐型文化”和“宋型文化”对举区界的说法。据我们有限的见闻，台湾学者傅乐成教授可能是此说的首倡者。他在1972年发表的《唐型文化和宋型文化》[①]一文，从“中国本位文化建立”的角度，论证了唐宋文化的“最大的不同点”。他说:“大体说来，唐代文化以接受外来文化为主，其文化精神及动态是复杂而进取的”，“到宋，各派思想主流如佛、道、儒诸家，已趋融合，渐成一统之局，遂有民族本位文化的理学的产生，其文化精神及动态亦转趋单纯与收敛。南宋时，道统的思想既立，民族本位文化益形强固，其排拒外来文化的成见，也日益加深”。这里提出的从类型上来探究唐宋文化各自特质的命题，甚为精警，尽管在内容的界定上不无可商榷之处，也仍然获得了海峡两岸学者的纷纷回应。

在我们看来，唐代的“安史之乱”，不仅是唐王朝由盛世逐渐走向衰微的转折点，也是中国封建社会逐渐由前期转向后期的起点；而从文化上看，唐朝代表了中国封建文化的上升期，宋朝则是由中唐逐渐发展起来的新型文化的定型期、成熟期。因此，类型的划分比单纯的朝代划分，更具有文化史上的意义和价值。

宋代文化的高度成熟与发育定型，已为古今学术名家所公认。

---

① 收入其《汉唐史论集》，台湾联经出版事业公司，1977年。

当今著名宋史专家邓广铭先生说：

> 宋代是我国封建社会发展的最高阶段。两宋期内的物质文明和精神文明所达到的高度，在中国整个封建社会历史时期之内，可以说是空前绝后的。[①]

邓先生这一“空前绝后”的最高级评赞，曾在学术界引起过讨论，但邓先生此说并非无因，实乃秉承师说。我们不妨看看他的两位师辈王国维和陈寅恪的见解：

> 故天水一朝人智之活动与文化之多方面，前之汉唐，后之元明，皆所不逮也。[②]
>
> 华夏民族之文化，历数千载之演进，造极于赵宋之世。[③]

“前之汉唐”“所不逮”、“造极于赵宋”即是“空前”，“后之元明”云云也就近乎“绝后”，而邓先生认为宋朝文明还超迈清代，更是转进一层了。如果再往上追溯，则南宋理学集大成者朱熹有言：

> 国朝文明之盛，前世莫及。自欧阳文忠公、南丰曾公巩、与公（苏轼）三人，相继迭起，各以其文擅名当世，然皆杰然自为一代之文。[④]

---

① 《谈谈有关宋史研究的几个问题》，《社会科学战线》1986年第2期。

② 王国维《宋代之金石学》，《王国维遗书》第五册《静安文集续编》，上海书店出版社，1983年，第70页。

③ 陈寅恪《邓广铭〈宋史职官志考证〉序》，《金明馆丛稿二编》，上海古籍出版社，1980年，第245页。

④ 朱熹注《楚辞后语》卷六《服胡麻赋》注，见《楚辞集注》，上海古籍出版社，1979年，第300页。

这几位古今学术大师对宋代文化的一致评价，充分说明中国传统文化发展到宋代，已达到一个全面繁荣和高度成熟的新的质变点。对于“空前绝后”这样不免带有绝对化色彩的赞语，我们后辈学人或许可以提出这样或那样的限制和补充，但也很难达到他们的直觉表达所蕴含的对表述对象的深层把握，然则宋型文化是中国传统文化的一种成熟型的范式，应是没有疑义的。

对“宋型文化”的研究，困难之处不在于一般地确定其作为成熟型的特质，而在于揭示其区别于“唐型文化”的具体特点。在傅乐成教授用“复杂而进取”和“单纯与收敛”来分指二者各自特点以后，不少学者进一步予以发挥，促进了研究的深入，但某些看法，如认为“宋型文化”具有“封闭性”“单纯性”等，似尚可继续探讨①。

二、“祖宗家法”的“近代”指向与文学中的淑世精神

早在1922年，日本“支那学”创始人之一内藤湖南在《概括的唐宋时代观》一文中提出:“唐代是中世的结束，而宋代则是近世的开始。”对“近世”的含义，内藤氏多从政治体制上着眼，他

① 如罗联添云:“唐代士人勇于进取，宋代士人能收敛形迹，淡泊自甘”，“宋代文化是属于收敛的一型”(《从两个观点试释唐宋文化精神差异》，收入《唐代文学论集》，学生书局，1980年)。冯天瑜等《中华文化史》(上海人民出版社，1990年)下编第七章，说唐型文化“相对开放、相对外倾、色调热烈”，宋型文化“相对封闭、相对内倾、色调淡雅”。

又说："中世和近世的文化状态，究竟有什么不同？从政治上来说，在于贵族政治的式微和君主独裁的出现。"[①]嗣后，他的学生宫崎市定在《东洋的近世》中则从社会经济、城市、教育普及等方面进一步论证宋代"近世"说："宋代实现了社会经济的跃进、都市的发达、知识的普及，与欧洲文艺复兴现象比较，应该理解为并行和等值的发展。"[②]几乎在同时，严复也说："古人好读前四史，亦以其文字耳！若研究人心政俗之变，则赵宋一代历史，最宜究心。中国所以成为今日现象者，为善为恶，姑不具论，而为宋人之所造就，什八九可断言也。"[③]他虽未用"近世"之名，但已敏锐地发现宋代与"今日"（民国初年）在社会文化形态上的种种联结点，"当留心细察古今社会异同之点"，指明研究宋代文化的现代意义，则最具慧眼。费正清、赖肖尔《中国：传统与变革》第六章就把"唐代后期与在此之后的宋代"，称为"近代早期阶段"，因为"这时的文化直至20世纪初都是中国的典型文化。其中许多东西在以后的一千年中证明是中国最典型的东西，至少在唐代后期开始萌芽，而在宋代开始繁荣"。而胡适则径称从"公元一千年（北宋初期）开始，一直到现在"，为"现代阶段"或"中国文艺复兴阶段"或"中国的'革新世纪'"[④]，其论断更为鲜明。

---

① 见刘俊文主编《日本学者研究中国史论著选译》第1卷，中华书局，1992年，第10页。

② 见刘俊文主编《日本学者研究中国史论著选译》第1卷，第217页。

③ 严复《致熊纯如函》，《学衡杂志》第13期，又见《严复集》第三册，中华书局，1986年，第668页。

④ 《胡适口述自传》，华文出版社，1989年，第295页。

按照目前学术界的流行看法，大抵从两个方面来确定“近代化”的含义：一是从社会制度的性质来界说，即封建制的解体、农耕自然经济结构的崩坏和资本主义因素的萌芽；一是从中西文化的碰撞、交融立论，即以所谓“西学东渐”、接受西洋文化为标志。然而宋代均未达到这样的历史阶段。一般说来，中国封建制的动摇或逐渐解体，是明中叶以后才发生的社会经济现象，宋代城市发展，手工业、商业繁荣，虽给上层建筑带来某些深刻而有意义的变化，但毕竟还处于初级阶段，对于宋代的政治权力结构、主要的社会思潮和文人的基本文化心理等尚无明显的重要影响，“西学东渐”更未提到历史日程。那么，怎样来理解上述诸家之说呢？我们不妨从宋代的“祖宗家法”[①]即治国纲纪、安邦法度入手，具体考察一下其政治结构、社会思潮、文化心理等特点，看看是否包含一些指向“近代”的新因素。

众所周知，有宋一代是高度中央集权制的时代。正如朱熹所说：“本朝鉴五代藩镇之弊，遂尽夺藩镇之权，兵也收了，财也收了，赏罚刑政一切收了。”[②]皇权得到空前的加强。然而，赵宋王朝的权力结构又是以广大庶族士人为基础而建立起来的，是一个典型的文官政府。有两个数字很值得注意：一是科举取士。据统计，北宋一代开科69次，共取正奏名进士19 281人，诸科16 331人，合计35 612人，如果包括特奏名及史料缺载者，取士总数约为61 000

---

① “祖宗家法”一语，借用自周煇《清波杂志》卷一“祖宗家法”条。

② 《朱子语类》卷一二八，中华书局，1986年，第3070页。

人，平均每年约为360人[①]。这不仅与唐代每次取士二三十人相比数差悬殊，而且也为元明清所不及，真可谓“空前绝后”。宋代又增设封弥（即糊名）、誊录等制度，尽可能地实现机会均等的公平竞争，提高了封建政权的开放性。尤可注意的是大批“孤寒”之士进入官吏行列，宋太祖曾说：“向者登科名级，多为势家所取，致塞孤寒之路，甚无谓也。今朕躬亲临试以可否进退，尽革畴昔之弊矣。”[②]唐太宗在端门“见新进士缀行而出”，也说过“天下英雄入吾彀中”[③]的话，反映出对科举制开始取代魏晋以来九品官人法这一历史进步的喜悦。而实际上唐代的取士权并未完全从“势家”大族手中收回，就政权的开放程度而言，亦不及宋代。二是布衣入仕的人数比例。据统计，在《宋史》有传的北宋166年间的1 533人中，以布衣入仕者占55.12%，比例甚高；北宋一至三品官中来自布衣者约占53.67%，且自宋初逐渐上升，至北宋末已达64.44%[④]。另从最高的宰辅大臣的成分来看，唐代虽对魏晋以来的门阀制度作了很大的冲击，但世族仍保持相当的政治势力，仅崔氏十房前后就有23人任相，占全部唐代宰相369人的1/15。而宋代宰辅中，除了吕夷简、韩琦等少数家族多产相才者外，非名公巨卿子弟占了很大

---

① 参见张希清《北宋贡举登科人数考》，北京大学《国学研究》第2卷。

② 《续资治通鉴长编》卷一六，开宝八年二月条，上海古籍出版社，1986年影印本。

③ 王定保《述进士上篇》，《唐摭言》卷一，中华书局上海编辑所，1959年，第3页。

④ 参见陈义彦《从布衣入仕情形分析北宋布衣阶层的社会流动》，《思与言》第9卷第4期，1971年11月。

的比重，布衣出身者竟达53.3%，像赵普、寇准、范仲淹、王安石等名相，均出于寒素或低级品官之家，但他们却成为宋代文官政府的核心。

赵宋王朝的权力结构引进了多种平衡机制。首先是相权对皇权的牵制。宋朝立国之初，采取了中书主民、枢密院主兵、三司主财各不相涉的建制，对相权予以限制和分割，皇权从制度上得到前所未有的提高。例如在一般情况下，重要官员的任命权统归皇帝，“自两府而下至侍从官，悉禀圣旨然后除授，此中书不敢专也”①。然而，宋代的政治发展史表明，此一“祖宗家法”的初衷并没有完全实现，皇帝在多种场合下不得不听命于掌握实际权力的宰执大臣的意志，这在三百年间的朝廷舞台上可以找到明确的例证②。其次是台谏对相权的抑阻。北宋之前，谏院并非独立职司，谏官原是宰相衙门的属官，其监督的对象是皇帝；宋仁宗时，谏院成为独立机关，谏官由皇帝亲自除授，监督的对象转以宰执、百官为主，职权范围大大扩大；同时又有谏官“风闻言事”的特许，鼓励“异论相搅”，这也成为专制政权中一种有力的自我牵制，助长了政治上自由议论的风气。宋代御史台的御史职能，也逐渐与谏院的谏官混同，形成台谏合一之势。苏轼对此领悟尤深，他在著名的《上神宗皇帝书》③中把此作为“朝廷纪纲”。他说:“历观秦、汉以及五代，谏诤而死，盖数百人。而自建隆以来，未尝罪一言者，纵有薄责，

① 《续资治通鉴长编》卷三七〇，元祐元年闰二月条。

② 参见王瑞来《论宋代相权》,《历史研究》1985年第2期。

③ 《苏轼文集》卷二五，中华书局，1986年，第729页。

旋即超升，许以风闻，而无官长，风采所系，不问尊卑，言及乘舆，则天子改容，事关廊庙，则宰相待罪。”“台谏固未必皆贤，所言亦未必皆是，然须养其锐气而借之重权者，岂徒然哉！将以折奸臣之萌，而救内重之弊也。”又说：“陛下（宋神宗）得不上念祖宗设此官之意，下为子孙立万世之防，朝廷纪纲，孰大于此？”苏轼此论深中宋朝政治制度的一大关捩，故常为后人引以为据，如南宋楼钥在《缴林大中辞免权吏部侍郎除直宝文阁与郡》[①]中为曾任言官的林大中辩护，即引苏轼此大段言论，说明这一制度一直施行到南宋。

宋代上层政治中的党争，尤其是围绕庆历、熙宁变法而展开的新旧两党之争，也具有近代政党竞争或斗争的萌芽性质。绵延近四十年的唐代牛李党争，恩怨源自私门，是非出于意气，说不上有什么政治主张的实质性分歧，因而只能成为瓦解封建政治秩序的破坏性因素。北宋前期的党争双方，其主要领袖人物大都是儒家政治理想的忠实信徒，只为各自不同的政治主张的实现而互不相让，争斗不止。吕夷简为宰相时，范仲淹进《百官图》以弹劾吕氏，指斥他升黜官吏之不当；但后来吕氏竟为范氏出谋献计：范仲淹任陕西、河东宣抚使过郑州时，退居的吕氏提醒他说：“君此行正蹈危机，岂复再入？若欲经制西事，莫如在朝廷为便。”一语竟使范氏“愕然”。果然，在朝的范氏政敌趁他赴边之际加紧攻击，促使“帝心不能无疑矣”[②]。他俩顿释前憾、化敌为友的原因，范仲淹有过说

① 楼钥《攻媿集》卷二七，《四部丛刊》本。

② “庆历党议”，《宋史纪事本末》卷二九，中华书局，1977年，第246页。

明："夷简再入朝，帝谕仲淹使释前憾。仲淹顿首谢曰：'臣向论盖国家事，于夷简无憾也。'"[①]苏轼与王安石熙宁时互为政敌，形同水火，及至元丰末，两人在金陵诗歌唱酬，对彼此之道德文章互致仰慕，苏轼甚至发出"从公已觉十年迟"之叹[②]。苏轼与章惇亦复如此，他在晚年给章惇之子章援的信中说："某与丞相（指章惇）定交四十余年，虽中间出处稍异，交情固无所增损也。"[③]即使对同一政治集团内部的纷争，也表现出不计私憾的真正政治家的风范。如王安石与吕惠卿：先是欧阳修把吕惠卿推荐给王安石，后王氏倚为变法的主要助手，吕氏继则阴挤王氏，矛盾激化；但事后王安石在《答吕吉甫书》[④]中说："与公（吕惠卿）同心，以至异意，皆缘国事，岂有它哉？同朝纷纷，公独助我，则我何憾于公？人或言公，吾无与焉，则公何尤于我？"宋人信奉的"立朝大节"，倡公论而杜私情，公私犁然分明，不容许个人恩怨掺糅其中，把政治行为上升为一种伦理美学，这在早期党争中颇为突出。总之，士大夫们为某种政治主张而组党相争，并从理论上公然亮明"君子有党"的正当和必要，这在中国政治史中具有某种开创性，同时作为政治制衡的一种机制，也有启迪未来的意义。

赵宋王朝权力结构的多种制衡机制互相维系，彼此制约，其出

① 《范仲淹传》，《宋史》卷三一四，中华书局，1976年，第10270页。

② 《次荆公韵四绝》其三，《苏轼诗集》卷二四，中华书局，1982年，第1251页。

③ 《与章致平二首》其一，《苏轼文集》卷五五，第1643页。

④ 王安石《临川先生文集》卷七三，《四部丛刊》本。

发点原是为了加强皇权，治国安邦，也取得了一定的成效："本朝之法，上下相维，轻重相制，如身之使臂，臂之使指"，因而勉强赢得了“百三十余年，海内晏然”的表面安定[①]。然而，这种制衡机制同时又在士大夫中间催生出限制君权思想的萌芽。尤其是宋代士人身受强敌压境、辖地始终未能恢复“汉唐故地”的逼仄情势，看惯了唐末五代军阀篡权不断、犹如儿戏的这部“近代史”，“乱烘烘你方唱罢我登场”的闹剧无情地揭穿了“真命天子”的神话，加上两宋十八位君主以平庸无能者占绝大多数的实际情况，他们在原始儒学“民为邦本”的命题基础上，不断地滋长起限制君权的思想。范仲淹说："寇莱公澶渊之役，而能左右天子，不动如山，天下谓之大忠。"[②]“忠”的标准已不是对一家一姓的“愚忠”了。李觏虽然严厉地驳斥孟子所述“伊尹废太甲”之事，主张不能轻言废黜天子，但在《安民策十首》[③]中开宗明义地指出："愚观《书》至于‘天聪明自我民聪明，天明畏自我民明威’，未尝不废书而叹也。……立君者，天也；养民者，君也。非天命之私一人，为亿万人也。”提出“天命”所护佑的乃是“亿万”黎民百姓，而不是君主“一人”。算不得政治思想家的苏轼，在他历经人生磨难的晚年，也发出“我岂犬马哉，从君求盖帷”的独立人格的呼喊，并批判“三良”（奄息、仲行、鍼虎）为秦穆公殉葬的愚忠行为，大胆地提出“事君不以私”的原则："君为社稷死，我则同其归。顾命有

---

① 参见范祖禹《转对条上四事状》，《范太史集》卷二二，《四部丛刊》本。

② 《宋史全文续资治通鉴》卷五，文海出版社，1969年，第237页引。

③ 《李觏集》卷一八，中华书局，1981年，第168页。

治乱，臣子得从速。”[①]竟说君命可能有“乱”，臣子可以有“违”，对“君为臣纲”所规定的君臣关系作了挑战。罗大经后来也说：“至于君，虽得以令臣，而不可违于理而妄作；臣虽所以共君，而不可贰于道而曲从。”[②]与东坡如出一辙。这种对君权神圣性的怀疑言论，越到宋代后期越为激烈。宋度宗时监察御史刘黻上书“人主”:“政事由中书则治，不由中书则乱。天下事当与天下共之，非人主所可得私也。”[③]则可视为代表宰辅向皇帝争权的声明。邓牧进一步说:“所谓君者，非有四目两喙、鳞头羽臂也，状貌咸与人同，则夫人固可为也。”[④]勇敢地抹尽了笼罩在皇帝身上的神秘光圈，还其普通人的本来面目，这不是近代民主思想的前兆么！

不少史料表明，宋代君臣之间的谈话和议论，充满着相当民主、自由的气氛。司马光《手录》“吕惠卿讲咸有一德录”条，就生动地记录了司马光与吕惠卿、王珪在神宗面前的争辩过程[⑤]。熙宁二年（1069）十一月，吕、王、司马三人在迩英阁讲读《尚书》《史记》《资治通鉴》。先时吕惠卿进讲“咸有一德”，申述“法不可不变”之理，攻击司马光日前讲《通鉴》时言“汉守萧何之法则治，变之则乱”之谬，并指出司马光此语实为借机讥讽“国家近日多更张旧政”，斥责“制置三司条例”等变法措施，还咄咄逼人

① 《和陶〈咏三良〉》，《苏轼诗集》卷四〇，第2184页。

② 罗大经《鹤林玉露》甲编卷三“五教三纲”条，中华书局，1983年，第49页。

③ 《刘黻传》，《宋史》卷四〇五，第12248页。

④ 邓牧《伯牙琴·君道篇》，《知不足斋丛书》本。

⑤ 参见《增广司马温公全集》卷一，汲古书院，1993年。

地说:"臣愿陛下深察光言，苟光言为是，则当从之；若光言为非，陛下亦当播告之，修（按:《续资治通鉴长编拾补》卷六作'使'，是）不匿厥旨，召光诘问，使议论归一。"俨然对阵叫战。神宗即召司马光，司马光老成持重，引经据典，平心静气而又滴水不漏地作了长篇答辩。吕惠卿似在事理上不占上风，就调换论题道:"司马光备位侍从，见朝廷事有不便，即当论列。……有言责者，不得其言则去，岂可惮已?"他指责司马光未尽"言责"，亦当引咎辞职。司马光立即应声道:"前者，诏书责侍从之臣言事，臣曾上疏，指陈当今得失，如制置条例司之类，尽在其中，未审得达圣听否?"机智地请出皇帝作证，神宗自然只得说:"见之。"司马光遂反戈一击:"然则臣不为不言也。至于言不用而不去，此则实是臣之罪也。惠卿责臣，实当其罪，臣不敢逃。"这里表面上主动请罪，实则绵里藏针。有趣的是神宗的表态:"相与讲论是非耳，何至乃尔?"最后还劝慰司马光说:"卿勿以向者吕惠卿之言，遂不慰意。"这场剑拔弩张的舌战就在神宗的圆场中结束。对于坦诚直率的论政之风，这是一个无声的有力鼓励。无独有偶，南宋朱熹在庆元时入侍经筵，曾面奏四事，对宁宗即位以来的独断专权，作了面对面的尖锐批评:"今者陛下即位，未能旬月，而进退宰执，移易台谏，甚者方骤进而忽退之，皆出于陛下之独断，而大臣不与谋，给舍不及议。正使实出于陛下之独断，而其事悉当于理，亦非为治之体，以启将来之弊；况中外传闻，无不疑惑，皆谓左右或窃其柄，而其所行，又未能尽允于公议乎?"他提出君主必须接受宰执、台谏及臣下等"公议"的监督，不能一人"独断"，即使"独断"正确，也不合“为治之体”，表现出强烈的限制君权的思想，且从“治体”即政治体制的高度来维护这一要求。他甚至疾言厉色地责问宁宗：“陛下自视聪明刚断孰与寿皇（指孝宗赵昚）？更练通达孰与寿皇？”[①]这种勇批逆鳞、迹近“大逆不道”的言论，不是颇有点惊世骇俗么！然而在宋代并没有贾祸遭灾，在通常情况下是被容许的。例如陆游在《家世旧闻》卷上中记述他的高祖陆轸任馆职时，曾面对仁宗，“举笏指御榻曰：‘天下奸雄睥睨此座者多矣，陛下须好作，乃可长得。’”妙在仁宗不以为忤，在次日“以其语告大臣曰：‘陆某淳直如此。’”反予以表彰，这除了仁宗宽厚温雅的个人性格外，实与宋代政风特点有关。

明末清初的启蒙主义思想家黄宗羲，在《明夷待访录》中描述了他的未来理想社会，其政治体制是皇帝、宰相、学校三者的权力制衡，与西方君主立宪制的君主、内阁、议会的三者结合，不能说毫无相似之处。宋代的君权、相权、台谏以及颇称发达的学校制度和太学生运动，也是具有若干近代政治色彩的。

我们不惮辞繁地引录上述材料，意在对宋代士人政治活动的具体情景作尽可能真切的历史还原，用以说明宋代士人政治道德人格形成的环境和缘由。宋代士人的人格类型自然是多种多样、异彩纷呈的，从其政治心态而言，则大都富有对政治、社会的关注热情，怀有“以天下为己任”的责任感和使命感，努力于经世济时的功业

---

① 朱熹《经筵留身面陈四事劄子》，《晦庵先生朱文公文集》卷一四，《四部丛刊》本。

建树中，实现自我的生命价值。这是宋代士人，尤其是杰出精英们的一致追求。

宋代士人在政治上崇尚气节，高扬人格力量。范仲淹在振兴士风上是一个突出的表率。朱熹一再推重他"大厉名节，振作士气，故振作士大夫之功为多"[①]，使得政治上的自断、自主、自信成为士大夫们的群体自觉。文莹《湘山野录·续录》"范文正公以言事凡三黜"条，记载范氏三次被贬，僚友们不畏干系三次设宴饯行，誉其为"此行极光"、"此行愈光"、"此行尤光"。其中有王质者，更与范"抵掌极论天下利病，留连惜别"。当有人警告他"将有党锢之事，君乃第一人也"时，王质奋然对云："果得觇者录某与范公数夕邮亭之论，条进于上，未必不为苍生之幸，岂独质之幸哉！"赢得了"士论"的热烈回应。范仲淹的政治人格魅力来源于他崇高博大的精神境界。具有民本思想的孟轲，也只是一般地提出君主应与百姓同乐同忧的要求："乐民之乐者，民亦乐其乐；忧民之忧者，民亦忧其忧。乐以天下，忧以天下，然而不王者，未之有也。"[②]而范仲淹则进一步提出"先天下之忧而忧，后天下之乐而乐"的著名处世规范，境界更高，品格更美，诚如南宋人王十朋《读〈岳阳楼记〉》诗所说，"先忧后乐范文正，此志此言高孟轲"。范仲淹的人格精神，影响了整个宋代乃至久远。《宋史》卷四四六《忠义传序》云：自范、欧等"诸贤以直言谠论倡于朝，于是中外搢绅知以名节

---

① 《朱子语类》卷一二九，第3086页。

② 《孟子·梁惠王下》，《十三经注疏》本，中华书局，1980年。

相高，廉耻相尚，尽去五季之陋矣。故靖康之变，志士投袂，起而勤王，临难不屈，所在有之。及宋之亡，忠节相望，班班可书，匡直辅翼之功，盖非一日之积也”。对政治品节和高尚人格的尊奉，是中国士人的一个优良传统，但在宋代更为突出和普遍，成为其时士人精神面貌的极为重要的主导方面，其表现也就自然地从政治领域延伸到文学世界。

宋人对政治伦理理想人格的尊奉，直接导致文学中儒家重教化的文学观的强调和发扬。翻阅宋人诗、文别集，随处可以感受到作者们的从政热情，在反映重大政治、社会题材，表达对国事、民生的关心和意见，以及述说抗击金、元复杂斗争和危殆局势等方面，其广度和深度都有唐人所未及之处。宋代士人普遍养成议政参政的素质，王禹偁《谪居感事》自称“兼磨断佞剑，拟树直言旗”，欧阳修《镇阳读书》也以“开口揽时事，论议争煌煌”而自豪。宋代文学具有强烈的政治性格，诗文成为他们干预时事的有力工具。

宋代文学中的淑世情怀是那样深挚，以至各种不同政治倾向、学术背景的人物，在这点上也是完全一致的。王安石和司马光分隶新旧两党，势不两立，但文论思想如出一辙，都强调以治教政令为文。司马光申言：“学者贵于行之，而不贵于知之；贵于有用，而不贵于无用。”并云：“古之所谓文者，乃诗书礼乐之文，升降进退之容，弦歌雅颂之声。”[①]强调文学的实用性。王安石径直声明：“治

---

① 司马光《答孔司户文仲书》，《司马文正公传家集》卷六〇，《四部丛刊》本。

教政令，圣人之所谓文也。”[①]这是政治家论文。欧阳修、苏轼等古文家的文学思想虽对文学的独立审美价值给予更多的关注，其创作更是达到了北宋文学的艺术高峰，但对文学的政治教化功能也在不同的场合作了充分的强调。欧氏云“道胜者文不难而自至”[②]，“我所谓文，必与道俱”[③]；苏氏云“诗文皆有为而作”，“言必中当世之过”[④]，如五谷可充饥，药石可治病，必有实际效用，这是古文家文论。至于道学家更明确打出“文以载道”的旗帜，“为洛学者皆崇性理而抑艺文”[⑤]，走向了轻视乃至取消文学的独立审美功能的极端。“文道关系”是宋代文学思想中的一个基准，远承《文心雕龙》的“原道”“征圣”“宗经”等论题，近袭韩愈文道合一、以道为主的主张，而有新的论述和展开。虽然各种不同类型的人物自有其畸轻畸重的不同，但在总体上都遵行儒家重教化的社会功能，这在作为正统的文学样式诗、文中尤为明显。

宋人颇为强烈的儒家重教化的文学思想，还渗透到了原本与封建伦理相违拗的词学领域之中。词的社会功能最初是为了娱乐遣兴，侑酒助觞，它又充当着抒写幽约隐微的个人情愫的载体，这都与儒家“言志”“载道”的文学要求异辙殊途，其受到正统舆论的指责原非意外。宋仁宗摈斥柳永“且去填词”，王安石不满晏

---

① 王安石《与祖择之书》，《临川先生文集》卷七七，《四部丛刊》本。

② 欧阳修《答吴充秀才书》，《欧阳文忠公集》卷四七，《四部丛刊》本。

③ 《祭欧阳文忠公夫人文》引，《苏轼文集》卷六三，第1956页。

④ 《凫绎先生诗集叙》，《苏轼文集》卷一〇，第313页。

⑤ 刘克庄《黄孝迈长短句跋》，《后村先生大全集》卷一〇六，《四部丛刊》本。

殊“为宰相而作小词”，于是词人们或“自扫其迹，曰谑浪游戏而已”[①]，或谓仅是“空中语”[②]，托辞以避责，不少词人竟至于“晚而悔之”[③]。然而，词一方面受到正统舆论的轻视和排斥，另一方面又容许在一定范围内公开而广泛地流传，士大夫们的婉娈情怀在封建制度眼开眼闭之下，得以半合法地宣泄。柳永公然自称“奉旨填词柳三变”，宋仁宗宴退时赏爱柳词，王安石自己也不免填写与晏殊相类的“小词”，这是词体创作中的矛盾而又复杂的奇特现象。词本来也可以在这种既为上层社会所不容又在某种程度上被默许的夹缝中生存和发展，但在宋词的实际演变中，特别在词学理论和批评方面，却越来越强调“雅正”“骚雅”的思想。词评家们纷纷努力于打通词与《雅》《离骚》的森严壁垒，把词的创作与“诗言志”的儒家传统诗教接榫。黄庭坚《小山词序》称颂晏几道词“可谓狎邪之大雅，豪士之鼓吹，其合者，《高唐》《洛神》之流”。张耒《贺方回乐府序》评贺铸词为“幽洁如屈、宋，悲壮如苏、李”，比拟容或不当，却是词学批评史中转向崇古复雅思潮的征兆。及至南渡以后，更成为一时风尚。一批以“雅词”命名的词集纷纷出现，如张安国《紫微雅词》、程垓《书舟雅词》、赵彦端《宝文雅词》等，声气标榜，推波助澜。词学批评中这一倾向也愈益发展。曾慥编选《乐府雅词》，把“涉谐谑”之词一律“去之”，“艳曲”亦被“删除”；王灼《碧鸡漫志》卷二就用“时时”得《离骚》遗意来

---

① 胡寅《向芗林〈酒边集〉后序》，《斐然集》卷一九，《四库全书》本。

② 黄庭坚语，《冷斋夜话》卷一〇引，《津逮秘书》本。

③ 陆游《长短句序》，《渭南文集》卷一四，《四部丛刊》本。

评贺铸、周邦彦词。其实，早于他俩的鲖阳居士，在其所编的《复雅歌词》中以《诗·卫风·考槃》“贤者退而穷处”之义比拟苏轼《卜算子》“缺月挂疏桐”，并提出了“骚雅”这一评词的新概念，批评北宋词“其韫骚雅之趣者，百一二而已”[①]。他的这两条意见都获得后来者的回应。曾丰在淳熙末的《知稼翁（黄公度）词集序》中，也认为苏词“犹有与道德合者。‘缺月疏桐’一章，触兴于惊鸿，发乎情性也；收思于冷洲，归乎礼义也”。他评黄公度词云：“凡感发而输写，大抵清而不激，和而不流；要其情性则适，揆之礼义而安。非能为词也，道德之美，腴于根而盎于华，不能不为词也。”[②]这就把“乐而不淫，哀而不伤”[③]、“发乎情，止乎礼义”[④]的一套儒家“温柔敦厚”的诗教，从意思到用语都用以评词。后刘克庄《跋刘叔安感秋八词》云：“借花卉以发骚人墨客之豪，托闺怨以寓放臣逐子之感。”[⑤]林景熙《胡汲古乐府序》云：“乐府（即词），诗之变也。诗发乎情，止乎礼义，美化厚俗，胥此焉寄？岂一变为乐府，乃遽与诗异哉？”[⑥]这些议论都与上述意见一脉相承。至张炎，这位宋末的著名词作家兼词评家明确提出：“古之乐章、乐府、乐歌、乐曲，皆出于雅正。”[⑦]“词欲雅而正，志之所之。一为情所役，

---

① 鲖阳居士《复雅歌词序》，见祝穆《新编古今事文类聚》续编卷二四。

② 见《知稼翁词集》，《百家词》本，商务印书馆，1940年。

③ 《论语·八佾》，《十三经注疏》本。

④ 《毛诗序》，《毛诗正义》卷一，《十三经注疏》本。

⑤ 刘克庄《后村先生大全集》卷九九，《四部丛刊》本。

⑥ 林景熙《霁山文集》卷五，《四库全书》本。

⑦ 张炎《词源序》，见夏承焘校注《词源注》，人民文学出版社，1981年，第9页。

则失其雅正之音。”[①]其《词源》卷下中又三次使用“骚雅”这一概念，把词与《诗》《骚》在文体观念上作了进一步的贯通，使鲖阳居士最早提出的这个用语，成为词学批评的重要标准。清代词学中儒家诗教观念的重新高扬，所谓“善言词者，假闺房儿女子之言，通之于《离骚》、变《雅》之义”[②]的主张和做法，其源实可追踪于此。

自然，词学批评领域里的这种呼唤，与词人们的实际创作实践仍有若干距离。尽管不少词评家和词作家合为一身，其创作也并未完全遵守自己的理论主张。但是，从两宋词的发展大势而言，毕竟“推尊词体”的思潮越来越强烈自觉，苏辛一派乃至姜张一派都有此倾向。这就不仅提高了词的艺术品位，词作的主题意识也日趋明确，扩大了词的境界，促成了词风的多样化。宋代文学中的淑世精神，还表现在词从自娱娱人的功能转向力图有益于世道人心、道德教化，从内心世界的低回抒写转向对社会世间的一定关注。这也从一个方面说明，把宋代的文化和文学的特点概括为“封闭”和“单纯”，至少是不够周延的。

（原载《海上论丛》，复旦大学出版社，1996年6月）

① 张炎《词源序》，见夏承焘校注《词源注》，第29页。
② 朱彝尊《陈纬云〈红盐词序〉》，《曝书亭集》卷四〇，《四部丛刊》本。

情理·源流·对外文化关系

——宋型文化与宋代文学之再研究

一、“天人之际”的睿智思考与文学的重理节情

宋代是中国思想史上继先秦、汉、魏晋、唐之后的又一高潮所在，儒、释、道三家合流是其时的一个基本趋向。三家合流的交汇点正是在“天人关系”上，即对人在宇宙间的主体地位的确立，对人的精神世界的探索和把握。质言之，就是以人为本位的人文精神的高扬，表现出对吸纳天地、囊括自然的理想人格的追求。

宋学作为一种新儒学，其探究的一个主要命题，是人在自然天地之间、社会人伦关系之中的地位和使命，重视人“与天地参”的自主自觉性。所谓“内圣外王”，所谓“圣贤气象”，就是要把仁义礼智信的五常之道和治国平天下的帝王之学结合起来，把道德自律与事功建业统一起来，使人人在内省修身中穷天穷地穷人之理，以臻于与天理合而为一，达到个人与人类社会、自然界和谐融汇的美妙境界。这就从本体论上把人的伦理主体性提到一个空前未有的高度。张载有言：“为天地立心，为生民立命，为往圣继绝学，为

万世开太平。”[1]这正是从广阔的宇宙空间和邈远的历史时间中来确认人的社会角色，其气度和眼光，不禁令人肃然起敬。邵雍《乾坤吟》[2]云：“道不远于人，乾坤只在身。谁能天地外，别去觅乾坤？”《自余吟》[3]云：“身生天地后，心在天地前。天地自我出，自余何足言！”《天人吟》[4]云：“天学修心，人学修身。身安心乐，乃见天人。”建立起人心与道、太极（乾坤）三位一体的宇宙本体论，表现出天人合一的理想。自然，宋学同时要求把封建伦理道德规范，化为主体的自觉行动方式，作为实现上述最高境界的途径，这又造成对人的主体性的斫伤。因而在他们的理论体系中，人的主体的独立性和依附性是被奇妙地扭结在一起的。

原始儒学偏重于从伦理理性来阐述经世致用之学，对天人之际的形而上方面注重不多，未能从根本上解答人的生命本质等问题，因此也未能有效地与汉末魏晋以来发展起来的佛老之学相抗衡。宋学便积极吸取、整合佛道学说，以儒家学说为本位重建传统文化，给陷入困境的儒家文化注入新的活力，既力求在与佛道鼎足而三的思想格局中维护儒家的正统地位，又力求加强面临外侮内患的宋代社会的凝聚力。而宋代佛道两家的发展取向，恰颇有与儒学一致之处，为儒学的吸取、整合提供了充分的条件。

宋代佛学（禅宗）在哲学思想上未有多大的创造和建树，但

---

① 此据《宋元学案》卷一八《横渠学案》下《近思录拾遗》。《张载集》（中华书局，1978年）之《近思录拾遗》“立命”作“立道”，“往圣”作“去圣”；其《语录》中除作“立道”“去圣”外，“立心”作“立志”。

②③④ 邵雍《伊川击壤集》卷一七、一九、一八，《四部丛刊》本。

有进一步世俗化的倾向，调和了出世和入世的矛盾，并积极向儒学思想靠拢，加强与儒士们的交游接触，甚至出现了佛徒儒士化和文人居士化交互并现的奇观。释智圆说："儒者饰身之教，故谓之外典也；释者修心之教，故谓之内典也。""故吾修身以儒，治心以释。"[①]这种处理"身""心"问题的原则，也是不少宋代文人的人生观和生死观。至于道教，在宋代的演化过程中，逐渐摆脱符箓鬼神等怪诞诡谲之习和走火入魔的外丹炼养之风，转向内丹炼养的趋势日炽。内丹学更具有哲理的色彩。陈抟《无极图》、张伯端《悟真篇》等，都引向了人生课题，即探究生命的起源，关注本体的存亡。精、炁、神等一套内炼成仙的丹法，乃是建基于天人合一论和归根返本论之上的，身内小天地的炼丹，取法于身外大天地的自然法则，以求在与物相忘中向自我本性回归，还虚归元，达到与道合一的最高理想境界。

三教合一，在彼此排斥中更重在相互汲取，共同向人类心灵世界的各个领域突进。这一时代的哲学思维特点，必然深刻地影响到宋代文人的宇宙观、人生观乃至思想方法和行为方式。他们在外在的事功世界里可能不及唐人的气魄宏伟、开拓进取，但在内在的精神领域中的独立主体意识可谓超越前人。哲学是社会的大脑，也是一个时代文化的核心。因而，宋型文化可以说是内省的，但不能断为"封闭的""单纯的"，正确的说法似是"内省而广大"，与"开放性""复杂性"并非绝对对立。

---

① 智圆《闲居编·中庸子传（上）》，《续藏经》本。

为了进一步说明“内省而广大”的特点，我们且再引述一些理学家们的言论。周敦颐对人生的理解，以立诚为本，去欲为戒。在他那里，“诚”是作为本体而与宇宙相通，“‘大哉乾元，万物资始’，诚之源也”[①]。万物之“诚”是从“乾元”而获取，提高理性自觉来涵养德性，即能臻于天人合一，也就是人的最高境界“圣人”。他说：“圣希天，贤希圣，士希贤。”[②]勾画出希圣追贤逐级升进的实施途径。周敦颐的追贤希圣乃至跃然与天同一之学，在他本人身上形成了“胸中洒落，如光风霁月”[③]的崇高风范，备受时人仰慕。程颢则从“生生不已”为宇宙根本法则出发，“‘天地之大德曰生’，‘天地絪缊，万物化醇’，‘生之谓性’，万物之生意最可观，此元者善之长也，斯所谓仁也。人与天地一物也，而人特自小之，何哉？”[④]二程说：“天人本无二，不必言合。”[⑤]程颢又说：“天人无间断。”[⑥]都认为主体和客体浑然同一，无有间隔，在他们兄弟这里，“人”是一个大写的字，融入广大悉备的宇宙！张载《西铭》云：“乾称父，坤称母；予兹藐焉，乃混然中处。故天地之塞，吾其体；天地之帅，吾其性。民，吾同胞；物，吾与也。”正是这种“民胞物与”，人类与万物同为一体的博大胸襟，使宋人对生死问题具有一种主动从容的超越态度：“存，吾顺事；

---

① 周敦颐《通书·诚上》第一章，《四部备要》本。

② 周敦颐《通书·志学》第十章，《四部备要》本。

③ 黄庭坚《濂溪诗序》，《豫章黄先生文集》卷一，《四部丛刊》本。又见《宋史》卷四二七《周敦颐传》引。

④⑤ 程颢、程颐《河南程氏遗书》卷一一，《四部备要》本。

⑥ 《河南程氏遗书》，卷六，《四部备要》本。

殁，吾宁也。”活着时对“富贵福泽”“贫贱忧戚”均以平常心处之，充分实现人生价值；又以平静自然的态度对待死亡，表现出对生命完成的大欢喜。陆九渊“宇宙便是吾心，吾心即是宇宙”[①]带有夸饰色彩的命题，却也显示出人类精神世界的无比丰富和人格尊严。而事功派的陈亮在《上孝宗皇帝第一书》[②]中自述其学术气概云：“穷天地造化之初，考古今沿革之变，以推极皇帝王伯之道，而得汉、魏、晋、唐长短之由，天人之际，昭昭然可察而知也。”其襟怀之豁达大度、心理结构之开拓外倾，确非拘拘小儒可比。

宋人遨游于精神领域，习惯于把包括自己在内的人类主体，置于广袤的宇宙之间，寻找生存的价值和生命的意义。他们对于现实乃至日常生活的关注，对历史和人生的思考，就其敏锐、深刻和思维格局而言，唐人是无法望其项背的，正如一位睿智的哲学老人与雄姿勃发的少年英俊相比较时那样。

宋人“内省而广大”的思维特点，不仅表现在对“天人关系”的探索上，而且表现在对不唯经、不唯圣的独立思考精神的崇奉上。宋人普遍具有自主、自断、自信、自豪的文化性格，不以圣贤之说、社会成见来替代自己的思考。苏轼就这样说到自己和友人，《上曾宰相书》[③]自述：“幽居默处而观万物之变，尽其自然之理而断之于中，其所不然者，虽古之所谓贤人之说，亦有所不

---

① 《杂说》，《陆九渊集》卷二二，中华书局，1980年，第272页。

② 《陈亮集》卷一，中华书局，1974年，第8页。

③ 《苏轼文集》卷四八，中华书局，1986年，第1378页。

取。”《乐全先生文集叙》[①]则谓张方平的一生“未尝以言徇物，以色假人。虽对人主，必同而后言。毁誉不动，得丧若一”，“上不求合于人主，故虽贵而不用，用而不尽；下不求合于士大夫，故悦公者寡，不悦者众。然至言天下伟人，则必以公为首”。至于在学术思想上，宋代的疑古批判精神造就了“经学变古时代”。皮锡瑞《经学历史·经学变古时代》云：“经学自汉至宋初未尝大变，至庆历始一大变也。……陆游曰：‘唐及国初，学者不敢议孔安国、郑康成，况圣人乎！自庆历后，诸儒发明经旨，非前人所及；然排《系辞》，毁《周礼》，疑《孟子》，讥《书》之《胤征》、《顾命》，黜《诗》之序，不难于议经，况传注乎！’案朱儒拨弃传注，遂不难于议经。排《系辞》谓欧阳修，毁《周礼》谓修与苏轼、苏辙，疑《孟子》谓李觏、司马光，讥《书》谓苏轼，黜《诗序》谓晁说之。此皆庆历及庆历稍后人，可见其时风气实然。”其实，庆历时所开创的“不信注疏、驯至疑经”之风，一直风被两宋。朱熹说得更为淋漓尽致：“如《诗》《易》之类，则为先儒穿凿所坏，使人不见当年立言本意，此又是一种工夫，直要人虚心平气，本文之下打迭交空荡荡地，不要留一字先儒旧说，莫问他是何人所说，所尊所亲，所憎所恶，一切莫问，而唯本文本意是求，则圣贤之指得矣。”[②]怀疑精神是自主人格的反映，其本身就是一种创造精神、开放心态。对于一向奉为神明的经典文

---

① 《苏轼文集》卷一〇，第314页。

② 朱熹《答吕子约书》，《晦庵先生朱文公文集》卷四八，《四部丛刊》本。

献，一切都须经过自己的理性思辨加以鉴别、估量，这是汉唐先儒所不敢想象、望尘莫及的。

宋代哲学思维“致广大而尽精微，极高明而道中庸”的境界，必然影响到文人生活的各个领域，影响到他们的文学创作和文学批评之中。人文精神和知性反省的思辨色彩就是宋代文学的基本特征之一，我在其他文章中已有具体的论述，这里只补充一点：即宋代文人文学中的普遍散文化现象。宋诗从梅尧臣、欧阳修开始，发展了杜甫、韩愈“以文为诗”的倾向，进一步用散文的笔法、章法、句法、字法入诗，逐渐显露出“宋调”的自家面目。词也在苏轼、辛弃疾手中加重了散文成分，从“以诗为词”进而发展到“以文为词”。赋则从楚辞、汉赋、魏晋时的抒情小赋到唐代应举用的律赋，创作已趋衰微，缺乏艺术创造性；宋代赋家却从散文中得到启示而重获艺术生命，形成一种类似散文诗的赋体，欧阳修《秋声赋》、苏轼前后《赤壁赋》等都是历久传诵的名篇。连宋代的骈文也不太追求辞藻和用典，而采用散文的气势和笔调，带来一些新面貌，而被称为“宋骈”。即便是“古文”本身，也增强了议论思理成分，如“记”这种原以记叙为主的文体，到宋代，不少记体名作却成了别一样式的议论文，正如《后山诗话》所云：“退之作记，记其事尔；今之记乃论也。”文学中的普遍散文化倾向，也从一个方面反映出宋人知性反省、重理节情的思维特点。

于是，情与理的关系成为评估宋代文学的一个难点。一般说来，文学作品是以形象来表达作家的思想感情的，重情更是我国韵文文学的特长，“诗缘情而绮靡”[1]。而“唐诗多以丰神情韵擅长，宋诗多以筋骨思理见胜”[2]，确是一个显著的分野。由此引发的唐宋诗优劣之争，直至今日，人们仍然可以从各自的审美旨趣出发来参与评说。我们认为：前代的文学作品本身已构成一个相对完整的艺术系统，但它并不是一成不变的，由于后起的新的文学作品源源不断地加入，促使其“完整性”有所调整，价值标准也理应有所修正。也就是说，传统因现在而改变，正如现在为传统所指引一样。传统是一种力量，现时产生的作品也是一种力量，各对对方施与影响，两者的合力倒能产生较为宽容的艺术价值标准。中国诗歌从中唐以来，已在语言、意象、技法、声律、体制等方面日趋规范化乃至程式化，宋代诗歌学唐融化而自成家数，实质上与唐诗已成两个艺术系统。因而不能用唐诗的重情、重兴象的标准来评价宋诗的重理、重气格，反之亦然。其次，重情本身，对于文学创作来说，也不是超越任何时代背景和条件的绝对要求。英国文学评论家艾略特说：“诗不是放纵感情，而是逃避感情，不是表现个性，而是逃避个性。自然，只有有个性和感情的人才会知道要逃避这种东西是什么意义。”[3]感情奔放热烈是一种美，含情不露而表现出理性风范也是一种美。宋代士人群体并不缺乏“感情”和“个性”，只是在特定的背景和条件下采取了一种变形的方式。他们的诗歌创作从题材

---

① 陆机《文赋》，《文选》卷一七，《四部丛刊》本。

② 钱锺书《谈艺录》，中华书局，1984年，第2页。

③ ［英］托·斯·艾略特《传统与个人才能》，《二十世纪文学评论》上册，上海译文出版社，1987年，第138页。

上而言，实向两个方面发展：一是社会政治诗，针砭时事，大胆议政，论辩滔滔，即使在写景、状物、怀古、酬答等类诗中，也触处生发议论，表现出显著的尚理特点；另一类是大量的描写日常生活的题材，诸如谈艺说诗、书画鉴赏、饮酒品茗、登山临水和对于文房四宝的赏爱及征歌选舞的享乐等，其写法上的一个特点是不避纤细，不戒凡庸，悉照文人生活的原貌娓娓道来，和盘托出，使感情沉潜而内转，个性的发露则控制到若有似无，但却是文人生活原貌的真实写照，表现了宋代文人的盎然雅趣和丰富情韵。这种诗风的出现，一方面反映了宋代文人重理节情而趋向雅趣的性格追求。苏轼说："无肉令人瘦，无竹令人俗。人瘦尚可肥，士俗不可医。"[①]黄庭坚说："余尝为少年言：士大夫处世可以百为，唯不可俗，俗便不可医也。"[②]宋代文人的尚"雅"，比之魏晋文人之常用"雅"以品评人物来，更进一步发展成为在一切精神领域中的成熟、稳定的重要尺度了。另一方面也是处在唐诗巅峰之后，盛极难继而不得不变新变异所采取的一种样态。不与唐诗取异就无法成就宋诗的独立地位，这是诗歌历史昭示给宋代诗人的创作使命。此外，宋代印刷术的发达，也造成诗歌接受方式的转变，即由多依传抄转而为书册流布，由靠口耳相传变而为案头阅读，因而有更充裕的时间反复讽吟涵咏，一种更细腻委曲、更接近生活原生态的、近似说话的诗体，也就易于为文人圈所认可。至于词，一直以言情为主，在演变

---

① 《於潜僧绿筠轩》,《苏轼诗集》卷九，中华书局，1982年，第448页。

② 黄庭坚《书缯卷后》,《豫章黄先生文集》卷二九,《四部丛刊》本。

过程中也引入议论言理的因素，甚至如陈亮所说，“抟搦义理，劫剥经传，而卒归之曲子之律，可以奉百世豪英一笑”[①]。传为他的儿子陈沆为他所选的三十首词即可为其作词主张作注脚，恰也能副“特表阿翁磊落骨干”[②]之初衷，在艺术上并非无取。苏辛革新词派的言理之作或词中的议论成分，一般说来常能与情韵相融合，仍保持幽折婉曲、含蕴不尽的词体特质。说理和言情并非绝对互不相容，而且，也不应把“言情”“个性”作为艺术评价的唯一标准。艺术领域以多元宽容为宜，这样才有利于艺术多样化的发展。

二、文化整合的恢宏气魄与重建文学辉煌、盛极而变

蒋士铨《辩诗》[③]云:“宋人生唐后，开辟真难为。”这两句讲宋诗的话也可以推广为讲整个宋代文化。宋朝以振兴文教作为“祖宗家法”之一。宋太祖赵匡胤把朝廷正殿命名为“文德殿”，即以声明文物之邦为建国目标；礼遇士大夫，优渥有加；扩大科举名额，广开仕进之门；又以“不得杀士大夫及上书言事人”镌为誓碑立于太庙秘室，垂示嗣君[④]。其弟赵光义自幼喜读书、爱藏书，即位

① 《与郑景元提斡》,《陈亮集》卷二一，第329页。

② 毛晋《龙川词补跋》,《陈亮集》附录3，第483页。按：今存最早《龙川文集》三十卷本，将此三十首词编入卷十七，标为“词选”，但主选者是否为陈沆，如毛晋所言，尚待考证。

③ 蒋士铨《忠雅堂诗集》卷一三，清咸丰蒋氏四种本。

④ 旧题陆游《避暑漫钞》引《秘史》。又见《宋稗类钞》卷一《戒碑》(《全宋文》卷七已录)。

后醉心于文化事业的建设。宋真宗《册府元龟序》[①]赞他："太宗皇帝始则编小说而成《广记》，纂百氏而著《御览》，集章句而制《文苑》，聚方书而撰《神医》。次复刊广疏于九经，较阙疑于三史，修古学于篆籀，总妙言于释老，洪猷丕显，能事毕陈。"宋真宗踵事增华，又修撰了大型政书《册府元龟》，展示了"盛世修典"的宏伟规模。他在《崇儒术论》中云："儒术污隆，其应实大，国家崇替，何莫由斯。"[②]奠定了"崇儒尊道"的国策。宋朝的这几位创业垂统的皇帝，其政治倾向影响了两宋三百多年，因而崇尚传统文化，埋头攻读坟典，成为一时的风尚。任何时代对传统的继承都表现了一种选择，一种寻找与时代要求相契合的过程，宋代的重视对传统文化的吸取、整合，所表现出的恢宏气魄，即与时代要求息息相关。

宋代士人的身份有一个与唐代不同的特点，即大都是集官僚、文士、学者三位于一身的复合型人才，其知识结构一般远比唐人淹博融贯，格局宏大。南宋永嘉学派陈傅良曾论及"宋士大夫之学"云："宋兴，士大夫之学亡虑三变：起建隆至天圣、明道间，一洗五季之陋，知向方矣，而守故蹈常之习未化。范子始与其徒抗之以名节，天下靡然从之，人人耻无以自见也。欧阳子出，而议论、文章，粹然尔雅，轶乎魏晋之上。久而周子出，又落其华，一本于六艺，学者经术遂庶几于三代，何其盛哉！"[③]他表彰范仲淹的"名

---

① 《全宋文》卷二六二，巴蜀书社，1990年，第7册第120页。

② 见《宋史》卷二八七《陈彭年传》引，中华书局，1976年，第9664页。

③ 陈傅良《温州淹补学田记》，《止斋先生文集》卷三九，《四部丛刊》本。

节”，欧阳修的“议论、文章”，周敦颐的“经术”，其实，政治家、文章家、经术家三位一体，是宋代“士大夫之学”的有机构成。对传统文化的倾心汲取是当时作为一个士人的起码的也是最重要的要求，因而对文化载体的书籍的研习，特别是凭借印刷术的发达，其所达到的深入普遍的程度，也为前代所罕见。

读书是宋代士人的基本生活方式。读书人的天职是读书，读书是读书人取得自身社会资格的依据。宋代士人读得广博，读得深入，读得认真。对“宋调”形成起了决定作用的王安石、苏轼、黄庭坚就是著例。王安石自称：“某自百家诸子之书，至于《难经》、《素问》、《本草》、诸小说，无所不读。”[①]博览群书，“无所不读”，使他作诗时获得了使事用典的充分自由。苏轼“每一书皆作数过尽之”的“八面受敌”读书法，更是为世所称道，且极易仿效操作：“每次作一意求之。如欲求古今兴亡治乱、圣贤作用，但作此意求之，勿生余念。又别作一次，求事迹故实、典章文物之类，亦如之。他皆仿此。”[②]黄庭坚不仅谆谆告诫“士大夫三日不读书，则义理不交于胸中，对镜觉面目可憎，向人亦语言无味”[③]，而且身体力行，读书勤作摘记。清翁方纲《跋山谷手录杂事墨迹》[④]尚亲见这类“手录”凡35幅732行，所录“皆汉、晋间事”，并说“尝于《永乐大典》中见山谷所为《建章录》者，散见数十条，正与此册

① 王安石《答曾子固书》，《临川先生文集》卷七三，《四部丛刊》本。

② 《与王庠五首》其五，《苏轼文集》卷六〇，第1820页。

③ 《记黄鲁直语》，《苏轼文集·苏轼佚文汇编》卷五，第2542页。

④ 翁方纲《复初斋文集》卷二九，《四部丛刊》本。

相类。然后知古人一字一句皆有来处”。黄庭坚“铺张学问以为富，点化陈腐以为新”[①]的诗风，当得益于这类铢积寸累、孜孜矻矻的基本功。在宋代文学作品中，我们也可常常看到士人攻读的具体情景，其亲切、投入，令人动容。王禹偁《清明》诗“昨日邻家乞新火，晓窗分与读书灯”，清明有“乞新火”的习俗，乞来新火，首要的是点亮“读书灯”。而读书灯在郭震《纸窗》诗中，则比月色更为可亲可爱，需用纸窗特意护卫:“不是野人嫌月色，免教风弄读书灯。”读书灯既陪伴了王禹偁的晓读，又为郭震的夜读照明，书真成了宋代士人不可须臾离身的人生伴侣。

宋代文化的独辟蹊径，自创新面，首先就是以这种对传统文化的倾心研读、尽情汲取为创造前提的。在宋代文学中，不难时时感到前代文学的深刻影响。宋初诗歌三体，即白体、晚唐体、西昆体，固然是对唐人的心摹手追，仿佛步武，即使是从梅尧臣、苏舜钦、欧阳修“新变派”开始的“宋调”创造者们，在创新欲望的支配下，仍表现出对前代诗歌传统的崇奉，只不过从晚唐诗人转向了李、杜、韩，且从亦步亦趋变而为脱去形迹、融化一如己出罢了。黄庭坚的“领略古法生新奇”[②]，一语道出了他的“新奇”来自对“古法”的“领略”。崇尚典范始终是宋人一种强烈的创作心理，由此发生的文学的“源”与“流”问题，也曾成为评

---

① 王若虚《滹南诗话》卷二，《历代诗话续编》本，中华书局，1983年，第518页。

② 黄庭坚《次韵子瞻和子由观韩干马因论伯时画天马》，《山谷内集诗注》卷七，《四部备要》本。

估宋诗的一个难点。

自然，文学创作的源泉在于生活，作家们不能仅仅依靠书本来写作。“除却书本子，则更无诗”[①]，王夫之对宋诗的这个过苛论评，是蕴含文学真理的。现实生活永远是创作生命之源，这一文学原则是没有疑义的。然而，我们也可以改换一个视角来看问题。宋代作家在丰厚的传统文化遗产面前，其创作观念中已积淀着深刻的历史意识。他们在写作时不仅感受到自己时代的风云，而且时时领悟到从远古直到唐五代的文学积存。究其实，“尚友古人”、异代精神沟通的结果，也使他们自己成为传统性的作家。评价文学作品的高低优劣，固然可以从它与传统作品的特异之处着眼，但有时也应以从前辈作家中汲取多寡并是否加以融化点染来衡量，可以而且应该运用双重乃至多重的价值标准。宋人作诗词强调“学”重于“才”，黄庭坚云：“诗词高胜，要从学问中来。”[②]费衮《梁溪漫志》卷七云：“作诗当以学，不当以才。诗非文比，若不曾学，则终不近诗。”宋人又强调“人工”重于“天分”，强调创作基本功的锻炼，所谓“日课一诗”的“梅圣俞法”就风行一时[③]。苏轼《答陈传道五首》其二[④]对陈氏学用此法甚表赞许：“知日课一诗，甚善。此技虽高才非甚习不能工也。圣俞昔常如此。”陆游在《家世旧闻》

① 王夫之《姜斋诗话》卷下，《清诗话》本，上海古籍出版社，1978年，第17页。

② 胡仔《苕溪渔隐丛话》前集卷四七引，人民文学出版社，1962年，第320页。

③ 邵博《邵氏闻见后录》卷一八，中华书局，1983年，第145页。

④ 《苏轼文集》卷五三，第1574页。

卷上中，对他的六叔祖陆傅“平生喜作诗，日课一首，有故则追补之，至老不废”，深致仰慕之忱，也透露出这位南宋大诗人的诗学渊源。由此可知，宋人讲究法度乃至活法，讲究用事运典，讲究炼字炼句等“功力”，学之既至，为之亦勤，都使宋诗充满儒雅深醇的书卷气，获得一种艺术的历史远韵。

总之，从宋代文学与传统的关系，特别是宋诗宋文与唐诗唐文的比较而言，其融化出新之相异点固然应予肯定评价，其潜通暗贯乃至所谓“以故为新”“脱胎换骨”“点铁成金”的关联点和共同点，也并非全是艺术的消极面，应在多元的艺术领域中占有一个适当的位置。

还可注意的是宋代文化批评中的“集大成”之说。“集大成”这一概念最早是孟子用以评论孔子的。《孟子·万章下》称“孔子之谓集大成。集大成也者，金声而玉振之也”。这是对孔子儒家理想伦理人格的最高礼赞。而到宋代，却引入文学艺术领域，用以评论杜诗，韩文，颜、柳字，左史，吴道子画等。早在元稹《唐故工部员外郎杜君墓系铭并序》[①]中已说过：“至于子美，盖所谓上薄风、骚，下该沈、宋，古傍苏、李，气夺曹、刘，掩颜、谢之孤高，杂徐、庾之流丽，尽得古今之体势，而兼人人之所独专矣。”说杜甫综兼众美，已有“集大成”的初步含义。第一次以“集大成”评杜的是苏轼，《后山诗话》云：“苏子瞻云：‘子美之诗，退之之文，鲁公之书，皆集大成者也。’”又云：“子瞻谓杜诗、韩文、颜书、左

① 元稹《元氏长庆集》卷五六，《四部丛刊》本。

史，皆集大成者也。”细析苏轼的这个概念，至少包括三层意蕴：一是从孟子的评论伦理人格，引申到诗、文、书、史、画等文艺领域，而且他又是着眼于从整个文化大背景和文艺历史发展的纵横时空中来立论的。二是其具体含义乃指杜、韩、颜、左均具有奄有众长、吸纳万川的恢宏气势和格局，达到了艺术造诣的极致。苏轼在《书唐氏六家书后》①云：“颜鲁公书雄秀独出，一变古法，如杜子美诗，格力天纵，奄有汉、魏、晋、宋以来风流，后之作者，殆难复措手”，即是此意。三是“集大成”这一概念，本身同时又包含盛极而变、变而后衰的思想，这是尤为深刻的。苏轼《书黄子思诗集后》②提出，唐代颜真卿、柳公权的书法，“始集古今笔法而尽发之，极书之变，天下翕然以为宗师，而钟、王之法益微”；李白、杜甫的诗歌，“以英玮绝世之姿，凌跨百代，古今诗人尽废，然魏、晋以来高风绝尘，亦少衰矣”。任何事物的巅峰状态同时也蕴藏着负面因素，荟萃精华在此，包藏危机亦在此。颜、柳书法，李、杜诗歌，均在巅峰状态中同时丧失了“萧散简远”之趣和“天成”“自得”“超然”之妙。苏轼在《书吴道子画后》③中更明确地说：“诗至于杜子美，文至于韩退之，书至于颜鲁公，画至于吴道子，而古今之变，天下之能事毕矣。”同样在一片辉煌中看到了内在的阴影和继续发展的困惑。

这一点也为后人所习察。如清代陈廷焯评论南宋词时已指出：“北宋去温、韦未远，时见古意，至南宋则变态极焉。变态既极，

①②③ 《苏轼文集》卷六九、六七、七〇，第2206、2124、2210页。

则能事已毕。遂令后之为词者，不得不刻意求奇，以至每况愈下，盖有由也。亦犹诗至杜陵，后来无能为继。”[①]这与苏轼见解一脉相承。钱锺书先生《谈艺录》第30页云：“文章之革故鼎新，道无它，曰以不文为文，以文为诗而已。向所谓不入文之事物，今则取为文料；向所谓不雅之字句，今则组织而斐然成章。谓为诗文境域之扩充，可也；谓为不入诗文名物之侵入，亦可也。”这里也从盛极而变的历史观念来看待宋代文人文学中普遍发生的以文为诗、以诗为词、以文为赋等“破体为文”的现象，这些现象的产生不是偶然的，而是艺术发展链条上必经的一环。因而，宋代文人文学的成就与不足，它的艺术追求与偏颇，如能密切联系这个文学发展的盛而变、变而衰的历史阶段来观察，当可获得合理的解释和全面的评估。

苏轼的“集大成”思想，在当时就有了广泛的社会回应。如秦观的《韩愈论》[②]就指出韩愈的古文，是“钩列、庄之微，挟苏、张之辩，摭班、马之实，猎屈、宋之英，本之以《诗》《书》，折之以孔氏”的“成体之文”，杜甫的诗歌，则能“穷（苏武、李陵）高妙之格，极（曹植、刘桢）豪逸之气，包（陶潜、阮籍）冲淡之趣，兼（谢灵运、鲍照）峻洁之姿，备（徐陵、庾信）藻丽之态”，因而也认为“杜氏、韩氏，亦集诗文之大成者欤！”其“集大成”之“集诸家之长”一义，与苏轼的完全相同。但秦观又反复

① 陈廷焯《白雨斋词话》卷三，人民文学出版社，1983年，第59页。
② 秦观《淮海集》卷二二，《四部丛刊》本。

指出：杜诗之所以能“积众家之长，适当其时而已”，“岂非适当其时故耶？”即认为杜甫震古烁今的伟大诗篇与其说是个人天才、学养、遭际的产物，不如说是盛唐文化全面高涨的结果。清潘德舆对秦观“适当其时”说大肆讥斥，以“假令子美生于六朝，生于宋元，将不能‘集众家之长’耶”[①]来反诘，其实并不理解秦观这个“时”字所能提供给后人领悟的深刻内涵。而宋人之所以能适时地提出“集大成”的文学思想，从深层意义上讲，也是时代风云际会所酝酿而成的。它一方面折射出宋代文明的高度发展和定型化，才促使像苏轼这样本人就是“百科全书式”的集大成人物，得以概括出这一文艺概念；另一方面也预示着宋代文学已处于中国文学发展中的一个转型时期：传统的诗和文（包括宋代开始兴盛的词）已经高度成熟、定型、完美，达到了再造辉煌和艺术危机并存的境地，文学的重心已在准备转向到别一个方面——小说、戏曲就是今后作家们展示才华的新的领域。对宋代文学的走向作宏观考察时，这应是一个基本的把握。

三、附论：对外文化交流与宋代士人心态

宋代士人对传统文化的吸取和整合，具有颇为恢宏的开放气魄，那么，他们对外来文化的心态又是如何呢？这也是研究唐宋文

① 潘德舆《养一斋李杜诗话》卷二，《清诗话续编》本，上海古籍出版社，1983年，第2183页。

化不同特点时的一个重要问题。主张以“开放”与“封闭”来分指唐型文化与宋型文化的特点，其重要论据之一就是视其对外来文化采取何种态度，就是说，唐型文化“以接受外来文化为主”，而宋型文化则具有“排拒外来文化的成见”。对此，也稍加辨析，以作附论。

从宋朝的对外文化交流关系而言，当然不及唐代对外来文化的毫无顾忌的大胆而全面的吸取，这是无须争议的事实。唐时西北的“丝绸之路”，为输入西域文明打开了畅通的道路，宗教、音乐、歌舞、诸般技艺乃至衣食习俗等异质文化源源不断地西来，成为建构唐型文化的要素和基础之一；而两宋东南地区的海上交通，其便捷、先进（特别是指南针的发明、应用）也为前代所不及，输出的物品也以丝绸、瓷器为主，堪称海上的“丝绸之路”。从海外贸易的商业角度来看，丝毫不比唐代逊色，但在文化输入方面确实无法与之匹敌了。

宋朝颇称发达的对外交通线之所以限制在贸易商业的功能内，而没有同时发展为文化输入的通道，其原因是复杂的。大要有二：一是唐宋两朝对外的政治、军事形势不同，因而对外的文化需求也不同。唐代，尤其是盛唐士人，对于强盛的国势怀有自信亦复自傲，便以充分开放的心态去吸纳外族的一切，以满足多方面的文化消费和多姿多态的文化创造的需要。然而，宋朝自建国之时起直至灭亡，历受辽、西夏、金、元诸政权的巨大威胁，军事问题自始至终都是政治的首要议题和社会的症结之一，忧患和屈辱伴随着士人的心路历程。二是宋朝与诸族在文化发展水平上的差异。宋朝“积贫积弱”，在军事、财政上虽不称强大，却是当时东方文明的大国，其文化水平高高雄踞于周边诸族之上。就东北亚地区汉文化圈而论，辽、金、元等政权尚处于向封建化过渡之际，显然不能依赖其原生态的部落文化来完成封建主义的上层建筑，高丽、日本也在进一步完善封建制的过程之中，他们都迫切需要宋朝汉文化的输入，这就自然造成宋朝的文化“出超”现象。

不错，宋朝士人常怀有一种文化优越感。苏颂等人的使辽诗中就有不少辽人慕宋的描写。苏颂《和过打道部落》[①]“汉节经过人竞看，忻忻如有慕华心”，苏辙《神水馆寄子瞻兄四绝》[②]“虏廷一意向中原，言语绸缪礼亦虔”，《渡桑干》[③]“胡人送客不忍去，久安和好依中原”，都带有以本朝为本位的强烈色彩。苏颂的使辽诗还认为在隆冬的辽境偶遇暖日是宋皇帝的恩惠：“上心固已推恩信，天意从兹变燠旸”[④]，“穷冬荒景逢温煦，自是皇家覆育仁”[⑤]。这里既是使臣们有歌颂君主的义务所致，也未尝不是在自我优越的文化意识怂恿下所说的夸饰之词。这种优越感恰恰弥补了因军事懦弱、外交妥协所造成的失意感，因而在他们笔下时有流露。

但是，这绝不等于说，宋朝的文化政策和士人心态是怀有“排拒外来文化的成见”的。恰恰相反，宋朝政府和士人在这种时代社

① 苏颂《苏魏公文集》卷一三，《四库全书》本。

②③ 苏辙《栾城集》卷一六，《四部丛刊》本。

④ 苏颂《中京纪事》，《苏魏公文集》卷一三，《四库全书》本。

⑤ 苏颂《离广平》，《苏魏公文集》卷一三，《四库全书》本。

会条件下，还是力求展开和扩大对外的平等的文化交流，并出现了一些颇具历史深远意义的特点。

苏轼对高丽的态度，受到现今一些中、韩学者的非议，以他为例或更可说明问题。元祐四年（1089）和八年（1093），苏轼先后两次向朝廷呈奏六篇劄子，反复阐述对高丽禁运书籍的必要。元祐四年十一月，高丽僧人寿介等五人来华，时任杭州知州的苏轼，在《论高丽进奉状》[①]中说："（高丽）使者所至，图画山川，购买书籍。议者以为所得赐予，大半归之契丹。"元祐八年二月，高丽使臣又至汴京，要求购买《册府元龟》、历代史、太学敕式等，苏轼时任礼部尚书，又在《论高丽买书利害劄子》[②]中，指出高丽听命于契丹，"终必为北虏用。何也？虏足以制其死命，而我不能故也"。在当时宋、辽、高丽犄角鼎峙的形势下，从地缘政治学的角度来观察，宋、辽和战相继，互为敌国，澶渊之盟后，虽无大战，却仍处于"冷战"对峙状态；而高丽于公元993年被契丹征服，995年以后一直接受辽朝册封，屈居藩国，且地壤相连，与宋却沧海睽隔。苏轼的"必为北虏用"的疑虑，是有道理的。然而，苏轼的禁书外流的奏议，没有为宋朝廷所采纳，并不代表官方的文化政策，更未能在事实上阻止汉籍的传入高丽乃至辽国，苏轼预测的"中国书籍山积于高丽，而云布于契丹"[③]的景象竟然出现了。他的弟弟苏辙在使辽返宋后的述职报告之《北使

---

①② 《苏轼文集》卷三〇、三五，第847、994页。

③ 《论高丽买书利害劄子》，《苏轼文集》卷三五，第994页。

还论北边事劄子》[①]中惊呼："本朝民间开版印行文字，臣等窃料北界无所不有。""无所不有"，竟已囊括无遗，不就是"山积""云布"了么！这是一。其次，就苏轼本人而言，他对与高丽的正常友好交往和文化交流，并无异议。元丰八年（1085），高丽僧统义天（文宗第四子）使华巡礼，诏令苏轼友人杨杰馆伴，往游钱塘，苏轼作《送杨杰》[②]相赠，中有"三韩王子西求法，凿齿弥天两勍敌"之句，以"俊辩有高才"的东晋名僧道安喻义天，称他与杨杰（以习凿齿为喻）辩才相当，对他的西来"求法"，作了热情肯定，并无民族褊狭之心。宋廷曾拟派遣苏轼出使高丽，因故未能成行[③]。但苏轼在《与林子中》[④]的信中，对林希亦有此差遣誉为"人生一段美事"，表达了无限向往之忱："浮沧海，观日出，使绝域（指高丽）知有林夫子，亦人生一段美事。"对"此本劣弟差遣，遂为老兄所挽"，深表遗憾与惋惜。林希因轻信占卜，惧怕出海风浪之险，畏而辞命[⑤]。相比之下，倒显出苏轼为获取对异国风情的新的人生体验而具有迈往勇锐的追求，他的文化心态是开拓外倾的。苏轼的奏议却被有的论者指责为"站在一封闭、主观、

① 苏辙《栾城集》卷四二，《四部丛刊》本。

② 《苏轼诗集》卷二六，第1374页。

③ 参见秦观《客有传朝议欲以子瞻使高丽，大臣有惜其去者，白罢之，作诗以纪其事。与莘老同赋》，《淮海集》卷八，《四部丛刊》本。

④ 《苏轼文集》卷五五，第1656页。中华书局1986年版。

⑤ 龚明之《中吴纪闻》卷二云："初，林希枢密买卜于京师，孟诊为作卦影，画紫袍金带人对大水而哭，林以为高丽之役涉瀚海，故力辞之。"上海古籍出版社，1986年，第42页。

以华夏自居、不屑与蛮夷小邦往来之立场”[①]，而事实真相如上所述，说明对宋朝的对外关系亦有深入研究的必要。

综观唐宋两代对外文化交流的走势，大致有一个从西向东、又由东返西回流的过程。在唐代，文化交流的流向呈现出较为单一的形态，即由西域输入佛教及其他文化，再混糅中土的儒家文化，转向朝鲜、日本等周边国家输出。而到了北宋，出现了交流史上的新趋向，以汉籍回流为突破口，缓慢地启动了一个双向交流时代的到来。宋太宗时，日本僧人奝然出使中国，便带来了中土已佚的郑玄注《孝经》等书籍，引起了朝廷上下的极大震动，这无疑会启发中土的士人对海外庋藏乃至一般文化情况给予应有的重视。连思想并不新锐的司马光在《和钱君倚日本刀歌》[②]中也写道："徐福行时书未焚，逸书百篇今尚存"，"嗟予乘桴欲往学，沧波浩荡无通津"[③]。代表了这种刚刚萌露的渴求平等交流的心理和愿望。这种情况也发生在高丽与宋朝之间。高丽重视华夏文化，精心搜集汉籍，庋藏丰富。据《邵氏闻见后录》卷九载，宋神宗曾千方百计地想要搜求《东观汉记》一书，却"久之不得"，后来才由"高丽以其本附医官某人来上"。元祐六年（1091），宋朝正式向高丽访求佚书[④]。据郑

---

① 陈飞龙《苏轼高丽观之探讨》，台湾《政治大学学报》第64期，1992年3月。

② 司马光《司马文正公传家集》卷五，《四部丛刊》本。

③ 此诗又见欧阳修《居士外集》卷四，一般以为乃欧氏所作，似误。参看王宜瑗《〈日本刀歌〉与汉籍回流》一文，载《书与人》1995年第5期。

④ 参见屈万里《元祐六年宋朝向高丽访求佚书问题》，《东方杂志》复刊第8卷第8期，1975年2月。

麟趾等撰《高丽史》卷一〇云：时高丽使李资义等“还自宋，奏云：‘帝（宋哲宗）闻我国书籍多好本，命馆伴书所求书目录授之，乃曰：虽有卷第不足者，亦须传写附来。’”这份书目共128种，达4 980卷。次年，高丽作了积极回应，据秘书省报告：“高丽献书多异本，馆阁所无。诏校正二本，副本藏太清楼天章阁。”[①]证明在当时高丽藏书中果然有汉籍珍本。作为一个实例，可以举出《黄帝内经》。此书据《汉书·艺文志》著录，应有十八卷，而至宋时仅存九卷。元祐时高丽向宋廷献书中，“内有《黄帝针经》九卷”，正可配成完帙，珠联璧合。于是朝臣上言：“此书久经兵火，亡失几尽，偶存于东夷。今此来献，篇帙具存，不可不宣布海内，使学者诵习。”宋廷采纳此议，下诏校订版印，一时传为美谈[②]。这也必然影响到宋人对域外的文化观念。又如据清乾隆时来华的朝鲜学子朴趾源《热河日记》中之《避暑录》所载：宋徽宗时，高丽使臣金富仪（按，即金富辙）来华，将唐玄宗赐赠新罗国王的一首五排“示馆伴学士李邴，邴上之帝（原注：徽宗皇帝），因宣示两府及诸学士讫，传宣曰：‘进奉侍郎所上诗，真明皇书。’嘉叹不已”。而此诗却为康熙时所刊《全唐诗》所漏收（后为市川世宁《全唐诗逸》补入），朴趾源不无感叹地说：“此诗既入中国，至经道君（徽宗）睿赏，而后录唐诗者并未见收，始知前代坠文，非耳目所可穷，而海外偏邦之士，反或有阐幽之功。”这位朝鲜学子正说出了宋代不少

---

① 王应麟《玉海》卷五二《艺·书目》引，《四库全书》本。

② 参见江少虞《宋朝事实类苑》卷三一，上海古籍出版社，1981年，第397页。

士人的心声，文化交流必然起到互补互融的作用。

既有书籍的东传西返，当然也不可避免地有文学艺术的你来我往。《高丽史·乐志》就著录从北宋传入的词曲达七十四首之多，其中十五首为柳永、晏殊、欧阳修、苏轼、李甲、阮逸女、赵企、晁端礼所作，其他五十九首均为中土佚词，弥足珍贵。据吴熊和先生考证，当时中韩两国的音乐交流可谓“广泛而经常”，一方面有北宋派遣乐工伶人到高丽传授乐舞词曲，另方面又有高丽派遣学艺人员到汴京，在同文馆聘请中国乐师训练指导[①]。这两种方式的结合，使两国音乐交流的水平达到很高的境界，尤以神宗朝为盛。宋代乐舞词曲的大量流布于高丽，也换来了高丽音乐舞蹈的传入宋朝。元丰五年（1082）二月，宋神宗因高丽使者来华，曾云：“蛮夷归附中国者固亦不少，如高丽其俗尚文，其国主颇识礼义，虽远在海外，尊事中朝，未尝少懈。朝廷赐予礼遇，皆在诸国之右。近日进伶人十数辈，且云夷乐无足取者，止欲润色国史尔。”[②]这十几位高丽伶人随使者崔思齐、李子威到达汴京，曾于元丰五年元夕作过演出，宋神宗君臣咏唱酬和甚为欢洽，王安礼《恭和御制上元观灯》诗有“銮舆清晓出瑶台，羽卫瞻迎扇影开。凤阙张灯天上坐，鸡林献曲海边来”[③]，为这次献艺留下珍贵的历史一幕，也反映出超越国界的文化认同心理。

---

① 参见吴熊和《高丽唐乐与北宋词曲》，《中华文史论丛》第50辑。

② 《续资治通鉴长编》卷三二三，元丰五年二月丁卯条，上海古籍出版社，1986年影印本。

③ 方回《瀛奎律髓》卷五《升平类》，《四库全书》本。

对外文化交流包括输入和输出，判断宋型文化在这个问题上是否“开放”，就不仅应从其接受、吸纳异质文化的广度和深度来衡量，还应考察它对汉文化圈的影响和渗透的程度。大致说来，日本、高丽等东亚诸国，它们对唐代文化的接受模仿多于融化、创造，甚至近似全面照搬，且偏重于典章制度方面；而对宋代文化的接受，却着力于融会贯通，尤注重宗教、哲学、文学等精神文化的统摄，如日本其时对朱子学、苏黄文学的悉心研习和运用，镰仓、京都“五山”禅林对宋代五山十刹禅宗的传承和发扬，都是显例，对其民族文化的发展，影响更为深巨。

总之，宋代对外来文化的吸取，限于种种时代条件，在规模和对本民族历史的影响深度上，确实无法与唐代并肩，但无论是官方的文化政策，或是宋代士人的态度，都并无“排拒”之意，与封闭性的文化“锁国”更不相干。在特定的历史容许的范围内，宋人仍渴求与周边诸族的平等的文化交流，渴求了解中土以外的外部世界。这对全面把握宋代作家的文化心态也是有一定意义的。

（原载《〈文学遗产〉纪念文集》，文化艺术出版社，1998年8月）

2

文体丕变与宋代文学新貌

“文体”一词，含义颇广，容纳过各种各样的涵义。我们这里是指文类，即文学样式。就宋代文学而言，主要指诗、词、文、小说、戏曲五大门类。

文体是文学作品最直观的形式，但一种文体的产生、兴盛、嬗变和衰亡的过程，却蕴含着深刻的社会的、政治的、伦理的和审美的缘由，它反映着文学创作观念、价值标准的变化。各种文体的体式规范、结构形态、文学特征和不同功能的形成，不是个别作家人为营造的结果，而是长期文学实践的产物，因而具有稳定性；然而，这种稳定性却随时遭到挑战，各种文体的特性总又处在不断变异之中，它们之间还发生互相融摄、渗透和贯通的现象，从而直接影响文学的时代面貌。

在中国文学的长期发展中，体类之繁多，变化之复杂，作家们对辨体之重视和悉心研究，恐为世界历史所罕见，这为建立一门全面、系统的文体学打下坚实的基础。而文体问题在宋代的文学创作和文学思想中尤为突出、特殊和重要。从文体角度研究宋代文学，了解五大文体的不同发展样态，确定其在文学历史中的地位，考察各文体的具体特点、价值、功能及其变异、换位诸问题，当能从一个侧面对宋代文学获得新的把握。

一、"一代有一代之文学"：宋代各体文学的历史地位

（一）"一代有一代之文学"说的来由

宋代文学的主要文体是诗、词、文、小说、戏曲五大类，对此五种文体的成就、价值及其在中国文学史上的地位，从"一代有一代之文学"的说法中可以作些探索。

王国维在1912年所写的《宋元戏曲史》自序中说："凡一代有一代之文学：楚之骚，汉之赋，六代之骈语，唐之诗，宋之词，元之曲，皆所谓一代之文学，而后世莫能继焉者也。"指明了各个朝代文学的重心所在，也表明了王氏自己的一种文学发展史观。王氏自云，此说乃秉承清焦循之说而来。焦循《易余籥录》卷一五云："夫一代有一代之所胜，舍其所胜以就其不胜，皆寄人篱下者耳。余尝欲自楚骚以下至明八股，撰为一集。汉则专取其赋，魏晋六朝至隋则专录其五言诗，唐则专录其律诗，宋专录其词，元专录其曲，明专录其八股，一代还其一代之所胜。"

然而，焦氏并非始作俑者，此说尚可寻祖溯源。如：

元罗宗信《〈中原音韵〉序》："世之共称唐诗、宋词、大元乐府，诚哉！"

明茅一相《题词：评〈曲藻〉后》："夫一代之兴，必生妙才；一代之才，必有绝艺：春秋之辞命，战国之纵横，以至汉之文，晋之字，唐之诗，宋之词，元之曲，是皆独擅其美而不得相兼，垂之千古而不可泯灭者。"

明息机子《刻〈杂剧选〉序》:“一代之兴，必有鸣乎其间者。汉以文，唐以诗，宋以理学，元以词曲，其鸣有大小，其发于灵窍一也。”

明王骥德《〈古杂剧〉序》:“后三百篇而有楚之骚也，后骚而有汉之五言也，后五言而有唐之律也，后律而有宋之词也，后词而有元之曲也。代擅其至也，亦代相降也，至曲而降斯极矣。”

明沈宠绥《弦索辨讹》:“三百篇后变而为诗，诗变而为词，词变而为曲。诗盛于唐，词盛于宋，曲盛于元之北。”①

清理此说的源流脉络，可以看出：他们都是从推尊“元曲”的立场而提出这一说法的。元人罗宗信固为张扬本朝的文学成就而发，茅一相等明人也大都是热衷并深谙戏曲的曲论家，而清人焦循，作为重要戏曲理论著作《花部农谭》、《剧说》、《曲考》(已佚)的作者，其说为《宋元戏曲史》作者王国维所认同，也就可以理解了。在元曲以前，我国已有悠长丰富的文学发展的历史，足够后人从文体学角度着眼，把历朝历代最有代表性的文体联成一个有序的谱系。这既能把元曲置于主流文学之列，宗祧正宗，借以提升被人轻视的“元曲”的地位；同时，也对整个文学发展的历史有一个宏观的把握。特别是王国维，他更融贯西方的美学思想，使“一代有一代之文学”的说法更具有理论色彩。他还解释文体代变的原因说：“四言敝而有《楚辞》,《楚辞》敝而有五言，五言敝而有七言，古诗敝而有律绝，律绝敝而有词。盖文体通行既久，染指遂多，自成习

---

① 见李调元《雨村曲话》卷上引，今本《弦索辨讹》无此条。

套。豪杰之士，亦难于其中自出新意，故遁而作他体，以自解脱。一切文体所以始盛终衰者，皆由于此。故谓文学后不如前，余未敢信；但就一体论，则此说固无以易也。”①他认为每一种文体都不可避免地具有发生、发展、鼎盛直至衰亡的过程，无疑是富有历史辩证精神的。他的这一见解应该说是反映了文学发展的一些重要规律的。

（二）宋词的历史定位

在这一见解中，宋词被指认为宋代文学中最“盛”、最“胜”、最有代表性的文体，被安置在中国文学史上极其重要的地位，足以与楚骚、汉赋、六朝骈文、唐诗、元曲并驾齐驱。这种观点影响深远②，但似需进一步辨析。

“一代有一代之文学”或“一代有一代之所胜”的说法，其含义实是多重的：一是指“盛”，即繁荣发达的程度；二是指“佳”，即文学成就的高下；三是指“代表性”和“独创性”。这三者当然可能发生交叉，不易截然界划，但大致的区分是存在的。例如王国维在肯定焦循“一代有一代之所胜”为“具眼”后，接着说：“余谓律诗与词，固莫盛于唐、宋，然此二者果为二代文学中最佳之作否，尚属疑问。”他认为宋词可算“盛”，但不一定是宋代文学中的

---

① 王国维《人间词话》，人民文学出版社，1982年，第218页。

② 今天有的学者进一步认为，中唐以后的“时代精神已不在马上，而在闺房；不在世间，而在心境”。所以宋词成为“最为成功”的艺术部门，“时代心理终于找到了它的最合适的归宿”（李泽厚《美的历程》第193—194页）。

"最佳之作"，即把"盛"与"佳"作了区别。王国维的这段"但书"，是针对焦循下述言论的："故论宋宜取其词，前则秦柳苏晁，后则周吴姜蒋，足与魏之曹刘，唐之李杜相辉映焉。其诗人之有西昆、江西诸派，不过唐人之绪余，不足评其乖合矣。"[①]他崇尚宋词贬抑宋诗，但论宋诗不及梅、欧、苏、黄、陆、范、杨等大家，仅举西昆、江西相比，明属偏颇，难怪王国维要产生"疑问"了。

其实，单就"盛"而言，也有横向比较和纵向评量的不同。宋代文学的五大文体中，小说、戏曲尚处萌芽时期，固不足比，但是宋文、宋诗亦处于繁盛时期，并不比宋词稍逊；而从今存作品数量来看，还大大超过宋词。据《全宋词》的统计，今存词人1 300多家，作品近2万首（孔凡礼《全宋词补辑》又新补词人100家，增收430多首）。而正在编纂中的《全宋文》（四川大学编）共收作者逾万（其中百分之九十五为无集作者），收文约10万篇，达5 000万字，为《全唐文》的5倍。正在编纂中的《全宋诗》（北京大学编），"所收作者和诗篇，据不完全的初步统计，作者不下9 000人，为《全唐诗》的4倍，诗篇的数量当为更多（按，《全唐诗》所收诗人2 200余家，诗48 900余首）"[②]。估计《全宋文》和《全宋诗》两部总集编成后，实际数量还将超过这些预测。[③]

再从单个作家诗、词创作的数量来分析。据《全宋词》和

---

① 焦循《易余籥录》卷一五，《木犀轩丛书》本。

② 《全宋诗·编纂说明》，北京大学出版社，1991年。

③ 《全宋诗》正编于1999年全部出齐，共72册，所收诗人8 900家，总字数近4 000万，为《全唐诗》字数的10倍。——1999年11月补注。

《全宋词补辑》的统计，宋代词人中作品数量最多的前十名是：（一）辛弃疾，629首；（二）苏轼，362首；（三）刘辰翁，354首；（四）吴文英，341首；（五）赵长卿，339首；（六）张炎，302首；（七）贺铸，283首；（八）刘克庄，269首；（九）晏几道，260首；（十）吴潜，256首[①]。而诗歌创作的数量则成倍地超过。如现存苏轼诗2 700多首，杨万里4 000多首，陆游近万首，不仅远比唐代李白、杜甫为多（李诗近千首，杜诗1 400多首），比之他们自己的词作，多寡相距亦甚远，说明作者们对诗歌创作的投入和专注远远超过了词的创作。至于文，因其内容庞杂，不宜作数量的比较，但日本学者吉川幸次郎说得好："在中国人的意识里，做文章——即把想用语言表现出来的东西用文字写下来——是人间诸生活中最重要的事情。……文章作为人格的直接象征，在中国人的生活中，至少在已往的生活中，占有着极其重要的位置。"[②]这在宋代士人中也是如此，作文是比吟诗填词更受重视的。

若从文学成就看，宋词与宋诗、宋文也颇难强分高下，硬作轩轾。如清李渔《闲情偶寄》卷一《词曲部·结构第一》中即言："历朝文字之盛，其名有所归，汉史、唐诗、宋文、元曲，此世人口头语也。《汉书》、《史记》，千古不磨，尚矣，唐则诗人济济，宋有文士跄跄，宜其鼎足文坛，为三代后之'三代'也。"认为"宋

① 见曹济平《〈全宋词〉计算机检索系统的功能》，《古典文学知识》1992年第1期。

② 《中国文章论》，王水照编选《日本学者中国文章学论著选》，上海古籍出版社，1992年，第259页。

文”为宋代文学中之杰出者，与两汉史传、唐代诗歌并为“后三代”；他还指明此乃“世人口头语也”，并非一己私见而是一般舆论。其实，从宋人开始，已把本朝文章比拟追攀“三代”了。北宋欧阳修《集古录跋尾》卷四《范文度模本兰亭序》[①]云:“圣宋兴，百余年间，雄文硕学之士相继不绝，文章之盛，遂追三代之隆。”南宋王十朋《策问》[②]云:“我国朝四叶文章最盛，议者皆归功于仁祖文德之治与大宗伯欧阳公救弊之力，沉浸至今，文益粹美，远出乎正（贞）元、元和之上，而进乎成周之郁郁矣。”陆游《尤延之尚书哀辞》[③]亦云:“吾宋之文抗汉唐而出其上兮，震耀无穷。”事实上，无论从体裁的完备、流派的众多、艺术技巧的成熟等方面来衡量，宋代散文确处于我国古代散文发展的一个巅峰阶段，是不应该被轻忽的。至于对宋诗艺术质量的评判，见仁见智，褒贬反差悬殊，崇之者誉为“宋诗岂惟不愧于唐，盖过之矣”[④]，抑之者竟谓宋“一代无诗”[⑤]，形成聚讼纷纭的“唐宋诗之争”。然而，这一纷争的实质已不在于唐宋诗之孰优孰劣，而是两种不同艺术标准、文学价值观念之争。这一论争久而未决的事实本身，已说明宋诗完全有资格成为与唐诗抗衡的一个具有某种独立性的艺术系统。尽管它有各种各样的缺失并日益陷入无法克服的创作危机，但其变唐入宋、推

① 欧阳修《欧阳文忠公集》卷一三七，《四部丛刊》本。

② 王十朋《梅溪文集·前集》卷一四，《四部丛刊》本。

③ 陆游《渭南文集》卷四一，《四部丛刊》本。

④ 都穆《南濠诗话》引刘克庄语，《知不足斋丛书》本。

⑤ 王夫之《姜斋诗话》卷下，《清诗话》本，上海古籍出版社，1978年，第15页。

陈出新的业绩仍足以在中国诗歌史上占据一个重要的地位。

词家千余、词作二万的宋词是中国文学中一丛绚丽夺目的奇葩，将其当作宋代文学的代表，置于“一代有一代之文学”系列，只有在下述意义上是正确的：即从中国文学诸文体发展的角度来看，作为词体文学，宋代无疑已臻顶巅。元、明两代固无更多名家名作可以称述，清代的词学中兴，成就不应低估，但清词之于宋词，略与宋诗之于唐诗相埒，总落第二位。宋词以我国词体文学之冠的资格，凭借这一文体的全部创造性与开拓性，为宋代文学争得与前代并驾齐驱的历史地位。在这一意义上，它与楚骚、汉赋、六朝骈文、唐诗、元曲并列才是当之无愧的。若认为宋词的成就超过同时代的宋诗、宋文，则就不很确当。

二、雅、俗之辨

（一）由雅文学向俗文学的倾斜

雅俗之辨是我国重要的一种文化价值标准，具有丰富的内涵和鲜明的民族特点。“雅”的最初含义是指一种鸟，“俗”则指风俗习惯。《说文解字·隹部》:“雅，楚乌也，一名鸒，一名卑居，秦谓之雅。”《人部》:“俗，习也。”雅、俗对举，最早用于音乐领域。“雅”原指周朝王畿地区的曲调,《毛诗序》云:“雅者，正也。”雅即指“正声”，与其时的俗乐郑声相对立，雅郑之分就是雅俗之别。而到魏晋南朝时代，雅俗对举却成为品评人物的整个人格乃至一切精神产品的尺度；到了宋代，“雅俗”作为评价人格及文学艺术方面的标准，更为突出和强调，从而成为成熟恒定的价值观念和审美观念。苏轼《於潜僧绿筠轩》[①]云："可使食无肉，不可使居无竹。无肉令人瘦，无竹令人俗。人瘦尚可肥，士俗不可医。"黄庭坚《书缯卷后》[②]亦云："余尝为少年言：士大夫处世可以百为，唯不可俗，俗便不可医也。"显与苏轼同一口吻。他们均从士大夫人格美的角度立论，是人们耳熟能详的名言。至于诗歌评论中的"元轻白俗"[③]等语，则表明在文学创作中同样反映出忌俗尚雅的时代精神指向。

我们说忌俗尚雅是宋代士人的精神指向，然而，雅俗之辨在不同领域、不同层面上又有复杂交叉的情形，雅俗这一对矛盾在宋人观念上又有互摄互融的一面，这都尚需深入论析。

从文体而言，中国文学中的诸种文学样式也存在雅俗的区别。一般说来，雅文学主要指流传于社会中上层的文人文学，如诗、词、文；俗文学则主要指流传于社会下层的通俗文学，如小说、戏曲。前者往往借助于书面记载的形式而流布，后者则更多地通过艺术行为方式而传播。而宋代文学正处于由"雅"向"俗"的倾斜、转变时期，在整个文体盛衰升降过程中，处于一个承前启后的阶段。闻一多《文学的历史动向》[④]中说：

我们只觉得明清两代关于诗的那许多运动和争论，都是无

① 《苏轼诗集》卷九，中华书局，1982年，第448页。
② 黄庭坚《豫章黄先生文集》卷二九，《四部丛刊》本。
③ 《祭柳子玉文》，《苏轼文集》卷六三，中华书局，1986年，第1938页。
④ 《闻一多全集》第一册，生活·读书·新知三联书店，1982年，第201页。

> 味的挣扎。每一度挣扎的失败，无非重新证实一遍那挣扎的徒劳无益而已。本来从西周唱到北宋，足足二千年的工夫也够长的了，可能的调子都已唱完了。到此，中国文学史可能不必再写，假如不是两种外来的文艺形式——小说与戏剧，早在旁边静候着，准备届时上前来“接力”。是的，中国文学史的路线南宋起便转向了，从此以后是小说戏剧的时代。

闻一多是具有非凡文学感受能力的诗人兼学者，他的宏观把握，往往精警而发人深思，虽然也常常不无小疵。比如这段论述中把“小说与戏剧”当作“两种外来的文艺形式”，对元明清诗词文的成就又一笔抹杀，就可能引起异议；但他的“中国文学史的路线南宋起便转向了”的大判断，却颇具卓识。也就是说，小说和戏剧冲破了士人们忌俗尚雅的审美取向，从南宋勃然兴起，延至元明清时代，逐渐取代了传统诗词文的正统地位，以新的人物、新的文学世界和美学趣味，正式登上了中国文学的神圣殿堂的论断，还是很精辟的。我们应该充分评价元明清诗词文的成就，但其未能超宋越唐，则可断言。如果说，宋代的诗词文（特别是词文）是元明清作家们不断追怀仰慕的昨天，那么，元明清小说、戏曲的大发展就是宋代刚刚发展起来的小说、戏曲的灿烂明天了。宋代文学正体现出这种文化多元综合的特点。

（二）忌俗尚雅和以俗为雅、雅俗贯通

忌俗尚雅是宋代士人雅俗观念的核心，但它已不同于前辈士人那种远离现实生活的高蹈绝尘之心境。他们的审美追求不仅仅

停留在精神性的理想人格的崇奉和内心世界的探索上，而同时进入世俗生活的体验和官能感受的追求，提高和丰富生活的质量和内容。也就是说，在“雅”“俗”之间，并非只有非此即彼的单一选择，而是打通雅俗、圆融二谛，才是最终的审美目标。因而，从宋代五类文体而言，固然可以大致区分为雅、俗两类文学，并可看出由雅而俗的历史动向；然而在文人文学的诗词文三体中，却又各自呈现出“以俗为雅”、俗中求雅、亦俗亦雅乃至大俗大雅的倾向。

严羽《沧浪诗话·诗法》力主学诗必去五俗：“一曰俗体，二曰俗意，三曰俗句，四曰俗字，五曰俗韵。”这位以魏晋盛唐为师、极诋本朝诗歌的评论家，他的尚“雅”反“俗”与其他宋代诗人的着眼点是不同的。他所指摘的五俗，恰恰是宋诗中大量存在的创作现实。

从现象层来看，曾被前代审美理想视为粗俗而拒之门外的题材、物象、意象、句式、词语等纷纷闯入诗歌王国了。宋诗题材的日常生活化、语言的通俗化和近体诗中对格律声韵的变异（如以古入律），就是异常显著的现象。许多“古未有诗”的题材源源不断地出现在诗中，引起过巨大的震愕和不解，其实正体现出宋人审美情趣的深刻变化。仅举饮食文学为例，苏轼现存有关饮食的诗文达一百多篇。他总是情趣盎然地去写肉、鱼、蔬菜、汤羹等家常菜肴和饮酒、喝茶等生活细事，他爱好猪肉，也钟情鱼虾（鮰鱼、鳆鱼、鲫鱼、鲤鱼、通印子鱼、醉鱼、鳊鱼和蟹、蛤等），他写过东坡羹、菊羹、谷董羹、玉叶羹，而笔下的蔬菜更是品类繁多：有春菜（蔓菁、韭菜、荠菜、青蒿）、元修菜、笋、芹、芦菔、芥、菘等等。从司空见惯的俗物、俗事中发掘并获取雅韵，尽情地享受生活乐趣，最大限度地满足人类的生存需求，正是苏轼美食经验的最大特点。

汉语史的研究表明，中唐至两宋是汉语俗字滋生最为繁盛的时期。随着社会生活的发展和多姿多彩，表示新事物的名词、表示新活动的动词、描写新现象的形容词，以及谚语、成语、行业语等，纷纷涌入汉语词汇宝库。“寻常言语口头话，便是诗家绝妙词。”语言的这种发展和变化，自然增加了雅文学中的俗化现象。宋祁《九日食糕》中讥笑刘禹锡：“刘郎不敢题糕字，虚负诗中一世豪。”刘禹锡还是努力向民间文学学习，写过著名《竹枝词》《杨柳枝词》等的诗人，犹不敢在律诗中使用俗字。宋人则完全冲破这个禁令。王琪说：“诗家不妨间用俗语，尤见功夫。……此点瓦砾为黄金手也。”[①]苏轼更认为：“街谈市语，皆可入诗，但要人熔化耳。”[②]别人评苏诗也云：“惟东坡全不拣择，入手便用。如街谈巷说，鄙俚之言，一经坡手，似神仙点瓦砾为黄金，自有妙处。”[③]苏诗中的俗字俚语确也层出不穷，他还特加自注说明，显示其诗歌语言通俗化的自觉态度。如《和蒋夔寄茶》[④]“厨中蒸粟堆饭瓮”，《除夜大雪留潍州……》[⑤]“助尔歌饭瓮”之“饭瓮”，乃用山东民

① 蔡绦《西清诗话》引，旧抄本。

② 周紫芝《竹坡诗话》引，《历代诗话》本，中华书局，1981年，第354页。

③ 朱弁《风月堂诗话》卷上，《宝颜堂秘笈》本。

④⑤ 《苏轼诗集》卷一三、一五，第653、713页。

谣“霜淞打雾淞，贫儿备饭瓮”[①]；《次韵孙秘丞见赠》[②]“不怕飞蚊如立豹”之“立豹”，苏轼自注为“湖州多蚊蚋，豹脚尤毒”，知豹脚乃蚊名；《东坡八首》之四[③]“毛空暗春泽，针水闻好语”，据苏轼自注为“水”指细雨，“针”指稻毫，皆为蜀语；《发广州》[④]“三杯软饱后，一枕黑甜馀”之“软饱”“黑甜”，苏轼自注云“浙人谓饮酒为软饱”，“俗语睡为黑甜”。上述四例，用了今天山东、浙江、四川等地的俚语，足见地域之广。尤如《被酒独行，遍至子云、威、徽、先觉四黎之舍三首》之一[⑤]云：“半醒半醉问诸黎，竹刺藤梢步步迷。但寻牛矢觅归路，家在牛栏西复西。”“牛矢”一词，卑俗之极，但在这首绝句中，却奇妙地写出农村中一种朴实的生活经验，充分体现了作者身处逆境而淡泊平和的意趣。我们从“牛矢”中却闻到生活的芳香，真可谓化腐朽为神奇，与刘禹锡的不敢用“糕”字，其间的巨大审美距离，颇有象征意义。

超出现象层而进入意蕴层，更能看到宋代士人深刻的雅俗贯通互摄的思想，反映出华夏审美意识已发展到一个较为健全、成熟的阶段。黄庭坚一生向往像周敦颐那样的理想人格风范：“人品甚高，胸中洒落，如光风霁月，好读书，雅意林壑。”[⑥]但他同时强调，应在普通的日常平凡生活中体现出“光风霁月”的精神境界，而不

---

① 杨慎《升庵诗话》卷一〇，《梅溪注东坡诗》条，《历代诗话续编》本，中华书局，1983年，第832页。

②③④⑤ 《苏轼诗集》卷一九、二一、三八、四二，第968、1079、2067、2322页。

⑥ 黄庭坚《濂溪诗序》，《豫章黄先生文集》卷一，《四部丛刊》本。

是追求外表的道貌岸然，峨冠博带。他在解答“不俗人”的标准时说，标准颇为“难言”，但有一点是清楚的，那就是“视其平居无以异于俗人，临大节而不可夺”，之所以“不可夺”，乃是“胸中有道义，又广之以圣哲之学”[①]，即注重于内心“灵府”的实在涵养。这种以俗见雅乃至融贯泯同雅俗的思想，在宋人中是有代表性的，都受到佛教思想的普遍影响，尤与大乘中观学派的“真俗二谛说”颇有相通之处。此派学说由鸠摩罗什开始系统介绍进入我国，成为各派佛教立宗的重要根据。“俗谛”又称“世谛”“世俗谛”;“真谛”又称“胜义谛”“第一义谛”。中观学派认为因缘所生诸法，自性皆空，世人不懂此理，误以为真实。这种世俗以为正确的道理，谓之“俗谛”；佛教圣贤发现世俗认识之“颠倒”，懂得缘起性空的道理，以此种道理为真实，称为“真谛”。此二谛虽有高下之分，但均是缺一不可的“真理”。龙树《中论》云:“第一义（谛）皆因言说（方得显示）；言说是世俗（谛）。是故若不依世俗，第一义则不可说。”即强调“真谛”必依赖于“俗谛”而显示，要从“俗”中求“真”。隋僧吉藏《二谛义》卷上云:“真俗义，何者？俗非真则不俗，真非俗则不真。非真则不俗，俗不碍真；非俗则不真，真不碍俗。俗不碍真，俗以为真义；真不碍俗，真以为俗义也。”这就把真俗二谛彼此依存、互为前提条件的关系发挥得更为淋漓尽致。此派佛教学说旨在借助“二谛”来调和世间和出世间的对立，但也在断定世俗世界和世俗认识的虚幻性的同时，又从另一角度来

① 黄庭坚《书缯卷后》,《豫章黄先生文集》卷二九,《四部丛刊》本。

肯定它们的真实性，为佛教之深入世俗生活提供理论根据。这种思想观念和思维方式深深地为宋代士人所习染。苏轼在两处评论陶渊明、柳宗元的诗歌时说：

> 诗须要有为而作，当以故为新，以俗为雅。好新务奇，乃诗之病。柳子厚晚年诗，极似陶渊明，知诗病者也。①
>
> 所贵乎枯澹者，谓其外枯而中膏，似澹而实美，渊明、子厚之流是也。若中边皆枯澹，亦何足道！佛云："如人食蜜，中边皆甜。"人食五味，知其甘苦者皆是；能分别其中边者，百无一二也。②

其中所引"佛云"之语，出自佛教经典《四十二章经》第三十九章。此书相传为中国第一部汉译佛经，在宋代有真宗、守遂等注本，流传颇广。依照"中边"即"中观"的视点，则俗与雅、故与新、枯与膏、澹与美均为相即相彻的对立统一的概念，也就是说，这些对立概念之间并非只有一种非此即彼的选择，而完全可以并且应该统一为你中有我、我中有你的圆融境界。这些概念都是苏轼在评论同一对象陶、柳诗时使用的，其实都可以统摄在"以俗为雅"上。所谓"以故为新"就是"以俗为雅"的具体内容之一，"故"指陈言，前代的典故、辞语，相沿甚久，便成熟烂陈腐的俗套，也就是"俗"。姜夔《白石道人诗说》云："人之所易言，我寡言之；人之所难言，我易言之，自不俗。"其中指示了"以故为新"

---

① 《题柳子厚诗》，《东坡题跋》卷二，"当以故为新"前有"用事"二字。此据《稗海》本《东坡志林》卷九。

② 《评韩柳诗》，《苏轼文集》卷六七，第2109页。

的一种门径，也透露出“以故为新”与“以俗为雅”的内在关联。而“枯澹”的艺术风格，正是“以俗为雅”的最高审美追求。僧肇《鸠摩罗什法师诔并序》形容法师的精神境界说：“融治常道，尽重玄之妙；闲雅悟俗，穷名教之美。”也正是冥同玄远与世俗的平淡自然之美。

苏轼提出诗歌“以俗为雅”的口号并不是孤立的，在他之前的梅尧臣和之后的黄庭坚，均有此说。《后山诗话》云：“闽士有好诗者，不用陈语常谈，写投梅圣俞。答书曰：‘子诗诚工，但未能以故为新，以俗为雅尔。’”梅尧臣是这样告诫别人的，也是这样从事写作的，只是他尚未掌握好由俗变雅的“度”，以致“每每一本正经的用些笨重干燥不很像诗的词句来写琐碎丑恶不大入诗的事物”，他追求的“平淡”，也“‘平’得常常没有劲，‘淡’得往往没有味”[①]。而黄庭坚则在理论上或写作上成熟得多了。他在《再次韵（杨明叔）·引》[②]中说：“庭坚老懒衰堕，多年不作诗，已忘其体律。因明叔有意于斯文，试举一纲而张万目。盖以俗为雅，以故为新。百战百胜，如孙吴之矢；棘端可以破镞，如甘蝇、飞卫之射，此诗人之奇也。”这里把“以俗为雅，以故为新”提高为能“张万目”的诗歌创作之“纲”，掌握这一纲领，就能百战百胜，势如破竹，获得创作的成功。他又说：“宁律不谐而不使句弱，用字不工不使语俗，此庾开府之所长也；然有意于为诗也。至于渊明则所谓

① 钱锺书《宋诗选注》，人民文学出版社，1982年，第14页。
② 黄庭坚《山谷诗内集注》卷一二，《四部备要》本。

不烦绳削而自合者。……说者曰：若以法眼观，无俗不真；若以世眼观，无真不俗。渊明之诗，要当与一丘一壑者共之耳。”[①]“法眼”“世眼”，也即是“真谛”“世谛”，他从对佛家中观学派的体认和发挥中，深刻地把握陶诗“与一丘一壑者共之”的真不离俗、即真即俗的自然契合之境，正是这一点，才使陶翁高出庾信，而不是简单地追求“不使语俗”。他还反复强调，此种诗品之极诣，来源于人品，所谓“俗里光尘合，胸中泾渭分”[②]、“胸次九流清似镜，人间万事醉如泥”[③]，只要自身保持高雅襟怀，尽可和光同尘，并进而认为只有从卑俗低微的尘世生活中才能寻求真谛雅韵，“雅”与“俗”便在这样的思想基础上走向了融通一致。

除诗歌外，宋代雅文学中的词和文，也有贯通雅俗的现象。词本来源起民间，通俗浅显，生动活泼，迨至文人创作，渐趋雅化。然而，两宋词史中，俗化一脉与复雅一脉始终并行不废，一起走完宋词发展的全程。而同一词人，既作俗词，又作雅词，也是屡见不鲜的，著名的如柳永、欧阳修、黄庭坚等，都是双峰对峙、兼擅雅俗的。至于宋代散文，原以“古文”为正宗，但在语言和体裁方面如语录体、笔记小品等，也有俗化倾向。依照后来文章家的传统见解，“古文”是不容许沾染语录白话等语言成分的，如清李绂《古文词禁八条》[④]之一，就是禁用“儒先语录”，方苞也主张“古文中

---

① 黄庭坚《题意可诗后》，《豫章黄先生文集》卷二六，《四部丛刊》本。

② 黄庭坚《次韵答王眘中》，《山谷诗内集注》卷七，《四部备要》本。

③ 黄庭坚《戏效禅月作远公咏》，《山谷诗内集注》卷一七，《四部备要》本。

④ 李绂《穆堂别稿》卷四四，道光刊本。

忌语录中语”[①]。但程子认为:“以书传道，与口相传，煞不相干。相见而言，因事发明，则并意思一时传了，书虽言多，其实不尽。”肯定了语录体达意传情之优长，为语录体的盛行护法。对词、文的雅俗问题，我们不再详述，本书有关论文还有所论及。总之，宋代雅文学中所表现出来的雅俗融贯的“民间关怀”，应是它的一大特色。

甚至在诗词文的雅文学与小说戏曲的俗文学之间，也发生打破文体畛域进而贯通融汇的现象。如黄庭坚论诗云:“作诗正如作杂剧，初时布置，临了须打诨，方是出场。”[②]参军戏中“参军”和“苍鹘”两个角色之间的“打诨”，往往正言若反，戏语显庄，饱含机趣。吕本中《童蒙训》称赞“东坡长句，波澜浩大，变化不测；如作杂剧，打猛诨入，却打猛诨出也。《三马赞》‘振鬣长鸣，万马皆喑’，此记不传之妙”。叶梦得《石林诗话》卷上举例说:“诗终篇有操纵，不可拘用一律。苏子瞻‘林行婆家初闭户，翟夫子舍尚留关’，始读殆未测其意；盖下有‘娟娟缺月黄昏后，袅袅新居紫翠间。系懑岂无罗带水，割愁还有剑铓山’四句，则入头不怕放行，宁伤于拙也！然‘系懑’‘罗带’、‘割愁’‘剑铓’之语，大是险诨，亦何可屡打?”“林行婆”发端二句，缓缓道来，似乎离题万里，即是“打猛诨入”;“娟娟”四句遥承，即“打猛诨出”，犹如相声的捧哏之于逗哏，诗之于杂剧，脉理暗通[③]。清翁方纲《石

① 方苞《方望溪先生传》附《自记》,《隐拙轩文钞》卷四。

② 王直方《王直方诗话》引,《宋诗话辑佚》，中华书局，1980年，第14页。

③ 参见王季思《打诨、参禅与江西诗派》,《玉轮轩古典文学论集》，中华书局，1982年，第334页。

洲诗话》卷三也从杂剧打诨的角度，评赏苏轼《李思训画长江绝岛图》一诗结句“舟中贾客莫漫狂，小姑前年嫁彭郎”之妙。他说：“……至此首，则‘舟中贾客’即上之‘棹歌中流声抑扬’者也，‘小姑’即上‘与船低昂’之山也，不就俚语寻路打诨，何以出场乎？况又极现成，极自然，缭绕萦回，神光离合，假而疑真，所以复而愈妙也。”自宋至清的这些评论，尚不能证实苏轼等宋代诗人已自觉地向杂剧取径效法，但至少说明宋诗和戏剧并没有不可逾越的鸿沟，而具有相通或相似的艺术品位和风味。

就连传统积淀最深、正统观念最强的宋代古文，个别作品也从小说中接受了影响。关于范仲淹名作《岳阳楼记》用“传奇体”的材料，便饶有兴味。《后山诗话》云：“范文正为《岳阳楼记》，用对语说时景，世以为奇。尹师鲁读之曰：‘《传奇》体尔！’《传奇》，唐裴铏所著小说也。”范氏此作中间“若夫淫雨霏霏”、“至若春和景明”两大段，均用四言排比句，辞采繁缛，颇近唐代传奇的语言风格，实与“古文”的一般崇尚简淡者异趣。尹洙“《传奇》体”一语，是把作为专书的《传奇》扩大而泛指传奇小说文体，同时又仅指传奇的语言风格而言，不指其具有人物、故事、情节的小说体式，因而我以为是正确的。当然，“用对语说时景”尚可追溯到更早。如后汉张衡《归田赋》“于是仲春令月，时和气清，原隰郁茂，百草滋荣，王雎鼓翼，鸧鹒哀鸣”；梁江淹《丽色赋》“若夫红华舒春，黄鸟飞时”，“故气炎日永，离明火中”，“至乃西陆始秋，白道月弦”，“及冱阴凋时，冰泉凝节”等。但在唐传奇中，却成为更为突出的语言特点。裴铏的小说集《传奇》中就比比皆是，如

《封陟》中写美景:"书堂之畔，景象可窥，泉石清寒，桂兰雅淡"，"虚籁时吟，纤埃昼阒"，"薜蔓衣垣，苔茸毯砌";《文箫》中写天色骤变:"忽天地黯晦，风雷震怒，摆裂帐帷，倾覆香几"等等，颇与范氏之文相埒。唐传奇这一区别于韩柳"古文"的语言特点，殆与当时变文、俗曲等民间文学的影响有关。尹洙是范仲淹的好友，他又是崇尚"简而有法"的纯正古文家，他的"《传奇》体尔"的讥评，反映出他从语言审辨的直觉出发，觉察到《岳阳楼记》的语言风格，并非远沿汉魏晋之赋，而是近承唐传奇的作风，应是可信的。陈振孙《直斋书录解题》卷一一在《传奇》条下评尹洙之语云:"尹师鲁初见范文正《岳阳楼记》，曰:'《传奇》体尔!'然文体随时，要之理胜为贵，文正岂可与《传奇》同日语哉！盖一时戏笑之谈耳。"他认为范氏之作含有堂堂正正的义理，不能与传奇之以文为戏者同日而语，这是偷换了论题，但"文体随时"一句，模棱两可，似未完全截断范记与传奇的相涉之处。

还应说明，雅和俗的区别是相对的。小说、戏曲相对于诗、词、文而言，属于俗文学，但其内部也可有雅俗之分。宋代小说中的古体小说和近体小说，均以叙事为基本构成，但在语言上，一则文言，一则白话；在传播手段上，一则书面，一则依赖于说书等艺术行为，其间就有雅俗的不同。一般说来，一种文体的发展，总是经过口传文学到书面文学或从民间文学到作家文学的嬗变过程，也就是由野而史、由俗而雅的过程，但也有逆向取野取俗的趋势。宋代的"说话"固然吸取文言小说的滋养，"夫小说者，虽为末学，尤务多闻。非庸常浅识之流，有博览该通之理。幼习《太平广记》，长攻历代史书。……《夷坚志》无有不览，《琇莹集》所载皆通”[①]；另一方面，其时的文言小说也或明或暗地接受白话小说的影响，例如为说话人所“无有不览”的洪迈《夷坚志》，其人物、故事之兼取市井，语言之并采俚俗，就是向“说话”所作的艺术倾斜。雅俗互摄互融的趋势，有利于文学对异质因子的吸收融合，促进宋代文学多元综合这一特征的形成。

三、尊体与破体

（一）尊体与破体的对立相争

尊体与破体是文体发展过程中又一相反相成的趋向，它根源于每一文体本身所具有的既稳定保守又变革开放的双重性。一种文学样式的体制规范首先由该文体的功能所决定，并在长期的文学实践过程中逐渐形成；它一旦形成以后，就成为一定的文化形态，具有稳固的自足性，不容随意破坏；但又由于文体并不是一种抽象的形式，而是表达特定内容的形式，随着内容的必然变化，文体也会随之发生这样那样的变化。尊体和破体的矛盾运动应是文学发展的一般法则。

文体研究是我国文学理论批评史的一个重要领域，已达到很高的水平。刘勰的《文心雕龙》就分类标准、源流演变、形制风格特

---

① 罗烨《醉翁谈录》之《舌耕叙引·小说开辟》，古典文学出版社，1957年，第3页。

点乃至选文示范等方面，建立了颇为严密的文体论体系，其中的一些基本观点对理解尊体和破体的性质、解决有关的学术纷争，甚有助益。

第一，文体是由所需表达的情理决定的。《熔裁》篇说："是以草创鸿笔，先标三准：履端于始，则设情以位体……"他指出创作的三准则，其优先和首要之点在于根据情理来选择体裁，即体裁是由情理决定的。《定势》篇开端云："夫情致异区，文变殊术，莫不因情立体，即体成势也。"创作手法的变化依存于情趣的各各不同，但是，依照情理来确定体制，就着体制的要求来形成某种文势，这是一定的规则。

第二，运用文体时应注意"昭体"与"晓变"的结合。《风骨》篇云："若夫熔铸经典之范，翔集子史之术，洞晓情变，曲昭文体，然后能孚甲新意，雕画奇辞。昭体，故意新而不乱；晓变，故辞奇而不黩。"在他看来，写作应在广泛熔铸、吸收经子史传的基础上，既深切通晓感情的变化，又详细了解文章的体制。只有"昭体"才能意义创新而不违规矩，只有"晓变"才能文辞新奇而不背准绳。《通变》篇更提出了"夫设文之体有常，变文之数无方"，确立了文体的有"常"有"变"、相反相成、缺一不可的重要观点；只有两者统一，才能"骋无穷之路，饮不竭之源"，保持创作的青春活力。在《论说》篇中，又提出"参体"的概念，用以指称各个文体间的打通现象，也是很有价值的。

第三，文体随时代的变化而变化。《通变》篇末云："文律运周，日新其业，变则可久，通则不乏。"变通才是保持文学不断发展和日趋丰富的根本动因，这自然也适用于文体的“望今制奇，参古定法”，即在继承前代的前提下，根据当前趋势进行创新和变异。

刘勰的这些基本观点，为后世文体学的发展奠定了良好的基础，以后的文评家大体都是发挥和完善他的论点。如宋以前的《文镜秘府论·论体》谓“词人之作也，先看文之大体”，即以辨体尊体为创作要务；宋以后的陈绎曾《文筌·古文谱五》论“体制”要“先认本色，次知变化”；胡应麟《诗薮·内编》卷一谓“文章自有体裁，凡为某体，务须寻其本色，庶几当行”，强调的“本色”即是文体的质的规定性。

然而，在宋代，文体问题无论在创作中或在理论上都被提到一个显著的突出地位。一方面极力强调“尊体”，提倡严守各文体的体制、特性来写作；一方面又主张“破体”，大幅度地进行破体为文的种种尝试，乃至影响了宋代文学的整体面貌。两种倾向，互不相让，而又错综纠葛，显示出既激烈又复杂的势态。这类歧见，虽说史不乏例，然而于宋为烈，甚至发展成一桩桩的文学公案，这就有加以论析的必要了。

下面是一些随手拈来的尊体的言论：

> 王安石主张：“荆公评文章，常先体制而后文之工拙。盖尝观苏子瞻《醉白堂记》，戏曰：‘文词虽极工，然不是《醉白堂记》，乃是《韩白优劣论》耳。’”①

---

① 黄庭坚《书王元之〈竹楼记〉后》引，《豫章黄先生文集》卷二六，《四部丛刊》本。

黄庭坚亦云："诗文各有体，韩以文为诗，杜以诗为文，故不工尔。"[①]

张戒认为："论诗文当以文体为先，警策为后。"[②]

倪思亦云："文章以体制为先，精工次之。失其体制，虽浮声切响，抽黄对白，极其精工，不可谓之文矣。"[③]

严羽则强调：写作"须是本色，须是当行"[④]。

从北宋以迄于南宋之末，尊体之声不绝于耳。但这绝不是一家独鸣，毋庸说正因为有相反声音存在，才刺激着尊体之说的反复强调。我们不妨举几场著名的双方对阵论战。

一是沈括和吕惠卿等人关于韩愈诗的争论：

沈括存中、吕惠卿吉甫、王存正仲、李常公择，治平中，同在馆下谈诗。存中曰："韩退之诗，乃押韵之文耳，虽健美富赡，而终不近古。"吉甫曰："诗正当如是，我谓诗人以来，未有如退之也。"正仲是存中，公择是吉甫，四人者交相诘难，久而不决。公择忽正色而谓正仲曰："君子群而不党，君何党存中也？"正仲勃然曰："我所见如是耳，顾岂党耶？以我偶同存中，遂谓之党，然则君非吉甫之党乎？"一坐皆大笑。余每

---

① 陈师道《后山诗话》引，《历代诗话》本，中华书局，1981年，第303页。

② 张戒《岁寒堂诗话》卷上，《历代诗话续编》本，中华书局，1983年，第459页。

③ 倪思《经鉏堂杂志》，见吴讷《文章辨体序说》"诸儒总论作文法"引，人民文学出版社，1962年，第14页。

④ 严羽《沧浪诗话·诗法》，《历代诗话》本，第693页。

评诗亦多与存中合。[①]

沈括、王存连同魏泰是尊体“党”，吕惠卿、李常是破体“党”，两厢交锋，始怒后笑，极富喜剧色彩。然而，关于前代韩诗功过的评价，正关涉到当时诗歌的发展走向，透过喜剧色彩，宋诗研究者是会看到严肃内容的，可惜“交相诘难”的具体内容已不得而知。然而，南宋的另一场性质相同的争论就更富论理因素。刘克庄乃属沈括一派，他较早提出“文人之诗”和“诗人之诗”两个概念。在《竹溪诗序》[②]中，他说:“迨本朝，则文人多，诗人少。三百年间虽人各有集，集各有诗，诗各自为体，或尚理致，或负材力，或逞辨博，少者千篇，多至万首，要皆经义策论之有韵者尔，非诗也。自二三巨儒及十数大作家，俱未免此病。”他主张诗歌应该具有与“文”不同的特性，严守诗、文壁垒，“经义策论之有韵者尔”正是沈括“押韵之文耳”的翻版。同时的刘辰翁就明确表示异议。他在《赵仲仁诗序》[③]中写道:“后村谓文人之诗，与诗人之诗不同，味其言外，似多有所不满，而不知其所乏适在此也。”“文人兼诗，诗不兼文也。……韩苏倾竭变化，如雷霆河汉，可惊可快，必无复可憾者，盖以其文人之诗也。诗犹文也，尽如口语，岂不更胜?彼一偏一曲，自擅诗人诗，局局焉，靡靡焉，无所用其四体。”他认为“文人之诗”有助于奔放奇崛风格的形成，“文人兼诗”，文有与诗

---

① 魏泰《东轩笔录》卷一二，中华书局，1983年，第141页。并见其《临汉隐居诗话》。惠洪《冷斋夜话》卷二亦有此记载。

② 刘克庄《后村先生大全文集》卷九四，《四部丛刊》本。

③ 刘辰翁《须溪集》卷六，《四部丛刊》本。

相通之处，实为“以文为诗”的合理性提供理论根据。

在词学领域，则有“苏门”关于苏轼“以诗为词”的争论。从现存材料来看，晁补之、张耒是最早概括出苏词的这个特点的。《王直方诗话》[①]云：“东坡尝以所作小词示无咎、文潜曰：‘何如少游？’二人皆对云：‘少游诗似小词，先生小词似诗。’”这里所说的“先生小词似诗”，并非褒语。正如《吹剑续录》中“幕士”的“关西大汉执铁板”之喻，也含有戏谑婉讽的意味。因为当时的词，一般是供歌女在酒筵娱乐场合演唱的，常用琵琶等弦乐器伴奏[②]。更为直截尖锐的，是传为陈师道所作的《后山诗话》云：苏词“虽极天下之工，要非本色”，批评堪称激烈大胆。当然也有个别为苏词辩护之词，如主张“本色论”的晁补之就说：“居士词横放杰出，自是曲子中缚不住者。”[③]但当时这种见解不占主导。半个世纪以后，南宋绍兴年间，王灼在《碧鸡漫志》卷二中才出而大声疾呼，对苏词革新作了最充分的肯定：“东坡先生以文章余事作诗，溢而作词曲，高处出神入天，平处尚临镜笑春，不顾侪辈。或曰‘长短句中诗也’，为此论者，乃是遭柳永野狐涎之毒。”“东坡先生非心醉于音律者，偶尔作歌，指出向上一路，新天下耳目，弄笔者始知自振。”明确尊苏词为典范，为词坛立帜。

---

① 胡仔《苕溪渔隐丛话·前集》卷四二，人民文学出版社，1962年，第284页引。

② 宋翔凤《乐府余论》云：“北宋所作，多付筝琶，故啴缓繁促而易流。”《词话丛编》本，中华书局，1986年，第2498页。

③ 吴曾《评本朝乐章》，《能改斋漫录》卷一六，上海古籍出版社，1979年，第469页。

理论上的争论似乎势均力敌，尊体说看来还略占上风；然而在两宋文坛上，“破体为文”的种种尝试，如以文为诗、以赋为诗、以古入律、以诗为词、以文为词、以赋为文、以文为赋、以文为四六等，令人目不暇接，其风气日益炽盛，越来越影响到宋代文学的面貌和发展趋向。这种风气有其必然性。最能说明此点的，是同一作家身上出现尊体和破体的自我矛盾现象。王安石是主张尊体的，他戏称苏轼的《醉白堂记》乃《韩白优劣论》，但他自己的《游褒禅山记》不也是一篇通过记游而进行说理的《治学论》吗？他同样未能避免“今之记乃论也”[①]即“以论为记”的时尚。李清照在苏轼革新词风之后作《词论》，标举词“别是一家”，严别诗词之域，重申词体独具的特性，对于防止破体过“度”有一定的约束和警示作用；但她的词作也并未完全遵循传统婉约词风的樊篱。像《渔家傲》“天接云涛连晓雾”的壮怀奇思，笔力挺拔；《永遇乐》“落日熔金”的家国之思，今昔之慨，悲恨盘郁，力透纸背，均有几分阳刚之气。她一再强调合乐歌唱的词体特性，但其作品的歌唱效果也颇令人怀疑。如名作《声声慢》，夏承焘曾指出此词共97字，而舌声15字，齿声42字，共达57字，占全词字数的一半以上[②]（有人认为，“摘”“著”二字属“知”母，亦为齿音，则舌、齿声共59字），如此密集的舌齿声字，不怕拗折歌女的嗓子吗？开篇“寻寻觅觅，冷冷清清，凄

① 陈师道《后山诗话》，《历代诗话》本，第309页。

② 参见夏承焘《李清照词的艺术特色》，《文学评论》1961年第4期。

凄惨惨戚戚”14字中，除“觅觅”“冷冷”外，全是齿声，在歌唱时也不免涩舌棘喉（吟诵则是另一效果），犹如“乞儿诗”、绕口令一般了。此词并无曾付管弦以歌唱的记载，按情理恐难获得理想的歌唱效果。

总之，破体为文不是个别作家一时的偶尔为之，而是大量的、普遍的现象。它睥睨尊体派的强大舆论压力，甚至违背作家本人的理论主张而勃兴。对其产生原因和是非功过，我们再从“以文为诗”“以诗为词”“以文为赋”和“以赋为文”诸端继作探讨。

（二）“以文为诗”“以诗为词”“以文为赋”和“以赋为文”

1. 以文为诗。

所谓“以文为诗”，主要是指把散文的一些手法、章法、句法、字法引入诗中，也指吸取散文的无所不包、犹如水银泻地般地贴近生活的精神和自然、灵动、亲切的笔意笔趣。前者属于诗歌的外在体貌层，我在《宋代诗歌的艺术特点和教训》①一文中已有所论列，兹不赘述；后者则属内在素质层了。宋代诗人趋于内省沉思，力求探索天道、人道与天人关系之道的奥秘，而与盛唐诗人的胸怀济世大志、英气勃勃、奋发向上迥异其趣，因而，他们把诗歌当作自己生活天地中一种时时“不可无诗”的精神必需品，没有诗，几乎取消了文化生活的一切。诗歌与文人的日常生活、生命体验、个性人

---

① 王水照《唐宋文学论集》，齐鲁书社，1984年。

格更紧密地融为一体。袁宏道《雪涛阁集序》[①]评欧、苏诗云："有宋欧、苏辈出，大变晚习，于物无所不收，于法无所不有，于情无所不畅，于境无所不取，滔滔莽莽，有若江河。"这种无所不在、无所不包的抒写要求，正是散文之擅长。散文精神之所以在宋诗里得到张扬，是与宋代诗人的诗歌观念密切相连的。胡适曾说过："我认定了中国诗史上的趋势，由唐诗变到宋诗，无甚玄妙，只是作诗更近于作文！更近于说话。……宋朝的大诗人的绝大贡献，只在打破了六朝以来的声律的束缚,努力造成一种近于说话的诗体。"[②]这种"近于说话的诗体"虽不能涵盖宋诗的全部，但却是其重要的特征。我们试读苏轼《出城送客，不及，步至溪上二首》[③]：

送客客已去，寻花花未开。未能城里去，且复水边来。父老借问我，使君安在哉？今年好雨雪，会见麦千堆。

春来六十日，笑口几回开。会作堂堂去，何妨得得来。倦游行老矣，旧隐赋归哉。东望峨眉小，卢山翠作堆。

两诗款款道来，明白如话，却是一片神行，全然不觉这原本是格律规范严格的五律，而且还是次韵之作。纪昀评云："二诗皆老笔直写，无根柢人效之，便成浅率。"[④]再举另一首杨万里的五古《夏夜玩月》，也是"近于说话"的：

---

① 袁宏道《袁中郎全集》卷一，《有不为斋丛书》本。

② 胡适《逼上梁山——文学革命的开始》，《中国新文学大系·建设理论集》，良友图书印刷公司，1935年，第8页。

③ 《苏轼诗集》卷一三，第618页。

④ 纪昀《纪批苏诗》卷一三，清道光本。

> 仰头月在天，照我影在地；我行影亦行，我止影亦止。不知我与影，为一定为二？月能写我影，自写却何似？——偶然步溪旁，月却在溪里！上下两轮月，若个是真底？为复水是天？为复天是水？

同样写“步至溪上”，笔致更见活泼多姿，转折愈转愈妙。宋诗世界中的情思，经过理性的过滤、梳理、掂量而显得明澈透亮，爽利的语脉洋溢着活力、机趣和智慧，诗歌所呈现的境界似乎与生活的自然形态并无二致，不矫饰，不做作，使诗歌与接受者的距离得以最大限度地缩短。宋诗的这些特色都与对散文精神的吸纳融化有关。

诗歌必须有诗的形象、诗的感情和诗的语言、韵律，即区别于一般应用文的特性，这是前提，但又应同时承认诗歌风格、写法、体裁的多样化。“以文为诗”只是宋诗的一个特点，它可以成为优点也可以成为缺点，关键在于遵循还是离开诗之所以为诗的特性。具体而言，是弄清“诗”与“文”在哪些方面相通，破体的限度又在何处。陈善《扪虱新话·上集》卷一指出“诗”与“文”自有“相生”的内在机制：“文中要自有诗，诗中要自有文，亦相生法也。文中有诗，则句语精确；诗中有文，则词调流畅。谢玄晖曰‘好诗圆美流转如弹丸’，此所谓诗中有文也。”说明“以文为诗”便于少受格律拘束，形成流畅圆转、挥洒自如的风格。元好问也认为诗文之间并没有不可逾越的鸿沟：“人心不同如面，其心之声发而为言，言中理谓之文，文而有节为之诗。然则诗者，文之变也，岂有定体哉？故三百篇，什无定章，章无定句，句无定字，字无定音，大小长短，险易轻重，惟意所适。”[1]他总是强调诗、文虽文体有别，但在语言上并无本质的不同，都使用同一种的表达工具：“尝试妄论之：诗与文，特言语之别称耳；有所记述之谓文，吟咏情性之谓诗，其为言语则一也。”[2]方东树《昭昧詹言》卷八在评论杜诗时说：“洁净，远势，转折，换气，束落，参活语，不使滞笔重笔，一气浑转中留顿挫之势，下语必惊人，务去陈言，力开生面：此数语，通于古文作字。”则对相通点作了细致的分析。刘熙载《游艺约言》则说得简洁而一针见血：“文之理法通于诗，诗之情志通于文。作诗必诗，作文必文，非知诗文者也。”的确，写诗不能不是诗，但也不能死守诗的体制规范而不敢越雷池一步，死于“诗”下。诗可以吸收、整合文的“理法”，大致说来，散文的叙述手法、谋篇布局的种种技巧、熔铸词语的经验，确能使诗歌丰富表现手段和艺术风格，但在运用散文式的句法和字法时却往往削弱诗歌语言的精练和韵律美，以致益小于害。如果破体过“度”，“老笔直写”就变成为“浅率”，“真味久愈在”的“食橄榄”（欧阳修语）有可能“味同嚼蜡”了。

然而，宋诗的“以文为诗”实在是中国诗歌发展史上一个必然经过的环节，具有历史的必然性。宋诗创作是在唐诗的巨大影响下进行的，唐诗的灿烂辉煌反而激活了宋人自成一家的创新意识。

---

① 元好问编《中州集》卷二，中华书局上海编辑所，1959年，第77页，评刘汲语。

② 《杨叔能小亨集引》，《元好问全集》卷三六，山西人民出版社，1990年，下册第37页。

宋祁说："文章必自名一家，然后可以传不朽。"[①]苏轼说："凡造语，贵成就，成就则方能自名一家。"[②]对唐诗权威都表现出一种挑战姿态，表达出开宗立派的自觉要求，因而必然要从唐诗的阴影中走出来。黄庭坚屡屡言说"随人作计终后人"、"文章最忌随人后"，胡仔赞为"至论"[③]。直至南宋后期，戴复古《论诗十绝》之四[④]也说："意匠如神变化生，笔端有力任纵横。须教自我胸中出，切忌随人脚后行。"他的诗句不免是黄庭坚诗的"随人后"，但所表达的愿望确是两宋诗人的共同呼声。

"以文为诗"正是他们突破唐贤、自成宋调的一大法门。赵翼《瓯北诗话》卷五云："以文为诗，自昌黎始。至东坡益大放厥词，别开生面，成一代之大观。""以文为诗"还可以追溯得更远，杜诗中已颇显著；但杜、韩诗中，此境尚未尽情开拓，这就为后人留有余地，留有继续发挥的空间。宋人循此入手，学唐以求变唐，是顺理成章之事。钱锺书先生即把它视作文学"革故鼎新"之"道"："文章之革故鼎新，道无它，曰以不文为文，以文为诗而已。向所谓不入文之事物，今则取为文料；向所谓不雅之字句，今则组织而斐然成章。谓为诗文境域之扩充，可也；谓为不入诗文名物之侵入，亦可也。"[⑤]在《管锥编》第3册第890页中，他又说："名家名

---

① 宋祁《宋景文笔记》，《学津讨原》本。

② 李之仪《姑溪居士全集·前集》卷四〇《跋吴师道诗》引，《四部丛刊》本。

③ 参见胡仔《苕溪渔隐丛话·前集》卷四九，第333页。

④ 戴复古《石屏诗集》卷六，《四部丛刊续编》本。

⑤ 钱锺书《谈艺录》，中华书局，1984年，第29—30页。

篇，往往破体，而文体亦因以恢弘焉。”总之，承认文体而又变革文体，才能丰富和发展文体，这可以看作文学演变的一条规律。

“以文为诗”不仅直接影响了宋诗的整体面貌，而且其影响还延伸到“五四”以后的新文学。胡适在上面引述的《逼上梁山》中提到，他在1915年9月寄友人的诗中说：“诗国革命何自始？要须作诗如作文。琢镂粉饰丧元气，貌似未必诗之纯……”他还说：“在这短诗里，我特别提出了‘诗国革命’的问题，并且提出了一个‘要须作诗如作文’的方案。从这个方案上，惹出了后来做白话诗的尝试。”若干年后他对这个主张作了交底：

> 我那时（1915年9月）的主张颇受了读宋诗的影响，所以说“要须作诗如作文”，又反对“琢镂粉饰”的诗。

足见“五四”新诗是滥觞于“作诗如作文”的宋诗的，新诗、旧诗原来一脉相承。胡适在1917年《寄陈独秀》一文中说：“钱玄同先生论足下所分中国文学之时期，以为有宋之文学不独承前，尤在启后，此意适以为甚是。”这些新文学开创者对于“以文为诗”和宋代文学的评估，至今还发人深思，启发我们对破体为文应采取全面、辩证和历史的态度。

2. 以诗为词。

学术界关于“以诗为词”的讨论已取得不少进展，但意见尚未一致。主要是两个问题：一是何谓“以诗为词”，二是如何评价“以诗为词”。

我们认为，“以诗为词”按照最简单的解释，就是把诗的作法、风格引入词中。其前提当然是承认诗与词具有不同的体制特征，即诗之为诗、词之为词的质的规定性。但这不是一下就能辨明的。流行的关于诗、词区别的几条特征（包括王国维《人间词话》的“诗之境阔，词之言长”等），几乎都能找出反例。词体特质应是一个历时性的概念，其内涵随着时代的推移而不断有所变化和变异，因而不能用凝固停滞的观点来看待，只能从动态运动中作适当的概括。

词与诗的界限，在词的初生阶段（隋唐以来）其判别的标准倒是明确的，即词是配合音乐歌唱的歌词，而其时的诗大都是徒诗。在形式上，词多为长短句，而诗则以齐言为主。但这音律和句式两条标准已经有不少例外：诗歌也有部分可供歌唱的“声诗”，齐言之词在初期也非罕见。解决这一区分困难就需要寻求更根本的标准，那就是词所配合的音乐系统是特定的燕乐，与唐声诗的音乐系统有别。然而这不同音乐系统的划分，由于资料的限制，在具体操作上也难截然分明，因而早期的有些作品，属诗属词，历有争论。

词体特性的真正确立则在文人词的成熟时期，以《花间集》、南唐词为标志。宋李之仪可说是较早试图探寻词体特性的人，他在《跋吴思道小词》[①]中说：“长短句于遣词中最为难工，自有一种风格，稍不如格，便觉龃龉。”这里的“风格”“格”，即指词体特性。他还明确说，“大抵以《花间集》中所载为宗”，即以花间词为依据来概括词体特质的内涵。从他批评柳永“韵终不胜”，批评张先

① 李之仪《姑溪居士全集·前集》卷四〇，《四部丛刊》本。

"才不足"，而赞扬晏殊、欧阳修、宋祁词"语尽而意不尽，意尽而情不尽"来看，他是把深婉曲折、含情不尽、有"韵"有"才"等作为词区别于诗的"风格"的，这是基本正确的。后人的探讨更为精深，此类材料甚丰，不再细说。要言之，词之为体，题材上侧重男欢女爱、伤时惜别、人生迟暮；风格上崇尚细美幽约，"以清切婉丽为宗"；基调上则多感伤哀怨、回肠荡气；境界上又表现出狭深的特点。这些都是与它合乐应歌、娱宾遣兴的基本功能息息相关的。

到了苏轼时代，词逐渐脱离音乐歌唱而变为"不歌而诵"，这在词体发展上具有划时代的意义。歌唱的词是依附于音乐的文学，在歌唱时，音乐因素是第一位的，文学因素是第二位的。人们听歌，总是首先注重动听，其次才是文辞。吟诵的词，则是纯粹的文学，决定作品高下的，仅仅依据于文学本身的标准和功能。正如楚辞的"不歌而诵"造就了摛藻铺陈之体的"赋"一样，曲子词的"不歌而诵"，自然也会产生不同于原生态词的种种特点。首先是韵律的作用发生了重大变化。原先配合音乐旋律节奏的韵律，乃是作用于听觉，而与视觉基本无关；变成书面文学以后，部分音乐功能的地位被文学的修辞功能所代替，推动着对词的内容和形式的纯文学的追求。其次，词脱离与女声歌唱的联系，造就了专属文人士子的接受圈，也必然要适应这一接受圈对思想感情、审美情趣和欣赏口味的要求，这又促成词的整体面貌的改变。苏轼对词的革新就是这样应运而生的。

苏轼对词的革新，主要集中在三个方面，即内容、题材的扩大，意境、风格的创新和形式、音律的突破，而其革新的方法就是“以诗为词”。词体改革不是苏轼个人随心所欲的行为，在他以前已有此端倪；但就当时而言，苏轼最具备充当文体改革家的个人条件。他最善于打通各种文体的壁垒，以此作为发展文体的方法：“东坡之文妙天下，然皆非本色，与其他文人之文、诗人之诗不同。文非欧曾之文，诗非山谷之诗，四六非荆公之四六，然皆自极其妙。”[①]苏轼以诗为词、以文为诗、以古诗为近体、以文为赋、以文为四六等等，“皆非本色”。破体为文，出位之思，在他已成习惯，他人实无须大惊小怪了。

如何来评价“以诗为词”的功过是非呢？第一，这首先需从两种不同的词学观来考察。照我们看来，词体特性自然是词之所以为词的本质规定性；但这种本质属性并不是某些凝固因素的集合体，而是不断嬗变演化着的多种艺术因素的动态平衡体。在多种因素中起核心作用的，也不是一成不变的，即大致由音律方面逐渐向体性方面倾斜，于是词也从以娱乐功能为主而日益兼重审美功能和认识劝惩功能。只用政治的、道德的、伦理的眼光去衡量五彩缤纷的人性世界，贬抑传统词的婉娈情思，这是思想的偏执；无视词体（特别是长调）原本就蕴含着反映重大社会生活的较大容量及抒发人的各种类型感情心绪的可能性（即便是早期文人词中，既多柔情的倾诉，也不乏豪情迸发之作），一味倡言“文体独立”，“尊重词体”，而严拒“非词之物的侵入”，否定“以诗为词”的努力，恐是不妥

---

① 曾季狸《艇斋诗话》，《历代诗话续编》本，第323页。

的。第二，“以诗为词”在艺术上能否成功，关键仍在一个“度”字，即是否仍然保持词的婉曲多折的审美特性。苏辛一派，乃至姜张一派，其成功之作，大抵是词的适度范围内的诗化，但绝不是与诗同化或“合流”。对诗歌艺术因素的吸收、整合、变换等等必须仍在以词体为本位的基础上，破体为文但不能摧毁其体，出位之思但不能完全脱离本位。正如梅兰芳的青衣融合了刀马旦、花旦的技法而仍为青衣，李多奎的老旦改用真嗓演唱而依旧是老旦一样。善乎清沈祥龙在《论词随笔》中所言:“词于古文、诗、赋，体制各异。然不明古文法度，体格不大；不具诗人旨趣，吐属不雅；不备赋家才华，文采不富。”他既开门见山地以“体制各异”为大前提，但又毫不含糊地主张“以诗为词”乃至“以古文为词”“以赋为词”，表现出吸纳万汇的“贵兼通”的艺术态度，信哉斯言！至于苏辛派末流的叫嚣粗率既损害了词体特性，也并非诗体的固有良好风范。

3. 以文为赋和以赋为文。

在宋代散文领域，也发生了文与赋之间互相对撞、彼此吸纳的现象。一方面是“以文为赋”，改造赋体而重获艺术生命。我们知道，赋是一种介于诗、文之间的两栖性文学样式。它最初起源于形制短小的徒歌，中经骚赋，至汉代，辞赋的形式才正式定型。六朝以来又演为骈赋，唐代变为律赋，形制板滞，内容枯燥，创作已趋绝境。到了宋代，在散文繁荣发达的影响下，古文家们发展了辞赋中的散文化倾向（如荀子《礼》《智》等赋，楚辞《卜居》《渔父》等篇，已肇其端，杜牧《阿房宫赋》更是文赋的先声），完成了文赋的创造，为赋的继续发展开辟了道路。文赋在内容上仍然保持铺叙、文采、抒情写景述志的特点，但在形体上多用散句，押韵也较随便，它吸取散文的笔势笔法，清新流畅，别开生面。欧阳修的《秋声赋》、苏轼的前后《赤壁赋》就是典范性的成功之作。

另一方面又有"以赋为文"的逆向"破体"。朱弁《曲洧旧闻》卷三云："《醉翁亭记》初成，天下莫不传诵。家至户到，当时为之纸贵。宋子京得其本，读之数过曰：'只目为《醉翁亭赋》，有何不可！'"《后山诗话》亦云："少游谓《醉翁亭记》亦用赋体。"宋祁、秦观二人先后从欧氏这篇名作中，觉察其参用了赋体"铺采摛文，体物写志"[①]之法，这是不错的。

赋是一种亦诗亦文的文体，本来就含有"文"的成分，所以对于赋与文的文体联姻，文评史上争论的材料就不像"以文为诗""以诗为词"那样众多。但明人孙鑛的一份"辩词"还是颇为精彩的。他说：

> 《醉翁亭记》、《赤壁赋》自是千古绝作，即废记、赋法何伤？且体从何起？长卿《子虚》，已乖屈、宋；苏、李五言，宁规四《诗》？《屈原传》不类序乎？《货殖传》不类志乎？《扬子云赞》非传乎？《昔昔盐》非排律乎？……故能废前法者乃为雄。[②]

---

① 刘勰《文心雕龙·诠赋》，《四部丛刊》本。

② 孙鑛《与余君房论文书》，《孙月峰先生全集》卷九，清刊本。

这位万历状元的言辞犀利，而在传承和开拓之间容有所偏，但他列举种种破体为文的实例，颇为雄辩地证明此乃屡见不鲜的文学现象，也是文学创新、发展的一条正当途径。对于处在盛极求变的宋代诗词文正统文学而言，更是绝处求生之道。

总之，宋代作家一方面“尊体”，要求遵守各类文体的审美特性、形制规范，维护其“本色”“当行”；同时又不断地进行“破体”的种种试验，这对于深入发掘各种文体的表现潜能，丰富艺术技巧，创造独具一格的文学面貌，都是有促进作用的。当然，也存在破体过“度”的负面影响，且在宋诗宋词中，负面影响之严重亦不可低估。钱锺书先生说“文章之体可辨别而不堪执着”[①]，承认文体“艺术换位”的合理性、正当性和必然性，又审慎掌握其“临界点”，这应是评价“破体为文”成败优劣的尺度。

（原载《中国文学研究》1996年第4期）

① 钱锺书《管锥编》第三册，中华书局，1984年，第889页。

3

南宋文学的时代特点与历史定位

南宋文学史是一个特定时段（1127—1279）的文学史，更是在文学现象、文学形态、文学性质上具有鲜明时代特点和重要历史地位的一部断代文学史。南宋文学一方面是北宋文学的继承与延伸，文统与政统、道统均先后一脉相承；另一方面在天翻地覆时局变动、经济长足增长、社会思潮更迭变化的历史条件下，又产生了一系列新质的变化。北、南两宋文学既脉息相连，而又各具一定的自足性，由此深入研究和探求，当能更准确、更详尽地描述出中国文学由“雅”向“俗”的转变过程，把握中国社会所谓“唐宋转型”的具体走势。

一、南宋文学的繁荣与整体成就可与北宋比肩

我国典籍素以经、史、子、集四部分类，文学作品散见各部，但主要以集部为载体。从最重要的目录著作《四库全书总目》来看，共收宋人别集382家、396种（存目除外），北宋115家、122种，南宋267家、274种[①]，南宋别集的著录数量为北宋的两倍多。

① 据筧文生、野村鲇子《四库提要南宋五十家研究》前言，汲古书院，2006年。

这充分说明南宋士人的文学创作仍然充满活力。如果考虑到南宋国土和人口仅为北宋的约五分之三，南宋立国又比北宋短十五年左右（北宋从960年至1127年，为167年；南宋从1127年至1279年，为152年），则更能见出南宋文学创作的繁荣盛况。固然由于时间的自然淘汰和战乱的祸患，北宋文集多有遗逸；但南宋文集同样难以避免宋元之交时因兵连祸结、灾难频仍而大量亡佚的命运。

四库馆臣在著录杨时《龟山集》时，特加一案语云："时（杨时）卒于高宗建炎四年，其入南宋日浅，故旧皆系之北宋末。然南宋一代之儒风，与一代之朝论，实皆传时（杨时）之绪余，故今编录南宋诸集，冠以宗泽，著其说不用而偏安之局遂成；次之以时（杨时），著其说一行而讲学之风遂炽。观于二集以考验当年之时势，可以见世变之大凡矣。"[①]解释了何以用宗泽《宗忠简集》和杨时《龟山集》作为"南宋诸集"之首的理由，乃是因其开启南宋偏安之政局、新立儒学"道南学派"一脉之故，着眼于南宋政治、学术方面之新动向，而非斤斤拘泥于他们进入南宋后享年之长短，这是颇具史识的。对厘定南北宋之交的作家何人需入南宋文学史，也具有方法论上的启示意义。准此原则，我们从《全宋诗》《全宋词》《全宋文》三大宋代总集中，可以发现，南宋人的诗、词、文均占巨大的份额，超出北宋许多。如唐圭璋《全宋词》共收词人1 494家，词21 055首，其中南宋词约为北宋的三倍。（据南京师范大学《全宋词》检索系统之统计，含孔凡礼《全宋词补辑》。）

---

① 见《四库全书总目》卷一五六，中华书局，1965年，下册第1344页。

现存南宋文学的作家、作品，不仅数量巨大，明显地超迈北宋，而且在内蕴特质、艺术表现上也有自己的特点，不是北宋文学的“附庸”。北宋诗坛“苏（轼）黄（庭坚）”称雄，词则“苏柳（永）”“苏秦（观）”“苏周（邦彦）”均为大家，与之相较，南宋陆游、杨万里诗，辛弃疾、姜夔、吴文英词亦堪称伯仲，“苏陆”“苏辛”“周姜”并称，不绝于史，差可匹敌。以下分述诗坛、词坛情况。

南宋诗歌的发展自具纲目和构架。《钱锺书手稿集》业已出版的《容安馆札记》三卷中，据邓子勉学弟的初步统计，共论及两宋诗文集360种左右，其中北宋70家，南宋近300家。在这近300家中，钱锺书先生只选取九位诗人作为南宋诗歌发展史上的代表性作家：南渡初为陈与义、吕本中、曾幾；中兴时期为陆游、杨万里、范成大；后期为刘克庄、戴复古、方岳。这见于他的两则笔记中。卷二第443则论范成大时云：“南宋中叶之范、陆、杨三家，较之南渡初之陈、吕、曾三家，才情富艳，后来居上，而风格高骞则不如也。”[①]卷一第252则论方岳时云：“盖放翁、诚斋、石湖既殁，大雅不作，易为雄伯，余子纷纷，要无以易后村、石屏、巨山者矣。三人中后村才最大，学最博；石屏腹笥虽俭，而富于性灵，能白战；巨山寄景言情，心眼犹人。”[②]南渡初的三家，钱先生在《宋诗选注》中已论定陈与义“在北宋南宋之交，也许要算他是最杰出的诗人”；方回《瀛奎律髓》卷十六陈与义《道中寒食》诗批语亦

---

① 《钱锺书手稿集·容安馆札记》卷二，商务印书馆，2003年，第1005页。
② 《钱锺书手稿集·容安馆札记》卷一，第410页。

云“宋以后山谷一也，后山二也，简斋为三，吕居仁为四，曾茶山为五”[①]，同样瞩目于陈、吕、曾三家，意见是一致的。“尤、杨、范、陆”虽素有“中兴四大家”之称，钱先生删落尤袤，却也是完全符合实际的。刘克庄是“江湖派里最大的诗人”（《宋诗选注》小传）；戴复古“富于性灵，颇能白战”；突出方岳，则是钱先生的独特见解，他认为方岳“为江湖体诗人后劲”[②]，而有的学者因为方岳诗集未入《江湖集》而不视他为江湖体诗人。尽管钱先生同时对方岳诗歌的弱点作过严厉批评，但赞其“寄景言情，心眼犹人”，“巧不伤格，调峭折而句脆利，亦自俊爽可喜”[③]。

这三组九位作家，不仅艺术成就较高，洵称大家或名家，而且具有代表性，在南宋诗歌体派的嬗变过程中，他们各自处于关键性的历史地位。陈、吕、曾处于江西诗派大行其时而又弊端丛生、着力矫正之际；陆、杨、范则能出入江西而又力求另辟蹊径，完成了诗歌史所赋予的创新使命；刘、戴、方从江西派走到江湖体，又有调和融合、“不江西、不江湖”的倾向。抓住这三组九位作家，不仅能够从宏观上把握南宋诗歌的大走向，而且也表明南宋诗歌在各个小时段中均有自己的创造和艺术新境，没有出现过断层和空白（南宋末还出现过遗民诗人群）。因此，南宋诗歌的总体成就和它具有的阐释空间与研究价值，比之北宋，也是并不逊色的。

在我国学术史上，并未出现“南、北诗歌优劣论”的争议，但

---

① 方回选评、李庆甲集评校点《瀛奎律髓汇评》卷一六，上海古籍出版社，2005年，第591页。

②③ 《钱锺书手稿集·容安馆札记》卷一，第410页。

在词史上，却发生过此类公案。仅举清末民初之例。光绪、宣统年间，词坛上兴起推重南宋之风，吴文英词尤被激赏。王国维在1908年刊发的《人间词话》开端即云："词以境界为最上，有境界则自成高格，自有名句。五代、北宋之词所以独绝者在此。"[①]只是论定北宋词"有境界"，尚未论及南宋词；而在《人间词话删稿》中，就明斥南宋词为"羔雁之具"了：五代、北宋，"词则为其极盛时代"，"至南宋以后，词亦替矣。此亦文学升降之一关键也"[②]。他从艺术求真的角度指控南宋词是酬世应世的伪文学，并进而说它已入词的衰世。次年，南社在苏州虎丘举行成立大会，柳亚子豪爽地声言："人家崇拜南宋的词，尤其是崇拜吴梦窗，我实在不服气。我说，讲到南宋的词家，除了李清照是女子以外，论男性只有辛幼安是可儿，梦窗七宝楼台，拆下来不成片断，何足道哉！"[③]同是南社成员的黄人，则在《中国文学史》中以史家的立场对北、南宋词作了斩钉截铁的褒贬："晏欧秦贺，吹万不同，而同出天籁。张柳新声，苏黄别调，虽炫奇服，未去本色。南渡而下，体制日巧，藻饰日新，钩心斗角，穷极意匠，然而情为法掩，义受词驱，盖文胜而质渐漓矣。"[④]比之柳亚子，算是学术批评，而贬抑南宋词的观点是一致的。

柳亚子意见的对立面是可以论定的，那就是以王鹏运、朱祖

① 唐圭璋《词话丛编》第五册，中华书局，1990年，第4239页。
② 唐圭璋《词话丛编》第五册，第4256页。
③ 参《南社纪略》，文海出版社，1976年，第15—16页。
④ 黄人《中国文学史》第二册，上海国学扶轮社，第43页。

谋、况周颐为代表的“金陵–临桂词派”[①]。如况周颐《蕙风词话》卷一云:“作词有三要:重、拙、大。南渡诸贤不可及处在是。”[②]极力为南宋词立帜。柳亚子的意见当时就遭到南社内部庞树柏等人的反对，因庞树柏曾从朱祖谋学词，取径南宋，朱祖谋且为其删定词集，这透露出南社内部不同词学旨趣的人事背景。柳亚子的贬南宋词，不排除其中隐含有不满清朝遗民的政治情结。王国维所论的指向性若明若暗，不能确定；但他遵循的是文学自身的艺术考量，则是可以断言的。

文学史上诸多优劣论的争议，如李杜、如韩柳，往往没有最后的定论，无法取得人们的共识，原因之一在于比较双方常常各有短长，各具特点，处于势均力敌、大致相近的水平线上。与其强分高下、率意轩轾，不如平心静气地探究双方各自的具体特点。就北、南宋词之争而言，一些调和折衷的见解，反而能给人们更多的启发。如朱彝尊《词综·发凡》云:“世人言词，必称北宋。然词至南宋始极其工，至宋季而始极其变。”从发展的眼光拈出“工”“变”二字，颇能中其肯綮。今人饶宗颐云，“夫五代、北宋词，多本自然，时有真趣；南宋词则间出镂刻，具见精思”，而“先真朴而后趋工巧”，“乃文学演化必然之势，毋庸强为轩轾”[③]，与朱氏“工变”之论精神完全一致。即使是对南宋持批评倾向的评论，由于着眼于具体分析比较，也能搔到痒处，抓住要害。如吴世

① 参看拙文《况周颐与王国维：不同的审美范式》,《文学遗产》2008年第2期。

② 况周颐《蕙风词话》卷一,《词话丛编》第五册，第4406页。

③ 饶宗颐《澄心论萃》，上海文艺出版社，1996年，第215页。

昌《罗音室词存跋》云“言情为汴梁所尚，述志以南宋为善”，则从词所表达的内容上来分疏两宋，颇为确当。周济《介存斋论词杂著》:“北宋词多就景叙情，故珠圆玉润，四照玲珑。至稼轩、白石一变，而为即事叙景，使深者反浅，曲者反直。”[①]“就景叙情”与“即事叙景”的区分，也是对一部分北、南宋词的精辟概括。田同之《西圃词说》引宋征璧论词之语，列叙南宋诸家的各自特色，如“刘改之之能使气，曾纯甫之能书怀，吴梦窗之能叠字，姜白石之能琢句，蒋竹山之能作态，史邦卿之能刷色，黄花庵之能选格，亦其选也”。接云:“词至南宋而繁，亦至南宋而敝，作者纷如，难以概述矣。”[②]持论客观公允。田同之还说:“南宋诸名家，倍及变化。盖文章气运，不能不变者，时为之也。于是竹垞遂有词至南宋始工之说。惟渔洋先生云:‘南北宋止可论正变，未可分工拙。’诚哉斯言，虽千古莫易矣。”[③]南宋词是北宋词的延续与发展，它们之间是时运使然的“正变”关系，“未可分工拙”，此虽不能遽断为“千古莫易”，但相信是符合历史发展实际的。

其实，从两宋词对后世“影响因子”的角度，也可证明南宋词不让北宋。据有的学者运用定量分析的方法，依照存词数量、历代品评、选本入选数量等六个指标，确定宋代词人中有一定成就和影响的约在三百家左右，其中堪称“大家”和“名家”者排名前三十位中，南宋就有辛弃疾、姜夔、吴文英、李清照、张炎、陆游、王

---

① 唐圭璋《词话丛编》第二册，第1634页。
② 唐圭璋《词话丛编》第二册，第1458页。
③ 唐圭璋《词话丛编》第二册，第1454页。

沂孙、周密、史达祖、刘克庄、张孝祥、高观国、朱敦儒、蒋捷、刘过、张元幹、叶梦得等十七人，超过北宋苏轼、周邦彦等十三人。这也能从某一视角说明南宋词坛比之北宋旗鼓相当抑或稍胜之[①]。至于南宋文学流派之活跃、文学社团活动之频繁、文学生态结构之均衡、文学批评理论之兴盛，都有不容忽视的上佳呈现。要之，南宋文学是一份厚重的文学遗产，目前存在的“重北宋、轻南宋”的研究现状与之是不相称的。

宋代士人思想创造的自由度和精神的自主性问题，长期为人们所误解。一般多认为宋人受理学牢笼，精神自抑，行为拘谨，情感苍白，实有以偏概全之弊。王国维在《宋代之金石学》一文中指出：“天水一朝人智之活动与文化之多方面，前之汉唐，后之元明，皆所不逮也。”[②]把宋代士人的精神创造能力提到一个近似顶峰的高度。在另一篇论及中外文化思想交流的《论近年之学术界》中，他又以“能动时代”和“受动时代”为标准，把中国思想哲学史厘定为四个时期：春秋战国百家争鸣，“于道德、政治、文学上灿然放万丈之光焰，此为中国思想之能动时代”，自汉至宋为“受动时代”，宋代则“由受动之时代出而稍带能动之性质”，宋以后至清又跌入“受动时代”，“思想之停滞，略同于两汉”[③]。陈寅恪推崇宋代

---

① 王兆鹏、刘尊明《历史的选择——宋代词人历史地位的定量分析》，《文学遗产》1995年第4期。作者又在三十家后补充能并列者三人，南宋词人又有朱淑真入围。

② 《王国维遗书》第五册《静安文集续编》，上海书店出版社，1983年，第70页。

③ 《王国维遗书》第五册《静安文集续编》，第94页。

文化创造为华夏民族文化之“造极”的论述，已是耳熟能详的著名见解。他在《论再生缘》中也提出“六朝及天水一代思想最为自由,故文章亦臻于上乘”[①]。余英时更直截了当地断言:“宋代是士阶层在中国史上最能自由发挥其文化和政治功能的时代，这一论断建立在大量史实的基础之上，是很难动摇的。”[②]

这些论断是针对整个宋代的概评，自然包涵南宋，或者毋宁说乃是主要针对南宋所作的判断。余英时把朱熹时代称作“后王安石时代”，但他研究的对象毕竟是南宋的朱熹以及南宋的“士大夫政治文化”；陈寅恪讲“天水一朝思想最为自由”，因而文学“上乘”，所举实例是南宋汪藻的《代皇太后告天下手书》；王国维是在评述“宋代之金石学”时而作上述论断的，而讨论“金石学”，南宋毫无疑义自属重镇。他们都认定南宋士人享有思想文化创造的高度自主和自由，是对他们生存的生态环境的确切观察。南宋自然仍有党争的倾轧、舆论的钳制、文字狱的兴作，甚至科举制度对诗歌创作的贬抑，但从全局上、从总体上衡量，仍不失为一个自由创作的历史时期，这也是南宋文学能保持繁盛和不容低估的创作实绩的根本性原因。

二、南宋作家的阶层分化与文学新变

宋代文学的创作主体是宋代士人，他们不仅是传统雅文学

① 陈寅恪《寒柳堂集》，上海古籍出版社，1980年，第65页。

② 余英时《朱熹的历史世界》上册，生活·读书·新知三联书店，2004年，第378页。

（诗、词、文）的主要作者，也是新兴俗文学（戏曲、白话小说）的重要参与者。从政治权力的分享、经济收入的分配、社会地位的高低以及生存方式、行为方式和思维方式的差异来看，南宋士人的阶层分化趋势日益明显。宋代是一个比较成熟的科举社会，日趋完备的科举制度与宋代士人的命运关系极为密切。以是否科举入仕作为标准，可以将宋代士人大致分为仕进士大夫和科举失利或不事科举的士人两大阶层，或可概括为科举体制内士人和科举体制外士人两类。北宋的士大夫精英大都是集官僚、文人、学者三位于一身的复合型人才，南宋士人中的一部分，也基本上继承这一特征，但能在这三方面均达到极高地位如欧阳修、苏轼者，已不多见，贤如朱熹，主要身份乃是学者，政治上和文学上的建树尚逊一筹。而到南宋中后期，士人阶层的分化加剧，大量游士、幕士、塾师、儒商、术士、相士、隐士所组成的江湖士人群体纷纷涌现，构成举足轻重的社会力量。笔者三十多年前曾向钱锺书先生请教及此，他回信说："江湖诗人之称，流行在《江湖诗集》之前，犹明末之职业山人。"明末山人，尤在江南一带，多如牛毛，袁宏道叹为"山人如蚊"①。他们大都处于奔走漂泊、卖文为生的生存状态。钱先生这句话，敏锐地揭示出一个新型社会群体的产生及其历史承续与演化，职业性的"假山人"实乃"真江湖"，前后一脉相承。近年西方汉学家所讨论的中国"前近代知识分子共同体"命题，除了主要包括

① 袁宏道《与王以明》，《袁中郎全集》卷二〇，《四库全书存目丛书》影明崇祯二年刻本。

科举入仕的精英群体外，也应把这部分士人群体安置于适当的位置。这一阶层的士人，因政治权力的缩小、社会地位的下降，精英意识的淡薄，也导致了他们在文学取向上的巨大差异。

南宋士人社会角色的转型与分化，造成了整个文化的下移趋势。波及文坛，即其主要力量转入了民间写作，“布衣终身”者纷纷登上文学舞台，这在南宋中后期表现得尤为突出。可能是历史的巧合，南宋最著名的文学家大多在宋宁宗开禧年间（1205—1207）前后去世，如陆游（1125—1210）、范成大（1126—1193）、杨万里（1127—1206）、辛弃疾（1140—1207）。此外，陈亮卒于1194年、朱熹卒于1200年、洪迈卒于1202年、周必大卒于1204年、刘过卒于1206年、姜夔约卒于1209年。自此以后七十多年（几占南宋时期的一半）成为一个中小作家腾喧齐鸣而文学大家缺席的时代。文学成就的高度渐次低落，但其密度和广度却大幅度上升。

宋代士人群体内部的层级分化，依违于科举体制而派生的两类文士，他们的自我角色认定是不同的。一般说来，属于体制内的入仕作家，具有较强的社会承担精神与精英意识，在外来军事打击下所催生的国难意识，使他们深感民族存亡的沉重与沉痛，和战之争和党派之争交相纠葛，成为南宋政治关注焦点；表现在文学领域，抗金、抗元是最为集中的主题，慷慨昂扬、悲愤勃郁的基调贯穿于南宋诗坛词坛。这既为汉唐文学所未有，也为北宋文学所罕见。陆游的诗、辛弃疾的词，双峰并峙，是南宋文学最高艺术成就的代表，也是爱国主义的精神瑰宝。

属于体制外的不入仕作家，固然不乏表现时代重大主题的作品，宋元之交时期的遗民诗人就是如此。然而相对而言，他们大多与现实政治保持一定的疏离，秉持一种相对纯粹的文学观念，注重个人精神世界的经营，追求情感交流的新自由。他们已不太顾及文学“经国大业，不朽盛事”的儒家教化功能，纯为个人思想感情的抒写需要而写作，甚或变作干谒的手段、谋生的工具。江西诗派的中后期作家、“四灵”和江湖诗人群等，均属“民间写作”的范畴。元人黄溍曾感叹说:“呜呼！四民失其业久矣，而莫士为甚。”[1]他对宋元以来士人中放弃科举本“业”之风的惊呼，表明了他对士人阶层急剧分化形势的不解与惊诧。其实，这是无法逆转的。

上述层级划分自然是相对的，并非泾渭分明。尤对士人个体而言，情况千变万化，一生中难免升沉顺逆，不可能也不必要对每位作家的社会身份作出逐一的鉴别和归类；而且在多数情况下，不入仕作家群也离不开入仕官僚的揄扬和支持，宣扬“四灵”的叶适、江湖派最大诗人刘克庄，均为上层官吏。作为大量江湖谒客的幕主，亦非主管官员不办。然而这一社会群体虽无法严格界定，却是有固定所指的实际存在，对其加以深入研究，对于把握与认识长达南宋文学史近二分之一时间内诗坛、词坛的下移趋势，实具有重要意义。

促成文化下移趋势的原因颇为复杂，其中南宋时期印刷产业的蓬勃发展就很值得注意。我国文学作品的物质载体，经历过竹帛、纸写、印刷等几个阶段（今天又进入电子网络时代），每个阶段的转换都引起文学的新变。大致在东汉中后期，纸开始普遍使用，纸

① 黄溍《送叶审言诗后序》，《文献集》卷五，《文渊阁四库全书》本。

写逐渐代替简册，新型的传媒方式带来了人际交流的便捷和自由，增强了文学的情感化[①]。雕版印刷术起于隋唐之际，至北宋以前尚不太发达，且所印大都为日历、佛经、字书，至宋慢慢地形成规模化产业，官刻、私刻（家刻）、坊刻及书院刻、寺观刻等，构成颇为完备的商品构架和体系，图书市场开始孕育成型。到了南宋，又有长足的发展：民间坊刻如雨后春笋，遍地开花；私刻（家刻）之风气更为炽盛，且偏重于集部的印制，改变了北宋官刻中重经崇史的倾向；官刻中也出现中央国子监等渐衰而地方官刻繁兴之局；特别是杭州、福建、四川三大刻书中心的确立，散布于南方十五路的各具特色的刻书业[②]，共同引领南宋刻书业走向初步成熟和辉煌。

欣欣向荣的南宋刻书业，极大地促进了作品与读者之间的互动、作家与作家之间的交流，扩大了传播的覆盖面，提高了流通速度，推动了南宋文学的发展。尤为重要的，不少书商直接参与了文学运作，使刻书事业变成了实实在在的文学活动。临安“陈宅书籍铺”坊主陈起、陈续芸父子，广交当时“江湖之士以诗驰誉者”（《直斋书录解题》卷一五），亲自组织约稿，黾勉从事，编刻《江湖集》约六七十种，前后长达五六十年之久[③]。他集组稿、编辑、刻印、出售于一身，本人又是诗人，曾遭遇“江湖诗案”，与江湖诗人声息相通，同命共运。叶适编选《四灵诗选》，为永嘉地

---

① 参看查屏球《纸简替代与汉魏晋初文学新变》，《中国社会科学》2005年第5期。

② 张秀民《宋孝宗时代刻书述略》，《张秀民印刷史论文集》，印刷工业出版社，1988年。

③ 参看朱迎平《宋代刻书产业与文学》，上海古籍出版社，2008年，第210页。

区四位诗人徐照、徐玑、赵师秀、翁卷宣扬鼓吹，陈起予以“刊遗天下”[①]，以广流布。这群“江湖之士以诗驰誉者”并世而居，但互不相交或交往不密，依靠陈起有组织的刻印诗集而汇聚成一个特殊的集合体。他们原只是一个社会群体，并非严格意义上的“诗派”。一般研究者认为他们组成了“江湖诗派”，且谓其命名之由在于陈起刻印《江湖集》。然而，实际情况恰恰相反：由于社会上先已分散存在一群“以诗驰誉”的“江湖之士”，陈起遂顺理成章地把他们的诗集统一名之为《江湖集》；但如果没有陈起这一顺应潮流的创新举措，这群“江湖之士”还是一盘散沙，无法成为影响社会、影响诗坛的重要力量。因此，从“四灵”到“江湖”，就形成了一个庞大的前所未见的“以诗驰誉者”的社会群体，陈起的书坊变成了这批民间诗人们凝聚的纽带和交流的平台。

在南宋，文学作品的商品化程度越来越高，融入宋代整个商品经济体系之中；它与文学日益紧密的联系和结合，深刻影响到文学的演变和发展，这是南宋社会转型、经济转轨、文学转变的一个标志。这是历史性的进步。

三、重心转移：由北而南和由雅而俗

从我国文化、文学发展的全局来考察，南宋处于其重心转移的关捩点：就地域空间而言，学术与文学的重心完成了从北方到南方

① 许棐《跋四灵诗选》，《江湖小集》卷七六《融春小编》，《文渊阁四库全书》本。

的转移；就文学样式而言，重心由雅而趋于俗。

研究人口分布的成果表明，我国人口的南北比重，长期以北方居先；到了宋代才开始根本性的转折，南方人口占全国人口一半以上，而且一直保持、延续到明清时代①。这一现象在南宋尤为突出。靖康之变促成了我国历史上第三次大规模人口南迁活动，比之前两次（东晋，安史之乱至五代）规模更大、影响更深，大批士大夫与数以万计的流民、难民一起举家举族仓皇南渡，也把学术文化传至南国，杨时“道南学派”是著例，吕本中、吕祖谦家族传承中原文明更具典型性，且在文学领域更有明显而深刻的表现。在南渡的文化家族中，要数吕、韩两族对文坛影响最为直接、深巨。不妨先从韩元吉谈起。作为南渡最早一批作家之一，韩元吉于建炎元年（1127）举族南迁，几经流徙，定居于信州。他的诗文，朱熹说他“做著尽和平，有中原之旧，无南方啁哳之音”②，意即保持中原承平时期的厚重与深永，一扫南方文风中繁碎、纤细、柔弱的一面。且据朱熹亲自接触，“向见韩无咎说他晚年做底文字，与他二十岁以前做底文字不甚相远，此是他自验得如此”③。后来四库馆臣也认同这一评价：“统观全集，诗体文格，均有欧、苏之遗，不在南宋

---

① 参看吴松弟《中国人口史》第三卷，复旦大学出版社，2000年，第625—626页。

② 《朱子语类·论文》，王水照编《历代文话》第一册，复旦大学出版社，2007年，第222页。

③ 《朱子语类·论文》，《历代文话》第一册，第206页。

诸人下”[①]，辛弃疾《太常引·寿韩南涧》中推尊他“今代又尊韩，道吏部，文章泰山”，又以韩愈相比。他与当时名家均有广泛交游：“又与朱子最善，尝举以自代，其状今载集中。故其学问渊源，颇为醇正。其他以诗文倡和者，如叶梦得、张浚、曾幾、曾丰、陈岩肖、龚颐正、章甫、陈亮、陆游、赵蕃诸人，皆当代胜流，故文章矩镬，亦具有师承。”[②]韩元吉官至吏部尚书，《宋史》无传，遭遇冷落，朱熹却敏锐地揭出他作品中的北方文学因子，以及对南宋作家的影响力。

韩元吉的另一值得注意之处是，他对学术文化采取兼收并蓄的态度，这与同他交往甚密的吕本中、吕祖谦一族有着相同的取向。吕本中出身望族，其家学特点即是“不名一师”（全祖望《荥阳学案序录》），以兼取众长为宗。他不仅在学术思想上“躬受中原文献之传，载而之南”（吕祖谦《祭林宗丞文》），主张“诸子百家长处，皆为吾用”[③]，而且在诗学思想上，也倡导“活法”“悟入”，反对一般江西诗人只认老杜、黄庭坚之门，而主张“遍考精取，悉为吾用”[④]。吕祖谦是韩元吉女婿、吕本中侄孙，《宋史·吕祖谦传》云：“祖谦之学本之家庭，有中原文献之传。长从林之奇、汪应辰、胡宪游，既又友张栻、朱熹，讲索益精。”也同样呈现出贯通各派、

① 《四库全书总目》卷一六〇《南涧甲乙稿》提要，中华书局，1965年，第1383页。

② 《四库全书总目》卷一六〇《南涧甲乙稿》提要，第1383页。

③ 吕本中《童蒙训》卷上，商务印书馆，1937年，第1页。

④ 胡仔《苕溪渔隐丛话前集》卷四九引，人民文学出版社，1962年，第332页。

融合南北的特点。刘时举《续宋编年资治通鉴》卷一〇又说他“其学本于累世家庭之所传，博诣四方师友之所讲”，以北方中原“家学”为本，济之以南方地区“师友”之学，概括出他“南学北学、道术未裂”的融贯特点。这既反映在朱熹、陆九渊著名的“鹅湖书院”之争中他的折衷调和立场上，也反映在他的文学思想和写作实践中。关注南北文风之异的朱熹，也同样关注南方地域文化对南渡作者的反作用。他说：“某尝谓气类近，风土远。气类才绝，便从风土去。且如北人居婺州，后来皆做出婺州文章，间有婺州乡谈在里面者，如吕子约辈是也。”[①]吕子约，即吕祖俭，为吕祖谦弟。作为“北人居婺州”一员的吕祖谦，也不可避免地受到当地文风的影响。

吕祖谦还特别讲到吕氏家族与“江西贤士大夫”长期形成的交好传统。在《题伯祖紫微翁与曾信道手简后》中记载了其父吕大器的一段教诲：吕氏家族从北宋吕夷简和晏殊相交起，即与“江西诸贤特厚”，历数欧阳修、王安石、曾巩、刘敞、刘攽、“三孔”、曾肇、黄庭坚等人与历代吕氏传人之间的友谊。因而，南渡以来，吕本中在临川地区“乃收聚故人子曾信道辈，与吾兄弟共学，亲指挥，孳孳不怠，既又作诗勉之，今集中寄临川聚学诸生数诗是也”，并说：“吾家与江西贤士大夫之疏密，亦门户兴替之一验也。”[②]吕祖谦也沿承吕本中的办学精神，“四方学子云合而影从，虽儒宗文师磊落相望，亦莫不折官位抑辈行，愿就弟子列”[③]。这不仅促成“婺

① 《朱子语类》卷一四〇，《文渊阁四库全书》本。

② 《东莱集》卷七，《文渊阁四库全书》本。

③ 王柏《鲁斋集》卷一二《跋丽泽诸友帖》，金华堂丛书本。

学”的隆兴，其影响也自然延伸到诗文创作方面。吕本中早年架构“江西诗社宗派图”，倾力于对江西诗派的理论总结与创作推阐，应受到其家族这种特殊的“江西情结”的驱动；南渡后他继续关注此派的发展，纠正江西后学的局限与流弊。

除移民作家外，南宋诗文作家的占籍地域，多集中在浙江、江西、福建、两湖地区，他们既浸馈于中原文化的营养，保存北宋欧、苏、王、黄诸大家之文学创造精神与特点，又与南方的地域文化、风土习俗、自然山川相交融，形成有南国韵味的文学风貌。此均得益于南北文学交流之功。在词坛上，南北融贯推毂之势更显强烈。词素有南方文学之称，其“微词宛转”的特性与南国氛围天然合拍。唐圭璋《两宋词人占籍考》，综观从北宋到南宋的词人籍贯，按省统计，词人之众也以浙、赣、闽三地占先，从词家多为南产而言，也显示出词体本质上属于南方文学的特点。然而，北来移民词人的大量南下，为词坛带来慷慨激昂、大声镗鞳之音，抒写家国之恨、亡国之悲、抗敌之志，极大地提高了词的审美境界，促成了词的重大转型，进入了我国词史发展的一个新阶段。南宋建立之初，活跃于词坛者几乎都为南渡词人。如叶梦得、朱敦儒、李纲、李清照等，张元幹虽占籍福建长乐，却也是滚滚南渡人流中的一员。嗣后，南宋的最大词人辛弃疾，也是北来的“归正人”。没有北方词风的相摩相融，南宋词的进一步境界开拓与内蕴深化是不可能的。

在散文方面，近人王葆心在《古文辞通义》中，曾从作家地域分布的角度，综合考察我国历代文派的发展趋势，也指出宋代以后，“吾华文家大统之归全在南方”。他认为北宋之初，文坛主流是北方派（柳开、穆修），欧阳修出，“自后江西有古文家乡之目”，及至宋古文六大家雄踞坛坫，“南声最宏在是时矣”。南宋之文，受地理环境所制，南派自然成为主导：“南渡之后，为永嘉、永康之学派者，文仍宗欧，或宗苏门后学”，“是时南方之文最盛行两派：一江左派，为水心（叶适）；一江右派，为刘须溪（刘辰翁）。黄梨洲谓‘宗叶者以秀劲为揣摹，宗刘者以清梗为句读’，此又南派之因时为高下者也”。他的结论是：“推宋以后文事观之，吾华文家大统之归全在南方”，“宋后文运在南方”[①]。他的考察，除了个别例证尚可商榷外，其全局判断是可信的。

南宋戏剧和白话小说的繁盛，也与宋室南迁有关。大批西北艺人渡江而南，“京师旧人”遍布勾栏瓦舍，临安尤甚：“如执政府墙下空地，诸色路歧人，在此作场，犹为骈阗。”[②]“路歧人”原是对开封一带艺人的称呼，现在尚可考出有姓有名的汴京艺人在临安献艺者多人。南宋最具戏剧完整形态的是“南戏”，形成于南北宋之交的温州，已由叙述体发展成代言体，后又传至杭州获得发展的良好土壤，其曲体、曲制的最终定型，也与对北方杂剧及各种歌舞说唱技艺的吸收融合息息相关。

南宋处于从中原文化向江南文化转移的重大时期，使南北文学交流进入更高更深的层次。伴随着中国经济重心的南移，也出现了文化重心南移的现象，江南也从“江南之江南”的地域性概念，而

① 王水照编《历代文话》第八册，第7778—7780页。
② 耐得翁《都城纪胜》“市井”条，《文渊阁四库全书》本。

成为“全国之江南”的政治经济文化性的概念，以后元、明、清均以北京为首都，也都无法改变江南在全国举足轻重的地位。因而南宋文学中这一重心南移现象，具有预示中国政治、经济、文化总体走向的意义。

诗、词、文、小说、戏曲是我国文学的主要样式。诗歌从“风”“骚”传统算起，经唐代极盛而创“唐音”，降及北宋形成“宋调”，已有数千年的历史；文（主要是“古文”）由先秦两汉以著述体裁为主的诸子散文和历史散文，发展到“唐宋八大家”为代表的以篇什体裁为主的新散文传统，到北宋亦似能事近毕，南宋文人大都取径欧、苏，在创立新的散文范式上已少发展空间；词则发轫于隋唐，至北宋而大放异彩，尚留下开辟拓新的余地。在这些传统士人大显身手的领域之旁，新兴的流传于市井里巷的白话小说和戏曲悄然勃兴，正显出强大的艺术生命力。

梁启超十分关注俗文学在中国文学史上的关键地位，他说：“文学之进化有一大关键，即由古语之文学，变为俗语之文学是也”，“自宋以后，实为祖国文学之大进化。何以故？俗语文学大发达故”[①]。胡适在1917年《寄陈独秀》中说：“钱玄同先生论足下（指陈独秀）所分中国文学之时期，以为有宋之文学不独承前，尤在启后，此意适以为甚是。”[②]他之所以认同宋代文学为“承前启后”的

① 梁启超《小说丛话》，《〈饮冰室合集〉集外文》（上），北京大学出版社，2005年，第148—149页。

② 胡适《寄陈独秀》，《民国丛书》本《胡适文存》卷一，上海书店，1989年，第41页。

转折时期，也是着眼于“白话文学”在宋代的勃兴。闻一多对中国文学的历史动向也有过深刻的宏观考察，他在《文学的历史动向》中说：

> 我们只觉得明清两代关于诗的那许多运动和争论，都是无味的挣扎。每一度挣扎的失败，无非重新证实一遍那挣扎的徒劳无益而已。本来从西周唱到北宋，足足二千年的工夫也够长的了，可能的调子都已唱完了。到此，中国文学史可能不必再写，假如不是两种外来的文艺形式——小说与戏剧，早在旁边静候着，准备届时上前来“接力”。是的，中国文学史的路线南宋起便转向了，从此以后是小说戏剧的时代。①

迄今为止，还很少见有研究者把南宋文学作为一个独立对象进行宏观判断，闻一多可谓第一人。他的“中国文学史的路线南宋起便转向了”的论断，从一个特定视角，抓住了文学演变的关键。勾栏瓦舍中的说唱曲艺表演，通过艺术行为方式而深入民间大众，表现出新的人物、新的文学世界和美学趣味；传统的诗、词、文以书面记载的形态而主要流行于社会中上层，一般表现为忌俗尚雅的审美追求。从《都城纪胜》《梦粱录》《武林旧事》等记载来看，南宋的说话讲史和演戏活动十分兴盛，尽管现存确切可考定为南宋白话小说的，为数甚少，戏曲作品留存至今完整的仅《张协状元》一种（或谓北宋或元代作品），但其时品类繁多，从业人员也已形成

---

① 闻一多《文学的历史动向》，《闻一多全集》第一册，生活·读书·新知三联书店，1982年，第201页。

规模，已正式登上中国文学的神圣殿堂，这是毋庸置疑的。闻一多上述论断有两点或可商榷：一是把“小说与戏剧”视作“两种外来的文艺形式”似与它们的发生史不符；二是对明清诗歌（实际上也包括散文和词）的成就，贬抑过甚。钱锺书先生在论及宋代白话小说时说过：“这个在宋代最后起的、最不齿于士大夫的文学样式正是一个最有发展前途的样式，它有元、明、清的小说作为它的美好的将来，不像宋诗、宋文、宋词都只成为元、明、清诗、词、文的美好的过去了。”[①]这里将诗、词、文和小说、戏曲分别作为“雅”文学和“俗”文学的代表，又对它们与元明清两类文学的“承先和启后”的关系，都作了颇为准确、客观的说明。中国文学的雅俗之变，也就是所谓“大传统”与“小传统”之变，精英文化与大众文化之变，南宋时期是一个历史的重要转折点。

（原载《文学遗产》2010年第1期）

---

① 《宋代文学的承先和启后》，中国科学院文学研究所中国文学史编写组编《中国文学史》第二册，人民文学出版社，1962年，第549页。

附论：《钱锺书手稿集·容安馆札记》与南宋诗歌发展观

一、《容安馆札记》的特点和性质

《钱锺书手稿集》是钱先生的读书笔记，字字句句都由他亲笔写成，是已知手稿集中篇幅最大的个人巨著。不仅篇幅大，更在内容广和深；不仅"空前"，恐亦难乎为继。《钱锺书手稿集》分为三类：一类是《容安馆札记》三卷，已于2003年由商务印书馆影印出版；一类是《中文笔记》二十卷，已于近年出版；一类是《外文笔记》，尚未面世，卷数不详，但原外文笔记本共有178册，34 000多页，可能编成四十卷（见《文汇报》2011年11月4日报道）。合计三类，总数估计会达到六十三卷之多。

《钱锺书手稿集·容安馆札记》[①]原本有23册，2 570页，802则，如果每页以1 200字匡算，共约300万字，其中论及宋诗的约

① 《钱锺书手稿集·容安馆札记》（全三册），商务印书馆，2003年。下文简称《札记》，所引均据此版，随文出注。

55万字，占《札记》的五分之一，表明宋诗研究在钱先生的学术世界中占有相当重要的地位。

《札记》以阅读、评论、摘抄作家的别集为主要内容，一般是先述所读别集版本，再加总评，然后抄录作品，作品与总评之间又有呼应印证关系。这种论叙形式在全书中具有统一性。从作者自编目次802则来看[①]，它已不是“边读边记”的原始读书记录，而是经过了“反刍”（杨绛先生语）即反复推敲、酝酿成熟的过程，每则不是一次阅读就完成的。而且又有许多旁注“互参”，既有参看前面的第几则，也有注明需参看后面的，说明对全书已有通盘的设计，因而，此书的性质应该是半成品的学术著作，有待加工成公开出版的正式著作。如《管锥编》中的《楚辞洪兴祖补注》《周易正义》《毛诗正义》就是在《札记》的基础上“料简”“理董”而成的。

《容安馆札记》具有两个显著特点，即私密性与互文性，这对进一步理解此书的性质十分重要。

《容安馆札记》有很多别名，其中之一就叫《容安馆日札》（或《容安室日札》《容安斋日札》《槐聚日札》等），日札即具日记性质，把私人私事、旧诗创作和读书心得等统记在一起，因而自然带有一定的个人性、私密性；即便是读书笔记部分，原来也不拟立即

---

① 此书实际则数似不到802则，其中有缺码（如第248则、353则、367则、368则、387则、388则、411则、412则、546—554则），有重码（如第80则、147则、326则、458则），有乱码（如第401—452则放在第572则之后，未接上第400则），有空码（如卷二自第1186页至1212页共26页未编则数）。

示之他人，只供自己备忘、积累，其间也不免有不足与外人道也的内容。然而，在这些日常生活、身边琐事到艺术思考变化过程乃至时事感慨中，仍然蕴含着丰富的学术内容。

南宋诗人吴惟信《菊潭诗集》有首《咏猫》小诗："弄花扑蝶悔当年，吃到残糜味却鲜。不肯春风留业种，破毡寻梦佛灯前。"所咏为一只老无风情的懒猫，已无当年"弄花扑蝶"的寻乐兴趣，吃吃残羹，睡睡破毡，无复叫春欲求。钱先生在《札记》中加一按语云："余豢苗介立叫春不已，外宿两月余矣，安得以此篇讽喻之！"（《札记》卷一第22则，第26页）钱家的这只波斯雄猫，是1949年8月他们举家从上海赴清华大学任教后收养的，杨绛先生有散文《花花儿》详记其事，说到"两岁以后，它开始闹猫了，我们都看见它争风打架的英雄气概，花花儿成了我们那一区的霸"。难怪钱先生要以吴惟信小诗来"讽喻"它了。这只儿猫，在钱先生那里，并不止于一桩小小的生活情趣，而竟然进入他的学问世界。他写道："余记儿猫行事甚多，去春遭难，与他稿都拉杂摧烧，所可追记，只此及九十七则一事耳。"（《札记》卷一第165则，第241页）今检《札记》，所记猫事仍屡见，引起他关注的是猫的两个特性：神情专注和动作灵活，都引申到学术层面。他引《续传灯录》卷二十二："黄龙云：'子见猫儿捕鼠乎？目睛不瞬，四足据地，诸根顺向，首尾一直，拟无不中，求道亦然。'（按《礼记·射义》'以狸首为节'，皇侃谓：'旧解云：狸之取物，则伏下其头，然后必得。言射亦必中，如狸之取物矣。'正是黄龙语意。）"他认为均与《庄子·达生》篇"痀偻承蜩，梓庆削木"、《关尹子·一宇》篇

“鱼见食”之旨，可以互相发明，以申述用志不分、神凝默运的精神境界（《札记》卷一第165则，第241页）。

钱先生又写道：“余谓猫儿弄皱纸团，七擒七纵，再接再厉，或腹向天抱而滚，或背拱山跃以扑，俨若纸团亦秉气含灵，一喷一醒者，观之可以启发文机。用权设假，课虚凿空，无复枯窘之题矣。志明《野狐放屁》诗第二十七首云：‘矮凳阶前晒日头，又无瞌睡又无愁。自寻一个消闲法，唤小猫儿戏纸球’，尚未尽理也。”（《札记》卷一第165则，第241页）这段充满想象力的叙写，生动地描摹出艺术创作思维的灵动、变幻，不主故常，堪与杜甫刻画公孙大娘舞剑器诗相媲美。杜甫纯用比喻咏剑光、舞姿、舞始、舞罢：“㸌如羿射九日落，矫如群帝骖龙翔。来如雷霆收震怒，罢如江海凝清光。”（《观公孙大娘弟子舞剑器行》）钱先生却出之以直笔甚或叙述语气，同样达到传神的效果。

附带说及，这只花花儿还成了联结钱、杨两位身边琐事、学术思考和文学创作的纽带。杨先生记述，在院系调整时，他们并入北大，迁居中关园，花花儿趁机逃逸，“一去不返”。“默存说：‘有句老话：“狗认人，猫认屋”，看来花花儿没有“超出猫类”。’”这句“老话”是有来历的。《札记》卷一第165则引《笠翁一家言》卷二《逐猫文》谓：“六畜之中最贪最僭，俗说‘狗认人，猫认屋’。”（第241页）杨先生有散文记猫，钱先生则见之于诗。1954年作《容安室休沐杂咏》十二首，其六云：“音书人事本萧条，广论何心续孝标。应是有情无着处，春风蛱蝶忆儿猫。”《札记》卷一第165则（第241页）中说，中、日两国“皆以猫入画”，“若夫谐声寓意，别成一类，则《耄耋图》是也”。“惟睹日本人编印《中国名画集》第三册景印徐文长《耄耋图》，画两猫伺蝶，意态栩栩”，可为此诗结句作注。

家庭养猫，司空见惯，钱先生既入吟咏，又引诗讽喻，涉及文献中种种“猫事”，有禅宗话头、民间谚语、中外绘画，甚至进入梦寐：“一夕梦与人谈‘未之有也’诗”，如“三个和尚四方坐，不言不语口念经”之类，竟连带“虑及君家小猫儿念佛也”，于是“醒而思之，叹为的解，真鬼神来告也。以语绛及圆女，相与喜笑。时苗介立生才百日，来余家只数周耳。去秋迁居，大索不得，存亡未卜，思之辄痛惜”（《札记》卷一第97则，第164页）。生活学术化，学术生活化，融汇一片，在公开文字中就不易读到。

《札记》涂抹勾乙，层见迭出，从改笔适足见出作者思考过程，启示之处多多。如张先《题西溪无相院》诗之“草声”“棹声”“水声”之辩，就是佳例。张先此诗云：“积水涵虚上下清，几家门静岸痕平。浮萍破处见山影，小艇归时闻草声。”末三字“闻草声”似难解，于是有位葛朝阳说《石林诗话》《瀛奎律髓》作“闻棹声”，他并分析道：“但上句‘萍’与‘山’分写，而景入画；若作‘棹声’，则与‘艇’字语复，意亦平平云。”钱先生加按语云：“窃谓‘草声’意不醒，‘棹声’则不称。此句易作‘水声’最妙，惜与首句‘积水涵虚上下清’重一字。”细心斟酌，却举棋不定：“草声”意思不醒豁，“棹声”与“艇”字语复，“水声”又与首句重一字。此页后有夹批：“姜白石《昔游》诗之五‘忽闻入草声’，即子野语意，作‘草声’为是，皆本之姚崇《夜渡江》之‘听草遥寻岸’。”张先原诗谓小艇渐行近岸，听到岸边窸窣草声，情景宛然。从对“草声”怀疑，到“棹声”“水声”的不稳，最后又回归到“草声”，这个推敲过程表现出作者思维的精密和艺术评赏的严细，这类珍贵资料幸赖这部未定稿的著作保留下来。

杨先生《〈钱锺书手稿集〉序》中说到，《札记》原把“读书笔记和日记混在一起”，后因“思想改造”运动牵连，把属于“私人私事”的日记部分“剪掉毁了”。这实在是无法挽救的憾事，不知有多少绝妙好辞从此绝迹人间。但有时会有“漏网之鱼”，如1966年初与杨先生出游北京中山公园，归后患病一节，仅300字（见《札记》卷三第761则，第2235页），全文都由引证联缀而成，左旋右抽，一气贯注，文气势如破竹，精光四射，令人噤不能语。而更多的是在论及学术的字里行间，仍会透露出现实感慨和时事信息。在《管锥编》第一册中，他称引过唐庚《白鹭》诗[①]，在第四册中又称引过另一位宋人罗公升的《送归使》[②]，均用以说明特定的问题，敏感性和尖锐性均不强。而在《札记》中，我们发现两诗原来是一并论列的。《札记》第二卷（则数未编，不详）第1200页中说：

> 《宋百家诗存》卷二十四罗公升《沧州集·送归使》云：“鱼鳖甘贻祸，鸡豚饱自焚。莫云鸥鹭瘦，馋口不饶君。”按，沉痛语，盖言易代之际，虽洁身远引，亦不能自全也。《眉山唐先生文集》卷二《白鹭》云：“说与门前白鹭群，也宜从此

① 钱锺书《管锥编》第一册，中华书局，1979年，第348页。
② 钱锺书《管锥编》第四册，第1470页。

断知闻。诸公有意除钩党，甲乙推求恐到君。”机杼差类而语气尚出以嬉笑耳。

罗公升为宋元间人，入元不仕，有“一门孝义传三世（祖、父、弟）”之称。这首抒写以言取祸的诗，背景不很明了，钱先生突出“易代之际”，颇堪注意。唐庚为北宋末年人，曾因作《内前行》颂扬张商英而被蔡京贬往惠州。此诗《鹤林玉露》甲编卷四谓作于惠州：“后以党祸谪罗浮，作诗云（即《白鹭》）。”他在惠州另一首《次勾景山见寄韵》云：“此生正坐不知天，岂有豨苓解引年。但觉转喉都是讳，就令摇尾有谁怜？”对言祸噤若寒蝉。《白鹭》诗的关键词是“除钩党”。我们如了解钱先生解放初“易代之际”所遭遇的“清华间谍案”，就不难从中得到一些重要信息[①]。前文提到的“去岁遭难”，因而导致他记叙“猫事”的文稿“拉杂摧烧”，这几句算得烬后之文，勾画出当年知识分子生存环境之一斑，也不是公开读物上能读到的。

《札记》的另一特点是互文性。互文原是我国修辞学中的一种手法，现今西方学者又把它提升为一种文艺理论，我这里主要是指应将《札记》跟钱先生的其他相关著作“打通”，特别是跟《宋诗选注》“打通”。《宋诗选注》初版选了八十一家，后删去左纬，为八十家，其中约有六十家在《札记》中都有论述。这些有关宋代诗人的论述，大致写于20世纪50年代，与《宋诗选注》的编选同时，

① 参看拙文《钱锺书先生横遭青蝇之玷》，《悦读》第16卷，二十一世纪出版社，2010年4月。

是进行比较对勘的极佳资料。不外乎两种情形：一种是《宋诗选注》里的评论跟《札记》基本一致，但又有不少各种差异；一种是两者根本矛盾、对立。如华岳，《宋诗选注》里对他评价很高，“并不沾染当时诗坛上江西派和江湖派的风尚”，“他的内容比较充实，题材的花样比较多”，但在《札记》中却说：“然观其诗文，嗟卑怨命，牢骚满纸，不类虑患深而见识远之人，大言懆进，徒尚虚气，难成大事。以词章论，亦嚣浮俚纤，好饰丽藻，作巧对，益为格律之累，故渔洋谓其诗‘不以工拙论可也’。”在肯定与否定之间，给人们提出了继续研究的问题。利用互文性的特点，还可以解释《宋诗选注》中一些迷惑不解的问题，如：为什么不选文天祥的《正气歌》？为什么再版时要把左纬这一家全部删掉，而不是采取他曾使用过的“删诗不删人”的办法？通过比较、对勘，这些疑团可望冰释。

如果把比较的对象，从《札记》《宋诗选注》扩展到《谈艺录》《管锥编》等作多维对勘的话，就能发现在评泊优劣、衡量得失方面的更多异同，把握作者思考演化的轨迹，他的与时俱进、不断深化的过程。对梅尧臣诗，《谈艺录》中以为梅诗不能与孟郊诗并肩，“其意境无此（孟郊诗）邃密，而气格因较宽和，固未宜等类齐称。其古体优于近体，五言尤胜七言；然质而每钝，厚而多愿，木强鄙拙，不必为讳”[①]，从正反两面落笔，侧重于贬。《宋诗选注》中则词锋犀利而揶揄，说梅诗“‘平’得常常没有劲，‘淡’得往往没有味。他要矫正华而不实、大而无当的习气，就每每一本正经的用些

① 钱锺书《谈艺录》，中华书局，1984年，第167页。

笨重干燥不很像诗的词句来写琐碎丑恶不大入诗的事物"[①]。到了重订《谈艺录》时，他又写道："重订此书，因复取《宛陵集》读之，颇有榛芜弥望之叹。"洋洋洒洒地连举近二十例，诚如他自己《赴鄂道中》诗其二所云"诗律伤严敢市恩"，执法严正、毫不假借了。（《宋诗选注》唐庚小传，记唐氏名句："诗律伤严似寡恩"。）而在《札记》中（卷一第603则，第699页）则云：

> 宛陵诗得失已见《谈艺录》，窃谓"安而不雅"四字可以尽之。敛气藏锋，平铺直写，思深语淡，意切词和，此其独到处也。《春融堂集》卷二十二《舟中无事偶作论诗绝句》云："沧浪才调徂徕气，大雅扶轮信不诬。可惜都官真袜线，也能倾动到欧苏。"力避甜熟乃遁入臭腐村鄙，力避巧媚乃至沦为钝拙庸肤，不欲作陈言滥调乃至取不入诗之物、写不成诗之句，此其病也。

此评在字面上与《宋诗选注》有某些类似，但细细玩索，似多从梅尧臣在宋诗发展中的历史作用着眼，看到他在反"甜熟"、反"巧媚"、反"陈言滥调"的不良时风中的矫正作用，甚至像王昶所言，能"倾动到欧苏"，因而对其"独到处"特予强调标举，对其为"改革诗体所付的一部分代价"（《宋诗选注》梅尧臣小传）给予了更多的了解之同情。

《札记》对王安石诗歌和李壁注《王荆文公诗》的评论，也有类似情形。钱先生对王诗颇多关注，对李注王诗尤细心查勘。早在

---

① 钱锺书《宋诗选注》，人民文学出版社，1958年，第16页。

《谈艺录》中，即指责李注“实亦未尽如人意”（第79页），主要之失有二：一是“好引后人诗作注，尤不合义法”；二是“用典出处，亦多疏漏”。对于“出处”的“疏漏”，他曾“增注三十许事”，及至看到姚范《援鹑堂笔记》卷五十、沈钦韩《王荆公诗集李壁注勘误补正》二家书，发现已有若干勘误补正，所见相同，因“择二家所未言者”十余则，书于初版《谈艺录》。1983年，又“因勘订此书（《谈艺录》），稍复披寻雁湖注，偶有所见，并识之”，书于补订本者达二十五则（两次共达四十则左右）。今检《札记》卷一第604则（第701页）、卷二第604则（续）（第1050页）两处，更有大量文字论及李壁注，共约一万字左右，值得重视[①]。以《札记》与《谈艺录》初版本相较，基本评价一致，但有两点重大差别。

一是对“好引后人诗作注，尤不合义法”的批评，作了自我反思。他说：“雁湖注每引同时人及后来人诗句，卷三十六末刘辰翁评颇讥之。余《谈艺录》第九十三页亦以为言。今乃知须分别观之。”（卷二第604则续，第1050页）如卷四十《午睡》云：“檐日阴阴转，床风细细吹。翛然残午梦，何处一黄鹂。”李壁注引苏舜钦诗“树阴满地日卓午，梦觉流莺时一声”，钱先生认为“捉置一处，益人神志”。他还进一步补引王安石《山陂》诗“白发逢春唯有睡，睡闻啼鸟亦生憎”，则是“境同而情异矣”，同一啼鸟声，喜恨之情有别。“捉置一处，益人神志”，本是钱先生评诗赏艺的一贯

① 最近出版的《钱锺书手稿集·中文笔记》第九册第296—304页（商务印书馆，2011年），又有论及王诗李壁注约五十条，并明云“补《日札》第六〇四则”，说明论述同一题目，《中文笔记》一般写于《容安馆札记》之前，也有写于其后的。

方法，也是他“打通”原则的一条具体操作法门，从这个思路来反思原先的旧评，就觉得有失片面。《札记》这层“须分别观之”的意思，他在《谈艺录》补订本第389页更有畅达的论述。他说：“余此论有笼统鹘突之病。仅注字句来历，固宜征之作者以前著述，然倘前载无得而征，则同时或后人语自可引为参印。若虽求得词之来历，而词意仍不明了，须合观同时及后人语，方能解会，则亦不宜沟而外之。”旧时笺注家有避免以后代材料注释前代的义例，自有一定的道理，但不能绝对化。在一定条件下，可以而且应该用同时人或后人的材料互为“参印”，这又是钱先生所提倡的“循环阐释”的原则了。

二是对李壁亦有褒扬之语。他写道“雁湖注中有说诗极佳者”，并连举五例。如卷一《纯甫出释惠崇画要予作诗》云：“金坡巨然山数堵，粉墨空多真漫与。”李壁注云：“据《画谱》云‘巨然用笔甚草草’，可见其真趣。诗意谓巨然画格最高，而拙工事彩绘者，乃为世俗所与耳。”李壁认为，巨然以笔墨简略以求“真趣”，而拙于细笔彩绘，不应有“粉墨空多”之讥。他“反复诗意”，认为下句乃是讥讽“世俗”崇尚“工事彩绘”之画风，在巨然画作面前，更显识见卑下。又如卷三十六《至开元僧舍上方》：“和风满树笙簧杂，霁雪兼山粉黛重。”李壁注云：“粉喻雪，黛喻山，故云‘兼’。雪霁山明，始见青色，故云‘重’。”钱先生予以认同，并补充一例：米芾《宝晋英光集》卷四《过当涂》“朝烟开雨细，轻素淡山重”句，写雨霁山色浓翠情景，也用“重”字，可作“参观”。又如卷四十八《赠安太师》云：“败屋数间青缭绕，冷云深处不闻钟。”李壁注云：“唐人诗：‘重云晦庐岳，微鼓辨湓城。’此言阴晦之夕，鼓声才仿佛耳。亦犹钟声为冷云所隔，而不之闻也。”李壁以唐人谓鼓声因阴晦而微，来诠释王诗之钟声因冷云而稀，情境相类，拈来作注，确能加深对王诗的理解。

再论钱先生对王安石诗歌本身的评价。在《谈艺录》中，他对王诗有褒有贬：“荆公诗精贴峭悍，所恨古诗劲折之极，微欠浑厚；近体工整之至，颇乏疏宕；其韵太促，其词太密。”[①]尤对两事爱憎分明：一是对他“善用语助”的肯定：“荆公五七古善用语助，有以文为诗、浑灏古茂之致，此秘尤得昌黎之传。”[②]二是对其“巧取豪夺”的贬斥：“每遇他人佳句，必巧取豪夺，脱胎换骨，百计临摹，以为己有。”及至《宋诗选注》中，仅肯定他“比欧阳修渊博，更讲究修词的技巧”，“作品大部分内容充实”，但一句“后来宋诗的形式主义却也是他培养了根芽”，分量就很重了。这里的“形式主义”，实际上是考究用词、精于用典的同义词，我们可以有不同的理解。而在《札记》中，我们发现他对有些王诗别有赏会，却未发布于公开著作。如王诗《永济道中寄诸弟》（卷二十九）云：“灯火匆匆出馆陶，回看永济日初高。似闻空舍乌鸢乐，更觉荒陂人马劳。客路光阴真弃置，春风边塞只萧骚。辛夷树下乌塘尾，把手何时得汝曹。”此诗为王安石北使时所作。钱先生说：“此诗殊苍遒，而诸选皆不及”（卷一第604则，第702页），惋惜之情，溢于

① 《谈艺录》，第243页。

② 《谈艺录》，第69页。

言表，他还详引王安石其他相类诗句加以“参印”，然而他的《宋诗选注》也未收此首。他对《拟寒山拾得十二首》也独具识见。他认为王安石这十二首诗，大都“理语太多，陈义亦高，非原作浅切有味之比”，惟第十一首则当别论，诗云：“傀儡只一机，种种没根栽。被我入棚中，昨日亲看来。方知棚外人，扰扰一场骰。终日受伊谩，更被索钱财。”这犹如一首宋时风俗诗，写观看傀儡戏有感，虽“浅切”却“有味”。钱先生评云：“非曾居高位者不能知，非善知识不能道”，耐人寻味。他还兴味盎然地引了一首刘克庄的《无题》(《后村先生大全集》卷二十二)：“郭郎线断事部休，卸了衣冠返沐猴。棚上偃师何处去，误他棚下几人愁。”钱先生评云：“亦入棚亲看过人语也。”（第701页）均从市井傀儡戏中，观照出表里不一、尔虞我诈的社会世相，寄寓另一番人生况味。

如前所述，《札记》的性质是半成品的学术著作，但若从其内容、特点来看，还可以有另一种解读。《札记》比之《谈艺录》《宋诗选注》等，产生于不同的写作环境，后两者都是公开出版的正式著作，都有预先设定的读者对象，如果说《谈艺录》是作者急于想对学术界表达自己个性化的诗学理想，“真陌真阡真道路，不衫不履不头巾”（聂绀弩《题〈宋诗选注〉并赠钱锺书》），那么《宋诗选注》作为文学研究所编著的“中国古典文学作品第五种”，不能不受主流意识形态的影响，诚如钱先生自己所说，是反映时代的一面“模糊的铜镜”。而《札记》则完全疏离于主流意识形态的影响，沉浸于古代文献资料之海洋，独立于众人所谓的“共识”之外，精心营造自己的话语空间。他不是依据于诗人们的政治立场、思想倾向和道德型范的所谓高低来评价诗歌的高低，而着眼于作品本身的艺术成就，所以他的品评就成为真正的审美批评。《札记》是一座远离外部喧嚣、纷争世界的自立的学术精神园地，一部真正“不衫不履不头巾”(《宋诗选注》在当时选本中已属“异类”，但实未完全达到聂绀弩此评)、心灵充分舒展、人格完全独立的奇书。

二、钱先生的南宋诗歌发展观

钱先生的著述大都采取我国传统著作体裁，如诗话(《谈艺录》)、选本(《宋诗选注》)、札记(《管锥编》)等，他的几篇论文(从《旧文四篇》到《七缀集》)，也与目前流行的学院派论文风格迥异，因而在钱锺书研究中发生了一个重要争论，即有没有“体系”，甚至有没有“思想”？这一争论至今仍在时断时续地进行。

从钱先生早年学术发轫时期来看，他对西方哲学、心理学兴趣很浓，也开始写作《中国文学小史》等通论性著作，不乏体系性、宏观性的见解。1984年在修改《中国诗与中国画》一文时，他增加了一段话，提出所谓“狐狸与刺猬”的讨论。他说：“古希腊人说：‘狐狸多才多艺，刺猬只会一件看家本领。’当代一位思想史家把天才分为两个类型，莎士比亚、歌德、巴尔扎克属于狐狸型，但丁、易卜生、陀思妥耶夫斯基等属于刺猬型，而托尔斯泰是天生的狐狸，却一心要作刺猬。”[①]文中所说“古希腊人”乃指阿克洛克

① 钱锺书《七缀集》，上海古籍出版社，1985年，第23页。

思，他的这句话另译为："狐狸多知，而刺猬有一大知。""当代一位思想史家"是指英国人柏林（I. Berlin），与钱先生年龄相仿，他关于"狐狸与刺猬"的发挥，见于1951年出版的《刺猬与狐狸》一书。这里的"狐狸"的"多知"，即谓无所不知，而又眼光精微；"刺猬"的"一大知"，殆谓有体系，有总体把握。钱先生此处借以助证苏轼之企慕司空图、白居易之向往李商隐，即所谓"嗜好的矛盾律"，能欣赏异量之美，因对"狐狸""刺猬"两种类型采取兼容并包的立场，不加轩轾。而在1978年修改《读〈拉奥孔〉》时，也增加一节文字："不妨回顾一下思想史罢。许多严密周全的哲学系统经不起历史的推排消蚀，在整体上都已垮塌了，但是它们的一些个别见解还为后世所采取而流传……往往整个理论体系剩下来的有价值的东西只是一些片断思想。脱离了系统的片断思想和未及构成系统的片断思想，彼此同样是零碎的。所以，眼里只有长篇大论，瞧不起片言只语，那是一种粗浅甚至庸俗的看法——假使不是懒惰疏忽的借口。"这里对体系崇拜论的批判和颠覆，读来令人惊悚，当然他同时提醒人们说"自发的简单见解正是自觉的周密理论的根本"，并不绝对地排斥"自觉的周密理论"①。

这两段在修改旧作时特意增写的文字，似乎对以后钱氏有无体系的"争论"，预先准备了回答。20世纪80年代，在学界"争论"发生之后，钱先生在私人场合也直接发表过意见。他在1987年10

---

① 钱锺书《旧文四篇》，上海古籍出版社，1979年，第26页。

月14日致友人信中说：

> 我不提出“体系”，因为我认为“体系”的构成未必由于认识真理的周全，而往往出于追求势力或影响的欲望的强烈。标榜了“体系”，就可以成立宗派，为懒于独立思考的人提供了依门傍户的方便。……马克思说：“我不是马克思主义者”；马克·吐温说：“耶稣基督如活在今天，他肯定不是基督教徒”；都包含这个道理。

此从师门宗派传授、流弊丛生的角度来揭示“体系”之异化。李慎之先生在2003年2月10日的一封信中提到：“钱先生曾对我说过，自己不是‘一个成体系的思想家’，我曾对以‘你的各个观点之间，自有逻辑沟通’。”李先生希望能把钱先生著作中表现有关中国前途在现代化、全球化、民主化三方面的思想材料“钩稽”出来，表达出从钱著中寻找一以贯之思想的愿望[①]。

衡量学问家水平的高低，评估学术著作价值的大小，与其是否给出一个“体系”，其实并无直接的对应关系；尤为重要的，是对“体系”的认识和真正的理解，大可不必对之顶礼膜拜，加以神圣化和神秘化。我姑且把“体系”分为三种形态。一是作者本人给出的体系。比如我们熟知的黑格尔，他用“理念”“绝对观念”等概念把世界万事万物贯穿在一起，宋代理学家则用先于天地而存在的“理”为核心重建他们的世界观。这或许可称为“显体系”。二是“潜体系”，即作者虽然没有提供明确的理论框架，但在其具体

---

① 以上两信，均见《财经》杂志（双周刊）2006年第18期。

学术成果之中，确实存在一个潜在的、隐含的体系。钱先生就是如此。我在1998年曾经说过：

> 他（钱先生）一再说："我有兴趣的是具体的文艺鉴赏和评判"，而没有给出一个现成的作为独立之"学"的理论体系。然而在他的著作中，精彩纷呈却散见各处，注重于具体文艺事实却莫不"理在事中"，只有经过条理化和理论化的认真梳理和概括，才能加深体认和领悟，也才能在更深广的范围内发挥其作用。阅读他的著述，人们确实能感受到其中存在着统一的理论、概念、规律和法则，存在着一个互相"打通"、印证生发、充满活泼生机的体系。感受不是科学研究，但我无力说个明白。①

十多年来，学者们对"钱学"的研究已取得了不少的成果，在阐释、梳理和提升钱先生的学术思想方面也有可喜的进展，对深入探讨和把握钱氏"体系"大有助益；但我自己却进展不大，至今仍"无力说个明白"。为帮助自己阅读钱著计，我想能否提出第三种"体系"，即能否初步提炼出一个阅读结构或竟谓阅读体系呢？以作为进一步建构其"潜体系"的基础。不妨从个别专题着手，作一尝试。

《札记》对近三百位南宋诗人进行了精彩的评述，犹如"大珠小珠落玉盘"，能否寻找出自身的贯串线索？我认为其中有三则具

① 拙作《记忆的碎片——缅怀钱锺书先生》，《鳞爪文辑》，陕西人民出版社，2008年，第8页。

有发展阶段“坐标点”的作用。

（一）《札记》卷二第443则，第1005页论范成大时云：

南宋中叶之范、陆、杨三家，较之南渡初之陈、吕、曾三家，才情富艳，后来居上，而风格高骞则不如也。

（二）《札记》卷一第252则，第410页又云：

盖放翁、诚斋、石湖既殁，大雅不作，易为雄伯，余子纷纷，要无以易后村、石屏、巨山者矣。三人中后村才最大，学最博；石屏腹笥虽俭，而富于性灵，颇能白战；巨山奇景言情，心眼犹人，唯以组织故事成语见长，略近后村而逊其圆润，盖移作四六法作诗者，好使语助，亦缘是也。

（三）《札记》卷一第22则，第24页又云：

此次所读晚宋小家中，《雪矶丛稿》才力最大，足以自立。《佩韦斋稿》次之，此稿（指毛珝《吾竹小稿》）又次之。

南宋诗歌发展脉络与国势、政局的演变息息相关，可谓大致同步，也有局部不相对应之处。我们曾将其划分为四个阶段：“渡江南来与文学转型”“中兴之局与文学高潮”“国运衰颓与文运潜转”和“王朝终局与文学余响”①。《札记》的前两条有明确的时间定位：“南渡初”、“南宋中叶”、南宋后期（第三则提到“晚宋小家”则涉及“宋末”王朝终局阶段了），他在每一个阶段中选出三位作家，即南渡初的陈与义、吕本中、曾幾，南宋中叶的范成大、陆游、杨万里，南宋后期的刘克庄、戴复古、方岳，显然是从整个诗坛全局

① 见王水照、熊海英《南宋文学史》，人民出版社，2009年。

出发，又以基于艺术成就而具有的影响力和诗史地位作为选择标准的。第三则提出“晚宋小家”的前三名次序，即乐雷发《雪矶丛稿》、俞德邻《佩韦斋稿》、毛珝《吾竹小稿》，则是以“此次所读晚宋小家”为范围而作的评比（该则《札记》共论及陈鉴之、胡仲参、林希逸、陈允平、吴惟信等十六家，有的已是入元的作家），而非诗坛全局，所以乐、俞、毛三人不足以担当该时段的代表性诗人，与上述三时段、九诗人的情况不同，但均表明钱先生既从诗史发展着眼，又细心辨赏诗艺、诗风，较量高低，斟酌得失，他提供的名单不是率意为之的。

九位诗人名单中不见“中兴四大家”之一的尤袤，不会引起人们的异议，而选择方岳，恐不易成为学人们的共识。若需推究其中原委，《宋诗选注》所提供的南宋诗歌发展图像的另一种描述，可能帮助寻求答案。

《宋诗选注》的八十一家作者小传，是作者精心结撰之作，蕴含丰富的学术信息，有作家作品的评赏，有宋诗专题研究（如道学与宋诗、使事用典、以文为诗与破体为文等），也有关于诗史的阐释。下列四则对理解他的南宋诗歌发展观关系最大。

（一）汪藻小传：

> 北宋末南宋初的诗坛差不多是黄庭坚的世界，苏轼的儿子苏过以外，像孙觌、叶梦得等不卷入江西派风气里而倾向于苏轼的名家，寥寥可数，汪藻是其中最出色的。

（二）杨万里小传：

> 从杨万里起，宋诗就划分江西体和晚唐体两派。

（三）徐玑小传：

经过叶适的鼓吹，有了“四灵”的榜样，江湖派或者“唐体”风行一时，大大削弱了江西派或者“派家”的势力，几乎夺取了它的地位。

（四）刘克庄小传：

他是江湖派里最大的诗人，最初深受“四灵”的影响，蒙叶适赏识。……后来他觉得江西派“资书以为诗失之腐”，而晚唐体“捐书以为诗失之野”，就也在晚唐体那种轻快的诗里大掉书袋，填嵌典故成语，组织为小巧的对偶。

这四则虽散见在四处，“捉置一处”，宛如一篇完整的诗史纲要：南渡初，诗坛由北宋末年“苏门”与“江西”两派并峙，转而演化为江西雄踞坛坫而学苏者“寥寥可数”；南宋中叶，以杨万里创作为标志，宋诗就分成江西体和晚唐体两派，这是一个很创辟的重要判断；南宋后期，“四灵”“开创了所谓‘江湖派’”，晚唐体或江湖体风行一时，取代了江西派的地位；而江湖派的最大诗人刘克庄，却又同时开始表现出调和“江西”“江湖”的倾向，诗坛上流行起“不江西不江湖”的风气。

从《札记》和《宋诗选注》中分别钩稽出来的诗史主要线索，两者所述时段是可以对应的（都隐含着四个时段的时间背景），但《札记》论及的标志性的九位诗人是从其诗歌成就及影响、地位来衡定的，《宋诗选注》却主要以诗歌体派嬗变（苏门与江西、江西与江湖等）为依据的。由于时段相同，可以也应该合观互参，诗人的基本艺术风格必然受到其所隶属或承响接流的诗歌体派的规定，他的影响力和历史地位也与诗体、诗派紧密相联，体派的演化又与其代表作家的引导和示范息息相关。《札记》与《宋诗选注》这来源不同的两条发展线索是统一的，构成了钱先生把握南宋诗歌走向的"主线索"。

《札记》与《宋诗选注》所给出的南宋诗歌发展图景，清晰而确定，但毕竟是粗线条式的大致轮廓。这就需要联系《札记》中对具体作家作品的大量评述和例证来丰富其细节，深入其内层，补充其侧面，促使这条主线索丰富、深刻和多元起来；另一方面，这条主线索也为我们理解钱先生的许多具体论述指明了方向。如他论左纬："不矜气格，不逞书卷，异乎当时苏黄流派，已开南宋人之晚唐体。"（《札记》卷一第286则，第477页）按生年，左纬正处于汪藻与杨万里之间，他能够摆脱当时苏轼、黄庭坚的笼罩，而在杨万里之前，就开创晚唐体即江湖体，实际影响力虽不能与杨万里相提并论，但实已处于承前启后的位置，这使整个诗史链条更显得环环相扣了。

另一个例子是萧立之，这位《宋诗选注》中的最后一家，受到钱先生的格外推举。《札记》卷二第530则第881页云："谢叠山跋，谓江西诗派有二泉（赵蕃号章泉，韩淲号涧泉）及涧谷（罗椅），涧谷知冰崖（萧立之）之诗。夫赵、韩、罗三人已不守江西密栗之体，傍参江湖疏野之格，冰崖虽失之犷狠狭仄，而笔力峭拔，思路新辟，在二泉、涧谷之上。顾究其风调，则亦江湖派之近江西者耳。"这段议论，正好与前文论及的刘克庄调和江西、江湖，"不江西，不江湖"诗风流行相接榫，既可补充"主线索"的内容，也为萧立之在诗史链条中找到他应有的位置："要于宋末遗老中卓然作手，非真山民、谢叠山可及。"在《宋诗选注》萧立之小传中也说：萧氏"没有同时的谢翱、真山民等那些遗民来得著名，可是在艺术上超过了他们的造诣"，主要原因是："他的作品大多是爽快峭利，自成风格，不像谢翱那样意不胜词，或者真山民那样弹江湖派的旧调。"意在标举晚宋诸小家中那批"不江西不江湖"而"能自成风格"的诗人。顺便提及，钱先生在评及俞德邻时，前已提到把俞氏置于乐雷发之次，而在《札记》卷二第628则第1170页中，又把他视为可与萧立之并肩，说他"感慨沉郁者，差能自成门户，非宋末江湖体或江西体，于遗民中，足与萧冰崖抗靳"。《札记》和《宋诗选注》中论及宋末诗人"自成风格""自成门户"者，往往与其摆脱江西、江湖所谓"影响的焦虑"有关，材料亦丰，对进一步完善诗史"主线索"是十分有益的。

对钱先生实际展示的"主线索"，一方面需要从其大量具体论述中加以丰富和完善，另一方面也需要充分认识其复杂性。所谓"主线索"，只是从宏观上概括指出诗坛的总体艺术走向，指示文学风尚的大体转化；但对具体作家作品而言，却又是千差万别，各具面目，而不能整齐划一、生硬套框的。比如敖陶孙，这位诗人先在"庆元诗祸"中因同情朱熹、赵汝愚而受到牵连，却因此在江湖中声名鹊起；其诗集《臞翁诗集》也被陈起刻入《江湖集》，横遭"江湖诗祸"。刘克庄在为他而写的墓志铭中说："先生（指敖陶孙）诗名益重，托先生以行者益众，而《江湖集》出焉。会有诏毁集，先生卒不免。”[①]他跟江湖诗人的社会关系不可谓不密切。但钱先生强调指出，他的诗作却不具有江湖诗体的特征和风格，不能列入该一系列。在《札记》卷二第446则第1026页论及《南宋群贤小集》（旧题宋陈思等编）所收《臞翁诗集》时说："纯乎江西手法，绝非江湖体。虽与刘后村友（《诗评》自跋云：自写两纸，其一以遗刘潜夫），却未濡染晚唐……《小石山房丛书》中有宋顾乐《梦晓楼随笔》一卷，多论宋人诗，有云臞翁虽不属江西派，深得江西之体，颇为中肯。”就诗风而言，敖氏应入江西一脉。而在近出《中文笔记》中，钱先生在评述《南宋六十家（小）集》（陈起编，汲古阁影宋钞本）时，对敖氏更下了一个明确的论断："此六十家中为江西体者唯此一人。能为古诗，近体殊粗犷。有《上石湖》四律、《题酒楼》一律，不见集中。”（第三册，第375页）这种诗人个体的差异性和群体的复杂性，更提醒我们对“主线索”不宜作机械的理解。

（原载《文学评论》2012年第1期）

---

① 刘克庄《臞庵敖先生墓志铭》，《后村先生大全集》卷一四八，《四部丛刊》本。

4

北宋的文学结盟与尚“统”的社会思潮

一、北宋三大文人集团的特点

以交往为联结纽带的文学群体，在我国从魏晋时代起，开始大量涌现，文人们文酒诗会的雅集也成为一时的社会风尚[①]。汉魏之际，曹操父子广招文士，“设天网以该之，顿八纮以掩之”（曹植《与杨德祖书》,《曹子建集》卷八），并有邺宫西园之会，史有“建安七子”之称。西晋时，“权过人主”的贾谧门下有“二十四友”（《晋书》卷四〇本传），石崇有“金谷之会”（《晋书》卷三三本传），东晋时王羲之等人的兰亭雅集（《晋书》卷八〇本传），晋末谢家子弟的乌衣之游（《宋书》卷五八《谢弘微传》），以及宋谢灵运“四友”的会稽之游（《宋书》卷六七本传），齐萧子良幕下的所谓“竟陵八友”与鸡笼山西邸之会（《梁书》卷一《武帝本纪》），等等，为当时的文学创作增添了活力和色彩。降及隋唐，仍承响接流，从未间断。

北宋时期，在文化繁荣和成熟的整个背景下，文学领域内也

---

① 楚辞作家实乃假设群体，彼此并无实际交往；稷下学派之类以讨论哲学为主旨，不属文学群体。

产出了许多不同层次和类别的文人群体。曾巩、王安石等江西籍文人是以地缘关系而组成的作家群，孙复、石介、张绩等则以师弟递相传承的学缘关系为中心，二宋（庠、祁）、二尹（源、洙）、二苏（舜元、舜钦）兄弟则以血缘关系而并称于世，西昆体乃是源于馆阁诸臣一时唱和而构成友伴关系的群体，等等。这些文学群体都是以成员之间的文学交往为基础的。至于肇端于北宋、发展于南宋的江西诗派，则是以共同的诗歌风格和诗歌主张为集合点的，成员之间并不都存在交游过从的关系。

在北宋的文学群体中，以天圣时钱惟演的洛阳幕府僚佐集团、嘉祐时欧阳修汴京礼部举子集团、元祐时苏轼汴京“学士”集团的发展层次最高，已带有某种文学社团的性质，对整个北宋文学的发展具有举足轻重的作用。其特点如下。

一是系列性。以钱惟演、欧阳修、苏轼为领袖或盟主的文学群体，代代相沿，成一系列：前一集团都为后一集团培养了盟主，后一集团的领袖都是前一集团的骨干成员。因而在群体的文学观念、旨趣、风格、习尚等方面均有一脉相承的关系。钱惟演幕府僚佐集团中，以谢绛、尹洙、梅尧臣、欧阳修等人为骨干，谢绛较为年长，俨然是实际上的文学引路人；尹洙的古文写作，梅尧臣的诗歌创作皆早负盛名；然而欧阳修作为“新秀”脱颖而出，终于成为第二代文人集团的领袖。“欧门”中的曾巩、王安石，原是欧阳修“付托斯文”的既定人选，但当苏轼从万山环抱的西蜀来到汴京时，一鸣惊人，使欧阳修欣喜地疾呼：“老夫当避路，放他出一头地”（《与梅圣俞》，《欧阳文忠公文集》卷一四九），第三代文坛盟主的重任便落在苏轼的肩上。盟主的产生主要是由才能的优化选择的自然结果，甚至前一代盟主的个人亲疏厚薄的意向也不能完全左右，这是文人集团稳固性的一个重要条件。北宋这种具有连续性、系列性的主盟形式，使文学的发展不断获得延续的力量，同时也不断获得新的属性。这在以前是罕见的。比如在唐代，我们也发现过从李华、萧颖士一传梁肃、再传韩愈、又传至李翱、皇甫湜等这一系列，但却是师弟单线的传承关系，犹如一个个圆点的延续成串，并未形成像北宋这种辐射裂变式的扇形相衔的演化，因而在规模、作用和影响等方面就不可同日而语了。

二是文学性。魏晋以来的文人群体带有较强的政治性质和文化性质。以曹氏父子为中心的邺中文人集团的成员，大都以幕僚身份而麇集于曹氏门下，聚居邺下时，他们的创作高峰时期已经过去。贾谧的“二十四友”更是他为修纂晋史而罗致的文士，并借以博取时誉，也与这些文士的文学创作并无多少关联[①]。当然，南朝时期的文人集团，随着文学自觉时代的降临、文学在社会生活中地位的普遍提高，其文学色彩也日趋浓厚，对当时的文学创作发生过显著的作用，但如宋临川王刘义庆、齐文惠太子萧长懋、竟陵王萧子良、梁昭明太子萧统、简文帝萧纲、元帝萧绎、陈后主陈叔宝等文人群体，其领袖人物大都是皇族贵胄（一般是皇子），文人们不仅依恃他们的政治和经济实力作为活动的凭借，而且其创作也自然不能脱离皇族文化的氛围和规范，具有一望可知的依附性。至于唐

① 参看张国星《关于〈晋书·贾谧传〉中的“二十四友”》，《文史》第27辑。

初李世民的“十八学士”集团，更是“凡分三番，备顾问，访以政事”（《新唐书》卷一〇二《褚亮传》），优待有加，时人羡称为“登瀛洲”，其政治上网罗人才、参谋咨询的作用也大于文学的爱好和愉悦。中唐时李华、萧颖士直到韩愈的师弟传承系统，实际上也是传道又传文，儒学统序要比文学统序显得更为重要。宋初的古文运动先驱者如柳开、孙复、石介一系，也是传道传文并重，甚或前者压倒后者；但从穆修、苏舜钦兄弟、尹洙兄弟到欧阳修一系开始，却更倾心于文学的独立审美价值的追求，在某些方面，是南朝文人集团比较浓厚的文采风流的复苏或延续。自然，与以往大多数文人集团相类，北宋三大文人集团也具有一定的政治、文化内涵。钱惟演作为幕府文士之主，就是依仗其西京留守的政治地位和政府机构来维持其文学群体的，以满足文士们共同文学活动的物质需要，提供必要的社会闲暇，颇像西方的“寄食制”或“文学沙龙”;“欧门”与当时政治革新运动的内在关联，“苏门”与王氏新学、洛蜀党争的纠葛，亦自不待言。但是，文学性质的日趋加强，毕竟成为三大文人集团越来越突出的特点，尤其在“苏门”中更是闪耀出璀璨绚丽的文学之光。三大文人集团作为北宋诗文革新运动的中心和坛坫，其依次发展的趋势，不仅跟北宋诗文革新运动同步行进，而且获得了群体文学的充分成熟，足以成为北宋文学最高成就的集中体现和杰出代表。

三是自觉性。北宋文人的文学结盟意识，比起前人来显得更为强烈和自觉，已演成与文人们价值取向稳固相联的普遍的社会心理。钱惟演之所以对幕府文士礼待优渥，“不撄以吏事”（《四朝国史本传》,《欧集·附录》卷四),是出于培养传人的自觉期望。他曾对谢绛、尹洙、欧阳修等人说:“君辈台阁禁从之选也,当用意史学,以所闻见拟之。”(《邵氏闻见录》卷八)这位馆阁学士出身的西昆体代表作家,正以自己的模式企待于后辈,尽管他还没有主要着眼于文学事业的后续承嗣,但“台阁禁从之选”也是广义的“文学”侍从之臣。而欧阳修、苏轼就更明确了。在欧阳修主盟文坛期间,他经常有意识地挑选后继者。当他初读苏轼的文章时,惊喜地说:“不觉汗出。快哉,快哉!老夫当避路,放他出一头地。可喜,可喜!”(《与梅圣俞》,《欧集》卷一四九)他还以衣钵相授的口吻告诉苏轼:“我老将休,付子斯文。”(苏轼《祭欧阳文忠公夫人文(颍州)》,《苏轼文集》卷六三)后还预言:“三十年后世上人更不道着我”,未来的文坛将属于苏轼(朱弁《风月堂诗话》卷上,又见其《曲洧旧闻》卷八)。苏轼则对苏门中人宣称:“方今太平之盛,文士辈出,要使一时之文有所宗主。昔欧阳文忠常以是任付与某,故不敢不勉;异时文章盟主,责在诸君,亦如文忠之付授也。”(李廌《师友谈纪》)他完全认识到文学结盟对文学整个发展的引导和统率的作用,并期待代代相传,后继有人,保持文学发展的连续性和后续力。结盟思想在苏轼已是一种根深蒂固的观念,他在观察其他艺术领域时也常注意及此。如他在《记与君谟论书》中说:“自苏子美死,遂觉笔法中绝。近年蔡君谟独步当世,往往谦让不肯主盟。”(《苏轼文集》卷六九)书坛应有蔡襄那样的大家来主盟,才能成就事业。可以说,凡“坛”皆应有盟主,在宋人的意识中已是顺理成章的一种必然了。

文学结盟思想已成为当时知识分子的共识，我们还可用石介的言行作为生动的例证。这位激烈抨击西昆体的健将、欧阳修的同年友好，几乎一刻也没有停止过对结盟的追求。他首先将前辈学人奉为盟主：或是已逝者，如柳开，在《与君贶学士书》(《徂徕石先生文集》卷一五，以下简称《文集》) 中，他指出“崇仪（柳开）克嗣吏部（韩愈）声烈”，“推为宗主，使主盟于上，以恢张斯文”；在《过魏东郊》(《文集》卷二）诗中凭吊柳开：“死来三十载，荒草盖坟墓。四海无英雄，斯文失宗主。”或是并世健在者，如他的老师孙复以及赵先生。他的《泰山书院记》说：“吏部后三百年，贤人之穷者，又有泰山先生（孙复)。……先生述作，上宗周、孔，下拟韩、孟。”(《文集》卷一九；又见《与祖择之书》,《文集》卷一五）在《上孙先生书》(《文集》卷一五）中，他更明确声言：“然主斯文，明斯道，宗师固在先生与熙道。”“先生”即孙复，熙道则是石介的同辈士建中。他还热情地描绘过结盟以摧颓风的情景：“使先生（孙复）与熙道为元帅，介与至之（姜潜)、明远（张泂）被甲执锐，摧坚阵，破强敌，佐元戎周旋焉。曹二、任三坐于樽俎之间，介知必克捷矣。然后枭竖子辈首，致于麾下。使斯文也，真如三代、两汉，跨逾李唐万万。使斯道也，廓然直趋于尧、舜、禹、汤、文、武、周公、孔子。”他的《上赵先生书》(《文集》卷一二）几乎重新幻现这一情景，只是把“主帅”让给了赵先生：“今淫文害雅，世教隳坏，扶颠持危，当在有道，先生岂得不为乎？……先生如果欲有为，则请先生为吏部，介愿率士建中之徒为李翱、李观。先生唱于上，介等和于下；先生击其左，介等攻其右；先生犄之，介等角之；又岂知不能胜兹万百千人之众，革兹百数十年之弊，使有宋之文，赫然为盛，与大汉相视、钜唐同风哉！”但这种笔下的情景似乎没有变成现实，他又到处找寻同辈充任盟主，除了士建中，还有王拱辰等人。王拱辰是他的同榜状元，他写信给王说：“主盟斯文，非状元而谁？”（《与君贶学士书》，《文集》卷一五）

找来找去，最后找到自己，甚至是自己的弟子张绩。他在《赠张绩禹功》（《文集》卷二）诗中，列举了三代相继的盟主：唐元和时，“卒能霸斯文，昌黎韩夫子”；宋初，则是“卒能霸斯文，河东柳开氏”；宋景祐以后，就是他自己了：“容貌不动人，心胆无有比。不度蹄涔微，直欲触鲸鲤。有慕韩愈节，有肩柳开志”，这不是以韩愈、柳开以后第三代盟主自许吗？但他似乎信心不足，“我惭年老大，才力渐衰矣”，于是“卒能霸斯文，吾恐不在己。禹功（张绩）幸勉旃，当仁勿让尔”。把希望放在张绩身上，其实他当时年仅三十六岁，算不得“老大”，也未到“渐衰”之境，只是反映他时不我待的焦躁和急切心理而已。石介梦寐以求“一人主盟、从者云集”的文坛构建的出现，他的《上孙少傅书》（《文集》卷一五）、《泰山书院记》（《文集》卷一九）等文不厌其烦地描述师弟呼应、高居坛坫的盛况，几乎到了忘情的地步。他的《寄弟会等》（《文集》卷三），更直接夸说自己门人之众：“吾门何所喜？子衿青青多。豹、常志古道，佩服卿与轲。平、淑号能赋，其气典以和。枢从吾日久，道德能切磋。泽也齿最少，已有亭亭柯。彰颇通典籍，所立不么麽。淳乎性源浊，今亦为清波。……会汝少俊异，美若玉山禾。……合亦稍纯茂，知不随身矬。……视汝器磊磊，淳、沆皆蚌螺。我有堇山锡，欲铸子太阿。诚能来就学，颖利加铦磨。翘翘数子间，可与肩相摩。”这里，他开列了一个大名单：张豹、李常、刘君平、卢淑、高枢、赵泽、孔彰及其两位侄子孔淳、孔沆，再加上他自己的两位弟弟石会、石合，共十一人。这位倔强劲直的古文家颇有喜褊执、好空想的特点，他的卫道热情和孤单感的交织也使他不免言过其甚，但作为一个典型，却确切而鲜明地反映出当时结盟思想的自觉和强烈，或许还可以当作一面放大镜，便能更清晰地照见欧阳修、苏轼等文坛盟主的同类思想的底蕴。

二、文学结盟思想的文化背景：崇尚“统序”的时代思潮

欧阳修、苏轼等人文学结盟思想的自觉和强烈，不是偶然的，反映了宋代知识分子崇尚“统序”的文化思潮。在当时许多文化领域内，几乎都发生过关于“统”的大论战：史学领域中的“正统”之争，政治哲学领域中的“道统”之争，散文领域中的“文统”之争，佛学领域中的“佛统”之争，乃至政治斗争领域中的朋党之争，趋群化和集团性的意识，深深地渗透进宋代知识分子的内心，成为他们一种根深蒂固的观念。而这一切，只不过是宋代专制主义中央集权高度发展的折射或外化。

宋代在中国统一时期的王朝中是政权、军权、财权最为集中的朝代，也是政治体制大转型的时代。一方面吸取唐末五代强镇悍将

割据叛乱的教训，一方面又迫于辽和西夏的边陲威胁，在社会经济发展的内在需要和可能的基础上，宋朝统治者采取了一系列削弱相权、强干弱枝、守内驭外、重文轻武、财赋独揽等措施，把所有主要权力统归中央朝廷，并进一步由皇帝一人掌管。宋王朝号称“海内混一”，但其实际疆域不及汉唐，甚至不如晋隋，石晋割让给契丹的燕云十六州始终未能归入版图。这一恒久的遗憾恰恰也促成其专制集权的强化、皇权的过度膨胀以及意识形态领域中对“统”的普遍追求，以树立政治权威和思想权威。

先论史学中的“正统”。什么是“正统”？清姚范《援鹑堂笔记》卷一三云：“‘正统’二字，或谓撮《公羊》隐二年‘君子大居正’及隐元年‘大一统’也。”他把正统论溯源到《春秋》公羊学是正确的。这里的“正”，主要指儒家的政治伦理，即所谓王道、王德；“统”，主要指地域上的统一，这是从地理空间上着眼的。战国末期的邹衍又提出“五德终始”说，则从历史时间上着眼，用“五行相胜”来解释从黄帝到夏、商、周的朝代更替。他认为每一个朝代都体现了五行中的一德，依土（黄帝）、木（夏）、金（商）、火（周）、水的次序更迭嬗变[①]。他把历史看成一种整体的发展，一种内在的必然，但又陷入循环论和命定论。邹衍的“德”，与《公羊传》的“正”是一致的，这样，“正统”也就包括横向和纵向的

① 见《文选·魏都赋》“察五德之所莅”句注引《七略》曰：“邹子有终始五德，从所不胜，木德继之，金德次之，火德次之，水德次之。”又见《吕氏春秋·应同篇》。

两个内容:"一统和传统。换句话说，天下只此一家，古今相传一脉。"（钱锺书先生语）史学上的正统论实质上是政治上的权威论，目的是使本王朝的存在神圣化。然而，这一思想的系统化和理论化，正是在北宋时期的一场论战中才开始成熟的。

北宋时最先提出正统论问题的是真宗朝官修的《册府元龟》。这部巨著开宗明义说:"昔雒出书九章，圣人则之，以为世大法。其初一曰五行：一曰水，二曰火，三曰木，四曰金，五曰土，帝王之起，必承王气。……盖五精之运，以相生为德，木生火，火生土，土生金，金生水，水生木，乘时迭王以昭统绪。故创业受命之主，必推本乎历数，参考乎征应，稽其行次，上承天统，春秋之大居正，贵其体元而建极也。前志之论闰位，谓其非次不当也。"(《帝王部·总序》) 显然，它以"五德终始"说为理论根据，严别正闰，还进而论证秦和朱梁为非正统。这可以看作宋初官方的观点。于是，张方平的《南北正闰论》(《乐全集》卷一七）、尹洙的《河南府请解投贽南北正统论》(《河南先生文集》卷三）等，都沿承其说再加申发。张方平说:"夫帝王之作也，必膺箓受图，改正易号，定制度以大一统，推历数以叙五运，所以应天休命，与民更始。"尹洙说:"天地有常位，运历有常数，社稷有常主，民人有常奉。故夫王者位配于天地，数协于运历，主其社稷，庇其民人，示天下无如之尊也，无二其称也。"他们二人都以"五行相胜"来肯定西晋、北魏、北周、隋、唐为正统，而推断东晋及宋、齐、梁、陈为非正统。

欧阳修以极大的热情和精力投入这场论战。他最初写了《正统论》七首，包括《原正统论》《明正统论》《秦论》《魏论》《东晋论》《后魏论》《梁论》（见《欧集》卷五九），后又把这七篇删改成三篇：《序论》、《正统论》上、下（见《欧集》卷一六）。此外，《或问》（《欧集》卷一六）、《魏梁解》（《欧集》卷一七）、《正统辨》二篇（《欧集》卷五九）以及《新五代史》传论等都有所阐发。他首先给“正统”一个明确的界说：“《传》曰：‘君子大居正。’又曰：‘王者大一统。’正者，所以正天下之不正也。统者，所以合天下之不一也。由不正与不一，然后正统之论作。”（《正统论》上）并反复强调这一问题的崇高意义：“夫所谓正统者，万世大公之器也”，“夫正与统之为名，甚尊而重也”，最后达到“王者所以一民而临天下”的目的。他又提出以“德”和“迹”作为判断是否“正统”的具体标准。“德”应包括“至公”“大义”等原则，“迹”指封疆实况；但在具体评判上，他似更偏重于“迹”。因而他肯定秦、曹魏、朱梁为正统，而反对张方平把北魏列为正统的观点。他并非不知道秦始皇之“不德”和曹魏、朱梁之“皆负篡弑之恶”，但认为“夫欲著其罪于后世，在乎不没其实。其实尝为君矣，书其为君；其实篡也，书其篡。各传其实，而使后世信之”（《魏梁解》，又见其《新五代史》卷二《梁本纪·太祖下》论）。在他的正统论思想中，具有独创性的还有两点：一是创立“绝统”之说。他说：“正统有时而绝也，故正统之序，上自尧、舜，历夏、商、周、秦、汉而绝，晋得之而又绝，隋、唐得之而又绝。自尧、舜以来，三绝而复续。惟有绝而有续，然后是非公，予夺当，而正统明。”（《正统论》下）二是他尖锐地驳斥“五行相胜”说，认为是“昧者之论”。他说："自古王者之兴，必有盛德以受天命，或其功泽被于生民，或累世积渐而成王业，岂偏名于一德哉？至于汤、武之起，所以捄弊拯民，盖有不得已者，而曰五行之运有休王，一以彼衰，一以此胜，此历官术家之事，而谓帝王之兴必乘五运者，缪妄之说也。"（《正统论》上）这两个观点，前者对编制历代统序提供了较为合理的灵活性，后者则坚决摈弃了迷信虚妄的命定论。

欧阳修的正统论思想，受到同时一些人的反对。如章望之作《明统论》三篇，提出秦、晋、隋、五代皆为"霸统"，以"霸"易"闰"①；郭纯作《会统稽元图》，并提出"馀位"说，认为"蒙先世之烈者谓之馀"，如五代即是（见司马光《答郭长官纯书》）。于是又引出司马光、苏轼等人的不同看法。他们两人都赞成欧阳修的"绝统"说，反对"霸统"或"馀位"说。苏轼对于一些存在争议的朝代，其是否正统，完全与欧阳修的意见一致（《正统论三首》）；而司马光作为《资治通鉴》的主编，对于分裂时期的朝代，提出"不别正闰"的主张。他说："臣愚诚不足以识前代之正闰，窃以为苟不能使九州合为一统，皆有天子之名而无其实者也。虽华夏仁暴，大小强弱，或时不同，要皆与古之列国无异，岂得独尊奖一国谓之正统，而其余皆为僭伪哉！"（《资治通鉴》卷六九，黄初二年案语）因而他在《资治通鉴》中采取"借其年以记事尔，亦非有所取舍抑扬也"的办法（《答郭长官纯书》），也就是说，他以某

---

① 原文不见。郎晔《经进东坡文集事略》卷一一《正统论》注文有详细引录；又见司马光《答郭长官纯书》（《司马文正公传家集》卷六一）、苏轼《正统论三首》（《苏轼文集》卷四）两文所引。

朝的年号来纪年，只是当作一个记时的标号，而不含有奉为正朔的意义。从我们今天看来，这种历史编纂原则原是可取的。

此外，宋庠有《纪年通谱》，曾为仁宗采纳“诏送史馆”（《续资治通鉴长编》卷一五九），陈师道作《正统论》（《后山居士文集》卷七）主张秦、曹魏、东晋、后魏为正统，毕仲游的《正统议》（《西台集》卷四）则辩秦、萧梁为非正统，却承认曹魏是正统。各抒己见，诸说纷纭。

但是，尽管具体朝代的判别各有不同，而崇奉正统却是他们的共识。欧阳修如此，与他观点相左的张方平等也是如此。张方平说：“夫国之大事，莫大于继统。”（《君子大居正论》，《乐全集》卷一七）陈师道也说：“统者，一也，一天下而君之王事也，君子之所贵也。”“夫正者，以有贰也。……天下有贰，君子择而与之，所以致一也。不一，则无君；无君，则人道尽矣。”（《正统论》）这是因为他们具有共同的政治立场，即为本朝的专制主义中央集权的政权，寻找神圣莫渎的根据。以“五德终始”说为理论依据的《册府元龟》，其《帝王部·总序》最后说：“自伏羲氏以木王终始之传，循环五周，至于皇朝，以炎灵受命，赤精受谶，乘火德而王，混一区夏，宅土中而临万国，得天统之正序矣。”目的是为了论证自己“皇朝”的神圣性。反对“五德终始”说的欧阳修，坚持以五代为统系，尽管他在《新五代史》中对五代诸帝訾诋不遗余力（除唐庄宗、周世宗外），实际上也因从唐至宋一脉相承，不能不承认五代。承认五代为正统是承认本朝正统的必要前提。即使像司马光那样，一再解释他“不别正闰”，但其《资治通鉴》对三国以曹魏纪年，这是因为晋接魏统和宋接后周之统有着十分相近的历史类似；对南北朝则全用南朝纪年，一反隋唐以来以北族为正统的史学观念，也多少含有华夷之防的意义，这又与北宋跟辽、西夏少数民族政权并峙的情况息息相关。

我们不惮辞繁描述这场论争，并不是表示我们对在几个政权并存时期崇奉何者为正朔有什么兴趣；从现代历史编纂原则来看，都应如实地加以叙述和反映，或许可以分别主次，但无须先验地从正闰、华夷之辨出发加以褒贬①。我们有兴趣的是，从这场论争中可以看到，宋代知识分子（我们特意选择三大文学集团中的人物如欧、苏、尹、陈，以及和他们有交往的人物如张、司马、章、毕等）的政治伦理思想如何深深地烙印上《春秋》"大一统"的传统教言，以致成为一种稳固的习惯思维；又如何深刻地折射着高度发展而又颇受威胁的中央集权的现实政治建构，并产生维护和巩固中央集权的作用。日本学者加藤繁在《中国史学对于日本史学的影响》（中译文见梁容若《中国文化东渐研究》）一文中说得好：在几个政权并存时期，事实上不存在判断"正闰"的标准，然而在中国却长期研讨不休，原因何在？"盖本于超越王朝之革命兴亡，欲维

① 连明末清初的启蒙思想家王夫之在《读通鉴论》卷末《叙论一》中，也特地倡言"不及正统"。因为在他看来，"夫统者，合而不离、续而不绝之谓也"，而事实上有"离"和"绝"的混乱时代，"离矣，而恶乎统之？绝矣，而固不相承以为统。崛起以一中夏者，奚用承彼不连之系乎？"否认古今一脉的统序的存在。主张君主立宪的梁启超在1902年所作《论正统》中则认为，"中国史家之谬，未有过于言正统者也"，公开鼓吹"民有统而君无统"，"统也者，在国非在君也，在众人非在一人也"，从根本上否定封建君主有什么"正统"可言。他们的论"正统"，实质上也是针对现实的政论。

持中国国家之统一存续，主张己王朝之正当性，（及适应）国家民族之欲求。”可谓发微探本之论。

“大一统”是中国传统的基本文化精神之一，因而正统论在中国政治思想史和史学史中成了长久的论题，北宋以后仍然聚讼纷纭[①]；但北宋时期却是其理论化和系统化的重要阶段，显示出理论思维的初步成熟。其时文学结盟思想的自觉和强烈，正是同一政治格局大转型时代的精神产物。北宋各个文学集团的具体形成过程各异，或是一时偶然的会合，或由单线的个别交游扩大到网状的群体组合，然而一拍即合、相互凝聚，其最根本的原因就是这种趋群求众的尚“统”思想已成为时代的共识。这是偶然中的必然，是构成文学集团的思想基础。

在政治哲学和散文领域中的“道统”和“文统”，也有着十分相类的情况。“道统”和“文统”也是我国文化史中两个绵延不绝的论题。《孟子·尽心》篇最后列述“由尧、舜至于汤”“由汤至于文王”“由文王至于孔子”的“道”的传承关系，并慨叹孔子以后百余年来后继乏人，这大概是第一次明确提出由尧、舜到汤、文王、孔子的道统谱系。《论衡·超奇篇》说：“文王之文在孔子，孔子之文在仲舒，仲舒既死，岂在长生（周树，东汉人，著《洞历》十篇）之徒与？何言之卓殊、文之美丽也。”这可以看作制订“文统”谱系的最早尝试。但其实际内涵似与“道统”紧密相关。到了

① 参看《管锥编》第4册第1241页。

唐代韩愈，为了深入阐发他的文道合一、以道为主的文论思想，才以精致的形式编制一个“道统”谱系，更趋严整化。他在名文《原道》(《昌黎先生集》卷一一）中说：“尧以是传之舜，舜以是传之禹，禹以是传之汤，汤以是传之文、武、周公，文、武、周公传之孔子，孔子传之孟轲，轲之死，不得其传焉。”[①]这似乎是欧阳修所谓的“绝统”，但续绝存亡，自有后人，正是韩愈，隐然以孟轲的传人自居。这一手法，直承孟子，而又启迪宋人。也说明他们津津乐道的“道统”并不仅仅是对昔日传统光荣的歆羡，而是有着明确的现实追求。韩愈也有“文统”谱系的设计，如《送孟东野序》(《昌黎集》卷一九）中讲庄周、屈原、司马迁、司马相如、扬雄到陈子昂的统绪，《答李翊书》(《昌黎集》卷一六）所谓“非三代、两汉之书不敢观”，言外之意，他的古文乃直承先秦两汉的散文传统。但他还来不及作出明确的系统排列。后来孙樵在《与友人论文书》(《孙樵集》卷二）中自称：他“尝得为文之道于来公无择，来公无择得之皇甫公持正，皇甫持正得之韩先生退之”（又见《与王霖秀才书》，同上卷二），就公开标举起唐代从韩愈、皇甫湜、来无择到孙樵的文统，并以唐文的正宗自居。实际上，这仅仅反映韩愈门下散文风格中尚奇矜丽的一派，并不能包括平易自然的一派。但他为“文统”编排名单序列，建立自我权威，对宋文有直接影响。应该说明，韩愈论道统和文统，尚未合二为一，没有把文统完全消

① 韩愈在《送浮屠文畅师序》(《昌黎集》卷二〇）中说：“尧以是传之舜，舜以是传之禹，禹以是传之汤，汤以是传之文、武，文、武以是传之周公、孔子。”名字序列，稍有不同。

融在道统之中，表明了韩愈古文运动向文学性质倾斜的趋向。

宋初热衷于讨论和争议道统、文统的，正是欧、苏古文运动的一些前驱者，也是宋代理学的先行者，如柳开、孙何、孙复、孔道辅、石介等人。他们为了拯救世道人心，摒斥淫靡浮艳的“五代文弊”和西昆体，揭橥道统、文统两面大旗，观点鲜明，气势逼人。他们的思想渊源即来自韩愈，但卫道的热情比韩更甚。第一，他们更强调以“道”为本位的文统观，甚至把道统、文统合二为一。柳开《应责》(《河东先生集》卷一）说：“吾之道，孔子、孟轲、扬雄、韩愈之道；吾之文，孔子、孟轲、扬雄、韩愈之文”，就是有影响力的言论。

第二，他们在讨论统序时，令人瞩目地加进了隋末大儒王通。柳开在《应责》中提出孔、孟、扬、韩的统序，后来他在《东郊野夫传》(同上卷二）中进一步说他“迨年几冠”，“深得其韩文之要妙，下笔将学其为文”，“惟谈孔、孟、荀、扬、王、韩以为企迹”。韩愈《原道》认为，荀、扬二人“择焉而不精，语焉而不详”，因而还够不上进入道统之列，柳开却与之不同；特别是王通，韩愈更是弃置不顾的。王通号文中子，字仲淹，以明王道为己任，自居道统，师弟相互标榜，比之孔、颜。他的《中说》，模仿《论语》，重道轻艺，强调文章必须“上明三纲，下达五常”，“征存亡，辩得失”，为封建政治服务。又说：“学者博诵云乎哉！必也贯乎道。文者苟作云乎哉！必也济乎义。”(《天地篇》) 是一种严格而又褊狭的道统文学观。他也是“正统论”的鼓吹者。他作《元经》，以“王道政治”为标准来“正帝名”，确认晋、宋、北魏、西魏、北周和隋等六代为正统。诚如陈叔达《答王绩书》(《唐文粹》卷八二)所说:“乃兴《元经》,以定真统。”

然而,从隋唐以降,这位纯儒并未引起人们的重视。直至唐中叶始为刘禹锡、李翱等所注意,至唐末才受到皮日休、司空图等的推崇(他二人各作有《文中子碑》),而到宋初突然声价百倍。司马光特作《文中子补传》(《司马文正公传家集》卷七二),其中说到“宋兴,柳开、孙何振而张之,遂大行于世,至有真以为圣人可继孔子者”。王通在宋代的由晦而显,由不入“统”而入“统”,正是适应了宋人的思想要求和心态企向。孙何推崇王通的文章,题为《辨文中子》,今已不见;但孙复、孔道辅、祖无择、石介等人的言行,均可覆按。孙复几乎依样葫芦地重复柳开的声音:“吾之所谓道者,尧、舜、禹、汤、文、武、周公、孔子之道也,孟轲、荀卿、扬雄、王通、韩愈之道也。”(《信道堂记》,《孙明复小集》卷二)孔道辅在兖州夫子庙特绘制孟轲、荀卿、扬雄、王通、韩愈“五贤像”(见《小学绀珠》卷五),孙复激动万分,即致信孔道辅大加夸奖:“近得友人石介书,盛称执事于圣祖家庙中构五贤之堂,像而祠之”,“复闻之跃然而起,大呼张洞、李缊(一作张泂、李蕴,孙复的两位弟子)曰:‘昔夫子之道,得五贤而益尊;今五贤之烈,由龙图(孔道辅)而愈明。’”欢呼“斯文其有不兴乎!”(《上孔给事道辅书》,《孙明复小集》卷二)这封信中还再次列出从伏羲、神农、黄帝直至王通、韩愈的统序。他还在《董仲舒论》《答张洞书》等文中多次重申。祖无择《李泰伯退居类稿序》(《龙学文集》卷八)也列出孔子、孟轲、荀卿、贾谊、董仲舒、扬雄、王通的统序,认为他们“苟得位以行其志，三代之风，吾知必复”。至于石介，他更是一位“道统”的不倦宣扬者，王通的狂热崇拜者。他在《尊韩》(《徂徕石先生文集》卷七)，《救说》(《文集》卷八)、《上张兵部书》(《文集》卷一二)、《上蔡副枢书》(《文集》卷一三)、《上孔中丞书》(《文集》卷一三)、《上范思远书》(《文集》卷一三)、《与士建中秀才书》(《文集》卷一四)、《上孙少傅书》(《文集》卷一五)、《答欧阳永叔书》(《文集》卷一五)、《与祖择之书》(《文集》卷一五)、《与君贶学士书》(《文集》卷一五）等一系列文章中，连篇累牍地述说这一点。这些古文运动先驱者们把王通列入“道统”名单，表明了古文运动中儒学成分的加重，也表明“统”的意识的膨胀。以后理学家们纷纷推崇王通，也就不奇怪了。如邵雍说王通“虽未至于圣”，但毕竟是“圣人之徒”；程颐认为王通的地位应高于荀子、扬雄（《邵氏闻见后录》卷四)；程颐甚至说他平生学问，不过是孟子、董仲舒、王通的“三子之道”(《上仁宗皇帝书》,《二程文集》卷五)。

第三，他们讨论道统、文统的落脚点在于为自身确立一个历史位置，即为他们以继统自命、建立自我权威谋求天经地义的神圣性。宋初不少人讲道统、文统，跟孟子、韩愈一样，都隐寓自继道统之意，只是不曾直截了当明言而已。第一个把宋人直继往昔圣贤的又是石介。他的《与君贶学士书》(《文集》卷一五）说：“孔子下千有余年，能举之者孟轲氏、荀卿氏、扬雄氏、文中子、吏部、崇仪（柳开）而已”；又说，“唐去今百余年，独崇仪克嗣吏部声烈，张景（柳开弟子）仅传崇仪模象”，即以柳开近宗韩愈而远祧孔孟。石介的推崇柳开，实际上是把他们这批崇柳者统统纳入“道统”之列，崇柳为了扬己。而柳开之所以在宋代最早列王通于道、文二统，也含有自誉自夸之意。他自述：“补亡先生，旧号东郊野夫者，既著野史后，大探六经之旨，已而有包括扬、孟之心，乐为文中子王仲淹，齐其述作，遂易名曰开，字曰仲涂，其意谓将开古圣贤之道于时也。”（《补亡先生传》，《河东先生集》卷二）这位古文家擅长于把自己的名字弄得像口号或宣言（他原名“肩愈”，字“绍元”），这里的“开”“仲涂”又成了昭示他心曲的窗口：他要做王通第二，“开”与“通”并，“仲涂”与“仲淹”齐。

道统、文统问题成为宋初一些士人注意的热点，它与文学结盟思潮，显然属于同一类文化理想的追求、同一种思维定式和习惯：中国传统士大夫一贯崇尚典范、仰服权威以及趋群合众的文化性格。最能说明两者联系的是石介。上面引述的他反复论说道统、文统的十多篇文章，都与结盟问题有着直接的联系：赓续两“统”，非结盟不办，不结盟则无法挽狂澜于既倒，统序必然失坠。如《与君贶学士书》在慨叹“本朝文章视于唐差劣，复自翰林杨公（亿）唱淫辞哇声，变天下正音四十年，眩迷盲惑，天下聩聩晦晦，不闻有雅声”以后，就推出孟、荀、扬、王、韩、柳（开）的道统、文统，认为只有借助这种“非常之力”才能振兴。接着又说：“故常思得如孟轲、荀、扬、文中子、吏部、崇仪者，推为宗主，使主盟于上，以恢张斯文”，为此，他“乃汲汲焉狂奔浪走数千里外，以访以寻之未得，且临飡忘食，中夜泣下”，活画出一副为寻求盟主、集聚群英的凄凄惶惶、急不可待的情状。

这里还需辨明一个问题：欧阳修、苏轼等的文集中，很少有关于道统、文统的言论，他们的文学结盟思想与之是否有具体联系呢？宋初倡导古文运动的士人中，实际存在两个不同的谱系。一是柳开、孙复、石介等人，一是穆修、苏舜钦兄弟、尹洙兄弟、欧阳修等人。《邵氏闻见录》卷一五云：“本朝古文，柳开仲涂、穆修伯长首为之唱。”这是正确的，可惜没有指出两位首倡者的异点。《四库全书总目》卷一五二说：穆修“盖天资高迈，沿溯于韩柳而自得之。宋之古文，实柳开与（穆）修为倡。然开之学，及身而止；（穆）修则一传为尹洙，再传为欧阳修。而宋之文章于斯极盛，则其功亦不鲜矣”。这里指出柳、穆具有不同的后续特点和历史地位，是有一定识力的。但柳开有学生张景等人，又有孙复、石介等私淑踵迹，不能说他“及身而止”，只是不及穆修一系之盛而已。穆修“一传为尹洙，再传为欧阳修”，是符合实际的。范仲淹《尹师鲁河南集序》（《范文正公集》卷六）说：“洛阳尹师鲁，少有高识，不逐时辈。从穆伯长游，力为古文。”“大见风采，士林方耸慕焉。遽得欧阳永叔，从而大振之，由是天下之文一变，而其深有功于道欤！”这大概是《四库提要》所本。但还应补充“苏舜钦兄弟多从之（穆修）游”（《宋史》卷四四二《穆修传》）。这一派是宋初古文运动中的重文派。穆修也指斥当时的世风，他在著名的《答乔适书》（《穆参军集》卷三）中说：“古道息绝不行，于时已久。今世士子习尚浅近，非章句声偶之辞，不置耳目，浮轨滥辙，相迹而奔，靡有异途焉。其间独敢以古文语者，则与语怪者同也。众又排诟之，罪毁之，不目以为迂，则指以为惑，谓之背时远名，阔于富贵。”虽然以“古道息绝”为论题，却就文论文，着重于对空泛浮浅、沉湎于章句声偶的文辞进行抨击，比之石介的《怪说》等文来，显然汰洗掉不少儒学成分。他们之所以不接受文道一元论的文学观，是不难理解了。耐人寻味的是欧阳修。他在为石介所作的《墓志铭》(《欧集》卷三四）中，曾称引石介所崇奉的从尧、舜直至韩愈的道统名单，却偏偏漏掉了王通，这也不是一时的疏忽。宋袁文《瓮牖闲评》卷五明确说："欧阳文忠公不喜《中说》，以为无所取。"后来"苏门四学士"之一的张耒就更直白了："如王通死，门人私谥'文中'。……然后世读通所著书续经，其狂诞野陋，乃可为学者发笑。"(《答李文叔为兄立谥简》,《张耒集》卷五五）一褒一贬，两个谱系，判然有别。

欧、苏等人虽然没有复述柳开等一再宣扬的道统名单，而且对文道关系作出了新的规定，对道的内涵也有所改造，突破了道统文学观的樊篱，但他们并不否认继承和恢复道统和文统的必要。苏轼的《六一居士文集叙》(《苏轼文集》卷一〇）说："……五百余年而后得韩愈，学者以愈配孟子，盖庶几焉。愈之后二百有余年而后得欧阳子，其学推韩愈、孟子以达于孔氏，著礼乐仁义之实，以合于大道。……士无贤不肖不谋而同曰：'欧阳子，今之韩愈也。'"也认为欧阳修直承韩愈，上继孔孟之道。他在《祭欧阳文忠公文》(卷六三）中以"斯文有传，学者有师"称许欧氏，"斯文有传"即典出《论语·子罕》，言孔子以传承文王"斯文"自誓。斯文，原指礼乐制度，苏轼这里实指儒道和古文。而欧阳修本人更经常强调文学集团对于摈斥颓风淫哇的集体作用，"久而众胜之"。在《隋太平寺碑跋尾》(《欧集》卷一三八）中，他认为唐太宗虽为治世之主却不能改革文风，“岂其积习之势，其来也远，非久而众胜之，则不可以骤革也”，必有赖于“群贤奋力，垦辟芟除”之功。依靠文学结盟的持久和群体的声威以恢复文统，欧阳修的看法与石介的言论又颇多同道默契之处。

在考察尚“统”的社会思潮时，我们不妨放宽视角，把北宋佛教内部争统的情况作为某种参照物。佛教东渐之初，大都是小乘经典；从前秦鸠摩罗什翻译大乘经典起，中国佛教内部遂产生派别。各派自有名僧大德和佛学宗旨，派内衣钵相传，争夺激烈，禅宗五祖弘忍座下的神秀、慧能相争，就是清净佛门中演出的一场刀光剑影的险剧。到了北宋时期，各派界限逐渐趋于泯灭，但禅宗的临济、曹洞二宗和天台宗仍有所发展，爆发过争统的冲突。

作为禅僧的契嵩，出于正名分、定宗谱的目的，作《传法正宗记》九卷、《传法正宗定祖图》一卷和《传法正宗论》二卷（三书合称《嘉祐集》，十二卷），立二十八祖之说，破天台宗的二十四祖之说。陈舜俞在《镡津明教大师行业记》(《镡津集》卷首）中说：“……复著《禅宗定祖图》、《传法正宗记》。仲灵（契嵩字仲灵）之作是书也，慨然悯禅门之陵迟，因大考经典，以佛后摩诃迦叶独得大法眼藏为初祖，推而下之，至于达磨，为二十八祖。”从此，从迦叶至达磨西天二十八祖就成为禅宗祖系的定论。天台宗先据《付法藏传》立二十四祖之说，其中没有二十八祖说的后四人（包括达磨），引起契嵩的不满：“佛子不善属书，妄谓其祖绝于二十四世，乃生后世者之疑……余尝慨之！”(《传法正宗记》卷九）他还于嘉祐六年（1061）把这三部书进献朝廷，在《上皇帝书》中说明他的初衷："祖者乃其教之大范，宗者乃其教之大统。大统不明，则天下学佛者，不得一其所诣。大范不正，则不得质其所证。""臣不自知量，平生窃欲推一其宗祖，与天下学佛辈息诤释疑，使百世而知其学有所统也。"于是得到仁宗的称许，敕准其书编入大藏，并赐号明教大师。"朝中自韩丞相（韩琦）而下，莫不延见而尊重之。"虽然如此，佛门中仍有反对契嵩之说者。契嵩"闻之，攘袂切齿，又益著书"，辨难至"数万言"，并广为宣讲，"久之，虽平生厚于仲灵者，犹恨其不能与众人相忘于是非之间"。唇枪舌剑，寸步不让。更可笑的是他死后火化，"三寸之舌，所以论议是是非非者，卒与数物不坏以明之"（以上皆见陈舜俞《镡津明教大师行业记》），至死都要保存他的一条舌头以维护佛统正传，恐怕连纵横家张仪被辱后"舌在""足矣"之叹，也相形失色了。

发生在以慈悲为怀的僧徒们中间的这场争统冲突，其激烈和尖锐的程度，与世俗社会的正统、道统、文统之辨，何其相似乃尔。而另一方面，文坛传承也似模仿佛门行径。欧阳修的"我老将休，付子（苏轼）斯文"（苏轼《祭欧阳文忠公夫人文（颍州）》，《苏轼文集》卷六三），活脱脱地一副禅门中衣钵相授的腔吻；难怪南宋晁公武说："欧公门下士，多为世显人。议者独以子固（曾巩）为得其传，犹学浮屠者所谓嫡嗣。"（《郡斋读书志》卷一九）真谛俗谛，融浑一气。

禅宗"灯录"在宋代的出现和大量刊行，也使禅门递相传授的谱系得到进一步巩固和宣扬。如道原的《景德传灯录》三十卷、李遵勖的《天圣广灯录》三十卷、惟白的《建中靖国续灯录》三十卷（南宋又有悟明的《联灯会要》和正受的《嘉泰普灯录》。后由普济把这五部灯录简编为《五灯会元》)。这些《灯录》的编纂，其中不少得到世俗士人的协助。如《景德传灯录》就由翰林学士杨亿等人参与“刊削”“裁定”，而编纂《天圣广灯录》的李遵勖却是宋太宗的驸马，宋仁宗还特为此书“御制”序文：“载念薄伽之旨，谅有庇于生灵；近戚之家，又不婴于我慢。良可嘉尚，因赐之题。”（元念常《佛祖历代通载》卷一八）说明自皇帝、贵戚、名臣以下的官僚士大夫社会对此的浓厚兴趣和深切关注。

北宋佛儒之间的交融吸取日益成为一种历史趋势，在“统”的问题上，两家也有十分相类的思路。与契嵩并称于世的另一位儒僧智圆，在《对友人问》(《闲居编》卷一六）中也宣扬周公、孔子、孟轲、扬雄、王通、韩愈、柳宗元的儒家道统。在《叙传神》(卷二七）中，他又说：“仲尼得唐、虞、禹、汤、文、武、姬公之道，仲尼既没，能嗣仲尼之道者，惟孟轲、荀卿、扬子云、王仲淹、韩退之、柳子厚而已。”尤为令人注目的是他对王通的推崇，在北宋初年实属始作俑者之列。在《让李习之文》(卷二六)、《读中说篇》(卷二六)、《读王通中说诗》(卷四六）中，他一再替王通制造声誉，对轻视王通的李翱表示不满。他说：“仲淹之书，辞淳理真，不在《法言》下。习之《答梁载书》以与《太公家教》同科，品藻无当，既蔽晚贤，又误后学。”(《让李习之文》）他还赞扬孙何等人对王通的肯定之功：“……由是后学耻不读仲淹之书，耻不知仲淹之道，使后世胥附于王通者，汉公（孙何）之力也。”(《读中说篇》）与柳开、孙何、孙复、石介等人几乎同一声口，佛与儒终于同归一途了。事实上，释子、文士的思想和行动在宋代已日益接近、互融，诚如苏洵所说，“自唐以来，天下士大夫争以排释老为言，故其徒之欲求知于吾士大夫之间者，往往自叛其师，以求容于吾，而吾士大夫亦喜其来而接之以礼。”（《彭州圆觉禅院记》，《嘉祐集》卷一四）这是站在儒者立场而说的；而从释子们眼中看来，互融的情景却是这样：“当是时，天下之士学为古文，慕韩退之排佛而尊孔子，东南有章表民、黄聱隅、李泰伯，尤为雄杰，学者宗之。仲灵（契嵩）独居作《原教》、《孝论》十余篇，明儒释之道一贯，以抗其说。诸君读之，既爱其文，又畏其理之胜，而莫之能夺也，因与之游”，竟至出现“排者浸止而后有好之甚者”的局面（陈舜俞《镡津明教大师行业记》）。儒者说释子叛师说而从儒，佛门中认为儒士变初衷而归佛，角度不同，然而佛儒交融则是确然的事实了。据有关记载来看，欧、苏跟契嵩亦有交往[①]。争论佛统是契嵩平生大事，惊动朝野丛林，欧、苏等人当亦有所闻。佛门与士大夫之间千丝万缕的精神联系，帮助我们从更宽阔的视角范围内，了解“统”的思想作为一种社会意识的普遍和深入。

从某种意义上说，北宋文学结盟思潮是政治上“朋党论”的文

---

① 宋昙秀《人天宝鉴·明教嵩禅师》记述欧阳修对契嵩古文的倾倒：“不意僧中有此郎也，黎明当一识之”，次日“文忠与语终日，遂大喜”。苏轼《东坡志林》卷三《异事下》说：“契嵩禅师常瞋，人未尝见其笑；海月慧辨师常喜，人未尝见其怒。予在钱塘，亲见二人皆趺坐而化……乃知二人以瞋喜作佛事也。”

学版，文学结盟是政治结盟的逻辑延伸。北宋的古文运动原是作为政治革新运动的一翼而兴起、发展的。说它是文学革新运动，毋宁说是政治革新的有机组成部分，不良文风被当作一种政治时弊来排斥的。从景祐三年（1036）吕夷简弹劾范仲淹“荐引朋党，离间君臣”，范遂贬知饶州开始，有关“朋党”之争演成朝野舆论的注意中心。这场大论争在我国政治思想史上有着重要的意义：第一，它一反传统所谓“君子”“群而不党”（《论语·卫灵公》）、“无偏无党，王道荡荡；无党无偏，王道平平”（《尚书·洪范》）等古训，公开亮明“君子有党，小人无党”（欧阳修《朋党论》，《欧集》卷一七）的观点，竭力维护结党的正当性和必要性。中国历代王朝政治，多以党祸为戒，东汉有“党锢”，唐文宗对牛李党争也有“去河北贼易，去朝中朋党难”之叹。这种情况到了宋代才开始有了完全相反的认识。王禹偁《朋党论》（《小畜集》卷一五）批驳唐文宗的慨叹，认为只要能分清“君子之党”和“小人之党”的界线，“则朋党辨矣，又何难于破贼哉”？从欧阳修《朋党论》始，更理直气壮地认为“君子”执政，必集志同道合者协力推行，不以“朋党”为讳。在贬范事件中，竟然引起不少朝臣以身列范党为无上荣光：“希文贤者，得为朋党幸矣。”（《续资治通鉴长编》卷一一八引王质语）撰文呼应者更不绝于时，如尹洙《答河北都转运欧阳永叔龙图》（《河南先生文集》卷一〇），苏轼《续欧阳子朋党论》（《苏轼文集》卷四），秦观《朋党论》上、下（《淮海集》卷一三）等。连秉性老成的司马光，在嘉祐三年（1058）的《朋党论》（《司马文正公传家集》卷六四）中，虽囿于传统观念，以朋党为非，但已指出"兴亡不在朋党而在昏明",把责任归结为皇帝的"不明";而早在嘉祐元年(1056)的《张共字大成序》(卷六九)中,更透辟地发挥了君子趋群结党的必要性:"天下之事,未尝不败于专而成于共。……共则博,博则通,通则成。故君子修身治心,则与人共其道;兴事立业,则与人共其功;道隆功著,则与人共其名;志得欲从,则与人共其利。是以道无不明,功无不成,名无不荣,利无不长。小人则不然……"认为"共"才能"大成",即集团主义才能获致"道""功""名""利"的全面成功。其"君子小人之大分"一段,恰与欧阳修《朋党论》如出一辙。司马光似乎身不由己地认同了君子有党的思想,正好说明这种思想的深刻影响。

第二,"朋党论"的讨论和争论,有着明确的政治目的,服从于现实政治斗争的需要,也与三大文人集团的形成有着或明或暗的关联。以欧阳修《朋党论》为标志的第一阶段讨论热潮,实为范仲淹庆历新政从组织上奠定思想基石。而后秦观的《朋党论》上、下篇,直承欧氏余绪,则为维护"苏门"而发。他说,庆历时任用范仲淹等人,"小人不胜其愤,遂以朋党之议陷之",最终真相大白,"今所谓元老大儒、社稷之臣想望风采而不可见者,皆当时所谓党人者也",然后笔锋一转,"今日之势盖亦无异于此","则今之所谓党人者,后世必为元老大儒、社稷之臣者矣"。对照当时攻击"蜀党""苏门"的言论,秦观此论不啻为宗门护法的辩词。

总之,正统、道统、文统、佛统、朋党论、文学结盟思想等等,实际上构成一个相互维系、彼此加固的观念体系,构成为时代的精神氛围。它之所以在北宋得到普遍强调，并在秦汉以来思想资料基础上日趋系统化、理论化甚至神圣化，乃是政治体制大转型时期的产物，也是被内外交困的现实危机感所诱导、激发而成的。从此，以维护自尊感、权威感、集团性为目的统续意识，成为我们民族的重要价值观念。它具有极大的传承性，深深地烙印在我们民族文化心理和性格之中，增强了民族的凝聚力和向心力，保持了中国文化的稳定性和延续性，使我们民族经受了无数的风云变幻而仍维系着一种共同的文化意识，不像世界上有些文明古国走向式微甚或解体。这种民族的共同价值观念对我们历史发展的不可估量的积极作用，是必须肯定的，正如我们也应正视它的负面因素。然而，归根结底，它具有不容反驳、无法摆脱的特性，在它面前，我们只能认真地加以研究和反思。

（原载《国际宋代文化研讨会论文集》，四川大学出版社，1991年10月）

5

嘉祐二年贡举事件的文学史意义

苏轼《六一居士集叙》(《苏轼文集》卷一〇）中说："自欧阳子出，天下争自濯磨，以通经学古为高，以救时行道为贤，以犯颜纳说为忠。长育成就，至嘉祐末，号称多士。"欧阳修自宋仁宗天圣、明道间登上政坛、文坛，经过三十多年广泛的文学交游活动，以其卓异的创作实绩和人格魅力，逐渐形成以他为首的"欧门"。其间嘉祐二年（1057）的知贡举事件，对于"欧门"的组成、文风的改革乃至宋代文学的发展导向，具有多方面的重要意义，北宋时期的第一个文学高潮也随之同时出现。

一、"欧门"构成基础的进士集团

中国封建社会的官僚选拔制度，两汉是荐举制，魏晋南北朝是九品中正制，隋唐是科举制。科举制打破了门阀世族对选官的垄断，为广大庶寒之家出身的知识分子打开仕进之门，扩大了封建政权的基础；同时，又使中央政府从地方官吏、门阀世族手里收回取士的权力，加强了中央集权。因而，这是一种历史性的进步。

宋承唐制，但取士的名额大量增加，制度更加完善（如封弥、誊录等），尽可能地实现机会均等的公平竞争，以吸引更广泛的知识分子投入“彀中”。这对整个上层建筑，特别是宋代文官政治的形成和思想文化的发展都产生了深刻的影响。

比之唐代，宋代大大地扩大了取士名额，使每两年（或三年）一次的中央“省试”成为全国人才大流动、大交融的盛会。据何忠礼先生《试论北宋科举制的特点及其历史作用》（载《宋史研究论文集》，河南人民出版社，1984年）一文的统计，宋代共开科118次，其中北宋69次，南宋49次。北宋共取进士19 147人，诸科15 016人，两科合计每年平均取士205人，每次平均取士495人[①]。而尤以仁宗朝所取为多。仁宗在位41年，开科13次，进士、诸科合计录取达9 766人，每年平均取士239人，每次平均取士769人。其中进士数共达4 615人，每次平均取士355人[②]。因而被视为宋代科举史上的黄金时代。唐时贡举基本上每年一次，录取进士仅二三十人。唐、宋两朝数量之悬殊，异常突出。录取名额的大幅度增多更加刺激了考生的热情和欲望，这使每次到京参加考试的举子多达六七千人。《宋史》卷一五五《选举志一》云：“待试京师者恒六七千人。”如此庞大的队伍，“秋取解，冬集礼部，春考试”（《宋史》卷一五五《选举志一》），聚集在首都，他们来自全国各地，具

---

① 据张希清《北宋贡举登科人数考》（北京大学《国学研究》第二卷）统计，北宋一代“正奏名进士19 281人，诸科16 331人，合计35 612人”，又云：“正、特奏名进士，诸科取士总计约为61 000人，平均每年约为360人”，取士之多，“在科举史上是空前的，也是绝后的”。

② 苏轼《送章子平诗叙》（《苏轼文集》卷一〇）云：“观《进士登科录》，自天圣初迄于嘉祐之末（按，即仁宗一朝），凡四千五百一十有七人。”《续资治通鉴长编》记载为4 521人，《宋会要辑稿》为5 244人，《玉海》与《宋史》均为4 570人，何忠礼先生统计为4 615人。

有不同的地域文化的素质和特点，汇成一个信息量密集、个性色彩绚烂的特殊文化圈，也为文学群体的形成和文学创作的发展提供了理想的环境。

嘉祐二年的试举又是仁宗朝历次试举中号称最为“得士”的一次。《宋会要辑稿·选举一之一一》云：“嘉祐二年正月六日，以翰林学士欧阳修知贡举，翰林学士王珪、龙图阁直学士梅挚、知制诰韩绛、集贤殿修撰范镇并权同知贡举，合格奏名进士李寔已下三百七十三人。”这三百多名礼部所上的奏名进士，在殿试中全部录取。《续资治通鉴长编》卷一八五云：嘉祐二年三月“丁亥，赐进士建安章衡等二百六十二人及第，一百二十六人同出身。是岁，进士与殿试者始皆不落。（李复圭《纪闻》云：是春以进士群辱欧阳修之故，殿试并赐及第，不落一人。当考。）”则实共录取388人，比礼部奏名尚多15人。

今据多种地方志及其他材料的不完全统计，可以考知这次被录取者的姓名和乡贯的约204人（见附表一）。我们可以作以下两点分析。

（一）外地进士比近畿者为多，特别是南方浙江、江西、福建、四川等地的进士最多。据《福建通志》卷三三，此榜福建进士达64人，状元章衡即为福建浦城人；又据《浙江通志》卷一二三、《江西通志》卷四九，各为39和38人；《四川通志》卷三三嘉祐进士不分年，缺乏历年所录的具体数字，但仅眉山一地，嘉祐二年所录进士达13人，见苏轼《谢范舍人书》(《苏轼文集》卷四九)，说此次眉山发解“举于礼部者，凡四五十人”，录取者“十有三人”，他在《次韵子由送家退翁知怀安军》诗（《苏轼诗集》卷二八）的自注中说："吾州同年友十三人"，录取率也是较高的。这些地区旧属南唐、吴越、闽、蜀等国，在"安史之乱"及其后的全国大动乱中，都保持了相对稳定的局势。从文化上沿波讨源，则仍远承唐代余绪，因而这些地区的进士大都擅长诗赋等文学才能。《续资治通鉴长编》卷六八载："冯拯曰：'比来省试，但以诗赋进退，不考文论。江浙士人，专业诗赋，以取科第。望令于诗赋人内兼考策论。'上（真宗）然之。"而北方士人却专于策论。因而，这次科试虽是南北文化推毂交融的一个绝好机会，但文学之才却又占明显的优势。同时，个别进士密集地区和文化家族，也作为一种特殊的文化因子加入这一文化圈，如江西南丰的曾巩及弟曾牟、曾布，从弟曾阜，妹夫王无咎、王彦深一门六人，临川蔡元导、蔡承禧父子及其同里潘洙等同登此榜，也增添了整个文化圈的特异色彩。欧阳修《与焦殿丞（千之）》（《欧集》卷一五〇）曾对"苏氏昆仲连名并中""制举"，叹为"盛事盛事"。而嘉祐二年榜除苏轼、苏辙兄弟"连名并中"外，还有福建林希、林旦兄弟，王回、王向兄弟，林开、林棐兄弟，江西黄湜、黄灏兄弟，蜀人张师道、张师厚兄弟，楚人杨寿祺兄弟以及曾巩兄弟四人连中，欧阳修更应感到欣喜了。这都增强了这一举子文化圈的丰富性和新颖感。

（二）此榜所取，隽才精英云集，多为活跃于北宋历史舞台的各类代表人物。《宋会要辑稿·选举二之九》云："嘉祐二年五月四日，以新及第进士第一人章衡为将作监丞，第二人窦卞、第三人罗恺并为大理评事、通判诸州，第四人郑雍、第五人朱初平并为两使幕职官。”章衡以下的头五名进士，似未成为宋代历史上的名人（除郑雍官至尚书左丞较为显贵外，余皆平平，罗恺、朱初平且《宋史》无传）。但未列前茅的其他进士却挺出卓异，人才济济。这一榜可说是几乎网该了影响北宋政坛、思想界、文坛的诸多杰出人物。如文学之士有苏轼、苏辙、曾巩，“唐宋古文八大家”的宋六家中，一举而占其半；有号称“关中三杰”的程颢、张载、朱光庭同时中式，其首倡的“洛学”“关学”均为北宋显学；政坛人物有吕惠卿、曾布、王韶、吕大钧等，为王安石新党和元祐旧党的重要人物（吕惠卿三人为新党，吕大钧为“元祐更化”主要人物吕大防之弟）。这些各个领域的重要人物又发生错综交互的关系，如吕大钧从学张载，《宋元学案》卷三一《吕范诸儒学案》云：“横渠（张载）倡道于关中，寂寥无有和者。先生（吕大钧）于横渠为同年友，心悦而好之，遂执弟子礼，于是学者靡然知所趋向。”而二苏又以所倡“蜀学”与“同年友”程颢之“洛学”相抗衡，亦为宋代学界、政界的一桩公案。

这个嘉祐二年的举子集团，并非每人都是“欧门”的成员，但它以其高品位的学术文化根底和文学素质，为欧门的形成提供了优化组合的充足条件。

在封建时代，人们以“天地君亲师”为崇奉的无上权威，“师”居于与天神、地祇、皇帝、父母等同样尊严的地位，而“座师”和“门生”的关系，实际上成为官僚社会的一条强有力的伦常纽带。这在唐代尤为突出，其利害攸关的密切程度甚至超过父子，且往往结为朋党。顾炎武《日知录》卷一七《座主门生》云：“贡举之士，以有司为座主，而自称门生，遂有朋党之祸。”宋代为了加强皇权，把选士权直接收归皇帝，曾明令禁止建立这种关系。《宋会要辑稿·选举三之一》记载宋太祖建隆三年（962）九月下诏：“国家悬科取士，为官择人，既擢第于公朝，宁谢恩于私室？将惩薄俗，宜举昭文。今后及第举人不得辄拜知举官子孙弟侄。如违，御史台弹奏。”宋代还改变唐代“知贡举”一般仅设一人的常规，改由多人共同负责考试，如嘉祐二年即由欧阳修和王珪、梅挚、韩绛、范镇等人共司其职。宋代还设殿试一项，皇帝本人亲掌最后定夺之权，以便具体落实“天子门生”的观念。

然而，由于历史习俗的顽强惯性和人际关系的现实需要，宋代仍保持这一关系。如苏轼中举后，即作《谢南省主文启五首》，分别向欧、王、梅、韩、范五人“谢恩于门下”，并明确表示“轼愿长在下风与宾客之末，使其区区之心，长有所发”（《谢欧阳内翰书》，《苏轼文集》卷四九），列身门墙，引以为荣。毫无疑问，欧阳修其时的崇高地位和巨大声誉，对举子们具有极大的吸引力，大批举子纷纷投入他的门下。张耒追述说：“欧阳公于是时，实持其权以开引天下豪杰，而世之号能文章者，其出欧阳之门者居十九焉。”（《上曾子固龙图书》，《张耒集》卷五六）毕仲游也感叹说：“呜呼，文忠公以道德文章为三朝天子之辅，学士大夫皆师尊之，出文忠之门者，得其片言只辞见于文字为称道，已足自负而名天下。”（《欧阳叔弼传》，《西台集》卷六）由此可见，举子们对他的选择是自觉而热烈的。

然而，欧门的形成，实际上是欧阳修与举子们的一个双向选择的过程。举子们选择他，他也选择举子们。就欧阳修一面而言，其选择趋向有二。

一是重视外地举子胜于京师生徒。《宋会要辑稿·选举三之四》引马端临语云：

> 按分路取人之说，司马、欧阳二公之论不同。司马公之意主均额，以息奔竞之风；欧阳公之意主核实，以免缪滥之弊。要之，朝廷既以文艺取人，则欧阳之说为是。……若以为远方举人文词不能如游学京师者之工，易以见遗，则如欧、曾、二苏公以文章名世诏今传后，然亦出自穷乡下国，未尝渐染馆阁，习为时尚科举之文也，而皆占高第。然则必须游京师而后工文艺者，皆剽窃蹈袭之人，非颖异挺特之士也。

京师文风易受“馆阁”时文的影响，反不如“穷乡下国”的“远方举人”自能保持异质的地域文化特点。司马光、欧阳修争论的文章分见《贡院乞逐路取人状》(《司马文正传家集》卷三二)、《论逐路取人劄子》(《欧集》卷一一三)。欧阳修坚持“以文艺取人”的标准，反对各路按平均名额录取，其实质是维护东南地区士子的利益。他说:“盖言事之人，但见每次科场，东南进士得多，而西北进士得少，故欲改法，使多取西北进士尔。殊不知天下至广，四方风俗异宜，而人性各有利钝。东南之俗好文，故进士多而经学少；西北之人尚质，故进士少而经学多。所以科场取士，东南多取进士、西北多取经学者，各因其材性所长，而各随其多少取之。”“进士”比之“明经”，偏重于文学方面才能的考核；重视“东南进士”也就是对文学之才的强调。我们从当时欧阳修给梅尧臣的便函中，不难发现他对来自“穷乡下国”的苏轼兄弟、曾巩以及王安石等人的格外瞩目：

> 饯介甫、子固，望圣俞见顾闲话，恐别许人请，故先拜闻。礼部诗纳上。
>
> ——《与梅圣俞》其三十，《欧集》卷一四九
>
> 某启：承惠答苏轼书，甚佳，今却纳上。……读轼书，不觉汗出，快哉，快哉！老夫当避路，放他出一头地也。可喜，可喜！……吾徒为天下所慕，如轼所言是也，奈何动辄逾月不相见。轼所言“乐”，乃某所得深者尔，不意后生达斯理也。
>
> ——《与梅圣俞》其三十一，卷同上
>
> 圣俞过，不惜频相访。……亦约子固、子履（陆经）当奉白也。
>
> ——《与梅圣俞》其三十二，卷同上
>
> 节下外处送酒颇多，往时介甫在此，每助他为寿，昨只送王乐道及吾兄尔。
>
> ——《与梅圣俞》其三十二，卷同上

这些短简都写于嘉祐二年贡举发榜后不久，或预邀曾巩、王安石等人会饮，其情殷切恳挚，或背后称道苏轼才华出众，倾吐肺腑之言，足见这位座师对外地门生的加倍提携奖掖，他与这些门生迅速地建立起亲切动人的关系。

二是以实际的才具作为选择的主要标准，并以此形成“欧门”的核心，从中选择主盟的后继人。欧门是自然形成、并无严格结构关系、也无明确权利和义务规定的松散群体。登第的近四百名进士

并不是每位都能加盟其中，而且加盟与否，实际上也没有确定性的界限。苏轼当时已惊叹于“醉翁门下士，杂遝难为贤”（《送曾子固倅越得燕字》，《苏轼诗集》卷六），流品颇为杂乱。但是，在“杂遝”的欧门中，与欧阳修频繁发生各种交际活动和文字交往的，却大都是各具才能，特别是文学才能的士子，这也规定了欧门在总体上不能不是一个文学性质的集团。从他对主盟后继者的选择过程中，尤能明显地看出这一点。

对于主盟的后继者，欧阳修首先选择的是曾巩。庆历元年（1041）欧阳修初次认识曾巩时，“见其文奇之”（《宋史》卷三一九《曾巩传》）。次年，曾巩落第南归，欧作《送曾巩秀才序》（《欧集》卷四二）说：“曾生之业，其大者固已魁垒，其于小者，亦可以中尺度，而有司弃之，可怪也。”惋惜抱屈之情，溢于言表。他并认为，“过吾门者百千人，独于得生（曾巩）为喜”（曾巩《上欧阳学士第二书》引，《曾巩集》卷一五）。他曝书得王安石《许氏世谱》，一时忘其谁作，说：“介甫不解做得恁地，恐是曾子固所作。”（《朱子语类》卷一三九引）无独有偶，他在嘉祐二年知贡举时，得苏轼考卷《刑赏忠厚之至论》，大为激赏，因是糊名，也猜是曾巩所作[①]（苏辙《亡兄子瞻端明墓志铭》，《栾城后集》卷二二）。在这位一代文宗的心目中，似乎凡有杰构佳篇必出曾巩之手。晁公武《郡

① 嘉祐二年礼部试试题：文为《刑赏忠厚之至论》，见《苏轼文集》卷二，曾巩文题为《刑赏论》，见《曾巩集·辑佚》（据金刻本《南丰曾子固先生集》卷一一辑入）；诗为《半年有高廪》，苏轼诗见《苏轼诗集》卷四八，曾巩诗见《曾巩集·辑佚》（据《南丰曾子固先生集》卷三辑入）。

斋读书志》卷一九说："欧公门下士，多为世显人。议者独以子固为得其传，犹学浮屠者所谓嫡嗣。"在当时不少人眼中，曾巩已是欧门的第一位传人。苏轼在上面提到的《送曾子固倅越得燕字》诗中，就明确指出在"杂遝"众多的欧门士子中，"曾子独超轶，孤芳陋群妍"，还把他比作遨游"万顷池"的横海鳣鲸。张耒的《上曾子固龙图书》（《张耒集》卷五六）也说在"欧阳之门"中，"而执事实为之冠，其文章论议，与之（指欧阳修）上下"。欧阳修自己说"独于得生为喜"，其他人也说他"独得其传"、"独超轶"、"为之冠"，说明曾巩原先在欧门中居有特殊的地位。这也是并不奇怪的。曾巩《祭欧阳少师文》（《曾巩集》卷三八）自白："言由公诲，行由公率"，他确以欧阳修作为自己的楷模和表率，其思想特点和散文艺术都深受欧氏的影响，特别是偏于阴柔之美的散文风格，殆出一辙。欧氏对他的非同一般的赏爱，原是有共同的思想性格、审美情趣为基础的，"欧曾"并称即是明证。

其次是王安石。早在景祐三年（1036），曾巩入京应试，始与王安石结识。王安石《忆昨诗寄诸外弟》（《临川集》卷一三）云："丙子从亲走京国，浮尘坌并缁人衣。"曾巩《寄王介卿》（《曾巩集》卷二）云："忆昨走京尘，衡门始相识。疏帘挂秋日，客庖留共食。纷纷说古今，洞不置藩域。"这两位抚州才子他乡邂逅，契合相投。庆历四年（1044）曾巩从南丰致书欧阳修，向他推荐王安石："巩之友王安石，文甚古，行甚称文。虽已得科名（王安石中庆历二年进士），居今知安石者尚少也。彼诚自重，不愿知于人，尝与巩言：'非先生无足知我也。'如此人古今不常有。如今时所急，虽无常人千万不害也，顾如安石不可失也。先生傥言焉，进之于朝廷，其有补于天下。”（《上欧阳舍人书》,《曾巩集》卷一五）然而因欧氏正任河北都转运使离京，此信未获结果。曾巩后又作《再与欧阳舍人书》(《曾巩集》卷一五)，除再次推荐王安石外，还加上王回、王向两人，希望能“尽出于先生之门，以为报之一端”。而不久欧阳修贬知滁州，也无缘援引。庆历七年（1047）曾巩侍父曾易占北上入京，取道滁州拜谒欧阳修，盘桓二十日，再一次向欧氏推荐王安石，并作《与王介甫第一书》(《曾巩集》卷一六)，拟约期与欧、王同聚，还转达欧氏对王氏文章的评论："欧公悉见足下之文，爱叹诵写，不胜其勤。……欧公甚欲一见足下，能作一来计否？……欧公更欲足下少开廓其文，勿用造语及模拟前人，请相度示及。欧云：孟韩文虽高，不必似之也，取其自然耳。”王安石表示“非先生无足知我也”，欧则云“甚欲一见足下”，在曾巩的居间介绍接引下，两人交相慕悦已深。及至嘉祐元年（1056）王安石在京任群牧判官，欧阳修出使契丹还朝，两人始得会见。欧《赠王介甫》(《欧集》卷五七）诗云：

翰林风月三千首，吏部文章二百年。老去自怜心尚在，后来谁与子争先？朱门歌舞争新态，绿绮尘埃试拂弦。常恨闻名不相识，相逢樽酒盍留连！

王安石即作《奉酬永叔见赠》(《临川集》卷二二）唱和：

欲传道义心虽壮，强学文章力已穷。他日若能窥孟子，终身何敢望韩公？抠衣最出诸生后，倒屣尝倾广坐中。只恐虚名因此得，嘉篇为贶岂宜蒙！

关于这两首赠答诗，历来有两个争论问题：一是“吏部文章”所指为谁。《苕溪渔隐丛话·前集》卷三〇引“《漫叟诗话》云：‘欧公有诗与王荆公云：翰林风月三千首，吏部文章二百年。荆公答诗云：他日若能窥孟子，终身何敢望韩公。文忠所谓吏部乃谢吏部也，后人疑荆公有韩公之句，遂以为韩吏部，非也。此二联政不相参涉。’苕溪渔隐曰：齐吏部侍郎谢朓，以清词丽句动于一时，长五言诗，与沈约友善，约尝谓二百年来无此诗也。欧公所用乃此事，见《南史》”。《优古堂诗话》“吏部文章二百年”条引韩子苍（韩驹）语，亦同此意。其实都是不确的。欧诗发端两句实分别标举诗、文典范：李白之诗，韩愈之文，皆称极诣，借以称美王安石之诗文，也是欧氏本人创作的祈向所在。若以谢朓诗与李白诗并提，素无此用例，且亦不伦不类。“二百年”，当指韩愈距欧阳修当时的时间。欧氏《记旧本韩文后》（《欧集》卷七三）“韩氏之文，没而不见者二百年，而后大施于今”，《读蟠桃诗寄子美》（《欧集》卷二）“韩孟于文词，两雄力相当”，“寂寥二百年，至宝埋无光”，均用“二百年”，即为佐证。二是王氏答诗的主旨问题。叶梦得《避暑录话》云：“王荆公初未识欧文忠公，曾子固力荐之。公愿得游其门，而荆公终不肯自通。至和初，为群牧判官，文忠还朝，始见知，遂有‘翰林风月三千首，吏部文章二百年’之句。然荆公犹以为非知己也，故酬之曰：‘他日傥能窥孟子，终身何敢望韩公’，自期以孟子，处公以为韩公，公亦不以为嫌。”这也颇有曲意解说之嫌。欧诗本意是从诗、文两者立论，赞人兼以自励，意谓我渐已老去，但窃攀李、韩之“心”尚存，而你独占前茅，无人可与争先。“朱门”两句以“朱门歌舞”、“绿绮”（司马相如之名琴）喻指王安石的不同流俗、独守古风，末以杯酒相邀为结。从“老去”两句来看，欧阳修是有“付托斯文”的含意的。王诗则从传道方面答之。首两句分别从“道”“文”发意，谓自己学文无力而传道之“心”犹壮，故奉孟子为圭臬，于韩愈则不再问津。谦抑之中实隐含青年王安石自视甚高的气度，这也是符合他的独特个性的。他在十七八岁时，早已“欲与稷契遐相希”（《忆昨诗寄诸外弟》，《临川集》卷一三），立志高远宏大；二十二岁作《送孙正之序》（卷八四），即推崇孟子之排杨墨和韩愈之排释老，赞为“术素修而志素定”，说明他立志在道德、学术和政治方面，于文学则是第二位的。这就是欧、王二人其“心”的不同之处。但王安石这种慨然以天下为己任的自豪自傲的气度，并不等于骄人，更不含有以孟自居而“处公（欧阳修）以为韩愈”的贬抑欧氏之意。诗的下半首仍然自列于欧氏之门，他当时所写的《上欧阳永叔书》《上欧阳永叔书二》（《临川集》卷七四）一再表示“愿趋走于先生长者之门久矣。初以疵贱不能自通，阁下亲屈势位之尊，忘名德之可以加人，而乐与之为善”，欧氏也一再向朝廷举荐他（见《再论水灾状》《荐王安石、吕公著劄子》，《欧集》卷一一〇）。嘉祐二年王安石赴任常州，欧氏特设宴饯别，并约梅尧臣作陪（见前引《与梅圣俞》书），足见两人并无芥蒂，师弟之间的关系是完全正常的。至于以后交往日疏，也是事实，那主要是由于政见的歧异所致。

第三位是苏轼。欧阳修与曾、王的交往结识有一个逐渐深化的较长过程，而他对苏轼可谓一见倾倒。苏洵携带张方平信函从四川至京，最初谒见欧阳修时，欧氏对苏洵“大爱其文辞”，而对二苏兄弟似未引起重视。及至审阅苏轼的考卷《刑赏忠厚之至论》才大为叹服，但还不知乃苏轼所作。继而读到苏轼给梅尧臣的答谢信，则在《与梅圣俞》(《欧集》卷一四九）中说:“不觉汗出，快哉，快哉！老夫当避路，放他出一头地也。可喜，可喜!”还预言“三十年后世上人更不道着我”(《风月堂诗话》卷上，又见《曲洧旧闻》卷八)，未来的文坛将属于苏轼。以后事态的发展表明，苏轼果然成为继欧阳修之后的文坛巨擘。欧阳修亲口对苏轼说:“我老将休，付子斯文。”(苏轼《祭欧阳文忠公夫人文》引，《苏轼文集》卷六三）标志着他对欧门继任主盟者的最后抉择。

欧阳修有着明确而自觉的续盟意识，然而，由曾而王而苏的选择过程，又是纯属自然发展的结果。这个选择不受外部某种舆论的影响，甚至也不为盟主个人的主观好恶所左右，而是以对象的客观才具为主要标准。从个人的性格志趣而言，欧氏与曾巩无疑最为情投意合，在曾巩身上可以处处看到欧氏的影子，《宋史》把他们两人的传放在同一卷中（卷三一九)，就不是偶然的。从当时在士大夫中间的声誉而言，王安石无疑知名度最高，司马光说他“名重天下，士大夫恨不识其面”(《三朝名臣言行录》卷六引)，张方平也说，“嘉祐初，王安石名始盛，党友倾一时”(《文安先生墓表》，《乐全集》卷三九)。但他热望成为杰出的政治家和思想家，其志主要不在文学方面。于是，苏轼以其倾荡磊落的文学全才，脱颖而出，迅速受知于欧氏，并被文坛一致认同。陈长方《步里客谈》卷下记叙过曾、苏二人互相推美对方的故事:“陈师锡伯修作《五代史序》，文词平平。初，苏子瞻以让曾子固曰：'欧阳门生中，子固先进也。'子固答曰：'子瞻不作，吾何人哉！'"苏轼之所以后来居上者，全凭摛藻翰墨功力信服于人。这种以实际文学才具为基础的自然选择，有利于杰出人才的顺利涌现和成长，较少受到人为的压抑，也是欧门这一文学群体稳固性的重要条件。

在欧门的核心成员中，除了曾、王、苏等门生一辈外，还应提到梅尧臣和苏洵的地位和作用。

梅尧臣从明道二年（1033）离河阳赴任德兴县令起，离开了洛阳文人集团。嗣后改知建德与襄阳二县、湖州监税、应辟许昌，一直仕遇不达。其间科场失意，丧妻亡母，命运多舛。嘉祐元年（1056），除母服在京待缺，八月，以欧阳修等人举荐，得补国子监直讲。二年，欧阳修知贡举，又荐他为礼部参详官。梅尧臣官位不高，但在欧门中文学地位却颇突出。他在这一时期不仅与欧阳修保持亲密无间、日趋频繁的文字交往（今存他嘉祐元年给欧的酬和诗十六首，二年三十一首，三年十一首，四年二十六首），而且作为前辈诗人又为欧门中人所普遍敬重。

众所周知，梅尧臣关于"奇峭出平淡"的诗歌见解，曾为王安石、苏轼以及后来苏门中黄庭坚等人所赞同和发挥；其实，他的"状难写之景如在目前，含不尽之意见于言外"的名论，也影响广泛，不断被人引以为据，后来张耒的《记行色诗》（《张耒集》卷五四），即以此评论司马池的一首绝句。就个人交往关系而言，他和欧门门生也是十分密切的。在庆历七年（1047）的《得曾巩秀才所附滁州欧阳永叔书答意》(《梅尧臣集编年校注》卷一七）一诗中，已开始了与曾巩的交往，但当时并未相识。直到至和二年（1055)，他才与曾巩初会于扬州。他的《逢曾子固》(卷二五）诗云:“遽传曾子固，愿欲一相见”，“昔始知子文，今始识子面”，“冷坐对寒流，萧然未知倦”，两人竟作整日娓娓长谈，连风冷水寒也毫不知觉。嘉祐二年（1057）曾巩中举后，他又有《送曾子固、苏轼》《夜值广文有感寄曾子固》《重送曾子固》诸诗（卷二七)，或以“赴海鲸”为比，或以“卧龙腾跃”相励，热情奖掖，不遗余力。他又说:“楚蜀得曾苏，超然皆绝足。父子兄弟间，光辉自联属。”“二君从兹归，名价同惊俗。”则对曾巩、苏轼二人同致美好的祝颂。

他和王安石在庆历六年（1046）相识于京师，比与曾巩为早；次年，王氏出任鄞县知县，梅尧臣作《送鄞宰王殿丞》(卷一七）以“愿言宽赋刑，越俗久疲惫”为嘱。至和、嘉祐年间，二人又同在汴京，常相往还，唱酬甚多。嘉祐二年王安石出知常州，梅作《送王介甫知毘陵》(卷二七）说，“今君请郡去，预喜民将苏”，已从前此“愿言宽赋刑”的嘱咐变为对其作为地方循吏的推崇了。这是梅、王二人有关为宦作吏方面的意见交流，至于在诗歌艺术方面，也不乏相互砥砺和吸引之处。《西清诗话》卷中记述云:“王介甫、欧阳永叔、梅圣俞皆一时闻人，坐上分题赋虎图，介甫先成，众服其敏妙，永叔乃袖手。”《芥隐笔记》(宛委山堂本《说郛》卷一一）云:“荆公在欧公座，分韵送裴如晦知吴江，以‘黯然销魂，唯别而已矣’分韵”，王在欧、梅等八人中所作“最为工”。这里具体记录的两次唱和活动，都提到王安石诗才的特出。而王安石的《明妃曲》，更激起当时以欧阳修为首的众多诗人的唱和，其中也有梅尧臣的《和介甫明妃曲》(卷三〇)。但王安石本人仍对梅尧臣推仰备至。陆游《梅圣俞别集序》(《渭南文集》卷一五)云:"王荆公自谓虎图诗不及先生包鼎画虎之作；又赋哭先生诗，推仰尤至；晚集古句，独多取焉。"王安石秉性坚毅，对别人少所许可，而在梅尧臣这位"诗老"面前，则始终保持诚挚谦逊的态度。

梅尧臣与三苏的交往尤为频繁。他的《题老人泉寄苏明允》诗(卷二八)云:"日月不知老，家有雏凤皇，百鸟戢羽翼，不敢言文章"，把二苏比为"凤凰"，其文采风流超迈"百鸟"，表示出极度倾倒之情。据陆游《梅圣俞别集序》云:"苏翰林(轼)多不可古人，惟次韵和陶渊明及先生(指梅尧臣)二家诗而已。"苏轼的"和陶诗"今存集中，但"和梅诗"却已佚失(郝兰皋《晒书堂笔录》卷五认为陆游此语未可据信，苏轼实未作和梅诗)。今苏集中仅存一首《木山》诗(见《苏轼诗集》卷三〇)，确为和梅之作。其序云:"吾先君子尝蓄木山三峰，且为之记与诗。诗人梅二丈圣俞，见而赋之"，梅诗即题为《苏明允木山》，见《梅集》卷二七，苏轼在过了三十年后还予以唱和，可见追怀情思之深。苏轼还作有《五禽言五首》(《苏轼诗集》卷二〇)，其序云:"梅圣俞尝作四禽言，余谪黄州……遂用圣俞体作《五禽言》。"苏诗亦以反映民生疾苦为主，有"不辞脱袴溪水寒，水中照见催租瘢"等名句。这里标明"用圣俞体"，说明梅诗在苏轼等人心目中已形成了成熟而稳定的独特风格。此外，苏诗极用典之壸奥，广采博蒐，不仅用古人古事，也用本朝故事，其中也摭拾梅氏事迹入诗，说明相知的熟稔和深切。如《次韵宋肇惠澄心纸二首》(《苏轼诗集》卷二九）云："诗老囊空一不留，百番曾作百金收。"自注："永叔以澄心百幅遗圣俞，圣俞有诗。"诗即梅氏《永叔寄澄心堂纸二幅》(《梅集》卷一〇），诗云："江南李氏有国日，百金不许市一枚。"又如熙宁七年（1074）苏轼在《梅圣俞诗集中有毛长官者，今於潜令国华也。圣俞没十五年，而君犹为令，捕蝗至其邑，作诗戏之》(《苏轼诗集》卷一二）中，还勾勒出十五年前老诗人的一幅生动素描："诗翁憔悴老一官，厌见苜蓿堆青盘。归来羞涩对妻子，自比鲇鱼缘竹竿。"末句亦用梅氏故事，《归田录》卷二云：梅氏"其初受敕修《唐书》，语其妻刁氏曰：'吾之修书，可谓猢狲入布袋矣。'刁氏对曰：'君于仕宦，亦何异鲇鱼上竹竿耶！'闻者皆以为善对"。诗在"戏"语之中，却不乏身世悲凉之感，充满了对梅氏的同情和敬重。

除了曾、王、苏这些核心人物之外，梅尧臣还跟其他欧门门生交往过从。如《杂言送王无咎及第后授江都尉先归建昌》(卷二七)、《文豹篇赠黄介夫》(卷二七)、《次韵答黄介夫七十韵》(卷二八)、《观黄介夫寺丞所收丘潜画牛》(卷二八）等，均为嘉祐二三年间酬应新科进士王无咎、黄通（介夫）之作，即是例证。凡此都可以看出梅尧臣在欧门中的广泛影响。

还应特别一提的是苏洵。他屡试未售，遂把希望寄托在两个儿子身上。嘉祐元年（1056)，他携带张方平、雷简夫给欧阳修的推荐信，偕二子赴京。欧阳修先从吴照邻处得知苏洵的文名，这时在接待本人之后，大为称赏，"目为孙卿子"，后作《荐布衣苏洵状》

(《欧集》一一〇)云:“眉州布衣苏洵，履行淳固，性识明达。亦尝一举有司，不中，遂退而力学。其论议精于物理而善识变权，文章不为空言而期于有用。其所撰《权书》、《衡论》、《机策》二十篇，辞辩闳伟，博于古而宜于今，实有用之言，非特能文之士也。其人文行久为乡闾所称，而守道安贫，不营仕进。”“精于物理而善识变权”，“不为空言而期于有用”，这是对苏洵文章内容特点的第一次准确的评价。不是别人，正是苏洵，也是第一位对欧文风格作出准确把握的评论者。他在此时所作的《上欧阳内翰第一书》(《嘉祐集》卷一一)中比较孟、韩、欧三家文风时说:“孟子之文，语约而意尽，不为巉刻斩绝之言，而其锋不可犯。韩子之文，如长江大河，浑浩流转，鱼鼋蛟龙，万怪惶惑，而抑遏蔽掩，不使自露；而人望见其渊然之光，苍然之色，亦自畏避不敢迫视。执事(欧阳修)之文，纡馀委备，往复百折，而条达疏畅，无所间断；气尽语极，急言竭论，而容与闲易，无艰难劳苦之态。此三者，皆断然自为一家之文也。”这里所概括的韩、欧文的特点，实际上也可视为对唐宋散文不同风格的定评。这也显示出欧阳修和苏洵在文字上相知之深。由于欧阳修的大力揄扬，又由于二苏的连中高第，三苏文名，声震京师。欧阳修《文安县主簿苏君(洵)墓志铭》(《欧集》卷三四)云:“书(指《权书》等)既出，而公卿士大夫争传之。其二子举进士皆在高等，亦以文学称于时。眉山在西南数千里外，一日父子隐然名动京师，而苏氏文章遂擅天下。……自来京师，一时后生学者皆尊其贤，学其文，以为师法。”王珪也说:“岷峨地僻少人行，一日西来誉满京。”(《挽霸州文安县主簿苏明允》,《华阳集》卷六）如果没有欧阳修的推崇和欧门的群体交流的作用，苏洵是不可能如此迅速而广泛地被首都文坛和士子们所承认和折服的。

嘉祐二年试士的结果表明，“欧门”这一松散的文学群体，它的建构却自有其纵横结合的网络。从纵向来说，即是座师和门生这一基本关系，并从中形成欧门的核心，已如前述；从横向来说，则是同年之间的关系。同年关系也是封建时代的一种重要关系，对个人今后的仕途顺逆、政治建树、学术志趣和文学交游都产生不同程度、不同性质的复杂影响。

仅以苏轼为例。在他的文集中，提到与他日后保持交游关系的“同年”达三十人（除苏辙外），如曾巩、章衡、晁端彦、蔡承禧、刁琦、莫君陈、邵迎、苏舜举等（见附表二）。这些同年与苏轼的交往，大致有三种情况。

一类是始终保持良好的友伴关系，对苏轼的生活、性格和事业产生积极的作用。如状元章衡于熙宁三年（1070）冬，自右司谏直集贤院出知郑州，时京师诸友赋诗饯别，推苏轼作《送章子平诗叙》(《苏轼文集》卷一〇），盛赞其“文章之美，经术之富，政事之敏，守之以正，行之以谦”，对他的“困踬而不信”表示同情，期望他“任重道远，必老而后大成”。以后在元祐知杭州时期，今又存苏轼给他的书信十二通（见《苏轼文集》卷五五），通问近况，馈赠馐美，荐托人事，关系是较为密切的。尤如晁端彦，苏轼在《送晁美叔发运右司年兄赴阙》(《苏轼诗集》卷三五）中云：

“我年二十无朋俦，当时四海一子由。君来扣门如有求，颀然鹤骨清而修：‘醉翁遣我从子游，翁如退之蹈轲丘（韩愈《赠张籍》诗：“我身蹈丘轲，爵位不早绾。”“蹈丘轲”，指实践孔孟之道），尚欲放子出一头。’”苏轼自注云：“嘉祐初，轼与子由寓兴国浴室，美叔忽见访云：‘吾从欧阳公游久矣，公令我来与子定交，谓子必名世，老夫亦须放他出一头地。’”欧阳修特意嘱咐晁端彦与苏轼“定交”，不仅表示他对苏轼的格外器重，期待他在欧门中发挥更大的影响，同时也显示出欧阳修作为文坛盟主的特殊作用：介绍荐引，促成门生之间横向关系的发展。苏、晁二人以后友情长存。苏有《怀西湖寄晁美叔同年》(《苏轼诗集》卷一三)、《和晁同年九日见寄》(卷一四)、《和晁美叔老兄》(卷五〇）等诗与之酬酢，其子晁说之、咏之也从苏轼游，维持了父子两代的交情。其他如苏舜举，苏轼有《与临安令宗人同年剧饮》(卷九）诗云：“与君登科如隔晨，敝袍霜叶空残绿。如今莫问老与少，儿子森森如立竹。黄鸡催晓不须愁，老尽世人非我独。”对人生不再的超脱之慨，正是从“登科”至今的时境反差中获得的。又如蔡承禧，苏轼贬谪黄州时，生活困顿，处境险恶，他独出资帮助苏轼建造南堂五间，以为休憩之所，都保持深厚的友谊。

在苏轼的同年中，除了大多数保持友好交往者外，也有政治见解和学术性格相左的同年，这也是意味深长的。说来巧合，当嘉祐元年（1056）苏洵携二子苏轼、苏辙到达汴京应试时，程珦也与二子程颢、程颐同一年到京。二苏连名中式，二程却先入国子监就学，后因国子监解额减半，仅程颢一人登科。苏、程在日后的交往中，却逐渐演变为洛蜀党争。而另一同年朱光庭，苏轼与他诗歌唱和，今存《次韵朱光庭初夏》（卷二七）、《次韵朱光庭喜雨》（卷二七）等诗，关系尚称和谐；但他后来从学于二程，成为卫护师门的洛党魁首，遂致反目。他于元祐时曾因试馆职的考题事弹劾攻讦过苏轼，而苏辙也写过《劾朱光庭劄子》（《栾城集·拾遗》）。张琥与苏轼同时登第后，曾任凤翔府法曹参军，两人同年复兼同事，苏轼那篇有名的《稼说》就是赠给他的；但后在“乌台诗案”中，他却伙同李定等人陷害苏轼，心狠手辣，必欲置于死地而后快。吕惠卿也是苏轼的同年，他作为王安石新法的第二号人物，与苏轼处于政敌的地位，而苏轼在“元祐更化”时期所作的《吕惠卿责授建宁军节度副使本州安置不得签书公事》（《苏轼文集》卷三九）的敕令中，也对他声罪致讨，不遗余力。此外，状元章衡原是章惇的侄子，章惇与苏轼早年乃布衣之交，后为政敌，苏轼晚年远贬海南，主其事者即为章惇。但章惇的两个儿子章援、章持又是苏轼元祐三年（1088）知贡举时所拔录的进士，章援且为省元。这些恩恩怨怨的历史纠葛，是宋代士人中的一种特殊的人文景观，演成错综复杂、说不清解不开的人生之谜，却又实实在在，令人不可置信而又不得不信。就苏轼而言，首先是对他人生思想的演变和成熟产生异常深刻的影响。苏轼原本是位喜交各类人士的爽朗豁达之人，天真地认为世上没有一个坏人。贾似道《悦生随抄》（涵芬楼本《说郛》卷一二）引《漫浪野录》云：“苏子瞻泛爱天下士，无贤不肖，欢如也。尝言自上可以陪玉皇大帝，下可以陪悲（卑）田院乞儿。子由晦默，少许可，尝戒子瞻择交。子瞻曰：吾眼前见天下无一个不好人。”[①]其妻王弗也曾忠告他择交必须严别良莠，不能贸然轻信：“轼与客言于外，君（王弗）立屏间听之，退必反复其言曰：‘某人也，言辄持两端，惟子意之所向，子何用与是人言？’有来求与轼亲厚甚者，君曰：‘恐不能久。其与人锐，其去人必速。’已而果然。”（《亡妻王氏墓志铭》，《苏轼文集》卷一五）王弗针对丈夫的真率随和，指出在人际关系中对两类人尤应保持警觉：一类是投人所好、见风使舵者；一类是对结交过于轻率，一时亲热超常，过后迅即冷淡。苏轼的这种在长期的人际交往过程中所遇的挫折、困惑，对“风俗恶甚，朋旧反眼，不可复测”（《与王定国》，《苏轼文集》卷五二）的反复体味，正是他人生思考日趋成熟和深邃的条件。他对周围世界的复杂严酷和人性中善恶的奇特混合都有了深切的感受，促成他后来对人生问题的清醒了悟和翛然超越，并成为贯穿他不少杰出文学作品的一个基本主题。

在苏轼的同年中，有不少其后人成为苏门的成员，这也是值得注意的。如李惇之子李廌，为“苏门六君子”之一。晁端彦之子晁说之（以道）、咏之（之道）兄弟，亦从游苏轼，苏轼有《书晁说之考牧图后》（《苏轼诗集》卷三六）、《答晁以道索书》（卷四八）等诗，还向朝廷举荐；晁咏之曾向苏轼呈献诗文，苏轼叹为“奇才”，奖勉有加（《宋史》卷四四四《晁补之传》）。晁端彦之侄晁补之（无咎），在苏轼知扬州时曾任通判，后为“苏门四学士”之一，情亲益密。刘同年（其名待考）之子刘沔，曾热情地为苏轼编辑集

---

① 又见宋高文虎《蓼花洲闲录》引《沧浪野录》，《丛书集成初编》本。

子，以广流传，苏轼在《答刘沔都曹书》(《苏轼文集》卷四九）中称赞他抉择精严，无一篇伪讹，并评他的作品“清婉雅奥”，“又喜吾同年兄龙图公之有后也”。凡此种种，都表明了同年关系的派生演化。这样，从欧门到苏门的延续性，在具体人事关系上也得到了保证。

二、排摈“太学体”，宋代散文群体风格的成立

利用科举机会进行文风文体改革或影响对文坛风气的导向，在宋代已成为屡见不鲜的现象。嘉祐二年（1057）贡举时所发生的纷争事件，更是一个突出的典型。

韩琦《故观文殿学士太子少师致仕赠太子太师欧阳公墓志铭》(《安阳集》卷五〇）说:“嘉祐初,（修）权知贡举。时举者务为险怪之语，号‘太学体’。公一切黜去，取其平淡造理者，即预奏名。初虽怨讟纷纭，而文格终以复古者，公之力也。”关于“黜去”的具体情形，沈括《梦溪笔谈》卷九说:“嘉祐中，士人刘几，累为国学第一人，骤为怪险之语，学者翕然效之，遂成风俗，欧阳公深恶之。会公主文，决意痛惩，凡为新文者，一切弃黜，时体为之一变，欧阳之功也。有一举人论曰:‘天地轧，万物茁，圣人发。’公曰:‘此必刘几也。’戏续之曰:‘秀才剌，试官刷。’乃以大朱笔横抹之，自首至尾，谓之‘红勒帛’，判大‘纰缪’字榜之。既而果几也。”关于“怨讟纷纭”的具体情形,《续资治通鉴长编》卷一八五说:“嚣薄之士候修晨朝，群聚诋斥之，至街司逻吏不能止，或为《祭欧阳修

文》投其家”，以发泄愤恨，足以见出相当激烈的势态。

“太学体”的始作俑者，是反对西昆体的健将、欧阳修的同年好友石介。庆历二年（1042），他因杜衍之荐，任国子监直讲；庆历四年设太学后，他又任博士。欧阳修《徂徕石先生墓志铭》(《欧集》卷三四）云："太学之兴，自先生始"，揭示出石介对太学发展的关键作用。据《湘山野录》卷中载，他“主盟上庠，酷愤时文之弊，力振古道”。有位学生作赋，有“今国家始建十亲之宅，新封八大之王”（是年造十王宫，又封八大王元俨为荆王）之句，他阅后勃然大怒，“鸣鼓于堂”，严予呵责。但他在反对时文的拼凑对偶的同时，却助长了僻涩怪诞文风的滋长。庆历六年，权知贡举张方平在《贡院请诫励天下举人文章》(《续资治通鉴长编》卷一五八）中点名加以批评："尔来文格日失其旧，各出新意，相胜为奇。至太学盛建，而讲官石介益加崇长，因其好尚，寖以成风。以怪诞诋讪为高，以流荡猥琐为赡，逾越绳墨，惑误后学。”指出石介“太学体”由好新好奇而流于“怪诞诋讪”“流荡猥琐”之弊。欧阳发《(欧阳修）事迹》(《欧集·附录》卷五）中也曾举例揭橥：太学体文“僻涩如‘狼子豹孙，林林逐逐’之语，怪诞如‘周公伻图，禹操畚锸，傅说负版筑，来筑太平之基’之说”，的确已走到了文学的绝路。

这里应该说明，第一，“太学体”主要指流行于科举场屋的一种“险怪奇涩”的文风，而其文体则包括论、策、诗、赋等各类考试科目，故虽以“古文”为主，但不只是“古文”。张方平的文章中已云："今贡院考试诸进士，太学新体间复有之。其赋至八百字以上，而每句有十六十八字者。论有一千二百字以上，策有置所问而妄肆胸臆条陈他事者。”明确提到“太学新体”包括赋、论、策诸种样式。第二，“太学体”对于骈体化的西昆体时文是一种变革，张方平是从维护骈体的立场上来反对“太学体”的，而欧阳修则为了追求平易畅达的文风而予以抨击。张、欧的分歧集中表现在对文章“变体”，即由“骈体”变为“散体”的不同态度上：

自景祐元年（1034）有以变体而擢高第者，后进传效，因是以习。尔来文格日失其旧，各出新意，相胜为奇。

——张方平《贡院请诫励天下举人文章》

唐自太宗致治之盛，几乎三代之隆，而惟文章独不能革五国之弊。既久而后韩、柳之徒出。盖习俗难变，而文章变体又难也。

——欧阳修《集古录跋尾》卷七《唐元次山铭》，《欧集》卷一四〇

往时作四六者，多用古人语，及广引故事，以炫博学，而不思述事不畅。近时文章变体，如苏氏父子以四六述叙，委曲精尽，不减古人。自学者变格为文，迄今三十年，始得斯人。

——欧阳修《试笔》“苏氏四六”条，《欧集》卷一三〇

我们知道，天圣七年、明道二年、庆历四年仁宗几次下诏戒除文弊，欧阳修在《苏氏文集序》（《欧集》卷四一）、《与荆南乐秀才书》（卷四七）中均提到由于皇帝下诏，“讽勉学者以近古，由是其风渐息，而学者稍趋于古焉”，“其后风俗大变，今时之士大夫所为，彬彬有两汉之风矣”。而这正是张方平所指责的“自景祐元年有以变体而擢高第者”这一情况的背景。这说明西昆体时文在

天圣、明道时已趋式微，于是在景祐初的科场中已发生举子用古文而取得高第之事，对此，张方平是不满的。而欧阳修的上述两段言论，前者以唐喻宋，强调“文章变体”之“难”，后者总结“四六”（即西昆体时文）和“近时文章变体”（实特指太学体之类），其共同弊病在于“叙事不畅”，不能达到像苏氏父子“委曲精尽”的地步。由此可见，张方平和欧阳修的反对“太学体”，却代表不同的趋向：前者从文体着眼，所谓“文格日失其旧”，突出的是追求“旧”“文格”，乃是维护“旧”的骈体化时文；后者则着力于文风上平易畅达新貌的开拓，而对散体的“古文”仍奉为文章的圭臬，尽管他同时要求这种新型“古文”又能融化、吸取四六骈文的长处。从这个对照中，我们更易理解欧阳修反对“太学体”的要义所在。

“太学体”这个怪胎的产生有着深刻的历史渊源和现实的文化背景。在散文史中本来就存在平易和奇崛两种文风，韩愈在面对当时文坛提出的这个问题，从理论上回答说：“（文）无难易，唯其是尔”（《答刘正夫书》，《韩昌黎文集校注》卷三），但他实际的美学爱好无疑更倾心于“奇崛”“难”的方面。他自己的创作已不免“怪怪奇奇”（《送穷文》，《韩集》卷八），其末流更趋于险怪奇涩。到了宋初，不少古文家因反对骈文的浮艳繁丽而追求古奥简要，所作或佶屈聱牙、学古不化，或艰涩怪僻、滞塞不畅。与石介同时的宋祁，所作也有“涩体”之称，其影响实已超出科举场屋的范围。“太学体”继“五代体”“西昆体”之后，已成为宋代古文运动健康发展的新的障碍。

欧阳修继承宋初王禹偁“句之易道、义之易晓”（《答张扶书》，

《小畜集》卷一八）的主张，对这种奇涩的文风一直采取毫不妥协的批判态度。明道二年（1033），他在《与张秀才第二书》（《欧集》卷六六）中就提出“其道易知而可法，其言易明而可行。及诞者言之，乃以混蒙虚无为道，洪荒广略为古，其道难法，其言难行”。景祐二年（1035），他批评石介“好异以取高”的个性，而又“端然居乎学舍，以教人为师”，必将对学子产生不良影响（《与石推官第一书》，《欧集》卷六六）。庆历四年（1044）的《绛守居园池》诗（《欧集》卷二）又斥责被韩愈所称道的樊绍述的奇险文风："异哉樊子怪可吁，心欲独出无古初：穷荒搜幽入有无，一语诘曲百盘纡。孰云己出不剽袭，句断欲学《盘庚》书。”庆历七年（1047），他又告诫王安石“勿用造语”，不要模拟韩文（曾巩《与王介甫第一书》引，《曾巩集》卷一六）。嘉祐、治平间，他再次批评元结和樊绍述："余尝患文士不能有所发明以警未悟，而好为新奇以自异，欲以怪而取名，如元结之徒是也。至于樊宗师，遂不胜其弊矣。”（《集古录跋尾》卷六《唐韦维善政论》，《欧集》卷一三九）他与宋祁同修《新唐书》，对宋祁的“涩体”也揶揄戏谑之：

> 至宋人宋子京，亦雅以文采自负，然与欧阳文忠并修唐史，往往以僻字更易旧文。文忠病之，而不敢言，乃书“宵寐匪祯，扎闼洪庥”八字以戏之。宋不知其戏己，因问此二语出何书，当作何解？欧言此即公撰《唐书》法也。“宵寐匪祯”者，谓“夜梦不祥”也；“扎闼洪庥”者，谓“阖宅安吉”也。宋不觉大笑。
>
> ——吴曾祺《涵芬楼文谈·研许第五》

据说宋祁晚年“每见旧所作文章，憎之必欲烧弃”（《宋景文公笔记》卷下），大概也对“涩体”有所悔悟。由此可见，嘉祐二年知贡举事件正是欧阳修一贯文论思想发展的必然结果。

利用科举改革来实现自己的文学主张，这在欧阳修也是由来已久的。在北宋科举制的扩大和完善的历史条件下，科场文风与整个文坛风气声息相通，联系密切，特别在散文领域，往往受到科场文风的影响或左右。刘筠、钱惟演在真宗大中祥符、天禧、天圣年间出任知贡举、同知贡举，对西昆体时文的风行就起过推波助澜的作用。欧阳修对科场文风一直给予极大的关注。早在景祐时他所作的《与黄校书论文章书》（《欧集》卷六七）中，就已要求科举文的写作，内容上应揭露时弊，不为空言，文风上应博辩深切。他说：“见其弊而识其所以革之者，才识兼通，然后其文博辩而深切，中于时病而不为空言。……然近应科目文辞，求若此者盖寡。”庆历二年（1042）因仁宗诏令御试以“应天以实不以文”为题时，他即作《进拟御试应天以实不以文赋》（《欧集》卷七四）说，“外议皆称自来科场，只是考试进士文辞，但取空言，无益时事”，也表示同一意见。庆历新政时，他积极支持范仲淹提出的罢帖经和墨义、改试策论和诗赋，并以策论在先的改革主张，由他起草而以九人联名进呈的《详定贡举条状》（《欧集》卷一〇四）中，他写道：“今先策论，则文辞者留心于治乱矣；简其程式，则闳博者得以驰骋矣；问其大义，则执经者不专于记诵矣。”力求通过科举内容的改革来影响文坛风气，可谓用心良苦。

欧阳修在嘉祐二年的排摈“太学体”，也基于他经世致用的写作目的和平淡造理的美学追求，完全是自觉的。他当时在给王素的信中说：

某昨被差入省，便知不静。缘累举科场极弊，既痛革之，而上位不主。权贵人家与浮薄子弟，多在京师，易为摇动，一日喧然，初不能遏，然所得颇当实材，既而稍稍遂定。

——《与王懿敏公（仲仪）》，《欧集》卷一四六

在《和公仪试进士终场有作》（《欧集》卷五七）诗中，他也写道：

朝家意在取遗才，乐育推仁亦至哉！本欲励贤敦古学，可嗟趋利竞朋来。昔人自重身难进，薄俗多端久路开。何异鳣鲂争尺水，巨鱼先已化风雷。

我们知道，国子学原为贵胄子弟而设，所谓"国学教胄子"，然自入宋以后，它逐渐向太学转化，最终二学合一，成为太学单轨制。太学变为兼收士庶子弟的学校，贵胄子弟也在太学求学。欧阳修在这里明确指出，写作太学体的生员多是"权贵人家与浮薄子弟"，大都为"趋利竞朋"的"鳣鲂"之辈，指明了这批聚众闹事者的社会身份；而他从"乐育推仁""励贤敦古学"的目的出发，顶住压力，排除纷扰，坚持以平易达理为衡文标准，深以"所得颇当实材"而自豪，并把录取的进士喻为激荡风雷的"巨鱼"，欣喜自慰之情，溢于言表。这一信一诗可以视作欧阳修对这次贡举纠纷的自我总结。

欧阳修的排摈太学体影响深远。首先他得到了朝廷的支持。《续资治通鉴长编》卷一八五引李复圭《记闻》云："是春（嘉祐二年）以进士群辱欧阳修之故，殿试并赐及第，不落一人。"《文

献通考》卷三一《选举四》亦云："嘉祐二年亲试举人，凡进士与殿试者，始皆免黜落。"宋代的殿试，对礼部的奏名进士，原来是"黜者甚多"的（见《宋史》卷一五五《选举志一》引苏轼、孔文仲语），而嘉祐二年的殿试却开了取消黜落制的先例，以后且成为一种常制。这与"进士群辱欧阳修"有关，也就是说，欧阳修贬斥太学体，黜落刘几等太学举子，而以"平淡典要"为衡文标准所录取的礼部奏名的全部进士，无一例外地为皇帝御试认可，这表明中央朝廷对欧阳修此举的肯定和支持，因而获得广泛的社会政治影响并垂范后世。直至南宋孝宗时，仍有人以他为榜样。《宋会要辑稿·选举二二之八》云：淳熙十四年（1187）"十一月二十五日，右正言黄抡言：国家以文章取士，莫盛于进士一科。……本朝嘉祐中，刘几倡为怪僻之文，士子翕然效之。欧阳修适知贡举，痛加排斥，然后文体复归于正，厥令韦布之士数千万辈，求售有司，莫不以文艺相高，取其中的者以为程式，彼司文柄者纵未得人人如韩愈、欧阳修，亦宜妙取一时之选"。"文体复归于正"是欧氏此举的积极成果。

总之，欧阳修经过二三十年的不懈努力，既反对"剽剥故事，雕刻破碎"的西昆体骈文的流弊（前此是浮艳卑弱的五代体），又吸取宋初以来古文家写作的失败经验，才把建立平易自然、流畅婉转的风格，作为宋代古文运动的基本目标。他开创了一代文风，这是他对中国散文史的最突出的贡献。在逐步形成宋代散文这一群体风格的进程中，嘉祐二年的贡举事件是一个不可忽视的重要环节。

三、“锁院”诗歌唱和的文学活动

宋代科举还有一项唐代所无的制度，即“锁院”。考官们在接到任命后，即应移居贡院，断绝与外界的联系，直到考试事毕。考官们在此期间，除了处理考试事务外，常常又是诗歌唱和的绝好机会。欧阳修曾记载嘉祐二年“锁院”唱和的情形说：

> 嘉祐二年，余与端明韩子华（绛）、翰长王禹玉（珪）、侍读范景仁（镇）、龙图梅公仪（挚）同知礼部贡举，辟梅圣俞为小试官。凡锁院五十日，六人者相与唱和，为古律歌诗一百七十余篇，集为三卷。……前此为南省试官者，多窘束条例，不少放怀。余六人者，欢然相得，群居终日，长篇险韵，众制交作，笔吏疲于写录，僮史奔走往来，间以滑稽嘲谑，形于风刺，更相酬酢，往往烘堂绝倒，自谓一时盛事，前此未之有也。
>
> ——《归田录》卷二

这次锁院是从正月初七“人日”开始的，至二月底出闱。梅尧臣《出省有日书事和永叔》（《梅集》卷二七）云：“辞家綵胜人为日，归路梨花雨合晴”，其《和正月六日沈文通学士遗温柑》（卷二七）亦有“明朝锁礼闱”句，知入闱为次日初七。囿居省院，他们对封闭环境不能不感到压抑，常以笼中鹦鹉自喻：梅尧臣《上元从主人（“人”当作“文”，指欧阳修）登尚书省东楼》（卷二七）：“谁教言语如鹦鹉，便着金笼密锁关”，欧氏也有“身遭锁闭如鹦鹉”之句(《和圣俞春雨》,《欧集》卷一二),王珪《又东楼诗》(《华阳集》卷三)说:“应为能言锁鹦鹉,翻愁无思学杨花”,“偶向东楼望春色,归心不觉到天涯”。因而,诗歌酬答成了调节受困精神的良药,出现了“笔吏疲于写录,僮史奔走往来”的“一时盛事”。梅尧臣《二月五日雪》(卷二七)诗结句云:“冻吟谁料我,相与赌流霞。”自注云:“闻永叔谓子华曰:‘明日圣俞若无诗,修输一杯酒。’”诗友们在封闭环境中更能增强诗歌唱和中原本存在的竞争机制,激活诗兴,促成创作欲达于旺盛之境。

这部一百七十多首的三卷本礼部唱和集,今已失传,现在还能搜集到八九十首,主要保留在欧阳修、梅尧臣、王珪的集子里(欧约三十二首,梅约三十六首,王约十八首,另范镇有诗一首及断句一联)。这些诗篇的内容,一是反映了当年科举试士的实况,不仅富有文学意味,而且具有珍贵的科举史料的价值。考官们入闱以后,一般住在尚书省东厢,又遇上元宵灯节,不能外出游赏,只好登楼眺望。蔡宽夫《诗话》云:“故事,春试进士皆在南省中东厢。刑部有楼,甚宏壮,旁视宣德门,直抵州桥。锁院每以正月五日,至元夕,例未引试,考官往往窃登楼以望御路灯火之盛。”梅尧臣先作《莫登楼》诗,诸公相与唱和(今存欧、王和作各一首);但后来毕竟登楼,以骋游目,梅作《上元从主人(文)登尚书省东楼》三首,欧、王亦各作和诗三首,均极写上元之夜的繁华。梅诗写灯火之璀璨:“阊阖前临万岁山,烛龙衔火夜珠还”;写饮酒听乐之欢忭:“法部乐声长满耳,上樽醇味易酡颜”;写游女如织之美景:“人似常娥来陌上,灯如明月在云间”,诗笔酣畅灵动,具见一扫积郁、心神飞扬的愉悦。

欧阳修《礼部贡院阅进士就试》（卷一二）、梅尧臣《较艺和王禹玉内翰》（卷二七）等诗，再现了举子们临场答卷、考官们衡文判卷的情景。欧云："无哗战士衔枚勇，下笔春蚕食叶声"，"自惭衰病心神耗，赖有群公鉴裁精"，前两句谓试场寂静肃穆，但闻笔底簌簌有声，犹如春蚕食叶，后两句自谦，"群公"即王珪等四人。梅云："万蚁战来春日暖，五星明处夜堂深"，则以万蚁相战形容试场的紧张气氛，"五星"为双关语，写景兼指欧氏等五位主考官。

宋代评卷定等的办法颇为周密复杂。《宋史》卷一五五《选举志一》云："试卷，内臣收之，付编排官，去其卷首乡贯状，别以字号第之；付封弥官誊写校勘，用御书院印，付考官定等毕，复封弥送覆考官再定等。编排官阅其同异，未同者再考之；如复不同，即以相附近者为定。始取乡贯状字号合之，即第其姓名、差次，并试卷以闻。"[①]这一全过程是：一、糊名，此乃宋代独创而唐代所无的，目的是为了杜绝营私舞弊；二、由初考官初次判卷，定出等第；三、再次糊名，由覆考官覆判；四、由详定官以两次判卷的结果决定等第；五、揭去糊名，恢复姓名、乡贯，决定礼部录取的名单，奏闻朝廷，以供殿试最后裁决，这叫奏名，也叫定号。这一全过程在欧阳修等人的唱和诗中都有反映。从王珪的《仁字卷子》《信字卷子》（《华阳集》卷三）等诗题中，还可看出卷子分类

① 参阅范镇《东斋纪事》卷一："旧制：御试举人，设初考官，先定等第，复弥封之，以送覆考官，再定等第，乃付详定官，发初考官所定等，以对覆考之等，如同即已，不同，则详其程文，当从初考或从覆考为定，即不得别立等。"

归档的办法，他还说："春闱只恐有遗材，据案重将信字开"，这是对已判试卷再次进行覆核的情况。梅尧臣《定号依韵和禹玉》（卷二七）中云："天下持平手，毫偏不置胸。文从有司较，卷是近臣封。"王珪《喜定号》（《华阳集》卷二）云："冤家成行对，侧理入腰封。海阔珠难探，山辉玉易攻"，则是写考官们判卷的慎重和公正。欧阳修《喜定号和禹玉内翰》（卷一二）更明确表示他排摈太学体的决心："衡鉴惭叨选，英豪此所钟。古今参雅郑，善恶杂皋共"，"但喜真才得，宁虞横议攻"。

奏名以后即是殿试，按例主考官们不能参加；殿试最终决定录取名单和等第，并放榜公布。梅尧臣云："淡墨榜名何日出，金明池苑可能寻。"（《较艺和王禹玉内翰》）这里反映出两个细节：一是"淡墨榜名"，范镇其时赠欧阳修诗亦有"淡墨题名第一人"之句（见《归田录》卷二引）。原来宋时进士榜的书写，榜首"礼部贡院"四字用淡墨，及第进士的姓名用浓墨。宋程大昌《雍录》卷八《职官·礼部南院》载："今世淡墨书进士榜首，列四字曰'礼部贡院'者，唐世遗则也。"蔡宽夫《诗话》亦云："今贡院放榜，但以黄纸淡墨，前书'礼部贡院'四字，余皆浓墨。"梅尧臣、范镇的诗句似谓及第进士的姓名也用淡墨书写，则是根据唐代科举中的一种传闻而运用典实而已，并非事实如是。王珪《仁字卷子》云："春官不下真朱点，阴注将成淡墨书"，也是用典。《唐摭言》卷八有《阴注阳受》条，记一道士"能使鬼神"预定进士名第；同书卷一五《杂记》云："进士榜头，竖粘黄纸四张，以毡笔淡墨衮转书曰'礼部贡院'四字。……或象阴注阳受之状。""阴注阳受"即谓

“淡墨书”似鬼神所书之迹[①]。二是金明池之游。金明池是汴京城西的一处游赏胜地，与琼林苑、宜春苑、玉津园并称四园，且与琼林苑相邻。清周城《宋东京考》卷一一云：“琼林苑，在新郑门外，俗呼为西青城。乾德中建，为晏（宴）进士之所。与金明池南北相对，其中松柏森列，百花芬郁。”宋叶梦得《石林燕语》卷一云：“今惟琼林、金明最盛，岁以二月开（《东京梦华录》卷七则谓三月一日开，有‘三月一日开金明池琼林苑’条），命士庶纵观，谓之开池；至上巳，车驾临幸毕，即闭。岁赐二府从官燕，及进士闻喜燕，皆在其间。”唐时有新科进士“曲江游宴”的著名习俗，梅尧臣此诗所述，即谓榜上有名的幸运儿，可能在金明池畔相遇，正是唐时科举习俗的余风遗韵。王珪《较艺书事》（《华阳集》卷三）云：“黄纸贴名书案密，棠梨雕字赋题新。高材顷刻闻天下，谁是墙东冠榜人。”自注：“元和以前张榜南院东墙”，这与《唐摭言》卷一五《杂记》“进士旧例于都省考试，南院放榜，张榜墙乃南院东墙也”的记载是一致的，但宋时张榜地点，诗中却无明言；至于张榜时间，则与唐时一样，例在黎明。唐长庆时进士陈标《赠元和十三年登第进士》诗云：“春宫南院粉墙东，地色初分月色红”，韦庄《癸丑年下第献新先辈》（《浣花集》卷八）诗云：“五更残月省墙边，绛旆蜺旌卓晓烟”，反映唐时放榜，残月犹在，晓烟朦胧。王珪诗中则明言“拂晓”。他的《和公仪上马诗》（《华阳集》卷三）中预言：“拂晓便随新榜出，九门风景马前来”，可知考官们就在放

---

① 参看傅璇琮《唐代科举与文学》第11章第2节，陕西人民出版社，1986年。

榜之日拂晓出闱，将目睹举子们争相观榜、激动人心的紧张“风景”。至此，考试事将毕，欧阳修便作《出省有日书事》（卷一二），诸人唱和，可以算作这次试院唱和诗的一组压卷之作。

这些诗篇的另一内容是反映诗友之间的人际关系和人生感慨。王珪系庆历二年（1042）进士，先应武成军州试，其时欧阳修正任武成军节度判官厅公事，参加试士，因而与王珪有座主门生之谊；十五年后一起较士，被目为罕事。蔡宽夫《诗话》云：“座主门生同列，固儒者盛事，而玉堂尤为天下文学之极选，国朝以来，惟此二人，前此所未有也。”他们本人也不禁感慨万千：

> 诏书初捧下西厢，重棘连催暮钥忙。绿绣珥貂留帝诏，紫衣铺案拜宸香。卷如骤雨收声急，笔似飞泉落势长。十五年前出门下，最荣今日预东堂。
>
> ——王珪《呈永叔书事》，《华阳集》卷三
>
> 昔时叨入武成宫，曾看挥毫气吐虹。梦寐闲思十年事，笑谈今此一樽同。喜君新赐黄金带，顾我宜为白发翁。自古荐贤为报国，幸依精识士称公。
>
> ——欧阳修《答王禹玉见赠》，《欧集》卷一二

王诗是从今日试场景况追溯过去，欧诗则从过去试场景况反观今日，时间的距离使今昔对比越发显出喜庆意味，两人共享欢欣慰藉之乐。纪昀评王诗“颇有气格，惟三、四稍冗”（《瀛奎律髓汇评》卷二），重气格，正是宋诗特点所在，也可移评欧诗。

另一位范镇，是宝元元年（1038）进士，他也是一位国学、南省皆为第一名的异才，与欧阳修相同（欧氏更是监元、解元、省元

“连中三元”之人）。现在共处省闱，对此一段相同遭际自不能无诗。他赠欧阳修诗云：“淡墨题名第一人，孤生何幸继前尘。”他对自己继欧氏之后获此殊荣，自谦亦复自豪！

比起王珪、范镇来，梅尧臣的感触就复杂得多。他一直沉沦下僚，困顿至今。对于欧、王的共荣同贵，既赞叹又钦羡：“今看座主与门生，事事相同举世荣。”（《较艺赠永叔和禹玉》，《梅集》卷二七）“天下才名罕有双，今逢陆海与潘江。”（《谢永叔答述旧之作和禹玉》，卷二七）尽情讴歌他俩地位的尊荣、才名的隆盛，并以陆机、潘岳为喻。面对欧、王这对师生的“事事相同举世荣”，反思自己和欧氏昔日原是同辈僚佐，今日却成了欧氏的下属；但比之三十年来的宦途偃蹇，毕竟有些亮色。回想欧氏《读蟠桃诗寄子美》（《欧集》卷二）中曾有韩、孟之语，梅尧臣感而作诗云：“思归有梦同谁说，强意题诗只自宽。犹喜共量天下士，亦胜东野亦胜韩。”（《和永叔内翰》，《梅集》卷二七）虽然自忖比韩、孟境况各有所“胜”，但这个比较是在韩、孟名位悬殊的前提下作出的，因而对于自己的处身卑微仍不免感伤，“喜”也不过是“自宽”而已。梅尧臣其时是以国子监直讲受聘为参详官的，在与五位主考官的唱和中，他总时时抹不掉这份低人一等的感觉：“五公雄笔厕其间，愧似丘陵拟泰山。”（《和公仪龙图戏勉》，卷二七）“群公锦绣为肠胃，独我尘埃满肺肝。强应小诗无气味，犹惭白发厕郎官。”（《较艺和王禹玉内翰·再和》，卷二七）这些自谦诗才凡庸、诗味不足的诗篇，恰恰是梅诗中最堪讽咏的篇什，诗歌的优劣原不是跟诗人地位的高下成正比的，通常的情况倒用得着欧阳修的一句话：“诗穷而后工。”

古人诗歌酬唱，本来是“和诗不和韵”即不拘体制也不袭原韵的。如高适《赠杜二拾遗》(《高适集校注》第263页）云:“草《玄》今已毕，此外复何言?”杜甫《酬高使君相赠》(《杜诗详注》卷九）答云:“草《玄》吾岂敢?赋或似相如。”只就来意往应。中唐大历时期，李端、卢纶等人始有次韵酬和之作，到了白居易和元稹、刘禹锡，皮日休和陆龟蒙等人，则更成为一时风气，并编为专集，如白、元、刘之《还往集》《因继集》，皮、陆的《松陵集》等。和韵又分三类:“和诗用来诗之韵曰用韵，依来诗之韵尽押之不必以次曰依韵，并依其先后而次之曰次韵。”（胡震亨《唐音癸签》卷三）一般说来，这对以抒情为目的的诗歌创作是一种束缚。

降及宋代，诗歌酬唱之风渐开，特别是宋初几位君主皆雅好艺文，君臣之间应制、奉和之声代代不绝，臣僚们在特定场合也纷纷热衷此道，著名的就是杨亿、钱惟演、刘筠等在馆阁所作的《西昆酬唱集》。但《西昆酬唱集》中还没有“依韵”“次韵”之作，“用韵”者所占比例也甚少。到这次欧阳修等人的礼部唱和，始有较多的次韵之作，如梅尧臣《上元从主人（文）登尚书省东楼》三首，欧、王皆存和作；王珪《喜定号》一律，欧、梅亦有和作，均为次韵诗。次韵对诗歌创作艺术的损害是毋庸讳言的；然而，却也在角逐争胜、雕心刻肾中，刺激诗人们运思的活跃，增添文人生活的雅化情趣，并在困难见巧中锻炼和提高创作的基本技巧，获得别一种艺术效果。对于和韵这一中国诗歌史中常见的文学现象，其积极作用和消极影响，似均宜给予公允的恰当评价。我们不妨读一下白居

易的《因继集重序》(《白氏长庆集》卷六九):

> 去年，微之取予《长庆集》中诗未对答者五十七首，追和之，合一百一十四首，寄来，题为《因继集》卷之一(“因继”之解具微之前序中)。今年(大和二年)，予复以近诗五十首寄去，微之不逾月依韵尽和，合一百首，又寄来，题为《因继集》卷之二。卷末批云:“更拣好者寄来。”盖示余勇，磨砺以须我耳。予不敢退舍，即日又收拾新作格律诗共五十首寄去，虽不得好，且以供命。夫文犹战也，一鼓作气，再而衰，三而竭。微之转战迨兹三矣，即不知百战之术多多益办耶？抑又不知鼓衰气竭、自此为迁延之役耶？进退唯命。……

这段关于“磨砺”和“文犹战也”的述说中，我们不难看出在“依韵尽和”的里面，蕴藏着两颗不倦诗心的撞击和融合，展示出竞争机制的活力。这是个人在孤独的封闭环境中所没有的，应是有益于创作的因素，尽管这种有益因素之能否转化为优秀创作，还要有其他条件的配合。

当然，“唱和”对创作的负面影响也是不容忽视的。除了受拘限、多束缚这一类显而易见的局限外，尤其是诗歌风格的易于雷同。欧阳修等人的礼部唱和诗，较多的作品倒是“和诗不和韵”的，而不是次韵、依韵诗，但也同样存在这个问题。如王珪《较艺将毕呈诸公》(《华阳集》卷三):

> 文昌宫里柳依依，谁折长条赠我归？雨润紫泥昏诏墨，风吹红蕊上朝衣。玉堂燕子应先入，朱阁杨花已半飞。寒食未过春景熟，好同天陌去骈骈。

欧阳修的《和较艺将毕》(《欧集》卷一二):

> 槐柳来时绿未匀，开门节物一番新。踏青寒食追游骑，赐火清明忝侍臣。拂面蜘蛛占喜事，入帘蝴蝶报家人。莫瞋年少思归切，白发衰翁尚惜春。

梅尧臣的《较艺将毕和禹玉》(《梅集》卷二七):

> 窗前高树有栖鹊，记取明朝飞向东。家在望春门外住，身居华省信难通。夜闻相府催张榜，晓听都堂议奏中。龙阁凤池人渐隔，犹因朝谒望鳌宫。

在“唱和”这种特定的诗歌创作背景下，诗人们固然仍有不少遵循“为情而造文”、借以抒发一己情志的原则，但有时不免服从于“为文而造情”即以文为娱的目的。这种文学功能的转移，首先造成上述三首律诗内容上的大致相类：一是对即将出闱归家的悬想；二是对贡院情景的描摹，连发端都同以柳树起兴。同时，相互酬唱又是一种同僚间的感情交流和精神振奋，在诗歌艺术上往往彼此接受对方的风格和特点，自己的创作个性则趋于淡化。这三首诗的共性即在于情辞闲雅整练，极尽镕铸变化之能事。当然，细细体味，王诗“雨润”一联仍表现其雍容富丽的创作个性，世人评王珪诗作“能道富贵语”，“当时有‘至宝丹’之喻”(《韵语阳秋》卷一)，而欧、梅二律则呈露出疏朗畅达的本来面目。但这三首律诗，总的说来，共性仍大于个性。

这次“锁院”酬和，写作最多的是二梅：梅尧臣、梅挚。王珪《和公仪上马诗》(《华阳集》卷三)云：“诗似神仙并姓梅”，自注云：“公仪、圣俞赓唱最多。”然而今存作品最多、文学水平最高的还是欧、梅、王三人，梅挚的作品和韩绛一样，现已失传。但欧阳修对他俩的评语却保存下来："子华笔力豪赡，公仪文思温雅而敏捷，皆勍敌也。"（《归田录》卷二）他们六人都是这场诗歌角逐的优胜者，获得了一定的成就，还产生了广泛的社会影响。

这次礼部唱和活动，对他们本人来说，带来的却是意外的消极性的社会后果。叶梦得《石林诗话》卷下云："至和嘉祐间，场屋举子为文尚奇涩，读或不能成句。欧阳文忠力欲革其弊，既知贡举，凡文涉雕刻者，皆黜之。时范景仁、王禹玉、梅公仪、韩子华同事，而梅尧臣为参详官，未引试前，唱酬诗极多。文忠'无哗战士衔枚勇，下笔春蚕食叶声'，最为警策。圣俞有'万蚁战时春昼永，五星明处夜堂深'，亦为诸公所称。及放榜，平时有声如刘辉辈，皆不预选，士论颇汹汹。未几诗传，遂哄哄然，以为主司耽于唱酬，不暇详考校，且言以'五星'自比，而待吾曹为蚕蚁，因造为丑语。自是礼闱不复敢作诗，终元丰末几三十年。"礼闱唱和之风却因此中断，真所谓"福兮祸之所伏"了。

然而，这一礼闱唱和的传统后来却为欧阳修的继任文坛领袖苏轼所继承和发扬。无独有偶，苏轼在元祐三年（1088）知贡举时，黄庭坚、李公麟、蔡天启、晁无咎等为僚属，唱和尤盛，佳句无算。方回云："欧、苏大老，昔司文衡，赋诗较艺，两用其至，绰绰有余。盖不可复见矣，悲夫！"（《瀛奎律髓》卷二）竟成为以欧、苏为中心的先后辉映的两次重要文学活动，而"唱和"对有宋一代诗歌乃至词作的深广影响，其艺术上的是非得失，仍有待我们继续评说。

附表一　嘉祐二年进士名单

清谢旻等《江西通志》卷四九	王华（南昌）、黄孝宽（分宁）、黄湜（分宁）、黄灏（分宁）、熊皋（鄱阳）、程中立（乐平）、马修辅（乐平）、汪浃（德兴）、黄翊（安仁）、程筠（浮梁）、陈晞（安仁）、许昌龄（建昌）、洪规（建昌）、皇镇（都昌）、李宗复（建昌）、周牧（德化）、王韶（德安）、吴幹（南城）、曾巩（南丰）、蔡承禧（临川）、王正辞（临川）、曾布（南丰）、曾牟（南丰）、王无咎（南城）、潘珠（临川）、蔡元导（临川）、曾阜（南丰）、邓考甫（临川）、章格（庐陵）、郭元通（泰和）、胡辟（吉水）、萧汝器（吉水）、张君卿（永新）、萧世京（龙泉）、李鹗（清江）、傅燮（清江）、李中（清江）、李浑（清江）
清嵇曾筠等《浙江通志》卷一二三	杨完（钱塘）、钱大顺（钱塘）、叶温叟（盐官）、陈已（临安）、陆覃（临安）、黄显（於潜）、许广渊（新城）、胡闾（嘉兴）、吕全（嘉兴）、莫君陈（归安）、施硕（归安）、张修（归安）、卢隐（鄞）、项晞（鄞）、葛良嗣（鄞）、周师厚（鄞）、刘仲渊（鄞）、于诜（鄞）、陈谏（象山）、陈辅（象山）、陈谅（象山）、王渊（山阴）、褚理（山阴）、傅传正（山阴）、唐毂（山阴）、余京（会稽）、章蒙（诸暨）、石深之（新昌）、石景渊（新昌）、徐无欲（永康）、张巽（武义）、戴洙（西安）、徐庠（西安）、郑晋（西安）、郑旭（西安）、赵扬（西安）、景松（常山）、祝宝（常山）、方仲谋（淳安）
宋罗浚《宝庆四明志》卷一〇（又见元袁桷《延祐四明志》卷六）	于锐（贯开封）
明万历《新昌县志》卷一〇	石麟之

（续表）

清郝玉麟等《福建通志》卷三三	闽县：张宗闵、李皇臣；侯官：陆长倩、陆衍、曾默、王回、王向、陆宪元；长乐：林密；福清：林希、林旦、林椉、林开；古田：陈格；莆田：林辅德、陈若宾、林伸、顾宷、陈侗、林冕、林子春；晋江：吕惠卿、苏随、蔡洵、辜肃、陈龙辅、扬汲、张纪、陈思、陈辟；南安：柯世程；惠安：谢履、陈沼、崔宋臣；剑浦：陈皋谟、吴潜；建安：刘泾、范贶、黄任、魏洙、黄先、陈戬、李弼；瓯宁：彭次云、陈沂、黄翊、杨长聘、陈让贤、邱高、徐昉、黄洙；建阳：陈郛；崇安：翁仲通；浦城：章衡、黄好谦；邵武：黄通、上官垲、孙迪；光泽：上官基。特奏名：陈锡（晋江）、李中孚（龙溪）、詹枢（崇安）、彭歆（崇安）、杨昭述（浦城）
清田文镜等《河南通志》卷四五	程颢（洛阳）、林舍（辉县）
清觉罗石麟等《山西通志》卷六五	盖抃（长治）
清刘于义等《陕西通志》卷三〇	吕大钧（蓝田）、张载（郿县）
清郝玉麟等《广东通志》卷三一	姚宗卿（南海）、徐元更（番禺）、余仲荀（曲江）、李中复（博罗）、邝靖（潮州）
清金铁等《广西通志》卷七〇	黄君奭（平乐）、黄君卿（平乐）、李时亮（博白）、秦怀忠（博白）
清卞宝第等《湖南通志》卷一三四	侯询（衡山）
清刊《湖北通志》卷一二三	周传（兴国）、郭良肱（兴国）
宋范成大《吴郡志》卷二八	陆元规、郑亶

（续表）

明隆庆《仪真县志》卷九	傅绎
宋罗愿《新安志》卷八	王淑（绩溪）、胡彭年（婺源）、汪汲（绩溪）
明弘治《徽州府志》卷六	汪深、汪激、汪淇
苏轼《次韵子由送家退翁知怀安军》诗（《苏轼诗集》卷二八）[1]	苏轼（眉山）、苏辙（眉山）、家定国（眉山）等十三人
附表二《苏轼的同年名单》收录三十人，其中不见前列诸书的有十九人，见右	晁端彦、刁璹、单锡、邵迎、苏舜举、朱光庭、蒋之奇、李惇、张琥、黄好古、丁隲、王琦时同年、孙同年（？）、刘同年（？）、杨同年（？）[2]、邓文约、傅才元、吴子上
苏辙《次韵冯弋同年》（《栾城集》卷一一）	冯弋
苏辙《送张师道、杨寿祺二同年》（《栾城集》卷二）[3]	张师道（蜀）、张师厚（蜀）、杨寿祺（楚）
曾巩《都官员外郎胥君墓志铭》（《曾巩集》卷四三）[4]	胥元衡
《宋会要辑稿·选举二之九》[5]	窦卞、罗恺、郑雍、朱初平
清厉鹗《宋诗纪事》卷二一、二二	黄履、冯山、王观、李渤
	以上共二百零四人

［1］苏轼此诗自注云："吾州同年友十三人。"又见其《谢范舍人书》（《苏轼文集》卷四九）。

［2］孙、刘、杨三"同年"名字失考，与前面所列同姓者是否为一人，不得而知。

［3］苏辙此诗云："故国多贤俊，登科并弟兄"，知张、杨皆兄弟同时登第。张之弟为张师厚，杨之兄弟不详。

［4］曾巩此文云："予与君（胥元衡）皆嘉祐二年进士。"

［5］《宋会要辑稿·选举二之九》云："嘉祐二年五月四日，以新及第进士第一人章衡为将作监丞，第二人窦卞、第三人罗恺并为大理评事、通判诸州，第四人郑雍、第五人朱初平并为两使幕职官。"此头五名进士，除章衡外，其他四人均不见前列地方志。

附表二　苏轼的同年名单（限于苏集中有诗文交往者）

1.	章衡（字子平）	《送章子平诗叙》（《苏轼文集》卷一〇）、《与章子平十三首》书简（卷五五）
2.	曾巩（字子固）	《送曾子固倅越得燕字》（《苏轼诗集》卷六）、《与曾子固一首》书简（《文集》卷五〇）
3.	曾布（字子宣）	《与曾子宣十三首》书简（《文集》卷五〇）
4.	晁端彦（字美叔）	《怀西湖寄晁美叔同年》（《诗集》卷一三）、《和晁同年九日见寄》（卷一四）、《送晁美叔发运右司同年兄赴阙》（卷三五）、《和晁美叔老兄》（卷五〇）；《与晁美叔二首》书简（《文集》卷五五）
5.	刁璹	《於潜令刁同年野翁亭》（《诗集》卷九）、《刁同年草堂》（卷一一）
6.	莫君陈（字和中）	《与莫同年雨中饮湖上》（《诗集》卷三一）
7.	单锡（字君贶）	《单同年求德兴俞氏聚远楼诗三首》（《诗集》卷一二）；《祭单君贶文》（《文集》卷六三）
8.	邵迎（字茂诚）	《和邵同年戏赠贾收秀才三首》（《诗集》卷八）；《邵茂诚诗集叙》（《文集》卷一〇）
9.	苏舜举（字世美）	《与临安令宗人同年剧饮》（《诗集》卷九）、《径山道中次韵答周长官兼赠苏寺丞》（卷一〇）
10.	叶温叟（字淳老）	《与叶淳老、侯敦夫、张秉道同相视新河，秉道有诗，次韵二首》（《诗集》卷三三）
11.	林希（字子中）	《林子中以诗寄文与可及余，与可既殁，追和其韵》（《诗集》卷一九）、《次韵林子中、王彦祖唱酬》（卷三二）、《次韵林子中蒜山亭见寄》（卷三二）、《次韵林子中见寄》（卷三二）、《和林子中待制》（卷三三）、《次韵答黄安中兼简林子中》（卷三三）、《次韵林子中春日新堤书事见寄》（卷三五）；《与林子中五首》书简（《文集》卷五五）、《林希中书舍人制》（卷三九）

（续表）

12.	林旦（字次中）	《书林次中所得李伯时归去来阳关二图后》（《诗集》卷三〇）、《林旦淮南运副制》（《文集》卷三九）
13.	朱光庭（字公掞）	《次韵朱光庭初夏》（《诗集》卷二七）、《次韵朱光庭喜雨》（卷二七）；《朱光庭左司谏王觌右司谏制》（《文集》卷三九）。按，范祖禹《集贤院学士知潞州朱公墓志铭》（《范太史集》卷四三）谓其"嘉祐二年登进士第"
14.	蒋之奇（字颖叔）	《次韵蒋颖叔》（《诗集》卷二四）、《和蒋发运》（卷二七）、《次韵蒋颖叔、钱穆父从驾景灵宫二首》（卷三六）、《次韵奉和钱穆父、蒋颖叔、王仲至诗四首》（卷三六）、《次韵蒋颖叔二首》（卷三六）、《王晋卿示诗，欲夺海石，钱穆父、王仲至、蒋颖叔皆次韵……》（卷三六）、《轼欲以石易画，晋卿难之，穆父欲兼取二物，颖叔欲焚画碎石，乃复次前韵并解二诗之意》（卷三六）、《送蒋颖叔帅熙河》（卷三六）、《次韵颖叔观灯》（卷三六）、《次韵钱穆父马上寄蒋颖叔二首》（卷三六）；《蒋之奇集贤殿修撰知广州制》（《文集》卷三九）、《跋再送蒋颖叔诗后》（卷六八）
15.	程筠（字德林）	《同年程筠德林求先坟二诗》（《诗集》卷二三）、《送程德林赴真州》（卷三五）
16.	家定国（字退翁）	《次韵子由送家退翁知怀安军》（《诗集》卷二八）。按，苏辙有《送家定国同年赴永康掾》诗（《栾城集》卷二）
17.	陈侗	《次韵子由送陈侗知陕州》（《诗集》卷二七）；《陈侗知陕州制》（《文集》卷三八）。按，苏辙有《送陈侗同年知陕府》诗（《栾城集》卷一五）
18.	蔡承禧（字景繁）	《和蔡景繁海州石室》（《诗集》卷二二）、《蔡景繁官舍小阁》（卷二四）；《与蔡景繁十四首》书简（《文集》卷五五）、《祭蔡景繁文》（卷六三）

（续表）

19.	李惇（字宪仲）	《李宪仲哀词》（《诗集》卷二五）序云："同年友李君讳惇，字宪仲。"
20.	张琥（字邃明，后改名张璪）	《稼说送张琥》（《文集》卷一〇）云："吾少也有志于学，不幸而早得与吾子同年，吾子之得亦不可谓不早也。"
21.	黄好古（字几道）	《祭黄几道文》（《文集》卷六三）。按，苏辙有《黄几道郎中同年挽词二首》（《栾城集》卷一五）
22.	丁隲（字公默，或作公黠，误）	《丁公默送蝤蛑》（《诗集》卷一九）。据《咸淳毗陵志》卷一七，丁隲与二苏同年。参见《宋诗纪事》卷二一
23.	王琦（字文玉）	《王文玉挽词》（《诗集》卷三五）；《题子由萧丞相楼诗赠王文玉》（《苏轼文集·佚文汇编》卷五）、《与王文玉十二首》书简（《佚文汇编》卷三，其第一首云："榜下一别，遂至今矣"，知为同年）
24.	时同年	《滕县时同年西园》（《诗集》卷一七）
25.	孙同年	《和孙同年卞山龙洞祷晴》（《诗集》卷一九）
26.	刘同年（刘沔之父）	《答刘沔都曹书》（《文集》卷四九，内云："见足下（刘沔）词学如此，又喜吾同年兄龙图公之有后也。"知刘沔之父为苏轼同年）
27	杨同年	《与章子平十三首》引（《文集》卷五五，其四云："杨同年至，出所教赐。"）
28.	邓文约	《与曾子固一首》引（《文集》卷五〇，此信乃苏轼求曾巩为苏洵作墓志，以行状托"同年兄邓君文约"转交曾巩）
29.	傅才元	《与程正辅七十一首》引（《文集》卷五四，其四十七云："闻范君指挥，非傅同年意也。"傅同年即傅才元，此组书简中屡次提及与其商议造桥便民等事）

（续表）

30.	吴子上	《跋先君书送吴职方引》引（《文集》卷六九，内云："先伯父（苏涣）及第吴公榜中，而轼与其子子上再世为同年，契故深矣。"）

［注］苏轼有《同年王中甫挽词》（《诗集》卷一四）、《王中甫哀辞》（卷二四）诗，此王中甫，即王介，系嘉祐六年举"制科"之同年，非嘉祐二年同中进士举者。苏辙亦有《过王介同年墓》诗（《栾城集》卷一四）。

（原载《人文中国学报》1996年第2期）

6

苏轼的人生思考和文化性格

苏轼作品的动人之处，在于展现了可供人们感知、思索的活生生的真实人生，表达了他深邃精微的人生体验和思考。这位我国文化史上罕见的全才，不仅接受了传统文化和民族性格的深刻影响，而且承受过几起几落、大起大落的生活波折。在此基础上，他个人特有的敏锐直觉加深了他对人生的体验，他的过人睿智使他对人生的思考获得新的视角和高度。苏轼算不得擅长抽象思辨的哲学家，但他通过诗词文所表达的人生思想，比起他的几位前贤如陶渊明、王维、白居易等来，更为丰富、深刻和全面，更具有典型性和吸引力，成为后世中国文人竞相仿效的对象，影响了一代又一代后继者的人生模式的选择和文化性格的自我设计。

一

出处和生死问题，是中国文人面临的两大人生课题。前者是人对政治的社会关系，后者是人对宇宙的自然关系，两者属于不同的范围和层次，却又密切关联，相互渗透，都涉及对人生的价值判断。

出和处的矛盾，中国儒佛道三家已提出过不同的解决途径。儒家以入世进取为基本精神，又以“达兼穷独”“用行舍藏”作为必要的补充；佛家出世、道家遁世的基本精神，则又与儒家的“穷独”相通。苏轼对此三者，染濡均深，却又融会贯通，兼采并用，形成自己的鲜明特征。

苏轼自幼所接受的传统文化因素是多方面的，但儒家思想是其基础，充满了“奋厉有当世志”的淑世精神。儒家的“立德、立功、立言”的“三不朽”古训，使他把自我道德人格的完善、社会责任的完成和文化创造的建树融合一体，是他早年最初所确定的人生目标。他的社会责任感和历史使命感还由于其特殊的仕宦经历而得到强化和固定化。和他父亲苏洵屡试蹉跌相反，嘉祐二年（1057），他和苏辙至京应试，就像光彩灼熠的明星照亮文坛的上空，一举成名，声誉鹊起。就其成名之早（二十二岁）、之顺利、之知名度大，并世几无匹敌。嘉祐六年他应制举，又以“贤良方正能直言极谏”取入第三等，此乃最高等级，整个北宋取入第三等者仅四人（见《小学绀珠》卷六《名臣类下》)。宋朝开国百余年来，免试直任知制诰者极少，欧阳修《归田录》卷一云：“国朝之制，知制诰必先试而后命，有国以来百年，不试而命者才三人：陈尧佐、杨亿及修忝与其一尔。”苏轼又得到同样的殊荣。这些仕途上的光荣，必将转为苏轼经世济时、献身政治的决心。他以“忘躯犯颜之士”(《上神宗皇帝书》) 自居，又以“使某不言，谁当言者”(《曲洧旧闻》卷五引）自负，并以“危言危行、独立不回”的“名节”(《杭州召还乞郡状》) 自励。苏轼又历受宋仁宗、英宗、神宗三代君主的“知遇之恩”，更成为影响他人生价值取向的重大因素。

元祐三年（1088），当苏轼处于党争倾轧漩涡而进退维谷时，高太后召见他说：他之所以从贬地起复，乃“神宗皇帝之意。当其（神宗）饮食而停箸看文字，则内人必曰：‘此苏轼文字也。’神宗每时称曰：‘奇才，奇才！’但未及用学士而上仙耳”。苏轼听罢“哭失声，太皇太后与上（哲宗）、左右皆泣”。高太后趁机又以“托孤”的口吻说：“内翰直须尽心事官家，以报先帝知遇。”（《续资治通鉴长编》卷四〇九）在苏轼看来，朝廷既以国士待我，此身已非己有，唯有以死报恩。我们试看他在元丰末、元祐初的一些奏章。元丰八年（1085）《论给田募役状》云：“臣荷先帝之遇，保全之恩，又蒙陛下非次拔擢，思慕感涕，不知所报，冒昧进计，伏惟哀怜裁幸。”元祐三年《大雪论差役不便札子》云：“今侍从之中，受恩之深，无如小臣，臣而不言，谁当言者？”《论特奏名》云：“臣等非不知言出怨生，既忝近臣，理难缄默！”《论边将隐匿败亡宪司体量不实札子》云：“臣非不知陛下必已厌臣之多言，左右必已厌臣之多事，然受恩深重，不敢自同众人，若以此获罪，亦无所憾。”这类语句，不能简单地看成虚文套语，而是他内心深处的真实表白。这种儒家的人生观，强调“舍身报国”，即对社会、政治的奉献，并在奉献之中同时实现自身道德人格精神的完善；但是，封建的社会秩序、政治准则、伦理规范对个体的情感、欲望、意愿必然产生压抑和限制的作用，“舍身报国”的崇高感又同时是主体生命的失落感，意味着个体在事功世界中的部分消融。儒家的淑世精神是苏轼人生道路上行进的一条基线，虽有起伏偏斜，却贯串始终。

苏轼的人生苦难意识和虚幻意识，则更带有独创性，并由此形成他人生道路上的另一条基线，在中国文人的人生思想史上具有划时代的意义。翻开苏轼的集子，一种人生空漠之感迎面而来。“人生识字忧患始”（《石苍舒醉墨堂》），这位聪颖超常的智者对人生忧患的感受和省察，比前人更加沉重和深微。老子说：“吾所以有大患者，为吾有身”（《老子》十三章），庄子说：“大块载我以形，劳我以身”（《庄子·大宗师》），佛教有无常、缘起、六如、苦集灭道“四谛”等说，苏轼的思想固然受到佛道两家的明显诱发，但主要来源于他自身的环境和生活经历。

首先是西蜀乡土之恋的文化背景。

西蜀士子从唐五代以来，就有不愿出仕的传统。范镇《东斋纪事》卷四云：“初，蜀人虽知问学，而不乐仕宦。”苏洵《族谱后录》下篇亦云：“自唐之衰，其贤人皆隐于山泽之间，以避五代之乱，及其后僭伪之国相继亡灭，圣人出而四海平一，然其子孙犹不忍去其父祖之故以出仕于天下。”苏辙《伯父墓表》也说：“苏氏自唐始家于眉，阅五季皆不出仕。盖非独苏氏也，凡眉之士大夫，修身于家，为政于乡，皆莫肯仕者。”曾巩《赠职方员外郎苏君墓志铭》也说：“蜀自五代之乱，学者衰少，又安其乡里，皆不愿出仕。”后苏轼伯父苏涣于天圣二年（1024）考中进士，竟轰动全蜀，“蜀人荣之，意始大变”，才打破蜀人不仕的旧例。苏轼从万山围抱的蜀地初到京师，原对举试也未抱信心，他在《谢欧阳内翰启》中曾追叙“及来京师，久不知名，将治行西归，不意执事擢在第二”，不料一帆风顺，由此登上仕途。但刚入仕途的嘉祐六年（1061），便与苏辙订下对床夜语、同返故里的誓盟。在以后宦游或贬谪生活中，他的怀乡之恋始终不泯。特别是他以视点更易形式而认同异乡的言论：如“居杭积五岁，自意本杭人”（《送襄阳从事李友谅归钱塘》），“某睹近事，已绝北归之望。然中心甚安之。未说妙理达观，但譬如元是惠州秀才，累举不第，有何不可？知之免忧”（《与程正辅书》），“我本海南民，寄生西蜀州”（《别海南黎民表》）等，这种带有浓厚相对论色彩的思想，其隐含的前提正是对回归故乡重要性的强调。我们不妨看一看唐代士人在开放心态中所孕育而成的新的生活原则：他们“仗剑去国，辞亲远游”，向往漫游生活，向往名山大川，向往边塞，向往仕途。李白说：“抱剑辞高堂，将投霍冠军。”（《送张秀才从军》）岑参说：“男儿感忠义，万里忘越乡。”（《武威送刘单判官赴安西行营便呈高开府》）高适说：“岂不思故乡？从来感知己。”（《登陇》）这与苏轼是两种不同的生活观念。或许可以说，蜀人不仕所引起的深刻的乡土之恋，促成了苏轼人生思考的早熟，也预伏和孕育着他整个的人生观。王粲《登楼赋》云：“人情同于怀土，孰穷达而异心？”在苏轼心中得到放大、延伸和升华，正是以怀乡作为思考的起点，推演出对整个人生旅程无常和虚幻的体验。

其次是他一生坎坷曲折的经历。

苏轼一生经历两次“在朝—外任—贬居”的过程。他既经顺境，复历逆境，得意时是誉满京师的新科进士，独当一面的封疆大吏，赤绂银章的帝王之师；失意时是柏台肃森的狱中死囚，躬耕东坡的陋邦迁客，啖芋饮水的南荒流人。荣辱、祸福、穷达、得失之间反差的巨大和鲜明，使他咀嚼尽种种人生况味。元祐时，二十几天之间由登州召还，从礼部郎中、中书舍人升到翰林学士兼侍读，荣宠得来迅速，连他自己也不免愕然。绍圣时，从定州知州南贬，先以落两职、追一官以左朝奉郎（正六品上）知英州；诰命刚下，又降为充左承议郎（正六品下）；途中又贬建昌军司马、惠州安置；再改贬宁远军节度副使、惠州安置。三改谪命，确乎需要超凡的承受能力。这种希望和失望、亢奋和凄冷、轩冕荣华和踽踽独处，长时间的交替更迭，如环无端，不知所终，也促使他去领悟宇宙人生的真相，去探索在纷扰争斗的社会关系中，个体生命存在的目的、意义和价值。从生活实践而不是从纯粹思辨去探索人生底蕴，这是苏轼思维的特点。

苏轼的人生苦难意识和虚幻意识是异常沉重的，但并没有发展到对整个人生的厌倦和感伤，其落脚点也不是从前人的“对政治的退避”变而为“对社会的退避”。他在吸取传统人生思想和个人生活体验的基础上，形成了一套苦难—省悟—超越的思路。以下从他反复咏叹的“吾生如寄耳”和“人生如梦”作些分析。

在苏轼诗集中共有九处用了“吾生如寄耳”句，突出表现了他对人生无常性的感受。这九处按作年排列如下：

（一）熙宁十年《过云龙山人张天骥》：“吾生如寄耳，归计失不蚤。故山岂敢忘，但恐迫华皓。”

（二）元丰二年《罢徐州往南京马上走笔寄子由五首》：“吾生如寄耳，宁独为此别。别离随处有，悲恼缘爱结。”

（三）元丰三年《过淮》：“吾生如寄耳，初不择所造。但有鱼与稻，生理已自毕。”

（四）元祐元年《和王晋卿》:“吾生如寄耳，何者为祸福。不如两相忘，昨梦那可逐。”

（五）元祐五年《次韵刘景文登介亭》:“吾生如寄耳，寸晷轻尺玉。”“清游得三昧，至乐谢五欲。”

（六）元祐七年《送芝上人游庐山》:“吾生如寄耳，出处谁能必？”

（七）元祐八年《谢运使仲适座上，送王敏仲北使》:“聚散一梦中，人北雁南翔。吾生如寄耳，送老天一方。”

（八）绍圣四年《和陶拟古九首》:“吾生如寄耳，何者为吾庐？”“无问亦无答，吉凶两何如？”

（九）建中靖国元年《郁孤台》:“吾生如寄耳，岭海亦闲游。”这九例作年从壮（四十二岁）到老（六十六岁），境遇有顺有逆，反复使用，只能说明他感受的深刻。在他的其他诗词中还有许多类似“人生如寄”的语句。

应该指出，“人生如寄”的感叹，从汉末《古诗十九首》以来，在诗歌史中不绝于耳。《古诗十九首》（驱车上东门）云：“浩浩阴阳移，年年如朝露；人生忽如寄，寿无金石固。”曹植《浮萍篇》:“日月不常处，人生忽如寄；悲风来入怀，泪下如垂露。”直至白居易《感时》:“人生讵几何，在世犹如寄。”“唯当饮美酒，终日陶陶醉。”《秋山》:“人生无几何，如寄天地间。心有千载忧，身无一日闲。”等等。苏轼显然承袭了前人的思想资料。他们的共同点是发现了人生有限和自然永恒的矛盾，这是产生人生苦难意识的前提。

然而，第一，前人从人生无常性出发，多强调其短暂，或以朝露为喻，或以“几何”致慨，或径直呼为“忽”；而苏轼侧重强调生命是一个长久的流程（参看山本和义《苏轼诗论稿》，《中国文学报》第十三册）。“别离随处有”、“出处谁能必”、“何者为祸福”、“何者为吾庐”等，聚散、离合、祸福、凶吉都处在人生长途中的某一点，但又不会固定在某一点，总是不断地交替嬗变，永无止息。他的《和子由渑池怀旧》说：“人生到处知何似？应似飞鸿踏雪泥；泥上偶然留指爪，鸿飞那复计东西！”“雪泥鸿爪”的名喻，一方面表现了他初入仕途时的人生迷惘，体验到人生的偶然和无常，对前途的不可把握；另一方面却透露出把人生看作悠悠长途，所经所历不过是鸿飞千里行程中的暂时歇脚，不是终点和目的地，总有未来和希望。

白居易《送春》诗说：“人生似行客，两足无停步。日日进前程，前程几多路。”虽也有人生是流程的意思，但时间短暂，前程无多。因此，第二，前人在发现人生短暂以后，大都陷入无以自抑的悲哀；而苏轼的歌唱中固然也如实地带有悲哀的声调，但最终却是悲哀的扬弃。前人面对人生短暂的难题，一是导向长生的追求，服药求仙，延年长寿；二是导向享乐，或沉湎杯酒，或优游山水，以精神的麻醉或心灵的安息来尽情享乐人生，忘却死亡的威胁；三是导向顺应，或如庄子那样，以齐生死、取消一切差别的相对主义来达到“天地与我并生，而万物与我为一”（《庄子·齐物论》）的境界，或如陶渊明那样“纵浪大化中，不喜亦不惧”（《神释》）的委运任化，混同自然。他们不求形骸长存转而追求精神上的永恒，这在中国文人的人生思想上开辟了新的天地。苏轼接受过顺应思想的深刻影响，早在嘉祐四年的《出峡》诗中，他就说："入峡喜巉岩，出峡爱平旷。吾心淡无累，遇境即安畅。"但是，庄子是从"坐忘""心斋"的途径，达到主体与天地万物同一的神秘的精神境界，陶渊明则认为"人生似幻化，终当归空无"（《归园田居五首》其四），是一种放弃追求的追求。苏轼与这种反选择的被动人格实异其趣。他从人生为流程的观点出发，对把握不定的前途仍然保持希望和追求，保持旷达乐观的情怀，并从而紧紧地把握自身，表现出主体的主动性和选择性。在《送蔡冠卿知饶州》中，既感喟"世事徐观真梦寐"，又表达了"人生不信长坎坷"的信念。《游灵隐寺得来诗复用前韵》说："盛衰哀乐两须臾，何用多忧心郁纡。"在《浣溪沙》词中，更高唱"谁道人生无再少？门前流水尚能西，休将白发唱黄鸡"的生命颂歌。承认人生悲哀而又力求超越悲哀，几乎成了他的习惯性思维。他的《水调歌头》中诉说了"人有悲欢离合，月有阴晴圆缺"这个永恒的缺憾，而以"但愿人长久，千里共婵娟"的乐观祝愿作结。另一首写兄弟聚散的诗《颍州初别子由》也叙写他对"离合既循环，忧喜迭相攻"的发现，虽也不免发出"语此长太息，我生如飞蓬"的感喟，但仍以"多忧发早白，不见六一翁"相戒相劝，"作诗解子忧"，排忧解闷才是最终的主旨。苏轼以人生为流程的思想，对生活中可能遇到的挫折和困苦具有淡化、消解的功能，所以，同是"人生如寄"，前人作品中大多给人以悲哀难解的感受，而在苏轼笔下，却跟超越离合、忧喜、祸福、凶吉乃至出处等相联系，并又体现了主体自主的选择意识，表现出触处生春、左右逢源的精神境界。

苏轼诗词中又常常有“人生如梦”的感叹，这又突出表现了他对人生虚幻性的感受。如果说，“人生如寄”主要反映人们在时间流变中对个体生命有限性的沉思，苏轼却从中寄寓了对人生前途的信念和追求，主体选择的渴望，那么，“人生如梦”主要反映人们在空间存在中对个体生命实在性的探寻，苏轼却从中肯定个体生命的珍贵和价值，并执着于生命价值的实现。

仅从苏词取证。“人生如梦”原是中国文人的常规慨叹，苏轼不少词句亦属此类。如“世事一场大梦，人生几度新凉”(《西江月》)，“笑劳生一梦，羁旅三年，又还重九”(《醉蓬莱》)，“一梦江湖费五年”(《浣溪沙》)，“十五年间真梦里”(《定风波》)，“万事到头都是梦，休休，明日黄花蝶也愁”(《南乡子》)等，大都从岁月流驶、往事如烟的角度着眼，似尚缺乏独特的人生思考的新视角。白居易曾说:“百年随手过，万事转头空”(《自咏》)，苏轼则说:“休言‘万事转头空’，未转头时是梦”(《西江月》)，意谓不仅将来看现在是梦，即过去之事物是梦，而且现存的一切也本是梦，比白诗翻进一层，较之“世事一场大梦”等常规慨叹来，他对人生虚幻性的感受深刻得多了。但更重要的是，苏轼并不沉溺于如梦的人生而不能自拔，而是力求超越和升华。他说:“古今如梦，何曾梦觉，但有旧欢新怨”(《永遇乐》)，意谓人生之梦未醒，盖因欢怨之情未断，也就是说，摒弃欢怨之情，就能超越如梦的人生。李白《春日醉起言志》说:“处世若大梦，胡为劳其生？所以终日醉，颓然卧前楹。”苏轼反其意而用之:“寄怀劳生外，得句幽梦余”(《谷林堂》)，同样表现了对如梦劳生的解脱。苏轼还从生存虚幻性的深刻痛苦中，转而去寻找被失落的个体生命的价值，肯定自身是唯一实在的存在。他说，“长恨此身非我有，何时忘却营营。”（《临江仙》）这也是反用《庄子》的意思。《庄子·知北游》云：“舜问乎丞曰：‘道可得而有乎？’曰：‘汝身非汝有也，汝何得有夫道？’舜曰：‘吾身非吾有也，孰有之哉？’曰：‘是天地之委形也。生非汝有，是天地之委和也；性命非汝有，是天地之委顺也；孙子非汝有，是天地之委蜕也。’”庄子认为人的一切都是自然的赋予，把“吾身非吾有”“至人无已”当作肯定的命题；苏轼却肯定主体，认为主体的失落乃因拘于外物、奔逐营营所致，对主体失落的悲哀同时包含重新寻找自我的热忱。他的《六观堂老人草书》也说：“物生有象象乃滋，梦幻无根成斯须。方其梦时了非无，泡影一失俯仰殊。清露未晞电已阻，此灭灭尽乃真吾。”佛家把人生看成如梦如幻如泡如影如露如电，称为“六如”，苏轼却追求六如“灭尽”以后的“真吾”。他的名篇《百步洪》诗也是因感念人生会晤顿成“陈迹”而作。前半篇对水势湍急的勾魂摄魄的精彩描写，却引出后半篇“我生乘化日夜游，坐觉一念逾新罗”，“觉来俛仰失千劫，回视此水殊委蛇”，“但应此心无所住，造物虽驶如吾何”等哲理感悟，就是说，人们只要把握自“心”，就能超越造物的千变万化，保持自我的意念，就能超越时空的限制而获得最大的精神自由。苏轼又说：“身外傥来都是梦”（《十拍子》），“梦中了了醉中醒”（《江城子》）等，也从否定身外的存在转而肯定自身的真实存在，并力图在如梦如醉的人生中，保持清醒的主体意识。

苏轼的人生思想，作为一个整体，它的各个部分是从互相撞击、制约中而实现互补互融的。他的经世济时的淑世精神和贯串一生的退归故土的恋乡之情，对刚直坚毅的人格力量的追求和自由不羁的个人主体价值的珍重，都奇妙地统一在他身上。随着生活的顺逆，他心灵的天平理所当然地会发生向某一方向的倾斜和侧重，但同时其另一方向并没有失重和消失。挫折和困境固然无情地揭开了人生的帷幕，认识到主体以外存在的可怕和威胁，加深了对人生苦难和虚幻的感受，但是，背负的传统儒家的淑世精神又使他不会陷入彻底的享乐主义和混世、厌世主义，而仍然坚持对美好生活的追求和信念。直到他晚年，他既表白“君命重，臣节在”，但又说：“新恩犹可觊，旧学终难改，吾已矣，乘桴且恁浮于海。”（《千秋岁》）北还过赣州，他作《刚说》，反驳“刚者易折”的说法，认为此乃“患得患失之徒”的论调，仿佛重现了风节凛然的直臣仪范；但同时又说：“人世一大梦，俯仰百变，无足怪者”（《与宋汉杰书》），显出一个历经沧桑的老者的了悟。他任开封府推官时，曾结识爱好道术和炼丹的李父，此时恰逢其子，他说：“曾陪令尹苍髯古，又见郎君白发新”（《次韵韶倅李通直》），对炼丹那一套也似失去信仰；他临终写过“平生笑罗什，神咒真浪出”的绝笔，更拒绝高僧维琳“勿忘西方”的劝诫。确如他所说：“莫从老君言，亦莫用佛语。仙山与佛国，终恐无是处。”（《和陶神释》）他扬弃了佛道的愚妄和虚无。他的人生思考的多元取向，最终落实到对个体生命、独立人格价值的脚踏实地的不倦追求。直到生命之旅的终点，他没有遗憾、没有牵挂地离去。他有了一个很好的完成。

二

苏轼对人生价值的多元取向直接导致他文化性格的多样化，而他人生思考的深邃细密，又丰富了性格的内涵。千百年来，他的性格魅力倾倒过无数的中国文人，人们不仅歆羡他在事业世界中的刚直不屈的风节、民胞物与的灼热同情心，更景仰其心灵世界中洒脱飘逸的气度，睿智的理性风范，笑对人间厄运的超旷。中国文人的内心里大都有属于自己的精神绿洲，正是苏轼的后一方面，使他与一代又一代的读者建立了异乎寻常的亲切动人的关系。从人生思想的角度来努力掌握他有血有肉的性格整体，是很有意义的。以下仅从狂、旷、谐、适四个方面作些探索。

中国文人中不乏狂放怪诞之士，除了生理或病理的因素外，从文化性格来看，大致可分避世和傲世两类。前者佯狂伪饰以求免祸，但也有张扬个性的意味，如阮籍；后者却主要为了保持一己真率的个性，形成与社会的尖锐对抗，如嵇康。而其超拔平庸的性格力度和个性色彩，吸引后世文人的广泛认同。

苏轼早年从蜀地进京，原也心怀惴惴，颇有“盆地意识”；作为这种意识的反拨，他又具有狂放不羁的性格特征。文同《往年寄子平（即子瞻）》中回忆当时两人交游情景说：“虽然对坐两寂寞，亦有大笑时相轰。顾子（苏轼）心力苦未老，犹弄故态如狂生。书窗画壁恣掀倒，脱帽褫带随纵横。喧呶歌诗詬文字，荡突不管邻人惊”，为我们留下了青年苏轼任诞绝俗的生动形象。但是，正如他当时《送任伋通判黄州兼寄兄孜》诗所说:“吾州之豪任公子,少年盛壮日千里”,苏轼的“豪”,跟他的这位同乡一样,主要是“少年盛壮”、挥斥方遒的书生意气,尚未包含深刻的人生内涵。岳珂《桯史》卷八云:“蜀士尚流品,不以势诎”,木强刚直、蔑视权威的地方性格显然也对苏轼早期的狂豪起过作用。他当时也有“君不见阮嗣宗臧否不挂口,莫夸舌在齿牙牢,是中惟可饮醇酒。读书不用多,作诗不须工,海边无事日日醉,梦魂不到蓬莱宫”(《送刘攽倅海陵》)的强烈感叹,也是激愤的宣泄多于理性的思考。

到了“乌台诗案”以前的外任期间,随着人生阅历的丰富,他在多次自许的“狂士”中,增加了傲世、忤世、抗世的成分。在《次韵子由初到陈州》一诗里,他要求苏辙像东晋周谟那样“阿奴须碌碌,门户要全生”,因为他自己已像周谟之兄周顗、周嵩那样抗直不为世俗所容。他在此诗中所说的“疏狂托圣明”,是愤懑的反话,其《怀西湖寄晁美叔同年》诗就以“嗟我本狂直,早为世所捐”的正面形式径直说出同一意思了。细品他此时的傲世,也夹杂畏世、惧世的心情。《颍州初别子由》说:“嗟我久病狂,意行无坎井”,嗟叹悔疚应是有几分真情;《送岑著作》说:“人皆笑其狂,子独怜其愚”,并说“我本不违世,而世与我殊”,似也表达与世谐和的一份追求。

“乌台诗案”促成了苏轼人生思想的成熟。巨大的打击使他深切认识和体会到外部存在着残酷而又捉摸不定的力量,转而更体认到自身在茫茫世界中的地位。这场直接危及他生命的文字狱,反而导致他对个体生命价值的重视和珍视,他的“狂”也就从抗世变为对保持自我真率本性的企求。他的《满庭芳》说:“事皆前定，谁弱又谁强。且趁闲身未老，须放我些子疏狂。百年里，浑教是醉，三万六千场。”对命运之神飘忽无常的慨叹，适见其对生命的钟爱，而酣饮沉醉即是保持自我本性的良方，正如他自己所说“醉里微言却近真”(《赠善相程杰》)。他的《十拍子》在“身外傥来都似梦”的感喟后，决绝地宣称:“莫道狂夫不解狂，狂夫老更狂。”他在《又书王晋卿画·四明狂客》中讥笑贺知章退隐时奏乞周宫湖之举:“狂客思归便归去，更求敕赐枉天真”，斫伤“天真”就配不上“狂客”的称号。

苏轼狂中所追求的任真，是一种深思了悟基础上的任真。晏几道有“殷勤理旧狂”的奇句，“狂已旧矣，而理之，而殷勤理之，其狂若有甚不得已者”(况周颐《蕙风词话》卷二)。小晏的任真，像黄庭坚在《小山词序》所描述的“四痴”那样，更近乎一种天性和本能，没有经过反省和权衡。据说苏轼曾欲结识小晏而遭拒绝，事虽非可尽信，但其吸引和排拒却象征着两狂的同异。

旷和狂是相互涵摄的两环。但前者是内省式的，主要是对是非、荣辱、得失的超越；后者是外铄式的，主要是真率个性的张扬。然而都是主体自觉的肯定和珍爱。苏轼以“坡仙”名世，其性格的实在内涵主要即是旷。

苏轼的旷，形成于几次生活挫折之后的痛苦思索。他一生贬居黄州、惠州、儋州三地，每次都经过激烈的感情冲突和心绪跌宕，都经过喜—悲—喜(旷)的变化过程。元丰时贬往黄州，他的《初到黄州》诗云:“自笑平生为口忙，老来事业转荒唐。长江绕郭知鱼美，好竹连山觉笋香。逐客不妨员外置，诗人例作水曹郎。只惭无补丝毫事，尚费官家压酒囊。”他似乎很快地忘却了“诟辱通宵”的狱中生活的煎熬，对黄州“鱼美”“笋香”的称赏之中，达到了心理平衡。但是，贬居生活毕竟是个严酷的现实，不久又不免悲从中来：他写孤鸿，是“有恨无人省”，“拣尽寒枝不肯栖”；写海棠，是“名花苦幽独”，“天涯流落俱可念”，都是他心灵的外化。随后在元丰五年（1082）出现了一批名作：前后《赤壁赋》、《定风波》(莫听穿林打叶声)、《浣溪沙》(山下兰芽短浸溪)、《西江月》(照野浵浵浅浪)、《临江仙》(夜饮东坡醒复醉)等，都共同抒写出翛然旷远、超尘绝世的情调，表现出旷达文化性格的初步稳固化。绍圣初贬往惠州，他的《十月二日初到惠州》诗云:“仿佛曾游岂梦中，欣然鸡犬识新丰。吏民惊怪坐何事，父老相携迎此翁。苏武岂知还漠北，管宁自欲老辽东。岭南万户皆春色，会有幽人客寓公。”这似是《初到黄州》诗在十几年后的历史回响！他又抒写“欣然”，描述口腹之乐。“苏武”一联明云甘心老于惠州，实寓像苏武、管宁那样最终回归中原之望，基调是平静的。但不久又跌入悲哀:《十一月二十六日松风亭下梅花盛开》诗，思绪首先牵向黄州之梅:“春风岭上淮南村，昔年梅花曾断魂”，继而感叹于“岂知流落复相见，蛮风蜑雨愁黄昏”。经过一段时期悲哀的沉浸，他又扬弃悲哀了：他的几首荔枝诗，“人间何者非梦幻，南来万里真良图”(《四月十一日初食荔支》)，“日啖荔支三百颗，不辞长作岭南人”(《食荔支》)，借对岭南风物的赏爱抒其旷达之怀。绍圣四年（1097）贬往儋州，登岛第一首诗《行琼儋间，肩舆坐睡，梦中得句云："千山动鳞甲，万谷酣笙钟"。觉而遇清风急雨，戏作此数句》，以其神采飞扬、联想奇妙而成为苏诗五古名篇："应怪东坡老，颜衰语徒工，久矣此妙声，不闻蓬莱宫。"自赏自得之情溢于言表。但不久在《上元夜过赴儋守召，独坐有感》等作中，又不禁勾引起天涯沦落的悲哀："搔首凄凉十年事，传柑归遗满朝衣。"但以后的《桄榔庵铭》《在儋耳书》《书海南风土》《书上元夜游》等文中，又把旷达的思想发挥到极致。

苏轼三贬，贬地越来越远，生活越来越苦，年龄越来越老。然而这"喜—悲—旷"的三部曲过程却越来越短，导向旷的心境越来越快；同时，第一步"喜"中，旷的成分越来越浓，第二步的"悲"，其程度越来越轻，因而第三步"旷"的内涵越来越深刻。苏轼初到贬地的"喜"，实际上是故意提高对贬谪生活的期望值，借以挣脱苦闷情绪的包围，颇有佯作旷达的意味；只有经过实在的贬谪之悲的浸泡和过滤，也就是历经人生大喜大悲的反复交替的体验，才领悟到人生的底蕴和真相，他的旷达性格才日趋稳定和深刻，才经得住外力的任何打击。

苏轼的旷达不是那类归向灭寂空无的任达。南宋宋自逊《贺新郎·题雪堂》云："一月有钱三十块，何苦抽身不早！又底用北门摛藻？儋雨蛮烟添老色，和陶诗翻被渊明恼。到底是，忘言好。"指出苏轼未能彻底任达，其实苏轼自己早就说过，"我比陶令愧"（《辩才老师退居龙井……》）、"我不如陶生，世事缠绵之"（《和陶饮酒二十首》），殊不知这点"不如"，正是他的思想性格始终未曾完全脱离现实世界的地方。

"东坡多雅谑。"(《独醒杂志》卷五)他的谐在人生思想的意义上是淡化苦难意识，用解嘲来摆脱困苦，以轻松来化解悲哀。作为内心的自我调节机制，在他的性格结构中发挥着润滑剂、平衡器的作用。他的谐首先具有对抗挫折、迎战命运的意义。他在惠州作《纵笔》诗，以"白头萧散满霜风"的衰病之身，却发出"报道先生春睡美，道人轻打五更钟"的趣语，岂料因此招祸再贬海南；他到海南后又作《纵笔》:"寂寂东坡一病翁，白须萧散满霜风。小儿误喜朱颜在，一笑那知是酒红!"同题同句，表现了他对抗迫害的倔强意志，而满纸谐趣更透露出他的蔑视。晚年北返作《次韵法芝举旧诗》:"春来何处不归鸿，非复羸牛踏旧踪。但愿老师真似月，谁家瓮里不相逢。"九死一生之后而仍向飘忽无常的命运"开玩笑"，实含对命运的征服。对苏轼颇有微词的朱熹，在《跋张以道家藏东坡枯木怪石》中说:"苏公此纸出于一时滑稽诙笑之余，初不经意。而其傲风霆、阅古今之气，犹足以想见其人也。"他的"滑稽诙笑"跟"傲风霆、阅古今"互为表里，因而他的谐趣又表现出"含着眼泪的微笑"和"痛苦的智慧"的特点，不同于单纯具有可笑性的俏皮，更不同于徒呈浅薄的油滑。

他的谐又是他真率个性的外化和实现，与狂、旷植根于同一性格追求，同时又表现了他对自我智商的优越感，增添了他文化性格的光彩。林纾《春觉斋论文》谓"东坡诗文咸有风趣，而题跋尤佳"，"风趣之妙，悉本天然"，"能在不经意中涉笔成趣"，"见诸无心者为佳”，揭示了谐趣或风趣在个性性格上的内涵。苏轼《六观堂老人草书》云：“逢场作戏三昧俱”，这里的“三昧”，也不妨理解为自然真率之性。《砻溪诗话》卷十追溯俳谐体的渊源时指出，东方朔、孔融、祢衡、张长史、颜延年、杜甫、韩愈多有谑语，但“大体材力豪迈有余，而用之不尽自然如此”，至苏轼笔下遂蔚为大国：“坡集类此不可胜数。《寄蕲簟与蒲传正》云：‘东坡病叟长羁旅，冻卧饥吟似饥鼠。倚赖东风洗破衾，一夜雪寒披故絮。’《黄州》云：‘自惭无补丝毫事，尚费官家压酒囊。’《将之湖州》云：‘吴儿脍缕薄欲飞，未去先说馋涎垂。’又：‘寻花不论命，爱雪长忍冻。天公非不怜，听饱即喧哄。’《食笋》云：‘纷然生喜怒，似被狙公卖。’《种茶》云：‘饥寒未知免，已作太饱计。’‘平生五千卷，一字不救饥。’‘饥来凭空案，一字不可煮。’皆斡旋其章而弄之，信恢刃有余，与血指汗颜者异矣。”黄彻所举数例，多为生活困顿时期的日常细事，但生活的苦涩却伴随着谐趣盎然的人生愉悦，其原因即是其中跃动着孩提般纯真自然的心灵。

适，是中国士人倾心追求的精神境界，包含多方面的内容：充分实现个体生命价值的人生哲学，平和恬适的文化性格，宁静隽永、淡泊清空的审美情趣。苏轼人生思考的落脚点和性格结构的枢纽点即在于此，并以此实现从现实人生到艺术人生的转化。

王维晚年所写的《与魏居士书》是他后半生人生哲学的总结。他说：“孔宣父云：‘我则异于是，无可无不可。’可者适意，不可者不适意也。……苟身心相离，理事俱如，则何往而不适？”王维借助孔子的话头，以禅宗的教义来阐发“适”的意义。他认为人只要“明心见性”，“身心相离”，达到“理事俱如”即对精神本体和现象界大彻大悟的境界，也就“何往而不适”了。王维当然没有放弃尘世的享受，但他的禅理思辨主要帮助他从精神上达到自适，因此，他的生活和创作更多地呈现出“不食人间烟火味”的高人雅士式的特点，并以体验空无、寂静作为最大的人生乐趣和最高的艺术精神。白居易《隐几》诗云：“身适忘四支，心适忘是非，既适又忘适，不知我是谁。百体如槁木，兀然无所知；方寸如死灰，寂然无所思。”则更是一种泯灭一切、忘却自我的闲适观。苏轼与他们并不完全相同。他的适，主要反映了个人主体展向现实世界的亲和性，从凡夫俗子的普通日常生活中发现愉悦自身的美。他在黄州时期所写的四则短文反复地叙说这一点。《记承天寺夜游》在简练地写出月夜清景后说：“何夜无月，何处无竹柏，但少闲人如吾两人耳。”《临皋闲题》说：“江山风月，本无常主，闲者便是主人。”正如西方哲人所说，“心境愈是自由，愈能得到美的享受。”（海德格尔语）苏轼也认为“闲人”才是无主江山的真正主人，多少佳景胜概被“忙人”匆匆错过。他的《书临皋亭》说：“东坡居士酒醉饭饱，倚于几上，白云左缭，清江右洄，重门洞开，林峦岔入。当是时，若有思而无所思，以受万物之备，惭愧惭愧！”在一种寓意于物而不受制于物的精神状态下，领受大千世界的无穷之美，达到主体的完全自适和充分肯定。他在《雪堂问潘邠老》中，更自称追求“性之便，意之适”的极境，并云“吾非逃世之事，而逃世之机”。在这种思想支配下，他的文学创作展示了“微物足以为乐”的充盈的诱人的世界。他写《谪居三适》，一是《旦起理发》:“老栉从我久，齿疏含清风。一洗耳目明，习习万窍通”；二是《午窗坐睡》:“神凝疑夜禅，体适剧卯酒”，“谓我此为觉，物至了不受，谓我今方梦，此心初不垢”；三是《夜卧濯脚》:“况有松风声，釜鬲鸣飕飕。瓦盎深及膝，时复冷暖投。明灯一爪剪，快若鹰辞韝。”或写安适之趣，或写禅悦之味，于平庸卑琐中最大限度地发掘诗意。他的《六月十二日，酒醒步月理发而寝》云:“千梳冷快肌骨醒，风露气入霜蓬根”，《真一酒》云:“晓日著颜红有晕，春风入髓散无声”，写闲适心情下才能体会到的梳发舒体、酒气上脸并周流全身的幽趣，而《汲江煎茶》更是于静默中见清丽醇美的名篇。化俗为雅、以俗为雅，这是苏轼思想性格和文学创作的显著特点，也是宋代整个人文思潮的共同趋向：理学与日常生活的贴近，宋诗的不避凡庸，宋词题材的日趋生活化，都可说明，但苏轼应是杰出的代表。

苏轼对闲适的追求，并不停留在单纯世俗化的浅层次上。黄州知州之弟徐得之建造“闲轩”，秦观作《闲轩记》，从儒家入世思想出发，不满徐得之“闲”的人生态度，“窃为君不取也”；苏轼作《徐大正闲轩》却云:“冰蚕不知寒，火鼠不知暑，知闲见闲地，已觉非闲侣。五年黄州城，不踏黄州鼓。人言我闲客，置此闲处所。问闲作何味，如眼不自睹。颇讶徐孝廉，得闲能几许?”“应缘不耐闲，名字挂庭宇。我诗为闲作，更得不闲语。”他不满徐得之的是对闲适的自我标榜和刻意追求，他认为真正的闲适是性灵自然状态的不自觉的获得，是不能用语言说出、思维认知的。正如他论画所说："君从何处看，得此无人态？无乃槁木形，人禽两自在。"（《高邮陈直躬处士画雁二首》）这是高层次的自在境界。从这种意义上说，他的作品，特别是后期创作，都是真情的自然流露，既是闲适的表现，又是自适的手段。文艺创作使无可忍受的世界变得可以忍受，使他体认到个人生命活力的乐趣，主体自由的享受。他说："某平生无快意事，惟作文章，意之所到，则笔力曲折，无不尽意。自谓世间乐事无逾此者。"（《春渚纪闻》卷六引）坎坷的境遇却因此化作充满艺术审美情趣的人生，艺术创作是苏轼的真正生命。

苏轼的狂、旷、谐、适构成一个完整的性格系统，统一于他的人生思考的结果之上。这些性格因子随着生活经历的起伏，发生变化、嬗递、冲突，但他都能取得动态的平衡。这一性格系统具有很强的调节、自控和制约的机制，使他对每一个生活中遇到的难题，都有自己的一套理论答案和适应办法。尽管他的思想性格有着驳杂骚动的特点，以致有"大苏死去忙不彻，三教九流都扯拽"（《坚瓠九集》卷一引董遐周语）的笑谈，为各类人引为知己和楷模，但他毕生为之讴歌的，毕竟是人生之恋的赞歌。

（原载《文学遗产》1989年第5期）

7

苏轼豪放词派的涵义和评价问题

苏轼在我国词史上的主要贡献在于开创豪放一派，打破了传统婉约词独占词坛的局面，为词的继续发展开辟道路。但这一评价并没有取得词学研究者的一致同意。或谓词分豪放、婉约乃是“似是而非不关痛痒语也”（陈廷焯《白雨斋词话》卷一），不能反映宋词风格流派的多样性，因而把宋词分为婉丽、豪宕、醇正三派（谢章铤《赌棋山庄词话》卷九引）或雄放豪宕、妩媚风流、冲淡秀洁三派者有之（清高佑釲《迦陵词全集序》引其友顾咸三语）；分为真率明朗、高旷清雄、婉约清新、奇艳俊秀、典丽精工、豪迈奔放、骚雅清劲、密丽险涩等八派者有之（詹安泰《宋词风格流派略谈》，见《宋词散论》）。或谓今存苏词真正体现豪放风格的最多不过二三十首，实不能概括其全部风格甚至基本风格。明俞彦《爰园词话》更认为苏轼“其豪放亦止《大江东去》一词，何物袁绹，妄加品骘，后代奉为美谈，似欲以概子瞻生平”，豪放词仅只一首，当然不能用以品评苏词了。或谓词的“本色”就是合乐应歌，苏词冲破音律限制，导致宋词的衰微：“苏轼出而开豪放一派，词也就衰了。”（刘尧民《词与音乐》）这些驳难都有一定根据，值得继续研究和探讨。

一、豪放和豪放词派

“豪放”一词，一般用以指人的气度性格，或指艺术风格。前者古人习用，后者作为艺术风格的类别之一，始见于署名唐末司空图的《二十四诗品》。此二义宋人仍旧沿用。如黄庭坚云：“太白豪放，人中凤凰麒麟”（《诗人玉屑》卷十四引），指前者；王安石云：“白之歌诗，豪放飘逸，人固莫及”（同上引），指后者；苏轼云：“李白诗类其为人，俊发豪放”（同上引），则兼指气度、风格而言。苏轼亦有用“豪放”指风格者，如评韩愈云：“要当斗僧清，未足当韩豪。”（《读孟郊诗》）又云韩诗比之柳宗元诗，“豪放奇险则过之，而温丽靖深不及也”（《评韩柳诗》）。然而在苏轼论艺术和宋人评苏词的言论中，“豪放”还含有另一种意义：主要指放笔快意、挥洒自如、摆脱束缚的创作个性。苏轼嘉祐六年的《王维吴道子画》云：“道子实雄放，浩如海波翻。当其下手风雨快，笔所未到气已吞。”元丰八年《书吴道子画后》云：“出新意于法度之中，寄妙理于豪放之外。”绍圣元年《子由新修汝州龙兴寺吴画壁》云：“人间几处变西方，尽作波涛翻海势。细观手面分转侧，妙算毫厘得天契。始知真放本精微，不比狂花生客慧。”先后三次评吴道子画，意见是一致的，“雄放”“豪放”“放”，含义相同。吴道子画风固然宏伟奔放，但此处的“雄放”，细细体味，实侧重于创作个性，“浩如”以下三句即是“雄放”注释；与“妙理”相结合的“豪放”，与“精微”相结合的“真放”，也不单指具有阳刚之美的“风格”。纪昀评“始知”两句云:“至言可佩，于此知诗家好喜作迷离惝恍语，及喜作豪横语者，皆狂花客慧耳。”指出“豪放”不等同于“豪横语”，所言颇是。苏轼《答陈季常》云:“又惠新词，句句警拔，诗人之雄，非小词也。但豪放太过，恐造物者不容人如此快活。一枕无碍睡，辄亦得之耳，公无多奈我何，呵呵!”今存陈慥（季常）词仅《无愁可解》一首①，系议论纵横的谈禅悟道之作:“光景百年，看便一世。生来不识愁味。问愁何处来，更开解个甚底。……”这首词虽不能断定就是苏轼信中所说的“新词”，但也不能排除这种可能。词前有苏轼所写短序，词所抒写的任情逍遥的主旨，与信中所谓“如此快活”亦甚吻合。但从艺术风格看，此词很难加以“豪放”的评语。当然，气度豪迈荦磊者如从事创作，一般表现为放笔快意的创作个性，其作品一般具有豪放的风格，但三者并不是同一概念。苏轼自称:“某平生无快意事，惟作文章，意之所到，则笔力曲折，无不尽意。”(《春渚纪闻》卷六)“万斛泉源，不择地而出”的“滔滔汩汩”的创作个性确是体现在苏轼一生诗、词、文的全部创作之中，但这一创作个性既可以表现为豪横恣纵，也可以表现为韶秀明丽、平淡自然，并不与“豪放”风格等同。至于胡寅所说:“词曲者，古乐府之末造也。……然文章豪放之士，鲜不寄意于此者，随亦自扫其迹，曰谑浪游戏而已也。”(《题酒边词》) 此处“文章豪放之士”，更是泛言放笔写作之人，与艺术风格无关。

---

① 此词亦载东坡词中。《全宋词》据《山谷题跋》卷九等定为陈慥所作，是。

最早以“横放”“豪放”论苏词的是苏轼门人晁补之和南宋陆游、朱弁。晁说苏轼“横放杰出，自是曲子中缚不住者”[①]（《能改斋漫录》卷一六“黄鲁直词谓之著腔诗”条）。陆游说苏轼“非不能歌，但豪放，不喜裁剪以就声律耳”（《老学庵笔记》卷五）。朱弁说：“章质夫《杨花词》，命意用事，潇洒可喜。东坡和之，若豪放不入律吕……”（《曲洧旧闻》卷五）这里的“横放”“豪放”显然不指风格而指创作个性：晁、陆是泛言苏轼整个词作，自然不能全以豪放风格评之；朱弁所言《水龙吟·咏杨花》，其风格素以蕴藉婉曲见称的。其次，他们又都把“豪放”一词跟苏轼词的不合乐律联系起来，跟苏词与音乐的初步分离问题联系起来。这是值得注意的两点。此外曾慥于绍兴年间所作《东坡词拾遗跋》也用“豪放”一词评苏词：“想像豪放风流之不可及也。”似也不是从艺术风格立论的。

苏轼及其他宋人并没有把“豪放”与“婉约”对举而言。最早以二者对举论词的是明人张綖。他在《诗余图谱·凡例》后云：

> 按词体大略有二：一体婉约，一体豪放。婉约者欲其辞情蕴藉，豪放者欲其气象恢弘。盖亦存乎其人，如秦少游之作，多是婉约，苏子瞻之作，多是豪放。大抵词体以婉约为正，故东坡称少游“今之词手”；后山评东坡词“虽极天下之工，要非本色”。今所录为式者，必是婉约，庶得词体，又有惟取音

① 但赵令畤《侯鲭录》卷八谓是黄庭坚语：“鲁直云：东坡居士曲（一作词），世所见者数百首，或谓于音律小不谐。居士词横放杰出，自是曲子缚不住者。”

节中调、不暇择其词之工者，览者详之。[①]

张綖关于婉约、豪放的界说，是从艺术风格着眼的，与宋人论词言“豪放”含义有别；但他把它作为词的两“体”，并进一步认为“词体以婉约为正”，则此两体又隐然含有正、变之别的意义。张綖此说一出，学者多所称引。如明徐师曾《文体明辨序说·诗余》、清王又华《古今词论》、王士禛《花草蒙拾》、徐钒《词苑丛谈》卷一、张宗橚《词林纪事》卷六、沈雄《古今词话·词品》卷上、江顺诒《词学集成》卷五、陈廷焯《白雨斋词话》卷一等。

清人论宋词多用“两分法”：一以豪放、婉约分派，一以正、变分派。但两者的实际内容往往相同或相近。前者如王士禛。他把张綖的两体说引申为词中两大派：“张南湖论词派有二：一曰婉约，一曰豪放。仆谓婉约以易安为宗，豪放惟幼安称首，皆吾济南人，难乎为继矣。”后者如《四库全书总目》。该书卷一九八云：“词自晚唐五代以来，以清切婉丽为宗。至柳永而一变，如诗家之有白居易；至轼而又一变，如诗家之有韩愈，遂开南宋辛弃疾等一派，寻源溯流，不能不谓之别格。然谓之不工则不可。故至今日，尚与花间一派并行，而不能偏废。”以“清切婉丽”的花间一派为正格，以苏辛词为别格，正与婉约、豪放之分相近。周济《介存斋论词杂著》说：“向次《词辨》十卷，一卷起飞卿为正，二卷起南唐后主为变。”今《词辨》仅存此正变二卷，以温庭筠、韦庄、欧阳炯、

① 《诗余图谱》之明刻通行者为汲古阁《词苑英华》本，却无《凡例》及按语。此据北京图书馆所藏《诗余图谱》明刊本及上海图书馆所藏万历二十九年游元泾校刊的《增正诗余图谱》本。

冯延巳、晏殊、欧阳修、晏幾道、柳永、秦观、周邦彦、陈克、史达祖、吴文英、周密、王沂孙、张炎、唐珏、李清照等十八家为正；而以李煜、孟昶、鹿虔扆、范仲淹、苏轼、王安国、辛弃疾、姜夔、陆游、刘过、蒋捷等十一家为变。他的所谓正变，大抵亦以《花间》为标准，其列于正体的诸家，都以婉约见长，列于变体的诸家，大都带有豪放或创新的精神。因而，调停两派者往往合豪放婉约和正变而论之。沈祥龙《论词随笔》云："唐人词，风气初开，已分二派：太白一派，传为东坡诸家，以气格胜，于诗近西江；飞卿一派，传为屯田诸家，以才华胜，于诗近西昆。后虽迭变，总不越此二者。"又云："词有婉约，有豪放，二者不可偏废，在施之各当耳。房中之奏，出以豪放，则情致绝少缠绵；塞下之曲，行以婉约，则气象何能恢拓？苏辛与秦柳，贵集其长也。"田同之《西圃词说》云："填词亦各见其性情。性情豪放者，强作婉约语，毕竟豪气未除；性情婉约者，强作豪放语，不觉婉态自露。故婉约自是本色，豪放亦未尝非本色也。"这里或谓词的初源即有豪放、婉约，后人各承其源，平行发展，当然无所谓正变之别；或谓词有不同题材，于是自有不同风格，或词人性情有异，风格因之不侔，当然也谈不上正变、本色非本色了。从这里可以看出，在不少清代词评家的心目中，豪放与别格、婉约与本色实际上是同一内容的不同说法。

正变、本色问题确是评论苏词的关键。这个争论在苏轼当时及稍后就已发生。署名陈师道的《后山诗话》云："退之以文为诗，子瞻以诗为词，如教坊雷大使之舞，虽极天下之工，要非本色。"

据《铁围山丛谈》卷六，谓“太上皇（徽宗）在位，时属升平，手艺人之有称者”，教坊司有舞者雷中庆，“世皆呼之为雷大使”，“视前代之伎”“皆过之”。陈师道与苏轼同年逝世，皆在建中靖国元年（1101），即徽宗即位的第二年，此语当非出自其口，但指苏词“以诗为词”为“非本色”，却代表当时词坛的一派观点。

苏轼对词的本质的认识却与此相反。他的为数不多的论词文字总是反复强调一个观点，就是“诗词一家”。正是在这个认识的基础上，他一反传统“本色”，大力改革词风，“以诗为词”成了他开创革新词派的主要手段。他在《与蔡景繁》信中说：“颁示新词，此古人长短句诗也，得之惊喜。试勉继之，晚即面呈。”而李清照却说苏词乃“句读不葺之诗”（《词论》），张炎《词源》论辛、刘（过）“豪气词”为“长短句之诗耳”，沈义父《乐府指迷》论词四标准，其第一条即为“音律欲其协，不协则成长短之诗”。同一句“长短句诗”，两者褒贬不同，态度迥异：苏轼认为词早该如此作，“得之惊喜”，并当即加以试作，急切欣喜之情，溢于言表；李清照等传统词派的理论代表却认为词绝不应如此作，严加申斥，不假稍贷。苏轼说：“近却颇作小词，虽无柳七郎风味，亦自是一家，呵呵！”（《与鲜于子骏》）他力图按“诗词一家”的原则来求“自是一家”，而李清照却声称词乃“别是一家”，坚守诗、词的森严壁垒。一字之差，意味着维护传统和革新传统的两种倾向。这就是正变之争的实质。

苏轼论词还崇尚作为艺术风格的“豪放”，并与“诗词一家”的主张联系起来。前引《答陈季常》已云：“又惠新词，句句警拔，诗人之雄，非小词也。”另一封《与陈季常》信中自称“近者新阕甚多，篇篇皆奇”。这与《与鲜于子骏》中谓《江城子·密州出猎》“令东州壮士抵掌顿足而歌之，吹笛击鼓以为节，颇壮观也”，同一充满自豪、自夸的口吻。言“雄”、言“奇”、言“壮”，足见苏轼艺术个性中崇尚豪迈俊发的一面。也应指出，在“诗词一家”认识的前提下，他也并不绝对排斥婉约、合乐。其《祭张子野文》云：“清诗绝俗，甚典而丽，搜研物情，刮发幽翳。微词宛转，盖诗之裔。”在《和致仕张郎中春昼》诗中还赞扬张先“浅斟杯酒红生颊，细琢歌词稳称声”，对张先词的“宛转”“细琢称声”亦多褒扬。他对秦观词的俚俗媟黩表示过不满，但对其雅正婉丽的作品却极为倾倒。苏轼自己词作不限于豪放风格一路也可从这里得到解释。然而，联系苏轼诗词文整个创作，其艺术个性无疑更倾向于豪健的一面。

我们在前面说过，苏轼及晁补之、陆游、朱弁等人在使用“豪放”一语时多从放笔快意的创作个性着眼，并不单指艺术风格。其实，这一创作个性与苏轼革新传统词风的“以诗为词”的手段是互为表里、互为因果的。他正是为了使词从“娱宾遣兴”的工具变为独立的文学样式，抒写自己的真情实感，追求最大的表达自由，才断然“以诗为词”进行多方面的改革：在题材内容上，跟诗一样，冲破“艳科”藩篱，达到“无意不可入，无事不可言”（《艺概》卷四）的境地；在手法风格上，跟诗一样，既有比兴含蓄，更擅直抒胸臆，以高远清雄的意境和豪健奔放的风格为主要艺术标准，对婉约词风也进行某些变革和发展；在形体声律上，不以应歌合乐为能事，而是追求词的诗律化，追求诵读的美听。这些原属“以诗为词”的主要内容也即是他所开创的革新词派的主要内容，却跟“豪放”一语牵合起来：既然作为创作个性的“豪放”与“以诗为词”是互为表里、互为因果的，晁补之、陆游、朱弁等人还用来解释过苏词不合乐律的原因，既然作为艺术风格的“豪放”又为苏轼所倾心，他还常与“诗词一家”的观点合在一起来论述，更由于清人两种“两分法”在实际内涵上的相同或相近，因此，所谓豪放词派和婉约词派实际上成了革新词派和传统词派的代名词。龙榆生先生说：“后人把它分作豪放、婉约两派，虽不十分恰当，但从大体上看，也是颇有道理的。这两派分流的重要关键，还是在歌唱方面的成分为多。”（《宋词发展的几个阶段》，见《词学研究论文集》）刘永济先生也说：“按词以婉约为正宗，其理由实因婉约派词家如美成、白石、玉田皆知音，其词皆协律，而词本宋之乐府，乐府诗皆应协律。正宗之说，根据在此。”（《词论》卷上《风会》）这两位词学前辈论豪放、婉约，都没有局限在张綖的风格分派之说内，而是从词的发展流变着眼，是很有见地的。

苏轼开创的革新词派以“豪放”命名，确有些名实不符。但只要了解它的历史来由和实际内容，且又约定俗成，今天仍可沿用。总之，豪放、婉约两派，不是严格意义上的文学流派，也不是对艺术风格的单纯分类，更不是对具体作家或作品的逐一鉴定，而是指宋词在内容题材、手法风格特别是形体声律方面的两大基本倾向，对传统词风或维护或革新的两种不同趋势。认识这种倾向和趋势对于宋词的深入研究是有重要意义的。对“二分法”的一些驳难都是以风格分派为立论前提的，但“二分法”的涵义实不仅如此，这些驳难也就迎刃而解了。

二、苏词和协律

指责苏词不协音律，是传统词派极为普遍的论点，成为苏词评价中的突出问题之一。其实，苏词有两种“律”：一种是乐谱式的词律，目的是付之歌喉，被之管弦，以求歌唱的谐婉动人；一种是平仄式的词律，主要不为歌唱，而是追求文字声韵的和谐，以求诵读的美听。

说苏词不协律，是指前者。但在宋人的言论中对其违律程度的估计却不一致。李清照说他“往往不协音律”（《词论》），陆游引“世言”，谓“东坡不能歌，故所作乐府词多不协”（《老学庵笔记》卷五），其他泛称其词“不入腔”者屡见记载。然而，曾为苏轼僚属的赵令畤却言时人“或谓”苏词“于音律小不谐”（《侯鲭录》卷八），胡仔说他“间有不入腔处，非尽如此”（《苕溪渔隐丛话·后集》卷二六），沈义父《乐府指迷》“豪放与叶律”条亦认为“不豪放处，未尝不叶律也”。由于词乐失传，宋词唱奏情况已莫明究竟，因此今天已不能准确判断上述两种估计孰是孰非。词的平仄或格式，原是为配合乐谱而形成的，我们虽不能从平仄声韵直接求得乐谱的宫商节拍，但还是能从中窥测大致的情形，舍此也无他途了。

就苏词与乐谱式词律的关系而言，大致有下列几种情形。

（一）对当时仍保留旧时歌法而且“声词相从”的流行词调和配合演奏的琴曲等，苏词守律颇严。《苕溪渔隐丛话·后集》卷三十九云：“唐初歌词多五七言诗，……今止存《瑞鹧鸪》、《小秦王》二阕。”可见《阳关曲》（即《小秦王》）在宋时仍为有谱之词。《梦溪笔谈》卷五《乐律》云：“古诗皆咏之，然后以声依咏以成曲，谓之协律”，因此歌词内容和曲调声情互相吻合；但到沈括时已大都不相一致，“今声词相从，唯里巷间歌谣及《阳关》、《捣练》之类，稍类旧俗”，说明只有《阳关曲》等少数词牌尚能配合曲调声情。李之仪《跋吴思道小词》云：“唐人但以诗句而用和声抑扬以就之，若今之歌《阳关词》是也。”也说明此调为当时习唱。苏轼在密州时曾据古本《阳关》对“阳关三叠”的唱法作过专门的考证（《东坡题跋》卷二“记阳关第四声”条）。宋杨偍《古今词话》（《花草粹编》卷十一引）、元杨朝英《阳春白雪》所载《阳关三叠》词，其结构即与苏说相符（第一句不叠，余三句叠）。正因为苏轼对此调熟稔，他所作《阳关曲》三首与王维原作《渭城曲》平仄四声严格相合：

王维《渭城曲》	去平平上入平平 渭城朝雨浥轻尘，	入上平平上入平 客舍青青柳色新。
苏轼《中秋作》	去平平上入平平 暮云收尽溢清寒，	平去平平上入平 银汉无声转玉盘。
苏轼《赠张继愿》	去平平上上平平 受降城下紫髯郎，	去上平平上去平 戏马台前古战场。
苏轼《答李公择》	去平平上入平平 济南春好雪初晴，	平去平平上入平 行到龙山马足轻。

（续表）

王维《渭城曲》	去平去上入平上 劝君更尽一杯酒，	平入平平平去平 西出阳关无故人。
苏轼《中秋作》	上平上去入平上 此生此夜不长好，	平入平平平去平 明月明年何处看？
苏轼《赠张继愿》	去平入上入平上 恨君不取契丹首，	平入平平平去平 金甲牙旗归故乡。
苏轼《答李公择》	上平入去入平上 使君莫忘霅溪女，	平入平平平上平 还作阳关肠断声。

从上表可知：

（1）若以平仄论，仅第二句第一字有两字不合（银、行），其他全合。俞樾解释道，此字“似乎平仄不拘，然填词家每每以入声字作平声用，右丞用客字，正是入声，或客字宜读作平也。盖此调第一句、第三句以仄平起，第二句、第四句以平仄起，若客字读仄声，便不合律。东坡《答李公择》及《中秋月》两首，次句均以平仄起可证也。惟《赠张继愿》用戏字，则是去声，于律失谐，或坡公于此小疏，又《玉篇》戏字有忻义、虚奇二切，此字借作平声读，或亦无害也”(《湖楼笔谈》卷六，见《第一楼丛书》九)。则平仄全部相符了。

（2）若以四声论，苏词三首共八十四字，仅“银”“戏”“行”“汉”“到”“战”“此”“使”“此”“不”十字不合，余七十四字全合。其他有出入各字，因依阳上作去、入派三声规律可以相通。如“浥”（影母）、“溢”（以母）、“雪”（心母）三字皆清入转上，因与“紫”（上声）同，“莫”（明母）字次浊入转去，与“更”（去声）同，“尽”（从母）阳上作去，与“夜”（去声）、“取”（上声）、“忘”（去声）相通，“断”（定母）阳上作去，与“故”（去声）同。

（3）第一句第一字皆用去声，结尾两平中皆同夹一去声字，一在句首，一在句尾，是在“起调毕曲”的歌唱吃紧之处，故毫不假借。第二句第五字必用上声，第三句末三字必用“入平上”，亦似非偶合，徐棨《词通·论律》曾指出苏轼此三词于王维原作“不独谨于句调，谨于平仄，抑且谨于四声”（《词学季刊》一卷三号），是正确的，总之，此乃苏词守律最严之著例。

苏轼著有《杂书琴事》《杂书琴曲》多则（见《东坡题跋》卷六），其中不乏此中人语，他的两首琴曲《醉翁操》和《瑶池燕》也是深谙乐律之作。

先说《醉翁操》。据苏轼此词自序，滁州琅琊山“泉鸣空涧，若中音会”，为欧阳修所激赏。后太常博士沈遵往游，“以琴写其声，曰《醉翁操》，节奏疏宕，而音指华畅，知琴者以为绝伦。然有其声而无其辞”，只是一首器乐曲。欧阳修“虽为作歌，而与琴声不合”，成为琴界憾事。三十余年后，沈遵琴友崔闲“恨此曲之无词，乃谱其声”，请苏轼补词。又据《渑水燕谈录》卷七，苏轼作此词时，“闲为弦其声，居士倚为词，顷刻而就，无所点窜”，“然后声词皆备，遂为琴中绝妙，好事者争传”。苏轼还写信给沈遵之子本觉法真禅师说：“二水同器，有不相入；二琴同手，有不相应。沈君信手弹琴而与泉合，居士纵笔作词而与琴会，此必有真同者矣。”能够顷刻之间一字不改地写出与琴曲音乐“真同”的词，又为当时和后世争传不绝，既见出苏轼对音乐的一定造诣，又说明这首词与乐曲音律的融合无间。叶梦得在《避暑录话》卷下中说，他于大观末亦遇崔闲于泗州南山，崔闲“坐玻璃泉上”，配合“涓涓淙潺”的泉声作琴曲多首，要求叶为他配词，方法是“闲乃略用平侧四声分均（韵）为句以授”叶，叶因对此道“了了略解”而未能当即应命。其实，叶梦得幼时已向信州道士吴自然学过琴。由此可以推知苏轼此词必合矩矱，否则不会引起时人的惊叹和他本人的自许。今日诵读原词：“琅然。清圜。谁弹。响空山。无言。惟翁醉中知其天。月明风露娟娟。人未眠。……”短句多，韵位密，多用平韵，间有拗句，吟诵一过，琴音的清圆婉和，泉声的琤琮叮咚，仿佛依稀可闻。郑文焯云：“读此词，髯苏之深于律可知。”（《东坡乐府笺》卷二引）这首词的音乐效果是毋庸置疑的。

再说《瑶池燕》。《侯鲭录》卷三云：“东坡云：琴曲有《瑶池燕》，其词不协，而声亦怨咽，变其词作闺怨寄陈季常云：此曲奇妙，勿妄与人。”按，《瑶池燕》即《越江吟》。《续湘山野录》云：“世传琴曲宫声十小调，皆隋贺若弼所制，最为绝妙。”其五即《越江吟》。宋太宗极为爱赏，“命词臣各探调制词。时北门学士苏易简探得《越江吟》”。因其首句为“非烟非雾瑶池宴”，故又名《瑶池燕（同宴）》。今即以两苏之作对勘如下：

苏易简《越江吟》 苏　轼《瑶池燕》	非烟非雾瑶池宴。片片。碧桃冷落谁见。 飞花成阵。春心困。寸寸。别肠多少愁闷。
苏易简《越江吟》 苏　轼《瑶池燕》	黄金殿。虾须半卷。天香散。春云和、 无人问。偷啼自揾。残妆粉。抱瑶琴、

（续表）

苏易简《越江吟》 苏　轼《瑶池燕》	孤竹清婉。入霄汉。红颜醉态烂漫。金舆转。 寻出新韵。玉纤趁。南风未解幽愠。低云鬓。
苏易简《越江吟》 苏　轼《瑶池燕》	霓旌影乱。箫声远。① 眉峰敛晕。娇和恨。

两词差别是：

（1）韵脚。东坡词首句于第四字多押一“阵”字韵。（但《苕溪渔隐丛话·前集》卷十六易简词首句作“非云非烟。瑶池宴”。“烟”字亦是韵脚。）其他只有两个韵脚声调不同：易简词之“婉”（上）、“远”（上），东坡作“韵”（去）、“恨”（去）。“散”“转”有上去两读，故与“粉”（上）、“鬓”（去）同声。其他韵脚声调全同。

（2）平仄四声。全词除韵脚外仅三个字四声不合：易简词之“落”（入）、“态”（去）、“烂”（去），东坡作“少”（上）、“解”（上）、“幽”（平）。其他“冷”（上）可通“零”（平）（一本即作“零”），与“多”（平）同声。“春”（平）实为“奏”（去）之误，考《周礼·春官·大司乐》云：“孤竹之管，云和之琴瑟，云门之舞，冬日至，于地上之圜丘奏之”，《历代诗余》卷一九即作“奏”，应从，故与“抱”（阳上作去）同声。“敛”有上去两读，故与“影”（上）同声。若以平仄论，全词竟只有一字不合（“烂”与

① 苏易简词，《续湘山野录》、《苕溪渔隐丛话·前集》卷一六引《冷斋夜话》所载文字不同，《钦定词谱》卷九录此词“从《花草粹编》订定”，今从之（又参见《词律》卷五杜文澜等校注）。苏轼词据《全宋词》本，但“来”“鬟”两字据别本改为“未”“鬓”。

“幽”）！苏轼谓易简原词“不协”，究其实仅止如此而已。这说明苏轼此词必严于守律，同时也使我们对于宋人的所谓“不协”有个具体的分寸感。

（二）部分苏词曾付之歌喉、被之管弦，其守律情形时严时松，颇多参差。根据苏轼词序及其他有关记载，今可考知曾被歌唱过的苏词大约有《水调歌头》（昵昵儿女语）、《哨遍》（为米折腰）、《江城子》（梦中了了醉中醒）、《减字木兰花》（维熊佳梦）以及上述《阳关曲》等三调五首（以上见词序）；还有《江城子》（老夫聊发少年狂）（见《与鲜于子骏》）、《水调歌头》（明月几时有）（见《铁围山丛谈》卷四）、《满江红》（东武城南）（见《岁时广记》卷一八引《古今词话》）、《永遇乐》（明月如霜）（见《独醒杂志》卷三）、《南歌子》（师唱谁家曲）（见《苕溪渔隐丛话·前集》卷五七引《冷斋夜话》）、《戚氏》（玉龟山）（见李之仪跋）、《蝶恋花》（花褪残红青杏小）（见《琅环记》卷中引《林下词谈》）、《玉楼春》（乌啼鹊噪昏乔木）（见《王直方诗话》）、《鹊桥仙》（缑山仙子）（见陆游《跋东坡七夕词后》），共十八首。如果再加上自度曲《皂罗特髻》《翻香令》《清华引》《荷华媚》和其他“檃括”体《定风波》（与客携壶上翠微、好睡慵开莫厌迟），则共二十四首。其中有的守律颇严。如《戚氏》（玉龟山），此词长达二百十几字，分三段。万树《词律》卷二十曾以它与柳永同调“晚秋天”一阕比较云：“‘云璈’句（第三段第七句）七字叶韵，与前调（指柳词）‘别来’句六字不叶异，其余俱同。人每谓坡公词不叶律，试观如此长篇，字字不苟，何常（尝）不协乎？”万树仅从平仄格式来衡量，“字字不苟”也嫌过誉。其实，平仄四声时有出入，叶韵方式亦有不同：柳词是平仄韵同部参错互叶，苏词大都用平声韵。但总的看来，确较严格，尤其像柳词的五个领格字，第一段“正”字，第三段“遇”“念”“渐”“对”字，苏词一律遵依，同作去声（仅“杳”字在句式上不属领格句，但字声仍为阳上作去）。柳词第三段“当年少日”、“对闲窗畔”二句，皆上一下三句式，苏词作“献金鼎药”、“望长安路”，亦并遵依。毛晋本调下注引李之仪（端叔）跋云：“东坡在中山（定州），宴席间，有歌《戚氏》调者，坐客言调美而词不典，以请于公。公方观《山海经》，即叙其事为题，使妓再歌之，随其声填写，歌竟篇就，才点定五六字而已。”[①]李之仪为苏轼知定州时僚佐，其言当可信。此词径为应歌而作，且实有意与柳词争胜，故严于守律，因难逞才。今苏词有三处在相同位置上与柳词用字全同：“当时”“正”“留连”，便见此中消息。陆游《老学庵笔记》卷九说苏轼对此词“最得意”，当包括妙合音律而言。

但有的守律颇疏。试以上述两首《江城子》为例。《江城子》上下两片各三十五字，格式相同。五代时仅只单片，至宋多依原曲重增一片，以不同的歌词重唱一遍。但以苏轼此两词四片对勘，结果是：

（1）“老夫聊发少年狂”一首，上下片四声不合者十一字，占三分之一，若以平仄不合者论，亦有二字；

---

① 李之仪《姑溪居士文集》卷三八《跋〈戚氏〉》记此事，文字有异。其中还说：“一日歌者辄于（东坡）老人之侧，作《戚氏》，意将索老人之才于仓卒，以验天下之所向慕者，老人笑而颔之。”

（2）“梦中了了醉中醒”一首，上下片四声不合者十三字，平仄不合者四字；

（3）两首逐字对照，四声不合者二十三字，平仄不合者四字。

这个数字比起《阳关曲》三首的情况来，相差就很大了。两首词虽说可歌，但一则说“令东州壮士抵掌顿足而歌之，吹笛击鼓以为节”(《与鲜于子骏》)，与当时一般用琵琶伴奏者完全异趣[①]；一则自谓东坡之雪堂犹如陶潜之斜川，“乃作长短句，以《江城子》歌之”，系随兴所书，然后借用词调付之歌喉而已。要之，此两词皆非酒宴应酬或争胜逞才之作，而是“满心而发，肆口而成”，自然于音律有所不顾了。这是他守律时严时松的原因之一。

（三）苏轼的大部分词作没有歌唱的记载，其中多数可以大致推断并无应歌的创作目的，其守律情况总的来说比较松弛。今试以苏、柳词作比较。柳永号称知律，今存《乐章集》其词调与苏轼同者有二十调，其中除《卜算子》《定风波》名同而调异（柳为慢词）、《瑞鹧鸪》格式大异外，以相同的十七调对勘，平仄四声互异之处颇为经见。例如《少年游》一阕，柳词有五十字、五十一字、五十二字三式，苏词两首皆五十一字，但句式有稍异处。以句式与柳词全同者比较，即柳之“层波潋滟远山横”与苏之“银塘朱槛曲尘波”，两词四声异者达二十字。再以柳五十字之“参差烟树灞陵桥”与苏之“去年相送”对照，不但柳词首七字句苏轼改为两

① 宋翔凤《乐府余论》:“北宋所作，多付筝琶，故啴缓繁促而易流。”姚华《与邵伯䌹论词书》:“五代北宋歌者皆用弦索，以琵琶为主器。”(《词学季刊》二卷一号)

个四言句，柳词结尾四、四、五句式苏改为七、三、三，而且四声异者达十八字，所占比例亦较大。尤如苏词结尾“恰似姮娥怜双燕”句，四平连用，于歌唱亦似有碍，且又在“毕曲”乐调吃紧之处。他如《清平乐》柳之“繁华锦烂”与苏之“清淮浊汴”，《诉衷情》柳之“年渐晚”与苏之“花尽后”等，四声异者随处皆有，几无清楚条理可寻，不再缕述。句式出入的情况也较突出。如《八声甘州》柳词首句“对潇潇、暮雨洒江天”为领格句，“对”字去声，苏词作“有情风万里卷潮来”，未合；其结尾倒数第二句柳词“倚栏干处”，中两字连属，为特殊句法。如吴文英同调“渺空烟”之“上琴台去”、张炎“记玉关”之“有斜阳处”皆同，而苏词作“不应回首”，又未合。《醉蓬莱》柳词“渐亭皋叶下”全词共有五个五言句，皆用上一下四句式，苏词“笑劳生一梦”首，四句合，一句未合；过片柳词为四个四言句，苏词变为六、六、四句式。《鹧鸪天》柳词“吹破残烟入夜风”首第三、四句，例作对偶（晏几道等皆如此），苏词此调共两首，一首合（“翻空白鸟时时见，照水红蕖细细香”），一首不合（“夜来绮席亲曾见，撮得精神滴滴娇”）。谢章铤《赌棋山庄词话》卷四曾举苏轼的两首词云：“其句法连属处，按之律谱，率多参差。”其实，这种情况不限于少数词作。至于用韵方面，鲁国尧先生曾以苏轼等二十位宋代四川词人的作品进行细致而全面的分析比较，其结果也以苏轼“出格”为多，他是“合韵（指不同韵部的合用）项目最多者之一，达七项。合韵较之于本韵，有碍于歌唱则是肯定的”（《宋代苏轼等四川词人用韵考》，见《语言学论丛》第八辑）。

应该指出，上述四声、句式、用韵等出入之处并非全部都是对乐律的违碍。以柳词而言，其同一词牌即有多种格式，如《倾杯乐》即有九十四、九十五、一〇四、一〇六、一〇七、一〇八（两体）、一一六字等八体，《洞仙歌》有一一九、一二三、一二六字等三体，《轮台子》有一一四、一四一字两体，《少年游》有五十、五十一、五十二字等三体，其四声、句式、用韵也不全同，甚至差别很大。但他精于乐律，深知何处应守、何处可守可不守，掌握了词牌的灵活性。苏词就不完全如此。后来词谱作者往往把这些歧异看成可平可仄或又一体之类，从歌唱乐律角度看，是不对的。例如苏轼的《归朝欢》（我梦扁舟浮震泽）与柳永同调之“别岸扁舟三两只”，句式全同，所押十二个韵脚竟有五个字同（淅、白、客、色、隔），连柳词上下片两结首字皆用入声（只、玉），苏词亦遵依（觉、莫），但平仄四声仍有参差。郑文焯《手批东坡乐府》云：“此与柳词同一体，其平侧微异处，正是音律之清浊相和，匪若万红友（树）所注可平可仄之例也。”（转引自《东坡乐府笺》卷二）这一审察是十分精细的。请以近事喻之。传唱一时的岳飞《满江红》（怒发冲冠）歌曲，原来是杨荫浏先生在20世纪20年代利用无名氏为萨都剌《满江红》（六代豪华）所谱写的曲调，配上岳飞词而成的。两词若衡以通常词谱，都是合律的；但在歌唱岳词时，不仅原曲谱未能充分表达岳词激昂慷慨的情绪，而且在字调配合曲谱音符上颇多牴牾。杨先生指出，如“怒发”“栏处”“望眼”“仰天”“里路”“胡虏”“待从”等处，在歌唱时发生了“倒字”（四声不合）的不良效果，这是由于违反了“以低音配上声字，以高音配去声字”的原则(《我和〈满江红〉》,见《人民音乐》1982年第10期)。而一般词谱仅分平仄,且在“怒”“栏”“望”仰”“里”“待从”等处皆注可平可仄。这说明歌唱确要区分上、去,平仄也不是随便可以通用的。今日宋词乐谱已亡,苏词与柳词等的歧异处,笼统地说是可平可仄或又一体之类显然不符歌唱的实际情形,但我们又无法确指哪些违例哪些不违例。从比勘的绝对数字来看,我们只能推测苏轼的这第三类词,比起《阳关曲》等五首词来,比起曾经配乐歌唱的词来,违律较多、较普遍,而这类词正占苏词的大多数。夏承焘先生说:“苏辛但工文字,不顾拗尽天下嗓子”,即概指苏词的一般情况。

苏轼对乐律虽非精诣但亦粗通。其《与子明兄》云:“记得应举时,见兄能讴歌甚妙。弟虽不会,然常令人唱,为何(作)词。近作得《归去来引》一首,寄呈请歌之。”则在嘉祐应举时尚不谙讴歌,但后常研习。吕居仁《轩渠录》记载苏轼有“歌舞妓数人”,常饮客侑歌。苏轼知密州时,刘攽曾听到苏词数阕,作诗赠之云:“千里相思无见期,喜闻乐府短长诗。灵均此秘未曾睹,郢客探高空自知(原误作欺)。不怪少年为狡狯,定应师法授微辞。吴娃齐女声如玉,遥想明眸颦黛时。”(《见苏子瞻所作小诗因寄》)借屈原“未睹此秘”(《南史·陆厥传》引沈约论声韵有“自灵均以来,此秘未睹”语)及宋玉曲高和寡之说来赞美苏词,戏谓苏轼当有师法授受,独得乐理之秘,与当时轻浮少年以歌词为戏不同。苏轼晚年常自歌咏,亦屡见记载。这都说明他对音乐的爱好和熟悉。上述《阳关曲》等五首的实例更是明证。

苏轼粗通乐律而其大部分词作又多违律，说明什么呢？这正是对词的一种新的创作意识的形成——主文不主声。就是说，苏轼主要不是以应歌为填词目的，而是把词作为与诗一样的独立抒情艺术手段，不愿思想感情的表达因迁就乐律而受到损害，不愿自由奔放的创作个性受到拘束，表现了词与音乐初步分离的倾向。苏轼最有名的《念奴娇》(大江东去)，其句式就有四句与常格不同（浪淘尽、小乔初嫁了、羽扇纶巾、故国神游），所押入声韵也是物、锡、薛、月诸部混而用之，就是因直抒胸臆而不拘乐律的突出例子。这一创作意识并不仅是苏轼一人如此。《碧鸡漫志》卷二云："王荆公长短句，不多合绳墨处，自雍容奇特。""雍容奇特"往往是"不多合绳墨处"，与沈义父评苏词"不豪放处，未尝不叶律"，正反角度不同，含意完全一样，都反映出反传统的新的创作意识。只不过王安石毕竟彼众我寡，未能独立门户，而苏轼以倾荡磊落之才驰骋词笔，恣意抒写，突破倚声协律的常规，才开一代新风气。

钟嵘《诗品序》提出，"韵入歌唱，此重音韵之义也"，这是讲歌唱之律；但梁时的诗歌"既不被管弦，亦何取于声律耶"？"但令清浊通流，口吻调利，斯为足矣"，这是讲"讽读"之律。苏词算不上歌唱之律的典范，但他对讽读的音乐性却是潜心追求的。这完全适应苏轼当时词坛所面临的词与音乐初步分离的情势。

诵读但求平仄，不讲四声，这是从沈约"永明体"到唐代律诗形成的一条经验教训。宋词在与音乐初步分离的情势下，其格律亦趋于诗律化，即以两平两仄交替迭用的重复平仄律为基础；但又充分发挥其句式上的长短互节、奇偶相生，韵位的疏密变化、韵部通用以及平仄字声在联、节、篇的多种变化，而形成另一种声情相称、谐婉美听的音律。所以，它是诗律化而不是被律诗所同化。苏轼对此作出了自己的贡献。

仍以《江城子》为例。前面从歌唱乐律的角度，我们已推测它可能违律较多；但就平仄式词律而言，则又十分谨严。苏词此调共九首，每首十八句，全是律句，每句平仄亦全同（个别字在一三五处小有出入），以构成全词和谐的一面；但律句之间，多不符粘对规律，如上下片前面的两个三言句，皆作"仄平平，仄平平"的重复句，又构成拗怒的一面；而上下片后面的两个三言句，又皆作"平仄仄，仄平平"，且处于结句地位，这又使全词在拗怒中显出和谐的统一基调。九首平仄一律，见其守律不苟。

如果说，《江城子》的格律多依前人成例，那么，他的两首《洞仙歌》则证明他对音律的匠心独运。《洞仙歌》一调，首见于唐《教坊记》，柳永《乐章集》兼入中吕、仙吕、般涉三调，句式不一，字数也有一二一、一二三、一二六字不等。苏轼两词"冰肌玉骨"为八十三字，"江南腊尽"为八十四字，除下片第四句一为五言句、一为六言句外，其他句式及平仄基本相同，极少例外。两词一咏花蕊夫人，一咏柳树，极尽缠绵悱恻之能事，其音节舒展回环，声情融为一体，全词亦以律句为主，仅上片安排两个拗句。韵脚全用去声，去声激厉劲远，转折跌宕，收到浏亮而又含蓄之效。尤如两词结句："但屈指西风几时来，又不道流年，暗中偷换"和"又莫是东风逐君来，便吹散眉间，一点春皱"，都由两个领格句一气连缀而成，领字（但、又、又、便）皆用去声，所领之句一为七言，一为两个四言，又富变化，把时不我待的感慨或东风催春的期望表达得深曲和深沉。

苏词的平仄有的与通行格式不同，他对音节的推敲正可从这类不同处寻味。如《满江红》下片第五句，一般作“仄平平仄仄”（如岳飞《满江红》的“驾长车踏破”），苏轼五首此句为“空洲对鹦鹉”、“文君婿知否”、“相将泛曲水”、“相看恍如昨”、“何辞更一醉”，都改作“平平仄平仄”（“曲”“一”，入作阴平，“看”有平去两读），这就不是偶然的了。他大概有意打破两平两仄相间的复式平仄律，而变为一平一仄相间的单式平仄律。例如他的《念奴娇》（大江东去），全词大都为律句，仅三个拗句，而此三个拗句都符合单式平仄律：一为过片句“遥想公瑾当年”作“平仄平仄平平”，二为上下片结句“一时多少豪杰”，“一樽还酹江月”，皆作“仄平平仄平仄”，都有一平一仄更迭，对全词悲壮勃郁情怀的表达，助益甚大。又如《雨中花慢》一调，苏轼有三首（今岁花时深院、邃院重帘何处、嫩脸羞蛾），其前片结句各为“有国艳带酒，天香染袂，为我留连”，“空帐望处，一株红杏，斜倚低墙”，“又岂料正好，三春桃李，一夜风霜”，皆第一句作拗句（仅一个平声字），二、三两句却为律联，先拗后谐。而一般格式却先谐后拗：第一句作律句，二、三两句律句失对，为重叠句，如柳永“坠髻慵梳”之“把芳容陡顿，恁地轻孤，争忍心安”，张孝祥“一叶凌波”之“恨微颦不语，少进还收，伫立超遥”，皆取“仄平平仄仄，仄仄平平，仄仄平平”格式。苏词的这些变化，都为了造成别一种吟诵腔吻。从数首变化相同来看，他不是率意为之的。

以上数例可以说明苏轼对诵读的音乐性的重视。因此他的词一般读来朗朗上口，而无棘喉涩舌之弊，偶有拗折处，适足以表示盘旋吞吐、勃郁不平的胸襟。后世的许多词谱作者往往以苏词作为词牌的实例。如万树《词律》取苏词者有正体十三调，又一体七调，共二十调。他的词在平仄式词律中具有相当重要的示范作用。

三、从词乐分离的客观趋势看苏词的革新意义

苏词产生以后一直受到“变体”“别格”“非本色”等严重指责。有趣的是，一些辩护者也往往从尊体的角度来肯定苏词。南宋初年王灼的《碧鸡漫志》是第一部词学专著，最早对苏词的革新意义给以崇高而正确的评价：“东坡先生非心醉于音律者，偶尔作歌，指出向上一路，新天下耳目，弄笔者始知自振。”（卷二）但此书的主旨是揭橥“合乐而歌”的标准追溯词的远祖，借以抬高词的地位，所谓“古歌变为古乐府，古乐府变为今曲子，其本一也”（卷一），这使他对苏轼的突破音律采取事实上承认、口头上否认的矛盾态度：既然苏轼“非心醉于音律”，无异承认了于律有舛，但又指斥“今少年妄谓东坡移诗律作长短句”，其实，何“妄”之有？清代刘熙载则从内容、风格上立论：“太白《忆秦娥》，声情悲壮，晚唐、五代，惟趋婉丽，至东坡始能复古。后世论词者，或转以东坡为变调，不知晚唐、五代乃变调也。”（《艺概》卷四）其言辩而有据，把“变调”的帽子扔给了对方。但囿于“正变”之争并不能说明问题的实质。苏词的革新意义在于它代表着词史发展中的两个

趋势：诗词合流（不是同化）的趋势和词乐分离的趋势。这两个趋势是统一的：不仅死守乐律不能充实内容、提高意境和风格，内容的革新和扩大必然导致体制的变革，而且后者是前者的重要标志，使词脱离音乐的附庸地位而变成一种律化的句数固定的长短句诗，一种新型的格律诗。不少论者却认为，"词一经和乐脱离了关系，也就加速它的僵化和死亡"（孙正刚《词学新探》），或认为词的题材扩大便"失去了抒情的价值"，"苏轼出而开豪放一派，词也就衰了"（刘尧民《词与音乐》），似可商榷。

歌唱是一种复合艺术，包括音乐因素和文学因素。音乐和文学原本都是独立的艺术，两者结合得好，音乐可以借歌词而使其所表现的思想感情明确化，歌词则由乐调的渲染而获得更丰富的情韵和意境。《古今乐录》云："诗叙事，声成文，必使志尽于诗，音尽于曲。"但这样高度融为一体的天衣无缝之作，一般很难达到，甚至是不可能的。托尔斯泰《艺术论》在论及歌剧时说："为了使一个艺术领域中的作品和另一个艺术领域中的作品相符合，就必须有下述的不可能的事发生：既要使两个属于不同的艺术领域的作品显得非常有特色，和过去存在的任何东西都不相似，同时又要使它们符合，而且彼此非常相似。"他甚至断言，如果音乐作品和文学作品能相符合，"那么其中之一是艺术作品，另一个便是赝造品，或者两者都是赝造品"。此论或许有偏，但他从歌唱艺术声辞相得的极诣要求出发，深刻地揭露了两种因素的内在矛盾。

由辞配乐还是依乐作辞就是一个突出的矛盾，实质上是何者为主的问题。我国的早期文献大都记载先有诗后才合乐制曲，如

《尚书·尧典》云:“诗言志，歌永言，声依永，律和声。”但在实际创作中，两种方式并行发展。沈约《宋书·乐志一》云:“凡此诸曲（按，指吴歌杂曲），始皆徒哥（歌），既而被之弦管。又有因弦管金石，造哥以被。”即是两种配合乐器伴奏的不同方式。元稹《乐府古题序》把《诗经》《楚辞》之后的韵文合乐的情况分为两大类:“操”以下八体“皆由乐以定词，非选词以配乐”，即先乐后辞，为乐造文;“诗”以下九体，“皆属事而作，虽题号不同，而悉谓之为诗可也。后之审乐者，往往采取其词，度为歌曲。盖选词以配乐，非由乐以定词也”，即先辞后乐，为文造乐。前一方式“因声以度词，审调以节唱。句度短长之数，声韵平上之差，莫不由之准度”，这样，歌词的写作往往为了迁就曲谱而影响其思想感情的自由抒发；后一方式，率意为辞而后协律配曲，则又影响乐曲旋律的自由演进。所以诗歌和音乐理应“合则两美”以发挥更大的艺术作用，但却不免“合则两伤”，影响各自特性的发挥。

词的创作，除初创词牌及自度曲外，绝大多数是属前种方式，即按谱填词，这比之后种方式更扩大了诗歌和音乐的矛盾。填词必以曲拍为准，一个词牌篇有定句，句有定字，字有定声，不仅讲平仄，而且讲四声阴阳，限制过严，束缚手脚，降及南宋的部分词家，更是其法益密，其境益苦了。填词又必须顾及曲调的音乐形象和情调，但如前所述，沈括曾指出北宋时大多数词已是声辞相违，甚至“哀声而歌乐词，乐声而歌怨词”，龃龉抵触，格格不入（《梦溪笔谈》卷五《乐律》），即使声和辞在全首基本相合，但要达到每字每句情调一致还是十分困难的。词牌的曲调又不是一成不变的，而一般作者只能按固定腔式填词，则又跟不上曲调的实际变化。最后，歌唱艺术的重心又不能不在音乐方面，花间宴筵，尊前侑酒，人们追求的是歌喉的动听，管弦的美妙，而忽略文辞的文野高下。沈括说："后之为乐者，文备而实不足。乐师之志，主于中节奏、谐声律而已。"（同上）说明北宋"乐师"但求节奏准确、音律和谐，不重歌唱内容。迄至南宋，郑樵又提出："诗在于声，不在于义。犹今都邑有新声，巷陌竞歌之，岂为其辞义之美哉，直为其声新耳。"（《正声序论》，见《通志》卷四九《乐略第一》）把歌词置于歌唱的无足轻重的地位，自然阻碍词在文学方面的发展。

从北宋开始，不少人在"复古"的口号下对这一方式提出责难。王安石说："古之歌者，皆先有词，后有声，故曰：'诗言志，歌永言，声依永，律和声。'如今先撰腔子，后填词，却是'永依声'也。"（《侯鲭录》卷七）王灼虽然承认古乐府"当时或由乐定词，或选词配乐，初无常法"，但"古法"却是先词后谱："古人初不定声律，因所感发为歌，而声律从之。""今先定音节，乃制调从之，倒置甚矣。"（《碧鸡漫志》卷一）到了北宋末年，这种"倒置"的创作方式波及"雅乐"，也引起人们的不满。《宋史·乐志五》记绍兴四年"国子丞王普言：按《书·舜典》，命夔曰：'诗言志，歌永言，声依永，律和声。'盖古者既作诗，从而歌之，然后以声律协和而成曲。自历代至于本朝，雅乐皆先制乐章而后成谱。崇宁以后，乃先制谱，后命词，于是词律不相谐协，且与俗乐无异。""崇宁以后"，指宋徽宗崇宁间设立大晟府以后；所谓"俗乐"即指词。朱熹《答陈体仁》亦云："诗之作本为言志而已。方其诗也，未有歌也，及其歌也，未有乐也。以声依永，以律和声，则乐乃为诗而作，非诗为乐而作也。”他更进一步说：“故愚意窃以为诗出乎志者也，乐出乎诗者也。然则志者诗之本，而乐者其末也。末虽亡不害本之存。”（《朱文公文集》卷三七）与郑樵之说截然相反，这不啻声言词脱离音乐而独立的合理性。

苏轼对歌唱艺术中文学和音乐因素的矛盾有过实际的体会。在《醉翁操·引》中，他于称赞沈遵所作《醉翁操》器乐曲为“绝伦”后说：“然有其声而无其辞，翁（欧阳修）虽为作歌，而与琴声不合；又依楚词作《醉翁引》，好事者亦倚其辞以制曲，虽粗合韵度，而琴声为词所绳约，非天成也。”这里指出先谱后词使歌词“与琴声不合”，先词后谱则又使琴声未臻于“天成”。他填写的新词才达到“真同”，即声辞融合的极致。但这样成功的合作实在是可遇而不可求的了。就词的创作而论，既然合则难求兼美，不如离则各不相妨，歌唱艺术以后将由元曲代兴了。

宋词从合乐到不合乐已成为实际的发展趋势。文人词日益多不可歌，或不以可歌为创作目的。杨缵《作词五要》的第三要说：“第三要填词按谱。自古作词，能依句者已少，依谱用字者百无一二。词若歌韵不协，奚取焉！”张炎《词源序》提到“旧有刊本《六十家词》，可歌可诵者，指不多屈”。《词源》“音谱”条还提到填词不能“只依旧本之不可歌者一字填一字”，即是旧本中多有不可歌之词。他还感叹当时“赏音者”之少：“余谓有善歌而无善听，虽抑扬高下，声字相宜，倾耳者指不多屈。”（《意难忘·序》）音乐的耳朵是由音乐培养而成的，“倾耳者指不多屈”正是“可歌可诵者指不多屈”的结果。沈义父《乐府指迷》云:“前辈好词甚多,往往不协律腔,所以无人唱”,都是有力的说明。

原因之一是依谱填词,协律太难。张炎说:“词之作必须合律,然律非易学,得之指授方可。”还说:“今词人才说音律,便以为难,正合前说,所以望望然而去之。”(《词源》“杂论”条)沈义父也指出,“词之作难于诗”即在于“音律欲其协”之不易。朱熹早已说过:“今之士大夫,问以五音十二律,无能晓者。”(《朱子语类》卷九二《乐类》)一般词人缅律病吕,势所必然。两宋号称知律的词家,不过柳永、周邦彦、姜夔、吴文英、杨缵以及张枢、张炎父子数人而已,他们的作品也难做到严丝合缝。方成培《香研居词麈》卷三“李清照论词”条云:“余尝取柳永《乐章集》按之,其用韵与段(安节)说合者半,不合者半,乃知宋词协韵,比唐人较宽”,“大抵宋词工者,惟取韵之抑扬高下与律协者押之,而不拘于四声”。周邦彦身为大晟府提举官,他的词传唱颇广,但张炎犹谓其“而于音谱且间有未谐,可见其难矣”(《词源序》)。谢章铤《赌棋山庄词话》卷四谓姜夔于音律“时有出入”,“细校之不止一二数也”。

其实,宋人对于字调的四声阴阳和音律的七音关系的认识,还处于摸索的幼稚阶段,并没有找出明确的对应相配的规律,协律与否必须按之管弦始能判断。张炎记他父亲张枢关于修改“琐窗深”的有名例子,即由“深”而“幽”而“明”(见《词源》下卷),据后世不少学者解释,这是因“深”字前面的“窗”字是阴平,应配阳平的“明”字,而“深”“幽”皆为阴平,故不协。如果张枢知此规律，就不必一改再改，径直找个阳声字即可。周密《志雅堂杂钞》卷七云："余向游紫霞翁（杨缵）门。翁精于琴，善音律。有画鱼周大夫者善歌，间令写谱参订，虽一字之误，必随证其非。余尝叩之云：'五凡工尺，有何义理，而能暗诵如流？且既未按管，安知其误？'翁笑曰：'君特未究此事耳，其间义理，更有甚于文章。不然，安能记之！'"也谓"既未按管，安知其误"；杨缵虽精于此道，比时人高出一头，但也语焉不详。于是词人因求协律而殚精竭虑的记载不绝于书。姜夔的《庆宫春》，"盖过旬涂稿乃定"(《庆宫春·序》)；他要作一阕平韵《满江红》，"久不能成"，后于偶然机缘才得作成(《满江红·序》)。周密咏西湖十景的《木兰花慢》是"冥搜六日而词成"，但杨缵仍指出于律未谐，"遂相与订正，阅数月而后定"(《木兰花慢·序》)。从这些行家里手的身上不也可窥见词与音乐分离的必然趋势吗？事实上，像张炎的词，从词序和题材内容看，似也大都非为应歌，如不少题书画卷册之作，如"以词写之"，"作此解以写我忧"，"久欲述之"，"述此调"乃至"不能倚声而歌也"等语，都是明证。

原因之二是词的乐谱日渐亡失，或虽有乐谱却不在文人中流传。唐五代的有些乐谱在北宋前期就已失传。苏轼《浣溪沙》(西塞山边白鹭飞)序云："玄真子（张志和）《渔父》词极清丽，恨其曲度不传，故加数语，令以《浣溪沙》歌之。"因《渔父》是七七三三七句式，与《浣溪沙》六句七言句大致相合。后黄庭坚《鹧鸪天》(西塞山边白鹭飞)序云："表弟李如篪云：'玄真子《渔父》语，以《鹧鸪天》歌之，极入律，但少数句耳。'因以玄真子遗事足之……”因《鹧鸪天》除七句七言句外，还有两个三言句，与张志和原词句式更合，故谓“极入律”，但都说明原谱已失。李之仪《跋小重山词》云：“右六诗，托长短句寄《小重山》，是谱不传久矣。”则《小重山》谱亦已不传。因此，姜、吴一派重律的词人得一乐谱，往往郑重叮咛，极为珍视。如姜夔从“乐工故书中得商调《霓裳曲》十八阕，皆虚谱无辞。……予不暇尽作，作《中序》一阕传于世”（《霓裳中序第一》序）。周密《解语花·序》：“羽调《解语花》，音韵婉丽，有谱而亡其辞”，他因“倚声成句”。他们都有配词以传谱的用意，反证此类乐谱在他们心目中已是遗韵绝响。不仅古谱时有亡佚，即同时人所作亦常失传。秦观《醉乡春》（唤起一声人悄）一阕，“东坡爱其句，恨不得其腔”（《苕溪渔隐丛话·前集》卷五十引《冷斋夜话》）。吴文英有自度曲《西子妆慢》，张炎喜而填之，但“旧谱零落，不能倚声而歌”（《西子妆慢·序》），只好成为一首脱离音乐的文学词。乐谱的极易亡佚说明它不被一般词人所普遍重视，正是大多数文人词已从音乐为主发展到文学为主的反映。

与文人词大都不可歌的情况相反，当时传唱者多为市井率俗俚词。张炎云：“昔人咏节序，不惟不多，付之歌喉者，类是率俗，不过为应时纳祜之声耳”，并举例说在清明、端午、七夕时常歌柳永等俚词，而周邦彦、史达祖等“措辞精粹”之作反而“绝无歌者”（《词源》卷下《节序》）。沈义父更云：“秦楼楚馆所歌之词，多是教坊乐工及市井做赚人所作，只缘音律不差，故多唱之。求其下语用字，全不可读。”（《乐府指迷》“可歌之词”条）陶宗仪《南村辍耕录》卷二十七“燕南芝庵先生唱论”条更把“子弟不唱作家歌”作为“凡唱所忌”的第一忌（又见元杨朝英《阳春白雪》）。“作家歌”即《避暑录话》卷三称秦观词“语工而入律，知乐者谓之作家歌”，也就是欧阳炯《花间集序》所说的“诗客曲子词”。沈曾植《全拙庵温故录》谓芝庵“盖金、宋间人”，则更在张、沈之前。文人词之多不传唱，由来已久。

这里还需一提的是南宋一部乐谱总集《乐府混成集》（其他见于记载的宋代词谱还有《宴乐新书》《行在谱》，今俱失）。周密《齐东野语》卷十“混成集”条云：“《混成集》，修内司所刊本，巨帙百余，古今歌词之谱，靡不备具。”此书钱大昕《元史新编艺文志》“词曲类”谓有“一百五册”。明万历间张萱等编《内阁藏书目录》卷五“乐府混成集”条亦存一百五册，谓“莫详编辑姓氏，皆词曲也。内有腔、板谱，分五音十二律类次之。原一百二十七册，今阙二十二册”。明王骥德《曲律》卷四云：“予在都门日，一友人携文渊阁所藏刻本《乐府大全》又名《乐府浑成》一本见示，盖宋元时词谱（原注：即宋词，非曲谱）。”此书今亦失。修内司原是负责宫城、太庙修缮之事的机构，绍兴三十一年废教坊司后，它又掌管乐工，“每遇大宴，则拨差临安府衙前乐人等充应，属修内司教乐所掌管”（《都城纪胜》“瓦舍众伎”条）。此书卷帙浩繁，当时仅在乐工中流传，词人很少接触。周密说到此书有“《霓裳》一曲共三十六段”，又有《杏花天》，此“二曲皆今人所罕知云”。而姜夔从“乐工故书中”所得《霓裳曲》却为十八阕（《霓裳中序第一·序》），好乐如姜夔，此书亦未寓目。其次，王骥德云：“林钟商一调中，所载词至二百余阕，皆生平所未见。”既云“生平所未见”，则知调皆僻腔，词非文人雅词。他又谓“所列凡目，亦世所不传。所画谱绝与今乐家不同。有《卜算子》、《浪淘沙》、《鹊桥仙》、《摸鱼儿》、《西江月》等，皆长调，又与诗余不同”。而其所称“佳句”，则举“酒入愁肠，谁信道都做泪珠儿滴。又怎知道恁地相忆，再相逢，瘦了才信得”，其辞俚俗浅显，可见一斑。诚如蔡嵩云先生所说：“两宋词家虽多，其协律之作，实如凤毛麟角，今世所传雅词，在当时多不能唱，可唱者，反为当时盛行、后世不传之俚词。词之音律与辞章分离，盖自宋代已然矣。”（《乐府指迷笺释·引言》）从《乐府混成集》也可反映这种“文士不重律，乐工不重文”的情况，看出宋词向元曲过渡的轨迹。

总之，苏轼所开创的豪放词派即革新词派适应了宋词发展的客观趋势，改变了词附属于音乐的地位，打破了词与诗的森严壁垒，使词作为独立的文学样式得以继续发展，才造成宋词繁荣发达、多姿多态的局面。平心而论，比之唐代律诗，苏轼对词体的革新精神和成果，还没有得到充分的发扬和利用，宋词在形式体制上的长处还大有可以用武之地。我们今天建立新的格律诗必须借鉴古典诗歌的艺术经验，苏轼的豪放词派比之律诗乃至周、姜一派词，似可提供更多的东西。

（原载《中华文史论丛》1984年第2辑）

8

曾巩及其散文的评价问题

曾巩是一位擅名两宋、沾丐明清却暗于现今的作家。庆历元年（1041）他始识欧阳修时，欧便“见其文奇之”（《宋史·曾巩传》）；次年曾巩落第南归，欧作《送曾巩秀才序》说：“曾生之业，其大者固已魁垒，其于小者，亦可以中尺度，而有司弃之，可怪也。”惋惜抱屈之情，溢于言表。他并认为，“过吾门者百千人，独于得生（曾巩）为喜”（曾巩《上欧阳学士第二书》）。他曝书得王安石《许氏世谱》，忘其谁作，说“介甫不解做得恁地，恐是曾子固所作”（《朱子语类》卷一三九引）。无独有偶，在知贡举时，他得苏轼《刑赏忠厚之至论》，大为激赏，也以为是曾巩所作（苏辙《东坡先生墓志铭》）。在这位一代文宗的心目中，似乎凡有杰构佳篇必出曾巩之手。他的两位门生王安石和苏轼对曾巩也推崇备至。王安石《答王景山书》说：“足下又以江南士大夫为无能文者，而李泰伯、曾子固豪士，某与纳焉。”《与段逢书》说：“巩文学议论，在某交游中不见可敌。”他的《赠曾子固》诗写道：“曾子文章众无有，水之江汉星之斗。挟才乘气不媚柔，群儿谤伤均一口。”并说即使曾巩贫贱早死，也已可与班固、扬雄并肩了。苏轼则在《送曾子固倅越得燕字》中说，“醉翁门下士，杂遝难为贤，曾子独超轶，孤芳陋群妍”，还把他比作遨游“万顷池”的横海鳣鲸。而作为“苏门六君子”之一的陈师道，实仅独师曾巩，甚至把他与孔子并称。曾巩的座师、至友、门生的这些评价，反映出曾巩生前享有崇高的文学声誉和学术声誉，诚如《宋史·曾巩传》所云：“巩一出其力为文章，……一时工作文词者，鲜能过也。”

降及南宋，盛誉不衰。朱熹独服膺曾巩，他的《跋曾南丰帖》云：“余年二十许时，便喜读南丰先生之文，而窃慕效之，竟以才力浅短，不能遂其所愿。”（《晦庵先生朱文公文集》卷八十四）吕祖谦在编选《古文关键》时，只取曾巩，不取王安石，可见时尚。元末明初人朱右始选他与韩柳欧苏王等八家文为《八先生文集》，后衍为“唐宋古文八大家”之称，更奠定了他在散文史上的重要地位。明代的王慎中、唐顺之、茅坤、归有光，清代的方苞、刘大櫆、姚鼐等大都师范曾氏，奉为圭臬。自宋至清，虽也有个别贬抑曾巩的言论，但不占主导。

在1949年以后的古典文学研究中，曾巩却颇遭冷落。几部文学史大都一笔带过，研究论著竟付诸阙如。尽管其间不为无因，但与他的“大家”地位总是很不相称的。朱熹曾说过，“予读曾氏书，未尝不掩卷废书而叹，何世之知公浅也”（《南丰先生年谱序》，见《元丰类稿》卷首）。加深对曾巩的认识和研究，在今天看来仍然是必要的。

一

曾巩在《祭欧阳少师文》中说：“言由公诲，行由公率。”的确，他以欧阳修为自己的楷模和表率，其思想特点和散文艺术都深受欧氏的影响。叶适《习学记言序目》卷四十七指出,“以经为正,而不汩于章读笺诂,此欧阳氏读书法也”。这跟“庆历以前,学者尚文辞,多守章句注疏之学”(《能改斋漫录》卷二引《国史》)的时风各异其趣,也不同于宋初以来古文家单纯以儒学相号召而缺乏现实内容的复古倾向。根于早期儒学,注重经世实用,欧阳修的这一思想是曾巩一生奉行不懈的指导原则。庆历二年他在《上欧阳学士第二书》中回忆欧“坐而与之言,未尝不以前古圣人之至德要道、可行于当今之世者,使巩薰蒸渐渍,忽不自知其益,而及于中庸之门户,受赐甚大,且感且喜”。谆谆师教,铭刻在心,使他对“今世布衣多不谈治道”(《上田正言书》)深致不满。他的《筠州学记》反对汉儒“争为章句训诂之学,以其私见妄臆穿凿为说,故先王之道不明”,《王深甫文集序》推重王回能复先王之道,“破去百家传注”,《新序目录序》也指斥汉儒“传记百家”之学,并指出“其弊至今尚在”。这符合当时学术思想的发展潮流,即从汉代的章句笺注经学到宋代务明大义的义理之学,对于用儒家之道来研究治乱、重视世用,是有积极意义的。所以,曾巩的文章固然打上了重重叠叠的“至德要道”的儒学烙印,但不能概以“迂腐之谈”目之,而是包含着相当丰富的“可行于当今之世”的现实内容。

(一)发扬民本思想,重视民生疾苦。曾巩吸取早期儒家“民惟邦本”“民为贵”的思想,把人民的祸福利害作为衡量治道得失的主要标准。他的《洪范传》在哲学的思辨方面虽然不及王安石同题著作的细致、深刻,但在社会政治思想方面却有更多的发挥。如释“王省惟岁,卿士惟月,师尹惟日”三句,王安石仅解为“言自王至于师尹，犹岁月日三者相系属也”，并无多少内容；曾氏却说：“王计一岁之征而省之，卿士计一月之征而省之，师尹计一日之征而省之。所省多者，其任责重；所省少者，其任责轻，其所处之分然也。”指出人君比之臣下负有更大的治国安邦的责任。又如释“五福”“六极”，他说：“福极者，人君所以考己之得失于民。福之在于民，则人君之所当向；极（指穷极祸事）之在于民，则人君之所当畏。”这就是说，人民的福祸是人君决定去取的唯一准则。作为人君，人民的安乐或祸患才是“考吾之得失者尽矣，贵贱非考吾之得失者也”。正是在这种思想基础上，曾巩一生在做地方官任上，都竭力为人民消灾弭难，政绩卓著，他的一些文章也是如此。如关于救荒问题，他的记叙文《越州赵公救灾记》和议论文《救灾议》合并一读，很有启发。前文详细记载赵抃于熙宁八年（1075）在越州救灾的经过。先写赵抃对“灾所被者几乡？民能自食者有几”等七个方面问题的摸底调查；继写他对各类灾民的不同赈救措施：孤老疾弱不能自食者，筹集廪粟救济之，能自食者给以平粜粮，又用以工代赈的办法增加其收入，对负债者、弃男女者、患病者等都有相应的措置；最后曾巩自称，他之所以把这场特大灾害的救治过程写得“委曲纤悉，无不备者”，是因为“其施虽在越，其仁足以示天下，其事虽行于一时，其法足以传后世”，为荒政史留下一份珍贵的原始材料。《救灾议》是写曾巩提出有关救济办法的一项具体建议：是每天发放口粮、单纯活口好，还是一次性高额赈贷，生产救灾好？文章设想周到，议论深微。叶适曾批评说：“米百万斛，钱五十万贯尔，何至恳迫繁缕如此？若大议论，又将安出?”(《习学记言序目》卷五〇)他不理解曾巩的不惮辞费，正是他“有志于民”思想的反映。

（二）研讨治国之道，关心吏治，砥砺臣节。曾巩之父曾易占留心国事，曾著《时议》十卷行世，对当时治国方略多所建明（见王安石《太常博士曾公墓志铭》)。曾巩一如乃父，对安邦治国也是潜心研讨的。他的《本朝政要策》一文，系统地考察了宋朝考课、贡举、铨选、学校、训兵、任将、南蛮、契丹、户口版图、钱币、赋税、边籴等五十事项，涉及政治、军事、财政等各个方面，反映出他的政治视野比较广阔。而吏治问题尤其是他注意的中心。友人赴外任，他总是以竭尽职守相期待。《送江任序》《送李材叔知柳州序》两文，一是送临川人江任赴任丰城令，做本地“父母官”，一是送中原人李材叔去边缘柳州任知州。前篇对比中原人去边地任职之难和本地人任职本地之易，本地官由于熟悉风土人情，就“能专虑致勤，营职事以宣上恩，而修百姓之急，其施为先后，不待旁咨久察，而与夺损益之几，已断于胸中矣；岂类夫孤客远寓之忧，而以苟且决事哉!”因此理所当然地盼望丰城大治局面的出现。后篇则指出南越（南粤）长期落后是由于历来官吏“倾摇懈弛，无忧且勤之心”的缘故，继而剖析南越的有利条件：交通方便，民风淳厚，物产丰富，只要官吏有“久居之心又不小其官”,“为越人涤其陋俗而驱于治”，是指日可待的。前后两篇论题看来似有矛盾，但曾巩要求所有地方官吏竭尽职守的思想则是一致的，因而他根据不同对象的具体处境着重阐述能够达于至治的各种条件，渴望吏治清明，其中融注了他对人民生活的深切关怀。

对于在朝任职的官吏，他常强调诤谏应具的品质和原则。他的二序一跋《范贯之奏议集序》《先大夫集后序》《书魏郑公传后》都以此为题。如果说，他推崇范师道（贯之）的直气切谏，是因他是为《奏议集》作序，尚属题中应有之义的话，那么，他为祖父曾致尧的文集作序，独独从“勇言当世得失”这点来概括祖父的生平大概，足见他的属意所在了。他说：“公于是勇言当世之得失，其在朝廷，疾当事者不忠，故凡言天下之要，必本天子忧怜百姓、劳心万事之意，而推大臣从官执事之人，观望怀奸，不称天子属任之心，故治久未洽。至其难言，则人有所不敢言者。虽屡不合而出，而所言益切，不以利害祸福动其意也。”在他看来，直言进谏是臣下义不容辞的天职，因为它直接关系到治乱；而要尽此职责，必须有不计个人利害之心，才能言人所不敢言，才能在受到打击后“所言益切”，不变初衷。因而他对祖父的“语斥大臣尤切，故卒以龃龉终”的一生悲剧，既流露出深深的感叹，又表示出莫大的光荣。我们读苏轼的《田表圣奏议叙》，文章写得俊爽快利，但仅只阐发“君子必忧治世，而危明主”之义，就不如曾巩两文对诤谏问题的意气急切和充满激情。至于《书魏郑公传后》一文，更对魏徵坚持把诤谏内容交由吏官记录而被唐太宗疏远的历史故事，反复致意，寄慨遥深；他驳斥“为尊亲贤者讳”等封建说教，主张公开诤谏内容以“告万世”，实际上即是公开帝王的缺失或错误，这是需要一定的勇气和识见的。

“养士”即如何培养吏才，是封建官僚制度的一个迫切问题。吏治的好坏、臣节的依违，往往直接取决于吏才的培养。王安石在熙宁元年所写的《本朝百年无事札子》中，已指责“以诗赋记诵求天下之士，而无学校养成之法”的现状，他在次年开始的变法运动即从改革科举入手，改诗赋取士为考试策论，以选拔懂得经世济时的真才实学之士。尽管这种改革没有也不可能革除封建教育制度和官僚选拔制度的根本缺陷，但不能不说是历史的进步。曾巩的几篇学记从论述学校制度着眼，其精神与王安石变法是完全一致的。《宜黄县学记》开头依据《礼记》等阐述古代教育制度的全面、完备，从“起居饮食动作小事，至于修身为国家天下之大体，皆自学出”，但并不是照搬经典，而是针对当时吏治败坏的现实：“盖以不学未成之材而为天下之吏，又承衰敝之后，而治不教之民。呜呼！仁政之所以不行，盗贼刑罚之所以积，其不以此也欤？”他之所以强调“学校养成之法”者即在于此。《筠州学记》则把“笃于自修”“笃于所学”的问题，直接跟“不乱于百家，不蔽于传疏”相联系，实是从汉学向宋学过渡的先声。其“士乃有特起于千载之外，明先王之道，以寤后之学者”一句，《何义门读书记》指出“盖即谓己与介甫诸公耳”。所以，在“明先王之道”的大节目下，是有尖锐的现实针对性的。据传他十八岁时代父所作的《南丰县学记》，有“不本之道民成化而主于辞”等语，也是有感于科目辞章之弊而发的（见元刘壎《隐居通议》卷十四）。朱熹说：“南丰作《宜黄》《筠州》二学记好，说得古人教学意出。”（《朱子语类》卷一三九）林纾评《筠州学记》云：“一套陈旧话，却说得深入腠理，能发明其所以然。”（《林氏选评元丰类稿》）褒贬分寸有殊，但似都未把握曾巩借古老经典以言当世时事的这个特点。

（三）因时制宜，反对墨守经学成规。前人评论曾巩，总说他是“醇乎其醇”（宋陈宗礼《曾南丰先生祠堂记》）的儒者，事实上他尊经而不完全泥经，在儒学经典允许的范围内，有所变通和突破。一是有因有革的思想。他的《洪范传》提出“有常有变”的命题：“建用皇极”当然是“常”，但“立中以为常，而未能适度，则犹之执一也”。这与《战国策目录序》的“盖法者，所以适变也，不必尽同；道者，所以立本也，不可不一”的著名论断一样，都含有朴素的辩证法因素。韦公肃所著《礼阁新仪》主要记载变礼，曾巩的《礼阁新仪目录序》就着重论述礼的因革问题。他认为，“古今之变不同，而俗之便习亦异，则法制数度其久而不能无弊者，势固然也。故为礼者其始莫不宜于当世，而其后多失而难遵，亦其理然也，失则必改制以求其当”。换言之，由于客观情况的不断变化，法令礼仪制度不会永远适用，必须随之而改变，这是“势”和“理”的必然。他还指出，这是符合“先王之意”的。对“先王之意”这种比较圆通的解释，使他有别于一般食古不化的迂儒。二是法后王的思想。他曾说，“明圣人之心于百世之上，明圣人之心于百世之下”（《上欧阳学士第一书》），先王之道和三代之政似是不可企及的典范；但他又认为后世“可以损益”，即根据现实情况对儒学经典有所改变，从而制定出有助于“遂成太平之功”典章制度，可供效法。在“法先王”的口号下，实际上隐藏着“法后王”的思想。他对唐代制度的反复叹慕就是一例。如《唐令目录序》云：“《唐令》三十篇，以常员定职官之任，以府卫设师徒之备，以口分永业为授田之法，以租庸调为敛财役民之制，虽未及三代之政，亦庶几乎先王之意矣。”能“庶几乎先王之意”，在曾巩已是最高的褒扬了。我们读《唐论》，他对唐太宗为政“得失”是这样评论的：“有天下之志，有天下之材，又有治天下之效，然而不得与先王并。”从文章题意看，似乎应重点论述唐太宗“不得与先王并”这一层意思，但议论不多，显得空泛；而对唐太宗的“志”“材”“效”，却写得笔墨酣畅，俯仰感慨。这不仅因为“三代之政”的理想图画本来就带有空想的性质，而且因为他对贞观之治在内心深处是极其倾倒的。正如他在《上欧蔡书》中所说，他对贞观之治“未尝不反复欣慕”，甚至“自恨不幸不生于其时，亲见其事歌颂推说以饱足其心”，其热情实不在“三代”“先王”之下。

这里还需辨明两个问题：一是理学先驱问题，一是为扬雄仕莽辩护问题。

元刘壎《隐居通议》卷十四“南丰先生学问”条，提出曾巩“议论文章，根据性理。论治道则必本于正心诚意，论礼乐则本于性情，论学必主于务内，论制度必本之先王之法，……此朱文公评文，专以南丰为法者，盖以其于周程之先，首明理学也”。后人多以曾巩为程朱理学先驱，借以抬高其学术地位，其实是不确的。作为我国哲学史上的宋明理学，虽有其继承关系，但有自己的特定内涵。理是程朱哲学体系中最高和最基本的范畴，是世界万物的根本，“在天为命，在义为理，在人为性，主于身为心，其实一也”（《河南程氏遗书》第十八）。程氏把这套唯心主义一元论的心性命理之学，视作自己的独创，程颢说：“吾学虽有所受，天理二字，却是自家体贴出来。”（《河南程氏外书》卷十二）曾巩也讲“性理”

“性情”“正心诚意”之类，对《大学》《中庸》多有推阐，但主要是凭借经典来论述现实问题，对这些概念本身并未加进多少思辨内容，更未像程朱那样从宇宙本体论等角度作过系统的改造。例如《宜黄县学记》讲学校教化，“其大要，则务使人人学其性，不独防其邪僻放肆也”。这里讲“性”就与程氏不同。程氏的“性”是先验的，是先天就有的，所以不存在“学其性”的问题。难怪一些学者从维护理学出发而指责曾巩了。如《何义门读书记》云：“学其性三字，意圆语滞。如程子云：学以复其性，始合性之反之之理。”曾巩在此文中又说，由于日常勤学的结果，因而“知天地事物之变，古今治乱之理”。何义门又反驳说，人们“穷理之时”，“特能尽其性，乃能尽人性、尽物性耳，岂待养身者既备，又使知乎此哉？”曾巩讲“理”，只是事物的道理、原理，如《王子直文集序》所说的“理当无二”的“理”，《先大夫集后序》所说的“所学已皆知治乱得失兴坏之理”，《南齐书目录序》所说的“其明必足以周万事之理”等；而程氏认为：“性即理也，所谓理性也”，“其实只能穷理便尽性至命也”(《河南程氏遗书》第二十二上)，理和性是二而一的东西，与曾巩所言“理”又是互不相侔的。我们知道，程朱理学多方吸取、融合佛学来构筑其哲学体系，而曾巩一生坚决排佛。《梁书目录序》是倡言辟佛的，《冷斋夜话》卷六有“曾子固讽舒王嗜佛”条，亦见曾王学术志趣之异。此外，只要举一个例子就够了：他的不少佛院记，如《分宁县云峰院记》《鹅湖院佛殿记》《兜率院记》等，无一例外都是反佛的，真是“对着和尚骂贼秃”了。对他推崇备至的朱熹说，曾文“只是关键紧要处，也说得宽缓不分明。缘他见处不彻，本无根本工夫，所以如此”（《朱子语类》卷一三九）。清代徐乾学《重刻震川先生全集序》也说：“宋之推经术者，惟曾南丰氏，然以较于程朱之旨，不侔矣。”都说明他和程朱理学的学术性格是大相径庭的。曾巩的重道而不轻文的古文理论，也与道学家重道轻文、废文乃至作文害道的观点不同。

曾巩在《答王深父论扬雄书》中，提出“扬雄处王莽之际，合于箕子之明夷”[①]的看法。他说：“雄遭王莽之际，有所不得去，又不必死，辱于仕莽而就之，固所谓明夷也。”古人认为，箕子和微子、比干三人对商纣王具体态度不同，或就任，或离去，或谏死，但都各尽其志，箕子就任不过是权宜韬晦而已。曾巩把扬雄拟于箕子，引起后人非议。刘壎斥扬为“臣节不终”，对曾巩“许其文字，略其名节”表示大惑不解（《隐居通议》卷十一）。何焯认为，“欲出雄而不顾厚诬箕子”，将会导致“弃礼义，捐廉耻，流于小人无忌惮矣”（《何义门读书记》）。但不少学者指出，从扬雄当时及至北宋，都没有把仕莽看成失节问题。《汉书・扬雄传赞》已说，成、哀、平帝时扬雄“三世不徙官”，他之仕莽为大夫，是以三朝耆老的资历而提升，并非阿谀逢迎所致，“以耆老久次转为大夫，恬于势利乃如是”，反而称许他淡泊自守。曾巩同时人如司马光、王安石等也是极其推尊扬雄的。元丰时，扬雄还与孟轲、荀况、韩愈从祀孔庙。洪迈《容斋随笔》卷十三说他是“退托其身于列大

① 明夷，六十四卦之一。孔颖达《周易正义》云：“夷，伤也。”此卦象“暗主在上，明臣在下，不敢显其明智”。《周易・明夷・六五》有“箕子之明夷”之爻辞。

夫中”，叶适说他是“巽（懦弱）而不谄”（《习学记言序目》卷四十五），曾巩的看法实不足为奇。不仅如此，曾巩自称：“巩自度学每有所进，则于雄书每有所得。介甫亦以为然。则雄之言不几于‘测之而愈深，穷之而愈远者’乎？故于雄之事有所不通，必且求其意……”玩其语意，他也感到仕莽之事“有所不通”，但经过一番“求其意”，才用“明夷”之说来圆场。所以，问题的关键在于他和扬雄思想上的共鸣。扬雄“少不师章句”（《答刘歆书》），正是冲破当时章句笺注经学而务明儒道的一位学人，他的“明道”“征圣”“宗经”的思想，他的道“可则因，否则革”（《法言·问道》）的观点，都可以在曾巩身上找到踪迹。这是他为扬雄仕莽辩护的深刻的思想根源。

总之，曾巩作为一个“渊源圣贤，表里经术”（陈宗礼语）的儒者，免不了一些“迂腐之谈”，但他不是拘执不化的泥古迂儒，而是双目注视现实、知权达变的通儒。这是不应忽视的。

二

曾巩的文章大多为议论文，借用萧统论子书的话，大要“以立意为宗，不以能文为本”（《文选序》）。这就关涉到对其散文艺术性的评价。文学以形象地反映生活为特性，散文的艺术性即文学性，主要表现在形象性和抒情性上，自不待言；但是，从我国古代散文历史形成的具体特点出发，似不宜把散文艺术性理解得太狭窄。我国古代文论家强调文章的神理、气味、格律、声色，强调结构、剪裁、用笔、用字，强调间架、枢纽、脉络、眼目等等，对于述意、状物、表情都是极其重要的表现手段，理应属于艺术性的范围。即以议论文而言，我们不应把一切议论文字都归入散文之列，但如砍去议论文，无异取消了大半部中国散文史。林纾说，“论之为体，包括弥广”，连赠序、书序、山水记、厅壁记等都有“论”（《春觉斋论文》），所言甚是。曾巩正是围绕着长于说理而形成自己的散文风格和写作特色的，从而为我国散文史作出了贡献。

以欧阳修为首的北宋古文运动的主要功绩之一，在于建立了一种稳定而成熟的散文风格，即平易自然，流畅婉转。但在北宋六大家中，又各呈异彩。欧、曾、苏辙大致是纡徐平和，温醇典重，苏洵、苏轼则是汪洋恣肆，雄健奔放，王安石却别有一种拗折峭刻之趣。晁公武说：“欧公门下士，多为世显人。议者独以子固为得其传，犹学浮屠者所谓嫡嗣。”（《郡斋读书志》卷十九）但欧曾并称，又同中有异。姚鼐《复鲁絜非书》云：“宋朝欧阳、曾公之文，其才皆偏于柔之美者也。欧公能取异己者之长而时济之，曾公能避所短而不犯。”欧文富于情韵，形成一唱三叹的“六一风神”，发挥了“异己者”浑浩流转的长处；曾文却“平平说去，亹亹不断，最淡而古”（《文章精义》），而力避板滞少变、质木少文之病。

（一）敛气蓄势，藏锋不露。林纾说：“文之雄健，全在气势。气不王，则读者固索然；势不蓄，则读之亦易尽。故深于文者，必敛气而蓄势。”（《春觉斋论文》）曾文就满足了林纾的这种要求。

敛气蓄势，首先取决于作者思想的深沉，感情的凝练。如《赠黎安二生序》《王平甫文集序》两文，都为怀才不遇者吐气，融注着作者自己的愤懑和不平，但他没让感情一泻无余地迸发，而是把心头的波涛渟滀以后用平缓的语调出之。黎、安二位士子因乡人讥其“迂阔”，请求曾巩为之辩驳。曾巩却说：

> 余闻之，自顾而笑。夫世之迂阔，孰有甚于余乎？知信乎古而不知合乎世，知志乎道而不知同乎俗，此余所以困于今而不自知也。世之迂阔，孰有甚于余乎？今生之迂，特以文不近俗，迂之小者耳，患为笑于里之人；若余之迂大矣。使生持吾言而归，且重得罪，庸讵止于笑乎？然则若余之于生，将何言哉？谓余之迂为善，则其患若此；谓为不善，则有以合乎世、必违乎古，有以同乎俗、必离乎道矣！

他没有正面驳斥“迂阔”之诬，却拈来这二字，作了三层转折：自己亦“迂阔”，“迂阔”比二生者为甚，“迂阔”之善与不善。委婉曲折、吞吐抑扬之中微露出勃郁之气。《王平甫文集序》以“人才难得”为主干，纵论周秦以来人才之少，埋没人才之多，峰回路转以后，才为王平甫一抒同情之慨。我们不妨将此两序与韩愈《送孟东野序》比较，韩文劈头就以“大凡物不得其平则鸣”喝起大旨，以下连下三十八个鸣字，滚滚而出，犹如翻江倒海，与曾文春蚕抽丝、春云出岫的纡徐圆转，是各尽其妙的。

敛气蓄势还体现在行文脉理的绾连、手法句法的运用等方面。曾巩从嘉祐五年至治平四年在馆阁校理书籍时所写的十几篇目录序，历来为世所重。方苞说：“南丰之文，长于道古，故序古书尤佳。而此篇（《战国策目录序》）及《列女传》《新序》目录序尤胜，淳古明洁，所以能与欧王并驱，而争先于苏氏也。”（《唐宋文举要》甲编卷七引）“争先于苏氏”未免过誉，但确是曾巩专擅的文体（欧阳修长于诗文集序，王安石则工经义序）。一般目录序大都介绍书籍内容或考订缺失，曾巩的这些文章却篇篇是专论，篇篇有见解。平平叙来，明明说出，畅达其辞而又有伦有脊，结构整饬而又富于变化。如《战国策目录序》《梁书目录序》乃是驳难之作，前篇批驳刘向认为战国游士的纵横之风是“不得不然”的看法，后篇批驳佛家以为“独得于内”的观点。前篇未驳之前，欲擒先纵，肯定刘向所说“周之先，明教化，修法度，所以大治；及其后，谋诈用，而仁义之路塞，所以大乱”，是“其说既美”，略作褒扬之后转入痛抑；但痛抑处又不像韩、苏等文剑拔弩张，声罪致讨，而是先借孔孟论述“法以适变，不必同，道以立本，不可改”的思想原则，然后才论到战国游士侈逞口辩投合人君，背弃“道”的根本，从而造成“大祸”。他对刘向的具体指责是“惑于流俗，而不笃于自信”，但后面两段不再指名批驳，而用暗收法：论孔孟处的结语是“不惑于流俗，而笃于自信者也”，论战国游士处的结语是“而俗犹莫之寤也”。这两处结语都是暗中打着刘向，但一经暗点即戛然而止，没有顺着文势对刘向穷追猛打。如是韩、苏，此等处是不会放过机会的。《古文关键》卷二评云：“此篇节奏从容和缓，且有条理，又藏锋不露。”“藏锋不露”正是表面上从容和缓、骨子里毫不宽贷的统一，是行文中敛气蓄势的结果。后篇辟佛，讲的是比较精微的哲理，娓娓而谈，不迫不躁，特别是多用“也”字句，平添一种低回咏叹的情调，同样达到有力批判的目的，但不像韩愈《原道》那样堂堂正正、发扬蹈厉的辟佛之作。他的一些文章还讲究每一小段的结句。如《宜黄县学记》文分四段：先叙古人建学之完备，收句为："为教之极至此，鼓舞天下，而人不知其从之，岂用力也哉！"次叙后代废学之祸害，收句为："呜呼！仁政之所以不行，盗贼刑罚之所以积，其不以此也欤？"继叙宜黄建学之迅速，收句为："其相基会作之本末，总为日若干而已，何其周且速也！"末以勉励士人进学作结，收句为："教化之行，道德之归，非远人也，可不勉欤？"这些收句一方面总结本段文义，使文气能直贯而下；另一方面又全以咏叹语调出之，兼收停顿舒展之功，避免一泻无余之弊。名作《墨池记》在每层意思之末，几乎都用设问句或感叹句，如"岂信然邪"、"又尝自休于此邪"、"况欲深造道德者邪"等也起同类作用。这样，即使在布局谋篇上并无出奇制胜的地方，但全文诵读一过，仍觉味淡而甘，掩抑多姿而非"直头布袋"。

如果说，文章可分敛、放两派，曾巩应属前者。但他早期为文并不如此。欧阳修《送吴生南归诗》云："我始见曾子，文章初亦然。昆仑倾黄河，渺漫盈百川。决疏以道之，渐敛收横澜。东溟知所识，归路到不难。"曾巩之文原是写得放写得尽的，经欧阳修的指点，才趋于敛气蓄势、藏锋不露一路。因此，他的敛蓄就不是平衍板滞，软弱无力，正如苏轼从绚烂而出的平淡不是枯淡一样。

（二）善于立意，精选"文眼"。曾文长于说理，做到论而不落常套，议而时见警策，一个重要原因在于善于立意。立意，即选取一个观察点作为议论的中心。唐代的颜真卿是以气节名世的伟人，前人颂赞之文已经很多，大都褒扬其抗击安史叛军的忠烈精神，曾巩的《抚州颜鲁公祠堂记》先叙其生平大概，继作评赞，结述建祠经过，也是此类记文的常见结构。但他选取一个新的视点，即突出其“起且仆以至于七八，遂死而不自悔”这一崇高品德，并以此来贯串全文：叙生平大概处只叙其忤杨国忠、忤肃宗时宰相、忤御史唐旻、忤李辅国、忤元载、忤杨炎和卢杞而连遭罢斥乃至缢死的过程；评赞处即指出“能处其死不足以观公之大”，“历忤大奸、颠跌撼顿至于七八，而始终不以死生祸福为秋毫顾虑”，才是他真正伟大之所在；述建祠经过处即说明建祠乃为向往其节，以激励“当世”。一意翻作数层，曲折尽意，这就不同于一般碑版文字了。《先大夫集后序》是为乃祖文集作序，理应介绍生平，并抒写思亲之念。但欧阳修的《尚书户部郎中赠右谏议大夫曾公神道碑铭》、王安石的《赠谏议大夫曾公墓志铭》，对曾致尧已记叙很详，曾文就写成一篇人物补论，以免重复雷同。他只择取曾致尧“勇言得失”这一点，来逐次叙出其仕宦政绩，且笔带感情。《何义门读书记》引明王慎中云：“先生之文，如此篇之委曲感慨，而气不迫晦者，亦不多有。”这与立意新颖是分不开的。他的几篇反佛的佛院记，更是致力于新角度、新题意的选择。如《分宁县云峰院记》，按题应是阐扬佛理之作，曾巩却是这样开头的：

> 分宁人勤生而啬施，薄义而喜争，其土俗然也。自府来，抵其县五百里，在山谷穷处。其人修农桑之务，率数口之家，留一人守舍行馌，其外尽在田。田高下硗腴，随所宜杂殖五谷，无废壤。女妇蚕杼，无懈人。茶盐蜜纸竹箭材苇之货，无有纤巨，治咸尽其身力。其勤如此。富者兼田千亩，廪实藏

钱，至累岁不发；然视捐一钱，可以易死，宁死无所捐，其于施何如也。其间利害，不能以稊米。……

这是讲“勤生”“啬施”两项，下面接讲“薄义”“喜争”两项。这段穷形极相、刻画入微的文字，原与佛院记了不相关，他笔锋一转说，云峰院主持道常“索其学，其归未能当义”，但此公勤生而不啬施，义虽未当却不喜争。如果他“不汩溺其所学，其归一当于义”，那就高出于乡人了。读者至此才恍然：他从题外拈出分宁土俗，原是为了借以表达和尚不要“汩溺其所学”的希望，换言之，要求佛徒不要沉溺于佛理。借题辟佛，令人解颐。这种“无中生有”的借题法，曾文常用。如《清心亭记》的开头写道：“是岁（嘉祐六年）秋冬，来请记于京师，属余有亡妹殇女之悲，不果为；明年春，又来请，属余有悼亡之悲，又不果为；而其请犹不止，至冬乃为之记曰……”文章即从自己悼妹悼女悼妻之悲发端，进而发挥“清心”题意：君子能“虚其心”，则“万物不能累我”。本篇内容虽无多可取，但这种顺手拈来、随事兴感而引入正题的手法，能使文章自然妥溜，增强亲切近人之感。

文章不仅立意要新，而且要善于展开又能善于集中，最忌漫汗无根。曾巩的手法之一就是精心择取“文眼”。所谓“文眼”，指揭示全文主题的字眼。它可以在篇首，也可以在篇中或篇末，但前后必须一再呼应，这样使整篇文章主旨集中，神聚形完。前述《赠黎安二生序》以“迂阔”二字为文眼，就是一例。《书魏郑公传后》则抓住“其书存也”一句，反复论证魏徵要把劝谏之词付之史官的正确。文中一则说，唐太宗之为后世认识，称其为“贤主”，是

“以其书存也”；二则说，至今称美伊尹、周公之劝谏太甲、成王，乃是“以其书可见也”；三则说，桀纣幽厉始皇时的谏词，“无传”于书，则是“益暴其恶”的明证；最后辩驳《春秋》“为尊亲贤者讳”、汉孔光“焚稿”（应为“削稿”）之说，也隐然照应“其书存也”一语。这样，才使“益知郑公之贤”的结论坚确不刊。又如《寄欧阳舍人书》原是一封感谢信，感谢欧阳修为其祖曾致尧作碑铭。文章先突出铭文的重要作用，然后慨叹当时铭文的卑下阿谀，才提出作铭者必须具备“蓄道德而能文章”这两个条件。这句话在文中先后出现三次，每次都推进论点的发展和深化，最后推美欧公具此条件，为其祖作铭：“况其子孙也哉！况巩也哉！”两个“况”字，前一个是指一般人都会产生的感激心情；后一个更谓曾巩自亦能文，深知铭文写作之不易，道德文章兼美之难得，其感激之情理当深于平常人了。可见“蓄道德而能文章”一句对全文脉理所起的重要组织作用。其他如《馆阁送钱纯老知婺州诗序》主要阐发“欲其不久于外”、“知纯老非久于外”两层意思，前者是诸友送别时的希望，后者是作者送别时的推断。全文即以此为主干，再作枝叶花蕊，遂成佳什。《南齐书目录序》则把论良史的四个条件（明、道、智、文）重复三次，突出史传文作者的难得，可与《寄欧阳舍人书》论碑铭文参看。王构《修词鉴衡》引《童蒙训》云：曾文“纡徐委曲，说尽事情。加以字字有法度，无遗恨矣”。朱自清先生《经典常谈·文第十三》说曾巩“学问有根柢，他的文确实而谨严”。（“确实”，朱熹语，见《朱子语类》卷一三九；“谨严”，刘壎语，见《隐居通议》卷十四）所谓“法度”“确实”“谨严”，得力于“文眼”者不少。

（三）议论与叙事、写景、抒情的结合。曾巩的说理才能见称于世，人们往往忽视他叙事、写景和抒情的工力。他的不少论说文是夹叙夹议、以叙出论的。如《与孙司封书》，是写给广西转运使孙抗为孔宗旦辩诬的书信。宋仁宗时，广源州少数民族首领侬智高叛乱反宋，邕州司户参军孔宗旦在他叛乱以前，连写七信给知州陈拱指明乱象，让其早作准备，陈拱不听；叛军兵临城下，内外变乱，孔宗旦却奋勇“力守南门”；后被侬智高擒获，侬“喜欲用之”，他怒斥道：“贼汝今立死，吾岂可污耶？”终于慷慨就义。但朝廷却不予奖恤。曾巩满怀激情为他雪冤。对孔的明察于前、勇守于中、死节于后，横说竖说，左叙右议，叙议一路双笔兼行，并对“曲突徙薪无恩泽，焦头烂额为上客”（两句引《汉书·霍光传》语）的赏罚不平深表不满。韩愈的《张中丞传后叙》也有以叙事来辩诬的内容（如辩许远不畏死等），叙议结合，文情豪恣，颇可互相比美。《越州赵公救灾记》《叙越州鉴湖图》更见出曾文叙事条贯细致的特点。他善于将纷繁杂乱的事件，交代得一清二楚，详赡周匝，了无剩义。前篇叙赵汴救灾过程，前面已述；后篇叙越州鉴湖的治理问题，也条分缕析，不赘不冗。先叙鉴湖的地理环境；次逐一叙述宋代十位官员关于对付“盗湖为田”的建议，但“苟且之俗”使这些建议成为徒文；末驳“湖不必复”“湖不必浚”两谬说，力主治湖以收功利。文章抓住利和害两端，反复述说，极尽腾挪变化之妙。方苞说：“凡叙事之文，义法未有外于《左》《史》者。《左传》详简断续，变化无方；《史记》纵衡分合，布勒有体。如此文在子固记事文为第一，欧公以下无能颉颃者，其实不过明于纵衡分合耳。”（《广注古文辞类纂》卷五五引）如此长篇，若无“纵衡分合”的章法变化，是会筋慵肉缓，沉闷寡味的。至于《洪偓传》《徐复传》《秃秃记》等人物描写，大都从琐细事情中肖貌传神，给人留下难忘的印象。

曾巩写景文字颇有柳宗元峻洁峭刻的特点。《道山亭记》开端云：

> 其路在闽者，陆出则阸于两山之间，山相属无间断，累数驿乃一得平地，小为县，大为州，然其四顾亦山也。其途或逆坂如缘絙，或垂崖如一发，或侧径钩出于不测之溪上，皆石芒峭发，择然后可投步；负戴者，虽其土人，犹侧足然后能进，非其土人，罕不踬也。其溪行则水皆自高泻下，石错出其间，如林立，如士骑满野，千里上下，不见首尾；水行其隙间，或衡缩蟉糅，或逆走旁射，其状若蚓结，若虫镂，其旋若轮，其激若矢；舟溯沿者，投便利，失毫分辄破溺，虽其土长川居之人，非生而习水事者，不敢以舟楫自任也。

前状山行之奇，后摹水行之险。他用移步换形的手法，险状迭出，炫人眼目；又从高处俯视，洞见全貌。文多短句，用字尖新巉刻，一如其景。元代刘壎、清代陆文裕、林纾等人都以亲历其地赞扬这段文字“穷形尽相，毫发不谬”（见《隐居通议》卷二九、《何义门读书记》、《林氏选评元丰类稿》），应是的评。道山亭是以道家蓬莱三山而命名，本身实无从落笔，这段景物描写，却使全文“于无出色处求出色”（沈德潜《唐宋八家文读本》卷二八），取得良好的艺术效果。他如《拟岘台记》描摹登台所览景象,《读贾谊传》用自然景色来形容读“三代两汉之书”的感受,时见精彩,值得讽读。

曾巩的不少说理文写得唱叹有情,颇得欧阳修“六一风神”的神理。有的文章全篇笼罩着一种低回咏叹的抒情气氛,如《先大夫集后序》《范贯之奏议集序》《齐州杂诗序》等;有的是插入抒情段落,又与全篇和谐统一,使文情摇曳多姿。如《陈书目录序》阐述《陈书》的价值,除了证明“兴亡之端,莫非自己”,可作后世借鉴外,还在于陈朝的“安贫乐义之士”足供人们景仰。他说:“若此人者可谓笃于善矣。盖古人之所思见而不可得,《风雨》之诗(《诗经·郑风》)所为作者也,安可使之泯泯,不少概见于天下哉?则陈之史其可废乎?”当时“争夺诈伪、苟得偷合之徒”充斥于世,使曾巩对于这些安贫乐义、不苟去就之士,表示了由衷的钦慕,笔端凝聚着感情。《张文叔文集序》为其学生张彦博的文集作序,除了称赞张“其辞精深雅赡”外,又因其子来请作序事,随笔点染:“有子复能读书就笔砚矣,则余其能不老乎?既为之评其文而序之,又历道其父子事反复如此者,所以致余情于故旧,而又以见余之老也。”怀旧叹老,真情坦露,凄然感人。

议论、记叙、抒情三种因素,对于一个散文大家来说,总是兼擅并长,融为一体,使之相得益彰的。曾巩也是如此。说他“质木少文”“寡情乏味”是不符实际的,只不过以说理为主罢了。如他的《福州上执政书》,请求归养老母,是他的《陈情表》,按题旨应是抒情文。但他一开头引了十四处《诗经》中关于“先王养士之法”的内容，当然引用手法又有变化：有八例是用自己语言概述《诗经》大意，并加以贯串；三例是直接引用《诗经》原句；另三例是引述《诗经》篇目主旨，不啻一篇《诗经》论“养士”的材料汇编。这些引证，目的是引起下文：作者年已六十，老母年八十有八，自己历仕多年，今又治闽粗定，理应归养，以符“先王养士之法”。这部分叙事、抒情、议论兼出，把一片拳拳养亲之意和盘托出。这与李密《陈情表》纯以历叙情事、真率无饰者，情趣不同：一纯以情动人，一情理并具而以理为主，表现出曾文以议论见长的主要特色。

曾巩的散文成就虽然不及韩柳欧苏，但他在风格、手法、技巧等方面都有自己的特点和长处。他的写作经验是我们今天不应忘却而应认真吸取、利用的宝贵财富。

1983年10月，本年正值曾巩逝世九百周年

（原载《复旦学报》1984年第4期）

9

苏、辛退居时期的心态平议

中国词史中“苏辛”并称是有充分理由的：他们都是革新词派的领袖，在对词的观念和功能的看法上，在题材的扩大和内涵的深化上，在对词风中阳刚之美的追求上，特别是使词脱离音乐的附庸进而发展成为一种以抒情为主的长短句格律诗，他们之间有着明显的继承和发展关系。但是，超过这个范围，他们之间的相异点往往大于相同点，因而成就为各具面目的词中双子星座。这里拟从他们贬退时期心境的比较，作些说明。

苏、辛各有两次较长时期的退居生活。苏轼一在黄州，元丰三年（1080）至元丰七年（1084），一在惠州、儋州，绍圣元年（1094）至元符三年（1100）。所谓“问汝平生‘功业’，黄州、惠州、儋州”，前后达十多年。辛弃疾则一在上饶带湖，淳熙九年（1182）至庆元二年（1196），一在铅山瓢泉，庆元二年（1196）至开禧三年（1207）。所谓“带湖吾甚爱”，“一日走千回”，“便此地（瓢泉），结吾庐”，除其间几度出仕外，前后废居长达二十年。仕途的坎壈和挫折却带来创作上的共同丰收。苏轼的二千七百多首诗中，贬居期达六百多首，二百四十多首编年词中，贬居期达七十多首，还有数量众多的散文作品；辛弃疾词共六百多首，带湖、瓢泉之什共约四百五十多首。这表明艺术创造日益成为他们退居生活的一个注意中心。

然而，首先是两人退居的身份不同。苏乃戴罪之身的“犯官”，元丰时从幸免于死的“乌台诗狱”中释放贬黄州，绍圣时三改谪命，惩处逐一加重，来至瘴疠之地的惠州，最后竟至天涯海角的儋州。在他的周围，仍处处布满政治陷阱，情势险恶。辛弃疾虽然被劾落职，但实际上近乎退休赋闲。他不断地与朝廷命官、地方长官交往，他更有太多的复出任职的机会，“东山再起”始终是个现实的前景，而非渺茫的幻想。

其次是生活条件的不同。苏轼自称“初到黄，廪入既绝”，只好“痛自节俭”，把每月费用分成三十份挂于梁上，每日用画叉挑取，以免超支（《答秦太虚书》《与王定国书》），拮据窘迫之态，宛然可见；以后到了海南，更是“食无肉，病无药，居无室，出无友，冬无炭，夏无寒泉，然亦未易悉数，大率皆无耳”（《与程秀才书》），几乎濒于绝境。但辛弃疾的带湖新居，其“宏丽”曾使朱熹惊叹为“耳目所未曾睹”（陈亮《与辛幼安殿撰书》），而其瓢泉，更是一处颇富山水之趣、足供优游林泉的胜地。

但更为重要的，是两人人生思想和文化性格类型的不同。苏轼对《易经》《论语》等作过诠释，但毕竟算不得建立了哲学体系的思想家，然而他对天道、人道以及知天知人之道，尤其是以出处为中心的人生问题，表现在他文学作品中的思考，超过了他的不少前辈，因而他是一位具有思辨型倾向的智者。辛弃疾却是醉心于事功的、带有强烈的现实行动要求的实践型人物，他似乎无意于对生死、天人关系等作形而上的思考，而执着于现实人生的此岸世界，真所谓“未知生，焉知死”。两人虽然都出入儒佛道三大传统思想，但苏轼已整合成一套具有灵活反应功能的思想结构，足以应付他所面对的任何一个政治的、生活的难题；在贬居时期，佛学思想占据了主导地位，藉以保持乐观旷达的人生态度。辛弃疾却始终把社会责任的完成、文化创造的建树和自我价值的实现融为一体，并以此作为终生奋斗的目标；虽然随着境遇的顺逆，这个目标有所倾斜，但基本导向一生未变。陈廷焯《白雨斋词话》卷一云:“苏、辛并称，然两人绝不相似。魄力之大，苏不如辛；气体之高，辛不逮苏远矣。”王国维《人间词话》云:“东坡之词旷，稼轩之词豪。”这里的“魄力”和“气体”之别，“旷”和“豪”之分，从一个角度说出了苏辛人生思想和态度的不同特色，在中国文人中各具典型性。

一

苏、辛二人在退居时期的作品中，所抒写的主要感情状态是悲愁和闲适。拙作《苏轼的人生思考和文化性格》(《文学遗产》1989年第5期，已收入本书）已对苏轼的“愁”和“适”作过较详的分析，本文着重研究辛弃疾的悲愤词和闲适词及其与苏作的异同。

悲愁是辛弃疾晚年的一种基本心态。其内容一是失地难复、故土难回的家国之痛。“夜中狂歌悲风起，听铮铮、阵马檐间铁。南共北，正分裂。”(《贺新郎·用前韵送杜叔高》)“布被秋宵梦觉，眼前万里江山。”(《清平乐·独宿博山王氏庵》) 中宵不眠，念念在兹。二是忧谗畏讥、功名未成的英雄失路之悲。从他经营带湖新居起，畏惧谣诼的心理阴影一直笼罩着他："秋江上，看惊弦雁避，骇浪船回。"（《沁园春·带湖新居将成》）以后在《水龙吟》（被公惊倒瓢泉）中一再说："倩何人与问：'雷鸣瓦釜，甚黄钟哑？'"正声喑哑，奸邪之声却甚嚣尘上，加深了他报国无门之慨："短灯檠，长剑铗，欲生苔。雕弓挂壁无用，照影落清杯。"（《水调歌头·严子文同傅友道和前韵，因再和谢之》）髀肉复生，事业无成，怎不一腔悲愤？三是年华逝去、老衰兼寻的迟暮之恨。《鹧鸪天·重九席上再赋》云："有甚闲愁可皱眉？老怀无绪自伤悲。百年旋逐花阴转，万事长看鬓发知。"《鹧鸪天·鹅湖归病起作》云："不知筋力衰多少，但觉新来懒上楼。"《新居上梁文》云："人生直合在长沙，欲击单于老无力。"光景日逼、年事渐老的紧迫感，使他的心情更为盘郁沉重。悲哀成了他反复吟诵的主题，应该说，他对悲哀的感受，与苏轼一样，是很深刻的。

辛弃疾的悲，从总体性质上说，乃是英雄失志的悲慨，处处显出悲中有豪的军事强人的个性特色，他的感伤也具有力度和强度的爆发性，是外铄式的。苏轼也写沦落异乡的悲苦："岂知流落复相见，蛮风蜑雨愁黄昏"（《十一月二十六日松风亭下梅花盛开》），"枯肠未易禁三碗，坐听荒城长短更"（《汲江煎茶》）；抒发孤独老衰之愁："忽逢绝艳照衰朽，叹息无言揩病目"（《寓居定惠院之东》），"衰鬓久已白，旅怀空自清"（《倦夜》）。但他作为流人逐客对悲哀的咀嚼之中，逐渐发现主体之外存在着可怕的异己世界，进而引起对整个人生的思考，因此，他的感伤是理智沉思的，是内省式的。其次，辛弃疾并不追求悲哀的最终解脱。他填词陶写抑郁，把自己所感受、所积累的悲哀予以宣泄，也就得到了心理平衡。在这位“气吞万里如虎”的豪杰之士身上，完全能担当这份悲哀，而不会被悲哀所击倒。而苏轼却遵循自己“悲哀—省悟—超越”的思路，最后导致悲哀的化解，如我以前的文章所论。当然，辛弃疾也有过“避愁”“去愁”“消愁”的努力，罢居前早就唱过：“欲上高楼去避愁，愁还随我上高楼。经行几处江山改，多少亲朋尽白头”(《鹧鸪天》)，“是他春带愁来，春归何处？却不解、带将愁去”(《祝英台近》)。欲避而复随，欲舍而又来，他之于愁，如影随形，始终未能摆脱。约作于晚年的《丑奴儿》云：“近来愁似天来大，谁解相怜？谁解相怜，又把愁来做个天。都将今古无穷事，放在愁边。放在愁边，却自移家向酒泉。”末句化用杜诗“恨不移封向酒泉”(《饮中八仙歌》)，企求在酒杯之中消解一片愁天恨海。这在苏轼看来，可能会“笑落冠与缨”的，他明确提出“无愁可解”的命题。他认为，以酒解愁，自“以为几于达者”，其实，“此虽免于愁，犹有所解也。若夫游于自然而托于不得已，人乐亦乐，人愁亦愁，彼且恶乎解哉！”(《无愁可解》词序)《庄子·逍遥游》云：“若夫乘天地之正而御六气之辩，以游无穷者，彼且恶乎待哉！”苏轼这里仿效庄子的口吻和思想，认为人的个体只要顺乎自然，亲和为一，乐愁一任众人，也就用不着“解”什么愁了。从根本上取消“愁”的实在性存在，也就取消了“解”的前提，这才是真正的“达者”。

苏、辛二人的悲哀内涵、表达形式和对付方法的不同，是由他们不同的时代条件、个人的政治环境和文化性格所致。从时代条件、政治环境来说，苏轼的被贬，是北宋尖锐激烈党争的牺牲品，而封建宗派倾轧的残酷和褊狭是骇人听闻的，达到了必欲置之死地而后快的地步。乌台诗案的被罚和元祐党人的被逐，都曾使苏轼濒临死境，因此他在政治上完全绝望无告，对贬居之地无权自由选择，其命运任人摆布。辛弃疾却是另一种情况。他选择信州作为退居之地是颇堪玩味的。洪迈应他之请而作的《稼轩记》中明确说到："国家行在武林，广信最密迩畿辅。东舟西车，蜂午错出，势处便近，士大夫乐寄焉。"这正是一个退可居、进可仕的理想的地理位置，正如苏轼在《灵壁张氏园亭记》中所说的"开门而出仕，则跬步市朝之上；闭门而归隐，则俯仰山林之下"。但苏轼一生从未找到这样的居处，而且此文在"不必仕不必不仕"的议论中，着重以"不必仕"来自警自戒，反映出他追求自适的人生理想；而辛弃疾却含有待时而沽的东山之志。南宋时的信州又是人文会萃、寓公亭园密布之地。叶适说："方渡江时，上饶号称贤俊所聚，义理之宅，如汉许下、晋会稽焉。"(《徐斯远文集序》) 退职名臣韩元吉的南涧苍筤，信州知州郑舜举的蔗庵，与辛的带湖新居，皆一时之选。赵蕃、韩淲、徐文卿等亦当地闻人。赵蕃《忆赵蕲州善扛诗》云："吾州（信州）忆当南渡初，居有曾吕守则徐。……尔来风流颇寂寞，南池二公也不恶：李今作州大如斗，公更蕲春方待守。"诗中谓赵文鼎（名善扛）和李正之（名大正）筑居南涧为邻，而辛亦与他们有词唱和（见其《蝶恋花·用赵文鼎提举送李正之提刑韵，送郑元英》)。辛与先后几任信州知州钱象祖、郑舜举、王桂发、王道夫等，更是过从甚密。至于他卜居瓢泉，除了钟情于佳泉外，也与它地处当时官道，南通福建，朝发夕至，东连上饶，便于友朋交游，便于获取政治信息有关。事实也正如此。他在带湖、瓢泉闲居期间，都曾先后出仕，正如黄榦《与辛稼轩侍郎书》所说："一旦有惊，拔起于山谷之间，而委之以方面之寄，明公不以久闲为念，不以家事为怀，单车就道，风采凛然，已足以折冲于千里之外。"再从个人文化性格来说。苏轼基于险恶环境所形成的人生思想，并由此构成狂、旷、谐、适的完整的性格系统，以应对环境，坚持生活的信心。他的性格因子比较丰富，同时也可说具有驳杂变动的特点。辛弃疾的性格，固然也有狂、谐、适的一面，但其实际意义与苏轼大异其趣（详下），尤为重要的是，他的刚强果毅的个性异常突出，在或进或退时期始终居于支配地位。黄榦赞美辛说："果毅之资，刚大之气，真一世之雄也。"（《与辛稼轩侍郎书》）验其生平，确为的评。追杀义端，活捉张安国，活现一位叱咤疆场的传奇式英雄形象；诱降赖文政，施之正法，创建飞虎军，公然抗拒朝廷停办的诏命，此两事虽引起前人或今人的议论，而其果断手腕令人咋舌；隆兴办荒政，"闭粜者配，强籴者斩"八字方针，字挟风霜；福建治政，"厉威严，以法治下"，凛然不少贷。"虎"是他自称或被人推许的一个常用物象，连他的外貌也具有不可一世的英雄气概："精神此老建于虎，红颊白须双眼青。"（刘过《呈稼轩诗》）"眼光有棱，足以照映一世之豪；背胛有负，足以荷载四国之重。"（陈亮《辛稼轩画像赞》）任职时期的"辛帅"到罢退时期的"辛老子"，这一刚强果毅的强烈个性特征仍一脉相承，他的一些

“壮词”即作于此时。如果说，苏轼是一位了悟人生真谛的智者，他就是一位百折不挠、不倦地追求政治理想的强者，由此导致他们悲愁的不同内涵和应对态度。

闲适词是辛弃疾退居时期的另一重要内容。这些词写得萧散清逸，翛然世外，特别是一些田园山水词，以闲适之趣融摄自然景象，达到很高的艺术水平。但与苏轼相比，他又表现出“健者之闲”和“儒者之适”的特点。

健者之闲。辛曾以“真闲客”自居：“并竹寻泉，和云种树，唤作真闲客。”（《念奴娇·赋雨岩效朱希真体》）但实际上是不甘于闲而不得不闲。他在带湖夜读《李广传》而作的《八声甘州》说：“谁向桑麻杜曲，要短衣匹马，移住南山。看风流慷慨，谈笑过残年。汉开边、功名万里，甚当时、健者也曾闲？纱窗外，斜风细雨，一阵轻寒。”这里以李广自喻，表达了大丈夫应立功万里而不甘桑麻终老的心情，“健者之闲”真是确切的自我写照。因而，他经常处于身闲心不闲的矛盾苦闷之中。他的《南歌子·山中夜坐》云：“世事从头减，秋怀彻底清。夜深犹送枕边声，试问清溪，底事未能平？　月到愁边白，鸡先远处鸣。是中无有利和名，因甚山前，未晓有人行？”这是作者少有的静夜静思：既已彻底摆脱世事，情怀犹如清溪澄澈——但溪水长流呜咽不平；既处月白鸡啼、无名无利之清境——但山前仍有人犯晓奔走，辛苦营营。全词上下两片，同是反诘，主旨重叠；每片五句，前二后三，语意一正一反，表现了作者“清怀”的无法维持，对世事的不能忘情。他说过：“此身忘世浑容易，使世相忘却自难。”（《鹧鸪天·戊午拜复职奉祠之命》）说准确点是“两难忘”：他作为当时抗金实干家的才具和胆识，作为南来“归正人”的实际领袖，使朝廷难于忘却而将他长久置之于投闲之地；而他自己更渴望报国，伺机复出，实未能“忘世”。他的两句词说得好：“莫避春阴上马迟，春来未有不阴时”（《鹧鸪天·送欧阳国瑞入吴中》），这可喻指仕途中不免有蹉跌困顿，但“上马”杀贼的战斗要求不能放弃。

儒者之适。辛弃疾卜居瓢泉的原因之一，是他在此发现了一眼周氏泉，触发了这位来自泉城济南的南渡人的无限乡思。他改名瓢泉，诚然由于泉形似瓢，更重要的是仰慕颜回“一瓢自乐”的道德人格，他赞美瓢泉的词作多达十多首，可见志趣所在。如《水龙吟·题瓢泉》云：“人不堪忧，一瓢自乐，贤哉回也。料当年曾问：‘饭蔬饮水，何为是，栖栖者？’”孔子称颂颜回之“贤”：“一箪食，一瓢饮，在陋巷”而“不改其乐”（《论语·雍也》），主张“饭蔬食，饮水，曲肱而枕之，乐亦在其中矣”（《论语·述而》）。这是儒家的忧乐观和闲适观，也就是追求一种人格的独立、道德的情操和理想的自由，以此来超越迍邅命运，以苦为乐。这是辛弃疾所服膺的。而苏轼在饱尝人世沧桑，历经坎坷曲折以后，对忧乐、闲适却有别一番省悟。他向往“性之便、意之适”（《雪堂问潘邠老》）的精神境界，善于从凡夫俗子的日常生活中发现愉悦自身的美，表现个人主体展向现实世界的亲和性。这种自得自适，既不完全同于庄子式的与天地万物同一，从而取消主体的自主选择，也不完全同于佛家从根本上否定人的此岸性，否定人的生理的、物质的存在本身。

当然，从带湖到瓢泉，辛弃疾的悲愤情绪日趋沉重，因而他对闲适的感悟也从庄子哲学中汲取思想启迪而日趋深刻。他也吟咏“进亦乐，退亦乐”（《兰陵王·赋一丘一壑》），认为用舍行藏皆乐，用庄子的绝对相对主义来取消事物的差别；又说：“少日尝闻：‘富不如贫，贵不如贱者长存。’由来至乐，总属闲人。且饮瓢泉，弄秋水，看停云。”（《行香子·博山戏呈赵昌甫、韩仲止》）则进一步认为“闲人”才有至乐，似与苏轼“江山风月，本无常主，闲者便是主人”（《临皋闲题》）同一思路，以为只有在主体完全自适的精神状态下，才能享受大千世界的无穷之美。

苏、辛二人似乎一起走到了“闲适”，但他们的出发点仍是不相同的。辛弃疾的《鹧鸪天·博山寺作》中说：“不向长安路上行，却教山寺厌逢迎。味无味处求吾乐，材不材间过此生。　　宁作我，岂其卿。人间走遍却归耕。一松一竹真朋友，山鸟山花好弟兄。”这是他退出仕途、决意归隐的自白，已在“长安”和“山寺”之间作出抉择。“味无味”四句用四个典故来说明这种抉择的思想基础。“宁作我”语出《世说新语·品藻篇》：“桓公（温）少与殷侯（浩）齐名，常有竞心。桓问殷：‘卿何如我？’殷云：‘我与我周旋久，宁作我。’”“宁作我”即宁作独立不阿之我，毋须与他人竞争攀比，保持自我价值。殷浩此语，辛在《贺新郎》（肘后俄生柳）等词中也多次用过，其含义完全可以纳入儒家所遵奉的道德人格的范畴。“岂其卿”，语出扬雄《法言·问神》：有人主张君子与其“没世而无名”，何不攀附公卿以求名。扬雄回答说：“谷口郑子真不屈其志而耕乎岩石之下，名震于京师。岂其卿，岂其卿。”岂其卿，谓岂能攀公卿以求名。郑子真是汉成帝时隐士，大将军王凤礼聘而不出；但辛弃疾在另一首《浣溪沙·壬子春赴闽宪别瓢泉》中，一面表示要“对郑子真岩石卧”，一面却自愧“而今堪诵《北山移》”，应召复出了。所以，这首《鹧鸪天》透过肯定隐逸、老庄语句（“味无味”出于《老子》，“材不材”见于《庄子·山木篇》）的背后，辛弃疾的钟情自然以求闲适，原是保持一种道德人格的自我，不屈其“志”，而最终仍企求“名震于京师”。这显然仍是儒家的积极于事功的道德节操。由不屈己求名到最终功成名就，这正是隐藏在辛弃疾心底的最大“心事”——“了却君王天下事，赢得生前身后名”（《破阵子·为陈同甫赋壮词以寄》）。苏轼在闲适中追求的却是自然人格。他在《闲轩记》中，批评徐得之以“闲轩”自我标榜，刻意求之，实即失之。他认为真正的闲适是性灵的自然状态的不自觉的获得，是不能用语言说出、思维认知的。当然不能存在丝毫的求名意识，甚或连下意识都不可。陶渊明《归园田居》其一，写归田闲适之乐：“户庭无尘杂，虚室有余闲，久在樊笼里，复得返自然”，写冲出官场“樊笼”而回归自然之乐；苏轼和诗却写在贬地“樊笼”中自适情趣：“禽鱼岂知道，我适物自闲。悠悠未必尔，聊乐我所然。”（《和陶归园田居》其一）他知“道”得“适”，与物相融相亲；悠悠万物纵然未必尽能相融相亲，但他自适其适即得无穷之“乐”了。这里所谓的“道”，即是对弃绝尘网、复归为自然人格的体认。他的《和陶归园田居》其六回忆当日在扬州初作和陶《饮酒》诗时，“长吟《饮酒》诗，颇获一笑适。当时已放浪，朝坐夕不夕”，已在饮酒中自获怡然闲适之趣；而今在惠州，“矧今长闲人，一劫展过隙。江山互隐见，出没为我役。斜川追渊明，东皋友王绩。诗成竟何为，六博本无益”。则在劫后的“长闲”生涯中，更体验到自身与自然的合而为一，尚友古代高士陶潜、王绩，尽情地享受自然之乐，甚至连诗棋等艺事也属多余。“江山”为我所“役”，亦即“适然寓意而不留于物”（见晁补之《鸡肋集》卷三三《题渊明诗后》引苏轼语），更突出了他这种自然人格中自主选择的强烈倾向，他的自适并非泯灭自我。总之，苏轼的“适”是达者之适，与辛弃疾的“适”具有不同的涵义。

二

对陶渊明的推崇和认同，也是苏、辛贬退时期的共同祈向，从中又反映出两人人生思想的歧异之处。

苏、辛两人都宣称自己师范陶渊明。苏轼从黄州时起，其作品中大量地咏陶赞陶：《江城子》：“梦中了了醉中醒。只渊明，是前生。走遍人间，依旧却躬耕。”以后“渊明吾所师”（《陶骥子骏佚老堂二首》其一），“愧此稚川翁，千载与我俱。画我与渊明，可作三士图”（《和陶读山海经》）之类的话，不绝于口。辛弃疾也说：“陶县令，是吾师”（《最高楼·吾拟乞归，犬子以田产未置止我，赋此骂之》），“倾白酒，绕东篱，只于陶令有心期”（《鹧鸪天·重九席上作》），“老来曾识渊明，梦中一见参差是”（《水龙吟》），两人对陶均尊仰师法。苏轼在黄州初得陶集，“每体不佳，辄取读，不过一篇，惟恐读尽后，无以自遣耳”（《书渊明羲农去我久诗》)。后贬岭海,竟把陶柳二集视作南迁“二友”(《与程全父书》),并追和全部陶诗。辛弃疾在废退时也“读渊明诗不能去手”(《鹧鸪天》词序),并自云:“暮年不赋短长词,和得渊明数首诗”(《瑞鹧鸪》),“更拟停云君去,细和陶诗”(《婆罗门引》),惜其和诗并未传世。两人还擅长“檃括”陶作为词,如苏用《哨遍》檃括《归去来辞》,辛则把《停云诗》改写为《声声慢》词。可谓亦步亦趋,相似乃尔。

苏轼认定陶渊明的主要精神是归向自然,是个体与自然的谐和混一,以求得心灵的自由和恒久。他对陶的一番“苏化”功夫首先即是对这一精神的深化。在他的评陶言论中,总是反复强调陶的真率和自然。他读了陶的《饮酒》后说:“予尝有云,言发于心而冲于口,吐之则逆人,茹之则逆予。以谓宁逆人也,故卒吐之。与渊明诗意,不谋而合。”(《录陶渊明诗》)他认为陶的不“遣己”,就是自得其性,自适其意,这才是人生的最大完善。他又说:“陶渊明欲仕则仕,不以求之为嫌;欲隐则隐,不以去之为高;饥则扣门而乞食,饱则鸡黍以延客。古今贤之,贵其真也。”(《书李简夫诗集后》)出处问题是封建士人的最大人生问题,苏轼以陶渊明崇尚“任真”的理想人格为最高典范,提出了简明而深刻、形易而实难的答案。苏轼还是第一个对陶诗艺术精髓作出正确评赏的人。他概括陶诗艺术特征为“外枯而中膏,似淡而实美”(《评韩柳诗》),“质而实绮,癯而实腴”,从而认为陶乃古今诗人之冠,“自曹刘鲍谢李杜诸人,皆莫及也”(见《子瞻和陶渊明诗集引》)。这在评陶史上具有里程碑的意义。他之所以能作出如此精深的品评，正是基于他对陶的“高风绝尘”的人生哲理的认识的结果。

其次是苏轼对陶的选择取向。陶渊明并非“浑身静穆”，也有“金刚怒目式”的一面，但苏轼似有意予以淡化或扬弃。陶诗中表现“猛志固常在”的著名诗篇有《读山海经十三首》其十、《咏三良》、《咏荆轲》等，我们不妨看看苏轼的和诗。陶诗《读山海经十三首》其十，以精卫填东海、刑天舞干戚寄愤抒志，表现了践偿昔日“猛志”的强烈期待；苏轼和诗却以“金丹不可成，安期渺云海”发端，谓神仙炼丹之事，渺茫无凭；又以“丹成亦安用，御气本无待”作结，“御气无待”，典出《庄子·逍遥游》，已见前引。这两句说，即使丹成也无助于成仙之事，而应御六气（阴阳风雨晦明）之变以游无穷，顺万物之性，游变化之途，即可与宇宙同终始，自不待外求。这与陶有忧世之志与超世之怀之别。陶苏各咏三良，却一赞一贬。陶赞其君臣相得，殉于“忠情”“投义”，死得其所，颇寓异代之悲；苏则认为“顾命有治乱，臣子得从违”，大胆地提出对于君主的“乱命”，可以而且应该“违”抗，不应盲从，他并进一步说：“仕宦岂不荣，有时缠忧悲。所以靖节翁，服此黔娄衣”，指出仕途充满忧患，宁可像黔娄那样临死仅得一床“覆头则足见，覆足则头见”的布被，也不向君王乞求，陶翁自己所为正复如此，对陶的殉义说微含异议。陶的咏荆轲，惜其“奇功不成”，全诗悲慨满纸，为蹉跌豪侠一掬“千载有余情”之泪，是陶诗中最富慷慨之气者。正如龚自珍所云：“陶潜诗喜说荆轲，想见《停云》发浩歌。吟到恩仇心事涌，江湖侠骨恐无多。”（《己亥杂诗》）苏轼和诗却纯出议论，但把议论主要对象从荆轲转到燕太子丹:“太子不少忍，顾非万人英”，批评他竟把国家命运寄托在“狂生”荆轲的冒险一击上，而不认识暴秦“灭身会有时，徐观可安行”。这里显示的是道家顺应自然的政治观。

苏轼对陶潜精神的主要方面作了引人注目的深化和突出，辛弃疾却作了别有会心的引申和发挥。他用以拟陶的历史人物是诸葛亮、谢安等人，特别是诸葛亮。他说:“往日曾论，渊明似胜卧龙些”(《玉蝴蝶·叔高书来戒酒用韵》)，“看渊明、风流酷似，卧龙诸葛”(《贺新郎·陈同父自东阳来过余》)，慨叹陶潜“岁晚凄其无诸葛，惟有黄花入手”(《贺新郎·题傅岩叟悠然阁》)。陶和诸葛，除了躬耕垄亩外，其勋业成就、思想性格相距甚远，辛弃疾这种“易地而皆然”的人物比拟，却有着深刻的渊源和含义。

对陶潜精神的不同理解和强调，是评陶史上的一个特殊问题。透过表面的纷纭众说，却确切地折射出评说者的不同旨趣和心态。在陶潜的文化性格中存在着平淡和豪健两种不同的素质，亦如朱熹所云:“陶渊明诗，人皆说是平淡，据某看他自豪放，但豪放得来不觉耳。”(《朱子语类》卷一四〇)翛然旷达的胸襟，脱尘拔俗的情操，忧患意识和历史责任感等都融合为一体，因而后世人们把他塑造成“古今隐逸诗人之宗”和矢志晋室的忠臣，即“高士”和“节士”两种形象。这两种形象固然也可以统一，但陶潜精神的最主要内涵无疑是他超越人生的无常感和虚幻感，而在与自然和谐中获得心灵自由的人生思想，这也是他作为“高士”的真正意义。最早以诸葛亮比陶的大概是黄庭坚。他在《宿旧彭泽怀陶令》中说:

“潜鱼愿深渺，渊明无由逃。彭泽当此时，沉冥一世豪。司马寒如灰，礼乐卯金刀。岁晚以字行，更始号元亮。凄其望诸葛，骯脏犹汉相。”他认为陶潜晚号元亮即寓有自喻孔明之意。关于晚号元亮之说，宋吴仁杰《陶靖节先生年谱》已指出，“此则承《南史》之误耳”，“其实先生在晋名渊明字元亮，在宋则更名潜，而仍其旧字”。然而，自喻说与其说是一种无意的误解，不如说是刻意思索后的特殊理解。黄庭坚在《次韵谢子高读渊明传》中已明确说：“风流岂落正始后，甲子不数义熙前”，已把他推入伯夷、叔齐式的行列了。北宋末蔡絛《西清诗话》云：“渊明意趣真古，清淡之宗，诗家视渊明，犹孔门视伯夷也。”这可代表宋末士人的一般观点。而在社会混乱动荡时期，则更易得到人们的广泛认同。元吴澄《湖口县靖节先生祠堂记》中说：“观《述酒》《荆轲》等作，殆欲为汉相孔明之事，而无其资”，他还把陶与屈原、张良、孔明并称为“明君臣之义”的四君子。元贡师泰《题渊明小像》云：“乌帽青鞋白鹿裘，山中甲子自春秋。呼童检点门前柳，莫放飞花过石头。”也极度夸说陶渊明忠于晋室、敌视刘宋的立场，连自己门前的柳絮也不让它飞往刘裕称帝的金陵。龚自珍《己亥杂诗》说：“陶潜酷似卧龙豪，万古浔阳松菊高。莫信诗人竟平淡，二分《梁甫》一分骚。”由此可见，苏、辛师陶，实在是各师所师，站在他们各自面前的，是坡仙化了的“高士”和辛老子式的“节士”“豪士”。

苏、辛二人又都宣称自己学陶而不及陶。苏轼说：“此所以深愧渊明，欲以晚节师范其万一也。”（见《子瞻和陶渊明诗集引》）辛弃疾也说：“我愧渊明久矣，犹借此翁湔洗，素壁写归来。”（《水调歌头·再用韵答李子永提幹》)皆有愧陶之感。苏说:“我不如陶生,世事缠绵之。”(《和陶饮酒》)辛也说:“待学渊明,酒兴诗情不相似。”(《洞仙歌·开南溪初成赋》)又同有不及之叹。这并非自谦之词,因为陶渊明的自然人格在本质上是“可致而不可求”、“莫之求而自至”的,而非“力强而致”的。苏辛二人都写过和陶诗,但辛作今未见。和陶诗在创作前提上就遇到一个两难选择:第一怕学得不像,因既是和陶,必得像陶;第二怕学得像,因即使学得可以乱真,却从根本上丧失了陶诗的真精神,丧失了陶诗可遇而不可求的天然真率本色之美。杨时说得好:“陶渊明诗所不可及者,冲澹深粹,出于自然。若曾用力学,然后知渊明诗非着力之所能成。”(《龟山先生语录》卷一)陶诗实在是不能学也是不可学的,然而苏轼却找到了一个适当的学习方法,即学与不学之间的不学之学,贵得其“真”,重在获“意”。他不追求个别思想观点的附和,更不拘泥于外在风格、字句的摹拟,而力求在人生哲理的最高层次上契合。他自己说:“渊明形神似我”(《王直方诗话》引),黄庭坚评他:“彭泽千载人,东坡百世士。出处虽不同,风味乃相似。”(《跋子瞻和陶诗》)着重点在“神似”、“风味”之似。我们并不是无视和陶诗中所反映的陶苏之间性格的差异:苏有陶的真率、超脱,但于冲淡、微至有所不及,苏轼也戏称自己是“鏖糟陂里陶靖节”(《与王定国书》);但我们更看到两位异代知友促膝谈心,站在对人生妙谛领悟的同一高度上,共同真诚地探讨求索。在人生哲理妙悟层次上的高度吻合,这是两人“神似”、“风味”之似的最好说明。《形影神》三首是体现陶渊明自然观和人生观的重要文献。第一首《形赠影》述说“形”因不可常恃，故主张及时行乐；第二首《影答形》则谓“影”主张立善求名；第三首《神释》则力辩“行乐”“立善”之非，提出“甚念伤吾生，正宜委运去；纵浪大化中，不喜亦不惧。应尽便须尽，无复独多虑”，谓个体生命在一任自然流转变化之中求得超脱。面对人生有限和自然无限的生存困惑和缺憾，陶渊明清楚地表明，他摒弃俗士的及时行乐、儒士的立德立功立言，而追求达士的超越。苏轼晚年在海南岛所作《和陶形影神三首》，虽无陶诗原作的条贯明晰，却机趣随发，对陶的思想作了多方面的补充。联系元祐五年作的《问渊明》更易理解其旨意所在。

第一，陶认为“神”是人与天、地并立为三的根本，所谓“人为三才中，岂不以我（神）故”，苏把“神”推广为一切事物的根本，高者如日星，低者如山川，“所在靡不然”，并认为去形影之累方可全神。

第二，陶的理想是“委运”“纵浪大化”，即顺遂自然的转运变化才能摆脱对死亡的恐惧；苏则翻进一层说：“委运忧伤生，忧去生亦还。纵浪大化中，正为化所缠。应尽便须尽，宁复事此言。”指出“委运”去忧却未必能“存生”，“纵浪大化”却可能又被物化所纠缠，而应更彻底地取消生和死的观念。他说：“无心但因物，万变岂有竭”，谓我心本无所着，但因物而现，万化岂有竭尽，我亦随之无竭。又说：“忽然乘物化，岂与生灭期”，谓随物而化，岂论生和灭，即超然于生灭之外。而破除灭执之妄，就能“此灭灭尽乃真吾”（《六观堂老人草书》），获得真如本性。

苏轼的这些抽象思辨，表现他殚精竭虑地在探索人生苦难和虚幻之谜，力求达到自得自适之境，这正是他和陶公最深刻的相契之处。他在《问渊明》诗的自注中有言："或曰东坡此诗与渊明相反，此非知言也，盖亦相引以造于道者，未始相非也。""相引以造于道"，共同探求人生答案，他可谓陶公六百年后第一位真正知己。他说："吾前后和其（陶）诗凡百数十篇，至其得意，自谓不甚愧渊明。"（见《子瞻和陶渊明诗集引》）千古相契之乐，可谓溢于言表。

与苏轼学陶不同，辛弃疾却是有所学，有所不学。应该说，他也是识陶真谛的人。他推崇陶公的"高情"，并拈出"清真"为其"高情"的内涵。他反复说："高情千载，只有陶彭泽"（《念奴娇·重九席上》），"千载襟期，高情想像当时"（《新荷叶·再题傅岩叟悠然阁》）；又说陶公"更无一字不清真。若教王谢诸郎在，未抵柴桑陌上尘"（《鹧鸪天·读渊明诗不能去手，戏作小词送之》）。他甚至批评苏轼不了解陶已"闻道"："渊明避俗未闻道，此是东坡居士云。身似枯株心似水，此非闻道更谁闻。"（《书渊明诗后》）[①] 他也偶有哲理的思辨，从人生妙悟上来理解陶公。《水调歌头·再用韵答李子永提干》云："我愧渊明久矣，犹借此翁湔洗，素壁写归来。斜日透虚隙，一线万飞埃。"在《南歌子·独坐蔗庵》中具体发挥道："玄入参同契，禅依不二门。细看斜日隙中尘，始觉人

---

① "渊明避俗未闻道"，实是杜甫之意，见其《遣兴五首》其三："陶潜避俗翁，未必能达道。观其著诗集，颇亦恨枯槁。"辛弃疾把它指为苏轼之语，不确。

间，何处不纷纷！”微尘一经阳光照射，由隐而显，见出纷纭万状，正如浑沌人生，一经参悟，原是纷争之场，结论当然是超越是非得失之外。基于此，他也有一些萧散闲雅之作，颇具陶诗恬淡隽永的风格，越到晚年，越为明显。然而，毕竟由于襟抱、气质和环境的差异，他学陶主要偏重在外在物象景象的认同上。如仿陶《停云》诗的《蓦山溪·停云竹径初成》《贺新郎·邑中园亭，仆皆为赋此词。一日，独坐停云，水声山色，竞来相娱，意溪山欲援例者，遂作数语，庶几仿佛渊明思亲友之意云》，如对斜川的向往："斜川好景，不负渊明”（《沁园春·再到期思卜筑》），如爱柳："待学渊明，更手种门前五柳”（《洞仙歌·访泉于奇师村，得周氏泉为赋》），如赏菊松："自有渊明方有菊”（《浣溪沙·种梅菊》），“千古黄花，自有渊明比”（《蝶恋花》），“须信采菊东篱”（《念奴娇·重九席上》），“渊明最爱菊，三径也栽松”（《水调歌头·赋松菊堂》）等。由此可见，在同一陶渊明面前，辛与他仅是散点契合，始终保持志士本色，因而景仰而自占身份，认同而不废商榷；苏对陶却是“我即渊明，渊明即我”（《书渊明东方有一士诗后》）的全身心投入，虽也有《问渊明》等作，却是同一水准上对人生的互商互补，不像辛弃疾在“知音弦断，笑渊明空抚余徽”（《新荷叶·再和赵德庄韵》）、“爱说琴中如得趣，弦上何劳声切”（《念奴娇·重九席上》）等作中，对陶的“抚弄”无弦之琴“以寄其意”，作了揶揄和质疑，表示他对陶仍保持相当的距离。

在共同学陶上，最能反映苏辛二人人生思想和文化性格异点的有趣题目是饮酒。彭乘《墨客挥犀》说："子瞻尝自言平生有三不如人，谓着棋、吃酒、唱曲也。”其实，最懂得棋、酒、曲三味的正是他。他的《书李岩老棋》云：“着时似有输赢，着了并无一物”，从棋道中悟出人生之道。他不善唱曲，但深谙词乐而不为音律所缚，终于开拓了词的新境界。他对饮酒的体认更意味深长。在《书东皋子传后》中他说：“余饮酒终日不过五合，天下之不能饮无在余下者。然喜人饮酒，见客举杯徐引，则余胸中为之浩浩焉，落落焉，酣适之味乃过于客。闲居未尝一日无客，客至未尝不置酒，天下之好饮亦无在余上者。”他在《和陶饮酒诗序》中也说：“吾饮酒至少，常以把盏为乐，往往颓然坐睡，人见其醉而吾中了然，盖莫能名其为醉为醒也。在扬州，饮酒过午辄罢，客去，解衣槃礴终日，欢不足而适有余。”在酒精的适度麻醉下，“晓日着颜红有晕，春风入髓散无声”（苏轼《真一酒》），酒气上脸并周流全身，获得不可名状的“酣适之味”和“适有余”，从中体会摆落拘限、忘怀物我的妙趣。宋费衮《梁溪漫志》卷六“晋人言酒犹兵”条引苏轼《和陶饮酒诗序》后说：“东坡虽不能多饮，而深识酒中之妙如此。晋人正以不知其趣，濡首腐胁，颠倒狂迷，反为所累。”也就是说，苏轼与迷狂式的泥醉不同，追求“半醺”，在半醒半醉或“人见其醉而吾中了然”之际，体认个体生命既超脱世俗束缚又把握自我意识的微妙境界。

辛弃疾一生写了大量有关饮酒的词，仅退居时期即达二百多首，其饮酒方式却是豪饮、狂饮。他不止一次地戒酒、破戒，直至临终也没有把酒戒掉。他是英雄失志、解愁破闷的豪饮。他的《水调歌头·九日游云洞，和韩南涧尚书韵》云：“渊明谩爱重九，胸次正崔嵬。酒亦关人何事，政自不能不尔，谁遣白衣来？醉把西风扇，随处障尘埃。　　为公饮，须一日，三百杯。此山高处东望，云气见蓬莱。翳风骖鸾公去，落佩倒冠吾事，抱病且登台。”这里“一日须倾三百杯”的李白式的豪饮，是与“倒冠落佩兮与世阔疏”（杜牧《晚晴赋》）的愤世闷郁相联系的，而对陶渊明饮酒的认识，又别有会心地赋予“胸次崔嵬”、鄙弃权贵“尘污”的意义（“醉把”句用《世说新语·轻诋篇》王导之典）。另一首与陶公饮酒有关的《玉蝴蝶·叔高书来戒酒，用韵》云：“侬家。生涯蜡屐，功名破甑，交友抟沙。往日曾论，渊明似胜卧龙些。算从来、人生行乐，休更说、日饮亡何。快斟呵，裁诗未稳，得酒良佳。”也表达了用酒作为“人生行乐”之具，来宣泄人生有限、功名破灭、友朋沙散之悲，并认为这正是陶渊明比诸葛亮高明之处。但苏轼在《书渊明诗》中说：“孔文举云：‘坐上客常满，樽中酒不空，吾无事矣。’此语甚得酒中趣。及见渊明云：‘偶有佳酒，无夕不倾，顾影独尽，悠然复醉。’便觉文举多事矣。”在苏轼看来，陶高于孔融之处，在于并不刻意追求友朋常聚、美酒常满，而是偶然兴会、率意悠适的情趣，这是他对陶公饮酒的理解。指出下面这点也许有些意义：他在引用陶的《饮酒二十首序》时，把原文“忽焉复醉”写成“悠然复醉”，足见对“悠然”的强调。能获“悠然”之“一适”，能“偶得酒中趣”，那么“空杯亦常持”也是无妨的（《和陶饮酒》其一），原来他并不计较事实上的有酒或无酒，只求“悠然”“适”“趣”等精神愉悦。但辛弃疾却不以为然。他调侃陶公说：“试把空杯，翁还肯道：何必杯中物？临风一笑，请翁同醉今夕。”（《念奴娇·重九席上》）他是现实的，悲哀悒郁是实在的，以酒麻醉消忧也是实在的，空灵虚幻的精神超越是无济于事的。对于陶渊明饮酒后“采菊东篱下，悠然见南山”（《饮酒》其五）的可遇而不可求的怡然心会，或“试酌百情远，重觞忽忘天。天岂去此哉？任真无所先”（《连雨独饮》）的饮酒而存“真”的省悟，辛弃疾大概是没有耐心去体会这种“浊醪妙理”的。

辛弃疾又表现为放浪形骸、泯灭自身的狂士痛饮。《定风波·大醉自诸葛溪亭归，窗间有题字令戒饮者，醉中戏作》生动地描绘出他泥醉的情态：“昨夜山公倒载归，儿童应笑醉如泥。试与扶头浑未醒，休问，梦魂犹在葛家溪。”这里的“濡首腐胁，颠倒狂迷”蕴含着痛苦无以自抑的突发性的宣泄，但他对自我的斫伤也是显然的。他的《卜算子》即以“饮酒成病”为词题，但另一首《卜算子·饮酒不写书》又以“一饮动连宵，一醉长三日”自夸自傲了。苏轼却明确认为，海量如张方平、欧阳修、梅尧臣者，算不得善饮者，“善饮者，澹然与平时无少异也”（《书渊明诗》）。他还说：“《饮酒》诗云：‘客养千金躯，临化消其宝。’宝不过躯，躯化则宝亡矣。人言靖节不知道，吾不信也。”（《书渊明饮酒诗后》）即以半醉半醒的微醺为饮酒的最佳选择，目的是追求“醉中味”，而不是口腹之欲的无度满足，更不是斫性伐体、对自我“宝躯”的作践。这是苏轼对陶公饮酒的又一层理解。这种半醺境界，辛弃疾直到开禧三年（1207）八月病中才开始有所体会：“深自觉、昨非今是。羡安乐窝中泰和汤，更剧饮无过，半醺而已。”（《洞仙歌·丁卯八月病中作》）但到九月十日，他却怀着陶渊明“觉今是而昨非”的醒悟离开了人间。他曾说：“饮酒已输陶靖节”（《读邵尧夫诗》），如果从把握陶公饮酒的人生意义来看，这句客气话含有深刻的道理。

（原载《文学遗产》1991年第2期）

10

新见文献考论

评久佚重见的施宿《东坡先生年谱》

宋时已出现有关苏轼的年谱。明万历时康丕扬所刊《东坡先生外集》卷首末云："谱先生（苏轼）出处岁月者几十家，如汴阳段仲谋、清源黄德粹、五羊王宗稷、仙溪傅荐可，盖特详者，然皆不免差误。"则知明万历以前为苏轼作谱者已近十家。今可考知有关苏轼年谱的编者、书名的共有九种：程子益《东坡诗谱》（见魏了翁《鹤山先生大全文集》卷五一《程氏东坡诗谱序》云："公〔苏轼〕之里人程子益以谦既为之谱，又举其一时之唱和，与公之追和前人、后人之追和于公者，皆参列而互陈之。"）、段仲谋《（东坡）行纪》、黄德粹《（东坡）系谱》（以上两种见傅藻《东坡纪年录·跋》）、罗良弼《欧阳三苏年谱》（见胡铨《会昌县东尉罗迪功墓志铭》，《胡澹庵先生文集》卷二六）、何抡《眉阳三苏先生年谱》、孙汝听《三苏年表》、王宗稷《东坡先生年谱》、傅藻《东坡纪年录》、施宿《东坡先生年谱》。但国内长期流传者仅王宗稷、傅藻两种。施宿《东坡先生年谱》屡见著录，如《直斋书录解题》卷二十云："《注东坡集》四十二卷，《年谱》、《目录》各一卷。司谏吴兴施元之德初与吴郡顾景蕃共为之，元之子宿从而推广，且为《年谱》，以传于世。”（又见《文献通考》卷二四四《经籍考》，书名“集”改作“诗”，是。余全同）明徐献忠《吴兴掌故集》卷四《著述类》亦云：“《注东坡诗》四十二卷，《年谱》、《目录》各一卷，司谏施元之，字德初，与吴郡顾景蕃共为之。元之子宿推广为《年谱》，陆放翁序。”但此谱国内久佚。康熙时见到宋刊《施注苏诗》的邵长蘅已云：“施氏谱无考”（《施注苏诗》卷首《注苏姓氏》），冯应榴亦云：“施武子所为《年谱》已不传”（《苏文忠公诗合注》卷首《年谱》案语），实为苏轼研究中一大憾事。

复旦大学顾易生教授于1981年2月去日本讲学，大阪市立大学西野贞治先生惠赠施宿《东坡先生年谱》影印本一件[①]。久佚古籍，重返中土，弥足珍贵，易生先生嘱为撰文，介绍这一中日学术交流的具体成果。

原件系抄本，分卷上、卷下两册，共一一四页。书前有陆游序、施宿序，后有施宿跋、日人未云叟跋。年谱正文用表格形式，分作“纪年”“时事”“出处”“诗”四栏，其中熙宁六年、七年、绍圣元年、二年条共有缺页六页，其他皆完整。语涉宋帝，则空格；“惇”字缺末笔（如章惇、安惇），故知其所据底本为南宋本（宋光宗名赵惇）。

---

① 此件实复印自仓田淳之助等所编《苏诗佚注》一书，1965年3月日本同朋舍出版。笔者写作本文时，尚未获见。

一、从施宿序、跋看《施注苏诗》

施元之、顾禧、施宿合编的《注东坡先生诗》(后称《施注苏诗》),与署名王十朋的《百家注分类东坡诗集》,是现存最早的两部重要的苏诗注本,前者编年,后者类编,各有所长,施注本尤有特色,理应并传兼行。但在清康熙以前,却是王本独行天下,施本沉晦不彰。康熙时宋荦购得宋刊施本(残本,施宿《年谱》亦缺),请邵长蘅等补缀刊刻,始得流行;但邵氏等妄改妄删,顿失宋刊原貌,为后世版本学家所诟病。近来有学者重视对施本的研究,弄清了一些问题[①]。施宿两篇序跋的发现,对进一步认识施本的面貌有很大的帮助。

(一)施元之稿本的成书年代。由于现存宋刊施本没有序跋,成书年代和过程无考。署名王十朋的《百家注东坡先生诗序》又未提及施注,故一般学者皆认为施本后于王本。冯应榴《苏诗合注》卷首《凡例》云:"考王梅溪之卒在乾道七年,书标王状元而不系官与谥,或更在其未卒时。施德初卒年无考,而乾道七年尚官衢州,其子武子于嘉定间始刊其父所注。若施顾注先出,集百家注本必兼采之,今并无其姓名,则杨氏所云施氏书后出,无疑也。"所说"杨氏",指杨瑄,但其所作百家注王本序实未明确断定"施氏

① 参看刘尚荣《宋刊〈施顾注苏诗〉考》,见《苏轼研究专集》,《四川大学学报丛刊》第六辑。已收入其《苏轼著作版本论丛》(巴蜀书社)一书。

书后出”。阮元《苏文忠公诗编注集成序》更谓施本“已较《集注》后出三十五年”。杨绍和《楹书隅录》卷五亦云 :“《东坡诗》旧注，今所传者惟王氏、施氏二本。梅溪《集注》成于乾道间，施顾之注，至嘉定初，德初之子宿始经刊行，已后《集注》三十余年。”但施宿序文证明这一说法并不准确。施宿说 :

> 东坡先生□（诗），有蜀人所注八家，行于世已久。先君司谏病其缺略未究，遂因闲居，随事诠释，岁久成书。然当亡恙时，未尝出以视人。后二十余年，宿佐郡会乩（稽），始请待制陆公为之序。

这篇序文作于嘉定二年（1209）。这里首先提出，施元之是因“八家”本“缺略”而发意著书的，故仍采用“八家”本编年体例，他并未看到署名王十朋的集百家注本。关于集百家注本，《四库提要》已辨其为书坊伪托王十朋之名，以广招徕，但受到冯应榴、王文诰及今人的异议；其实，伪托说未可厚非。王十朋是高宗时状元，又是孝宗时政治舞台上的活跃人物，屡次上书，力图恢复，又历知各州，如他确在“乾道间”或更前作成《集注》，应为时人所熟知，但从现在材料来看，直至他晚年及死后三十多年间，竟无人提及此事。《庚溪诗话》卷上 :“今上皇帝（孝宗）尤爱其（苏轼）文。梁丞相叔子，乾道初任掖垣，兼讲席。一日，内中宿直，召对。上因论文问曰 :‘近有赵夔等注轼诗甚详，卿见之否?’梁奏曰 :‘臣未之见。’上曰 :‘朕有之。’命内侍取以示之。至乾道末，上遂为轼御制文集叙赞，命有司与集同刊之。”孝宗在乾道初只看到“赵夔等注轼诗”，如果有王十朋注本，孝宗君臣何以不闻不知? 反对“伪托说”的王文诰，也不得不承认："乾道时赵尧卿等注已陈乙览，即《八注》《十注》合刊之证，时《百家注》未出也。"（《苏诗编注集成》卷首《王施注诸家姓氏考》）阮元也说："龟龄《集注》，实由《八注》《十注》推广。"（《苏诗编注集成序》）此可疑者一。楼钥为胡稚所作的《简斋诗笺叙》云："少陵、东坡诗，出入万卷，书中奥篇隐帙，无不奔凑笔下。……蜀赵彦材注二诗最详，读之使人惊叹。”楼钥此序作于“绍熙壬子正月吉”，即光宗绍熙三年（1192），距王十朋之死已二十一年，尚称赵彦材所注苏诗为“最详”，足证未见百家集注本。此可疑者二。陆游与王十朋同朝，他于宁宗嘉泰二年（1202）所作《注东坡先生诗序》，又无一字提及王十朋编纂《集注》之事，而此序主旨正是阐述注苏之难，理应提及。其时距王十朋之死已三十一年。此可疑者三。今存署名王十朋的《百家注东坡先生诗序》称其“旧得公诗《八注》《十注》”，乃至“百人”，而施元之却仅仅依据《八家注》来补其“缺略”，如果王十朋序是真的，这也有悖情理。施元之曾主持多种典籍的刊印，是位著名出版家（见《书林清话》卷三），他又“以绝识博学名天下”（陆游语），并非孤陋寡闻的乡间冬烘。他专攻苏诗，何以只见《八注》，不见王十朋所见的《十注》乃至“百人”注呢？施宿序文亦未提及王书，说明直到嘉定二年王书未必出现。时距王十朋之死已三十八年。此可疑者四。此外，今传世王本的最早刻本，为南宋黄善夫家塾本。此书避宋讳至“敦”，亦在光宗（赵惇）之后。至于冯应榴等人反驳“伪托说”的论据，亦大都似是而非。如冯氏云："王楙《野客丛书》已有‘集注坡诗’一条；明王弇州《长公外纪》云‘王十朋集诸家注’;《杨升庵集》亦云‘王十朋注’。则由来已久，未可竟疑其伪托矣。”(《苏诗合注》卷首《凡例》) 检《野客丛书》卷二三“集注坡诗”条，其内容为驳正赵次公注和程注，所言《集注》实乃《八注》《十注》之类，不能作为《百家集注》之证；而王世贞、杨慎已是明人，所言更不足为据。因此，伪托说不能遽断为非，今传《百家集注》本其最早刻本又在光宗之后，要断定施元之成书在《百家集注》本后，是缺乏说服力的。

其次，施宿序文还指明施元之成书的具体年代。他说，在其父成书“后二十余年，宿佐郡会乩（稽），始请待制陆公为之序”。他请陆游作序在嘉泰二年（1202），上推“二十余年”（以二十五年计），则施元之成书约在淳熙四年（1177）左右。据邓广铭《辛稼轩年谱》，辛弃疾任江西提点刑狱时，曾于淳熙三年弹劾施元之（时任赣州知州），施遂奉祠离职，大概即是施宿序中所谓“闲居”著书时期。又玩“岁久成书”语意（陆游序亦谓“用工深，历岁久”），则其成书当在淳熙四年之后[①]。这一点也是以前研究施注本时未能确定的问题。阮元《苏文忠公诗编注集成序》谓施元之“与顾禧为编年注，应在淳（熙）、绍（熙）之时”，其推测大致相近，但无论据。

---

① 陈乃乾《宋长兴施氏父子事迹考》（载《学林》第六辑，1941年4月），定施元之卒年为淳熙元年（1174），似不确。施罢赣州任在淳熙三年，有确证，见《辛稼轩年谱》。施宿序中又说，其父“闲居”“岁久成书”以后，“而先君末年所得未及笔之书者，亦尚多有”，说“末年”，则其去世当比淳熙四年更晚。

（二）注文分合问题。施注本包括题下注和句中注两部分，最后完成于施元之、顾禧、施宿三人之手，但现存宋刊施本并未标明三人分注体例，清代学者多所考证，但意见分歧。或谓施元之作"书中自（句）解"，施宿作"题下小传，低数字"，即题下注（郑元庆《湖录经籍考》卷六）；或谓"诗题下小传似亦有元之注"（冯应榴《苏诗合注》卷首《翁本附录》）；或谓题下注为施元之笔，句下注为施元之、顾禧二人笔，施宿仅作"题注末补载墨迹石刻及较改同异之字，间有引证及增辑《年谱》所无"（王文诰《苏诗编注集成》卷首《王施注诸家姓氏考》）；或谓题下注为施元之笔，句下注系顾禧独为（阮元《苏诗编注集成序》）。详情参看余嘉锡《四库提要辨证》卷二十二。余氏云："推勘全书体例，证以陆序，实如王氏、阮氏之言。"此说几乎成为定论。

施宿序文却证明郑元庆的说法是基本正确的。施宿说，在其父成书以后：

> 宿因陆公（游）之说，拊卷流涕，欲有以广之而未暇。自顷奉祠数年，旧春蒙召，未几汰去，杜门无事，始得从容放意其间。……故宿因先君遗绪及有感于陆公之说，反复先生出处，考其所与酬答赓倡之人，言论风旨足以相发，与夫得之耆旧长老之传，有所援据，足裨隐轶者，各附见篇目之左；而又采之《国史》以谱其年……

嘉泰时陆游之序仅云："司谏公（施元之）以绝识博学名天下，且用工深，历岁久，又助之以顾君景蕃之该洽"，未提施宿之名，说明其时施宿尚未对此书进行加工，亦未作《年谱》，仅是施、顾两家注的稿本。到了嘉定元年（施宿序作于嘉定二年中秋[①]，文中云“旧春”），施宿闲居时才对此稿本作进一步补益，并作《年谱》。施序还明确指出，他的补益，“各附见篇目之左”，即题下注；内容是“纪事”：“反复先生出处，考其所与酬答赓倡之人，言论风旨足以相发，与夫得之耆旧长老之传”，即包括苏轼经历、酬唱者行实和故老传闻等等，与句下注之“征典”有所分工。验之宋刊施本题下注，正是如此。阮元序云：“（题下注）纪事引本集、《栾城》、史传，不载出处；（句中注）征典引经史子集外藏，悉载出处，显属二手。”这点被他看中了，但他由此而推断前者出于施元之，后者出于顾禧，却不正确。现在再来看最早著录此书的《直斋书录解题》就更清楚了：“司谏吴兴施元之德初与吴郡顾景蕃共为之，元之子宿从而推广，且为《年谱》，以传于世。”“从而推广”即施宿序的“有以广之”，用语一致，证明陈振孙曾寓目此序。《吴兴掌故集》却把这两句紧缩为“元之子宿推广为《年谱》”一句（《湖州府志》亦云“推广为《年谱》”），似乎施宿作《年谱》外再无其他补益，实是误改。

题下注出于施宿之手，还可从宋刊施本中找到内证。卷十三《登望禖亭》题下注：“此诗墨迹乃钦宗东宫旧藏。今在曾文清家，宿尝刻石余姚县治。”卷十六《送刘寺丞赴余姚》题下注：“刘寺丞

① 这年十一月，施宿被起用为吉州知州，旋又罢职。《宋会要辑稿·职官》卷七四：嘉定二年“十一月二十二日，新广东提刑常褚、新知吉州施宿，并罢新任，以臣僚言褚谋身奸邪，宿邀功避事”。事与“旧春蒙召，未几汰去”相仿，唯年、月不合。

名抃，字行甫，长兴人。……后七载，公守湖州，行甫自长兴道郡城赴余姚，公既赋此诗，又即席作《南柯子》词为饯，首句云‘山雨潇潇过’者是也。后题元丰二年五月十三日吴兴钱氏园作。今集中乃指他词为送行甫，而此词第云湖州作，误也。真迹宿皆刻石余姚县治。”卷二十《次韵孔毅父久旱已而甚雨三首》题下注，记苏轼为杨道士二帖，“二帖书在蜀笺，笔画甚精，宿尝以入石云”。同卷《别子由三首兼别迟》题下注：“宿守都梁，得东平康师孟元祐二年三月刻二苏所与九帖于洛阳。”卷二十四《次韵钱穆父》题下注：“钦宗在东宫时，所藏东坡帖甚富，多有宸翰签题，即位后出二十轴赐吴少宰元中，元中为曾文清妹婿，以十轴归之，今藏于元孙户部郎乐道槩。宿为余姚，尝刻石县斋。”卷二十五《玉堂栽花周正孺有诗次韵》题下注：“……宿刻此帖（指苏轼与王晋卿都尉一帖）余姚县斋，汪端明刻此诗成都府治。”卷二十七《韩康公挽词三首》题下注：“三诗墨迹精绝，宿尝刻石余姚县斋。”这些题下注皆有“宿”自称，是为其手笔的铁证。从后面我们论及《年谱》正文时可以看到，施宿熟稔史事，对《国史》别择精严，又精于碑刻，博采传闻稗说，与题下注的全部内容正复相类，充分发挥他的专长。题下注的内容和文风基本一致，冯应榴怀疑“似亦有元之注”，也是缺乏根据的。

还应说明，施宿对题下注的撰述，态度十分认真，嘉定二年后，仍在陆续增补。卷二十二《任师中挽词》题下注云：任师中（任伋）“曾孙希夷字伯起，图南字伯厚，皆踵世科。伯起今为将作少监、太子侍讲”。按，《中兴东宫官寮题名》（存《永乐大典》卷二三九）

“任希夷”条云：“嘉定四年正月，以宗正丞兼舍人。六月，以秘书丞升兼侍讲。六月，除著作郎，仍兼。五年十月，除将作少监，仍兼。六年正月，兼权左司郎官。十月，除秘书少监，仍兼。”（《宋会要辑稿·职官》卷七：“〔嘉定〕四年正月，宗正寺丞任希夷兼太子舍人。六月，以秘书丞兼侍讲。七年，以中书舍人兼右谕德。”无任将作监、侍讲时间。）任希夷，《宋史》有传，后官至端明殿学士、签书枢密院事兼权参知政事，但施宿仅云“今为将作少监、太子侍讲”，不及以后官职，此“今”正施宿撰述之时。这说明迟至嘉定五年十月至六年正月，施宿的题下注仍未定稿，尚在继续订补。

前人对此书题下注评价甚高。张榕端《施注苏诗序》云：“又于注题之下，务阐诗旨，引事征诗，因诗存人，使读者得以参见当日之情事，与少陵诗史同条共贯，洵乎有功玉局而度越梅溪也。”邵长蘅《注苏例言》云：“《施注》佳处，每于注题之下多所发明，少或数言，多至数百言，或引事以征诗，或因诗以存人，或援此以证彼，务阐诗旨，非取泛澜，间亦可补正史之阙遗，即此一端，迥非诸家所及。”王文诰亦谓“最要是题下注事”，但他把这一成绩记在施元之的名下，未免抹煞施宿之功。

施注本注文分合问题应以郑元庆之说为胜。他是根据传是楼宋刊本（即宋荦本）而作出的判断，阮元、王文诰两人实未亲见宋刊本，故而推断失误。但郑说对顾禧的作用只字未提。今宋刊本句中注内仍有数处标明“顾禧注”。如卷二十《橄榄》“已输崖蜜十分甜”句：“（[施注]）《本草》：崖蜜，又名石蜜，别有土蜜、石蜜。……[顾禧注云]记得小说：南人夸橄榄于河东人云：此有回味。东人云：不若我枣。比至你回味，我已甜久矣。枣，一作柿。……”又如卷三十四《立春日小集戏李端叔》“须烦李居士，重说后三三”句：“([施注]) 延一《广清凉传》：无著禅师游五台山，见一寺，有童子延入。无著问一僧云：此处众有几何？答曰：前三三，后三三。无著无对。僧曰：既不解，速须引去。[顾禧云]此诗方叙燕游，而遽用后三三语，读者往往不知所谓，盖端叔在定武幕中，特悦营妓董九者，故用九数以为戏尔。闻其说于强行父云。”这说明当顾禧对施元之注有异议或重要补充时，才标出姓氏，其他就不作明显分别。

总上所述，施注本分注体例应该是：句中注系施元之、顾禧“共为之”，题下注为施宿手笔。鉴于题下注的重要性，应该充分肯定施宿对此书的贡献。

（三）施注本刊刻年代——所谓“嘉泰本”。宋荦在《施注苏诗序》中，称其所得原刊本为“宋嘉泰间镂板行世”之本，邵长蘅《题旧本施注苏诗》亦谓“镂板于宋嘉泰间”。以后不少学者皆因陆游于嘉泰二年为该书作序，遂定为刊刻之年。翁方纲《苏诗补注》卷八引桂馥语云：“陆放翁序在嘉泰二年，此注本当刻于嘉泰初。”伍崇曜《苏诗补注跋》亦称“先生（翁方纲）旧藏苏集（即宋荦本），为宋嘉泰椠本”。此本现存台湾“中央图书馆”，其《善本书目》径以“宋嘉泰二年淮东仓司刊本”著录。近人亦多从此说。其实是不正确的。

如上所述，施宿序文作于嘉定二年，嘉定五、六年尚在对题下注进行补益，而新见到的施宿跋文更作于“嘉定六年中秋日”，距陆游作序时达十一年。这都说明嘉泰时尚未刻印。刊刻的地点确在淮东仓司。郑羽在景定三年时曾取施注旧板，修补“重梓”，其跋云:“坡诗多本，独淮东仓司所刊，明净端楷，为有识所赏。羽承乏于兹，暇日偶取观，汰其字之漫者大小七万一千五百七十七，计一百七十九板，命工重梓”，明言“淮东仓司所刊”。而嘉泰时施宿尚官绍兴通判。他何时任提举淮东常平司，不可确考（陈乃乾先生定于嘉定五年至七年，不知其据）。但嘉定六年他确在淮东仓司任上。是年他曾刻王顺伯《石鼓诅楚音》，并跋云:“宿乘传海滨，宾朋罕至，时寻翰墨，拂洗吏尘。”末署“嘉定六年重五日吴兴施宿书”。文中“海滨”即指淮东仓司所在地泰州。章樵《石鼓文集注》云:“周宣王狩于岐阳，所刻《石鼓文》十篇，近世薛尚功、郑樵各为之音释，王厚之考正而集录之，施宿又参以诸家之本，订以《石鼓》籀文真刻，寿梓于淮东仓司，其辨证训释，盖亦详备。”淮东之于施宿，正如衢州之于施元之，是他致力于刊刻文籍之地，允有注苏诗之刻（施宿序末署“嘉定二年中秋日吴兴施宿书”，跋文末署“嘉定六年中秋日吴兴施宿书”，与《石鼓诅楚音》跋所署，格式完全一致）。另据《扬州府志》:“绍兴辛巳，完颜亮寇州。（泰州）城废。开禧丙寅权守赵逢始修筑，守翁潾、何郯继之。六七年间，才甓二里余。朝（廷）以委提举茶盐事施宿。工竣，视旧增五之一。”从开禧二年丙寅（1206），中经“六七年”，正是嘉定五六年，足证其时施宿在任。又，据余嘉锡考证，施宿“实死于嘉定六年之冬”（《四库提要辨证》卷七，详下），即死于淮东仓司任上，施注本的刊刻当不能晚于其后。而施跋作于是年中秋，则施注本亦不能于此前刻成。据此，宋刊原本拟定名为“宋嘉定六年淮东仓司刊本”。

（四）施注本流传不广的原因。《宋会要辑稿·职官》卷七五：嘉定七年正月“二十一日，直秘阁施宿罢职与祠禄，以中书舍人范之柔言其昨任淮东运判，刻剥亭户，规图出剩，以济其私”。同书《职官》卷七六又云：嘉定“十五年十月十九日诏，施宿特与改正，追复朝请大夫，以其女（原脱）安人妾施氏自陈，故父宿昨任淮东提举日，但知尽忠报国，讨究弊源，撙节浮费，不顾怨仇，悉皆痛革，是以取怨于僚属，有忤于交承，不幸身死，谤议起于仇人，诬合倾挤。死及百日，忽（原误作勿）致臣僚论父盐政及修城事。于父死一年之后，行下抄籍，一家骨肉星散，狼狈暴露，故父灵柩，亦皆封闭，寡妻弱子无所赴愬。……去年八月内明堂赦恩，及今年正月内受宝大赦，念妾等存没衔冤，迄今九载”。根据这两条材料，参考余嘉锡的考证，排比施宿晚年及死后有关事项，作时间表如下：

嘉定六年中秋　《注东坡先生诗》开雕（据施《跋》）

六年十月间　施宿卒（据“死及百日”被劾上推）

七年正月二十一日　施宿被臣僚弹劾（据《宋会要辑稿》；与该书另一条言“身死”后被诬亦相符）

七年冬　施宿家被抄籍（据“父死一年之后，行下抄籍”推算）

十五年十月十九日　施宿改正、追复（据《宋会要辑稿》。上距七年冬，正好首尾“九载”）

这说明施注本的刻印离施宿之死相距甚近，仅两三个月，施宿生前恐未必亲见此书；此书甫竣工而全家即遭抄籍，连“灵柩亦皆封闭”，刻成之书亦不免受损。而且，在施宿的罪状中，除了贪污盐款和修城款外，还直接涉及本书。周密《癸辛杂识·别集上》“施武子被劾”条云：

> 宿晚为淮东仓曹，时有故旧在言路，因书遗以番葡萄。归院相会，出以荐酒。有问知所自，憾其不己致也。劾之，无以蔽罪。宿尝以其父所注坡诗刻之仓司，有所识傅穉，字汉孺（原注：湖州人），穷乏相投，善欧书，遂俾书之，锓板，以赒其归。因摭此事，坐以赃私。

傅穉是施宿的同乡，施宿等于嘉泰二年修《嘉泰会稽志》时，傅于浙东安抚使司校正书籍，参与其事（见《嘉泰会稽志》跋末）。至此“穷乏相投”而写施注上板，施宿却因此而被弹劾治罪，施注本的厄运当亦意料中事。《四库全书总目》卷一五四云：“嘉泰中，宿官余姚，尝以是书（指施注苏诗）刊版，缘是遭论罢，故传本颇稀。”指出“传本颇稀”是由于“遭论罢”，是正确的，惜语焉不详，且时间和地点皆误（施宿任余姚知县在庆元初，见孙应时《余姚县义役记》，嘉泰时宿任绍兴通判）。宋荦本（尚存十九卷）确是鲁殿灵光，吉光片羽，今存台湾，怀想不已[①]。

---

① 施注嘉定原刊本，另尚存两部残本，但卷帙不多（一仅四卷，中有残缺，一仅两卷），今藏北京图书馆。按：1993年4月，笔者有幸访问台北“中央图书馆”，终于得见此“馆藏最风雅的书”，十多年前之“怀想”，一旦实现，忭喜何似！且已标明为“宋嘉定六年淮东仓司刊本”，改正其“嘉泰本”旧说。

二、施《谱》正文的特点和价值

施宿《年谱》的重现，使现存南宋人所作苏轼年谱增至三种。王宗稷《东坡先生年谱》，今首见于《东坡七集》本；傅藻《东坡纪年录》，首见于《百家注分类东坡先生诗》。王宗稷，五羊人，字伯言，绍兴中曾至黄州;傅藻，仙溪人，字荐可[①]。其他所知皆甚少。王《谱》无序、跋，傅《录》有跋，自称其书是在段仲谋《行纪》、黄德粹《系谱》两书基础上编撰而成。施《谱》有序有跋。王宗稷虽较傅、施年长，三谱却都未互相提及，看来是各自成书的。

邵长蘅云:“五羊王氏《年谱》综其大端；仙溪傅氏《纪年》核于月日，要亦互有得失。”(《施注苏诗》卷首《年谱·跋》)施《谱》比之王《谱》、傅《录》，篇幅加多，更较详备。而其主要特点是增设“时事”一栏。施宿在序跋中两次提到“采之《国史》以谱其年”，即此。此栏字数甚至与“出处”栏即记叙苏轼一生行实者，相差无几。这与他对谱主的总的认识有关。其《序》中详述苏轼在“熙宁变法之初”及至“既谪黄冈”“元祐来归”“绍述事起”这三个阶段的遭遇和表现，最后说:“盖先生之出处进退，天

---

① 傅藻，南宋时《百家注分类东坡先生诗》(黄善夫家塾本)作“傅藻”，元明时《增刊校正王状元集注分类东坡先生诗》(建安虞平斋务本堂本，《四部丛刊》本据此影印)，改为“傅藻”，似是。因傅字荐可，《诗经·召南·采蘋》:“于以采藻，于彼行潦”，“于以奠之，宗室牖下”。后有“藻荐”一词，如张九龄《洪州西山祈雨是日辄应因赋诗言事》:“迟明申藻荐，先夕旅岩扉。”另《左传·隐公三年》亦云:“……蘋蘩薀藻之菜，筐筥锜釜之器，潢污行潦之水，可荐于鬼神，可羞于王公。”

也。神宗皇帝知之而不及用，宣仁圣后用之而不能尽，与夫一时用事者能挤之死地而不能使之必死，能夺其官爵、困戹僇辱其身而不能使其言语文字不传于世，岂非天哉！”这段文字，吸取苏轼《潮州韩文公庙碑》的笔调，表达他对苏轼的总认识，也是他写作《年谱》的总纲。也就是说，他不仅为文学家苏轼谱年，更重要的是为政治家苏轼立传。因此，他主要根据王安石变法的发生、发展和失败的全过程以及新旧两党在政治舞台上的消长变化这两条线索，从《国史》中采录和组织材料，其他“时事”就略而不叙。他记叙了王安石受命变法的情况，也记叙他两次罢相的过程；记叙了各项新法始行及罢废的情况，也记叙围绕各项新法行废的斗争。尤其值得注意的，是他所加的一些案语。如熙宁三年条，在叙述各项新法始行情况后说：“按，新法之行青苗始于陕西，助役始于京东、两浙，常平则自陕西、河东始，保马保甲则自府界畿县始，市易则自秦凤始。盖自古变法者，其始皆有所疑惧不安，故试之一方一所，以验其法之可行与否也，及其主之既力而小人迎合皆以为便，始推而达之天下矣。”在王安石受到普遍谴责的南宋时代，施宿能指出新法是通过试验而渐次实施，既是从史实中得出的正确结论，也表现出可贵的史德。又如元祐四年条，在总结“元祐更化时期”的政局变动时说：“按，元祐诸贤欲革弊而不思所以自善其法，欲去小人而不免于各自为党，愤嫉太深而无和平之炁（即‘气’字），攻诋已甚而乖调复之方，同异生于爱憎，可否成于好恶。朝廷之上，议论不一，差役科场，久而不定，更易烦扰，中外厌之。……故当其时，潜怀窥伺，阴谋动摇者已伏其间，而诸贤轻患忽祸，自以无它，方更相攻击不已，卒使小人藉之以为资，起而乘之，驯至大变，岂专王、吕、章、蔡之罪哉!”这段话亦颇有见地，代表当时的另一种议论。陆九渊也说:“熙宁排公（指王安石）者，大抵极诋訾之言而不折之以至理，平者未一二而激者居八九，上不足以取信于裕陵，下不足以解公之蔽，反以固其意，成其事。新法之罪，诸君子固分之矣。元祐大臣，一切更张，岂所谓无偏无党者哉?”（《象山先生全集》卷十九《荆国王文公祠堂记》）虽称新法有“罪”，但新旧两党各负其咎，这在王安石被目为祸国奸佞的舆论浪潮中，不失为持平之论。这两段按语，后段与苏轼批评元祐初“专欲变熙宁之法，不复校量利害，参用所长”（《辩试馆职策问札子二首》之二）的看法，基本一致；前段却与苏轼所见不同，苏轼正是着力攻击新法为骤变、突变的。在《上神宗皇帝书》中，他指责王安石“招来新进勇锐之人，以图一切速成之效”，“造端宏大，民实惊疑”，而主张“自可徐徐，十年之后，何事不立”。施宿对苏轼怀有深深的敬意，但并不阿私附和，以他的是非为是非，而能坚持自己独立的见解，这也是其书高出王《谱》、傅《录》之处。

施宿所采录的《国史》材料，不仅描绘出谱主活动时代的政治画貌，而且为谱主的遭遇和行为提供理解和评价的根据。正因为如此，“时事”栏的记叙虽然偏详，似不合一般年谱体例，但对谱主的认识却更有帮助。不少记叙与“出处”栏上下呼应，相得益彰。如嘉祐六年条，九月御试，详列考官姓氏，即为了更好说明苏轼是年中制举。熙宁二年至四年，详叙新法始行及其斗争过程，与苏轼其时经历紧密绾合，互为补充。其后苏轼外任，“时事”栏即相对减略，只记与苏轼有关的“时事”，如熙宁五年，仅记卢秉为两浙提刑，专提举盐事，因与苏轼在杭开运盐河、去湖州有关。至元丰八年，哲宗即位，政局反复，始又详记“时事”，为苏轼从黄州返回的一系列“起复”、提升提供背景。尤如元祐元年的差法之争，上下两栏，互为表里，各有侧重，于勾画谱主其时行实更为明晰。绍圣元年，又详叙李清臣、邓温伯“首建绍述”之说，政局又变，于是又有苏轼的知定州、贬岭南。凡此都可看出施宿对史料别择精严、一切服从于突出谱主的“笔法”。另有不少记叙起了补充“出处”栏的作用。如熙宁七年条，苏轼知密州时，“五月，天章阁待制李师中言：‘乞召方正有道之士如司马光、苏轼、辙辈复置左右，以辅圣德。’以大言求用，责散官安置。”此条虽列“出处”栏，但说明苏轼虽处外任，仍与朝廷中的党争息息相关。

当然，《年谱》一类著作的基本要求是对谱主的家世、生平、交游、创作等作出全面而正确的介绍。施《谱》的重点不能不在“出处”栏。比之王《谱》、傅《录》确有更正确、更详明的特点。今依年序，对勘三书，先举其可供纠误之例。

（一）熙宁初年的活动。熙宁二年苏轼服父丧后返京，时值王安石议行新法，苏轼卷入新旧两党之争。对这段史实的具体记载，出入很大。一是从苏辙《东坡先生墓志铭》、《宋史·苏轼传》、苏轼本集以及从王《谱》、傅《录》直至清人王文诰《苏诗总案》、近人曹树铭《东坡年表》等，都把苏轼以多篇奏疏形式开始反对王安石新法的时间，定为熙宁四年；一是李焘《续资治通鉴长编》、杨仲良《通鉴长编纪事本末》、清人谭钟麟所刊《续资治通鉴长编拾补》等及其他史书，则定为熙宁二年。黄任轲先生《苏轼论新法文字六篇年月考辨》一文（见《苏轼研究专集》,《四川大学学报丛刊》第六辑），根据史料及苏轼奏议内容，力驳“熙宁四年”之误，论据充分，似可定论。施《谱》对此所载颇详，与黄说基本一致，不仅可以助成黄说，而且有所补充和纠正。这段经历对评价苏轼关系甚大，历来年谱又都失误，故分条详列施《谱》主要内容和事件如下。

（1）熙宁二年，“春，至京师，除判官告院兼判尚书祠部。时王安石方用事，议改法度，以变风俗，知先生素不同己，故置之是官”。

按：此条向无甚大疑异。

（2）“五月，以论贡举法不当轻改，召对，又为安石所不乐。”

按：此即苏轼《议学校贡举状》。《墓志铭》系统作熙宁四年，如本集作“熙宁四年正月”，误。《长编》系统作二年，如《通鉴长编纪事本末》卷六二“苏轼诗狱”条云：“熙宁二年五月，群臣准诏议学校贡举，多欲变改旧法，独殿中丞直史馆判官告院苏轼奏云云”，是。此条及以下第七、八、九各条的具体辨证，可参见黄任轲先生文。

（3）“未几，上欲用先生修《中书条例》，安石沮之。”

按：此条诸年谱皆失载。《通鉴长编纪事本末》同上卷云：“上（神宗）曰：‘欲用轼修《中书条例》。’安石曰：‘轼与臣所学及议论皆异，别试以事可也。’又曰：‘陛下欲修《中书条例》，大臣所不欲，小臣又不欲，今轼非肯违众以济此事者也。恐却故为异论，沮坏此事。兼陛下用人，须是再三考察，实可用乃用之，今陛下但见轼之言，其言又未见可用，恐不宜轻用也。'”亦可补诸谱之失。

（4）“秋，为国子监考试官，以发策为安石所怒。”

按：此即苏轼《国学秋试策问》。《宋史·苏轼传》叙此事于《上皇帝书》后，则在熙宁四年；本集未列年月。黄文考定为二年八月，是。余详下。

（5）“冬，上欲用先生修《起居注》，安石又言不可。且诬先生遭丧贩苏木入川，事遂罢，不用。”

按：修《起居注》事诸年谱皆失载。《通鉴长编纪事本末》同上卷云：熙宁二年“十一月己巳，司封员外郎直史馆蔡延庆、右正言直集贤院孙觉，并同修《起居注》。上初欲用苏轼及孙觉，王安石曰：'轼岂是可奖之人？……遭父丧，韩琦等送金帛不受，却贩数船苏木入川，此事人所共知。……但方是通判资序，岂可使令修《注》？'上乃罢轼不用。”亦可补诸谱之失。

（6）“（冬），安石欲以吏事困先生，使权开封府判官。先生决断精敏，声问益振。”

按：苏轼任开封府判官时间，《墓志铭》系统均列于熙宁四年，误。黄文认为“至少（熙宁二年）八月之前”，亦与施《谱》所说“冬”季不同。黄文主要根据是《国学秋试策问》一文，此文确作于二年八月。司马光《温公日录》云此文系“轼为开封府试官”时所作，黄文因谓“当时苏轼必已担任‘权开封府推官’，显然是以这个身份出来兼任‘开封府试官’的”。似可商榷。“秋试”是省试以前的地区性考试，以确定参加省试的资格，亦称“发解”。熙宁二年的国子监和开封府的考试是分别举行的，直至熙宁八年以后才予合并（见《宋会要辑稿·选举》卷一五、《续通鉴长编》卷二六六、《文献通考》卷三一《选举四》等），因此苏轼这道策问，是“国学秋试”还是“开封府秋试”，两者必有一误。查《宋会要辑稿·选举》卷一九“试官”条，开封府和国子监的秋试试官皆由朝廷直接任命，大都为三馆秘阁之臣，并非开封府或国子监的现任官。尤为重要的，其熙宁二年八月十四日条又云：

以秘阁校理同修起居注陈襄、集贤校理王权、秘阁校理王介、安焘、李常、馆阁校勘刘攽考试开封府举人，虞部郎中陈偁监门；监察御史里行张戬、直史馆苏轼、集贤校理王汾、胡宗愈、馆阁校勘顾临考试国子监举人，比部郎中张吉监门……

这里明确指出，苏轼时以“直史馆”被任为国子监试官，并非开封府试官；当时他也未任“开封府推官”。此其一。《国学秋试策问》为《东坡七集》本《前集》原题，而《前集》据胡仔所云“乃东坡手自编者”（《苕溪渔隐丛话·后集》卷二八），若无确凿证据未可轻易怀疑。此其二。再看《长编》系统的记载。《通鉴长编纪事本末》同上卷云：“初，轼为国子监考试官，时二年八月也。”时、事皆合。同卷记苏轼五月上《议学校贡举状》、神宗即日召对后，王安石与神宗的一次谈话。神宗“又言轼宜以小事试之如何”，王安石提出，“轼亦非久，当作府推”。神宗则“欲用轼修《中书条例》”，却为王安石所阻，连“府推”事亦不了了之，这是五月之事。其后，十一月己巳任命蔡延庆、孙觉同修《起居注》，神宗“初欲用苏轼及孙觉”，王安石又阻之，提出：“若省府推判官有阙，亦宜用。但方是通判资序，岂可使令修《注》？”结果修《注》一事固然罢用，“省府推判官”亦未落实，说明迟至十一月（或稍前）苏轼尚未接任此职。直至十二月记苏轼上《谏买浙灯状》时，其官衔上才出现“权推官”字样。这些记述前后连贯，顺理成章，毫无破绽，颇可据信。此其三。因此，施《谱》定苏轼任开封推官在熙宁二年“冬”，当属可信。《温公日录》“开封府试官”云云，不足为据；即便是实，亦不足证明时在开封府任职。

（7）“（冬），上疏论买灯事，上嘉纳之。”

按：此即苏轼《谏买浙灯状》。《墓志铭》系统作熙宁四年，如本集作“熙宁四年正月”，误。《通鉴长编纪事本末》同上卷云：熙宁二年“十二月，有中旨下开封府减价买浙灯四千余枝，权推官殿中丞直史馆苏轼言……”，施《谱》定为熙宁二年“冬”，相合。

（8）“（冬），又上疏论事，慷慨不屈。”

按：此即苏轼《上皇帝书》。《墓志铭》系统作熙宁四年，如本集作“熙宁四年正月”，误。《通鉴长编纪事本末》同上卷云：“十二月……上纳其言（指《谏买浙灯状》），轼因奏书献上言曰：‘愿陛下结人心，厚风俗，存纪纲。’书凡七千余言。”施《谱》定为熙宁二年“冬”，亦相合。

（9）熙宁三年“春，差充殿试编排官。时御试始用策。上议差先生为考官，安石言先生所学乖异，不可考策，乃以为编排官。先生拟对以奏”。

按：“拟对以奏”即苏轼《拟进士对御试策》。《墓志铭》叙此事于熙宁四年，本集无年月。《通鉴长编纪事本末》同上卷云：

“（熙宁）三年三月壬子，上御集英（殿）赐进士第，叶祖洽以阿时置第一，轼奏欲别定等第，上不许”，“又作《拟进士对御试策》”。此即苏轼写作此文的背景。施《谱》定为熙宁三年“春”，亦合。苏轼于二月另有《再上皇帝书》，施《谱》失载。此书《墓志铭》系统亦误，如本集作“熙宁四年三月”。见黄文所考。

《墓志铭》系统记载失误之由，清人张大昌曾有合理的推测，问题即出在苏辙《东坡先生墓志铭》。《墓志铭》云：“服除，时熙宁二年也。王介甫用事，多所建立，公与介甫议论素异，既还朝，置之官告院。四年，介甫欲变更科举，上疑焉，使两制三馆议之，公议上……”张大昌说：“若‘四年’二字作‘是年’，则诸书所载事迹日月无不吻合，集中于《议贡举状》以下诸奏均不作‘四年’，恐系浅人又据《年谱》臆改之，不得其月，乃以臆断为正月也。”（《续资治通鉴长编拾补》卷四按语）“四”“是”一字之差，遂影响到《宋史·苏轼传》、诸种《年谱》乃至本集。这个推断似可信。至于施《谱》记叙正确，则得益于他所据以采录之《国史》。据《容斋三笔》卷四“九朝国史”条，当时《国史》包括三书，一为《三朝国史》（太祖、太宗、真宗），二为《两朝国史》（仁宗、英宗），三为《四朝国史》（神宗、哲宗、徽宗、钦宗）。又据同书卷十三“四朝史志”条，记神宗等《四朝国史》，其《纪》《传》为洪迈所作，《志》则“多出李焘之手”[①]。《国史》今佚，但参与其事

① 《国史》一书为南宋人所重。如王栐《燕翼诒谋录》，即“考之《国史》、《实录》、《宝训》、《圣政》等书”而成（见《自序》），李心传《旧闻证误》亦多据《国史》纠正其他史书之误。

的李焘有名著《续通鉴长编》，其熙宁初年部分虽亦残佚，但幸存于南宋人杨仲良《通鉴长编纪事本末》之中。杨书不经见，故作苏轼年谱者未采用其中材料。前面我们多引杨书比照施《谱》，若合符节，即证同出一源。《国史》系根据官方纪录编修而成，于时于事自较可靠。

弄清苏轼在熙宁初年的活动和经历，才能正确评价他对新法的态度。自宋以后的各种苏轼年谱对此所记皆误，独施《谱》记叙正确，条理详明，确实难能可贵。

（二）倅杭时赴湖问题。赵彦材（次公）注《莘老葺天庆观小园，有亭北向，道士山宗说乞名与诗》“扁舟去后花絮乱”句云：“先生自杭倅以开运盐河故至湖州，若去，乃三月矣，故曰‘去后花絮乱’。”（《集注分类东坡诗》卷九）又注《赠孙莘老七绝》之二“闲送苕溪入太湖”句亦云：“先生倅杭，以开运盐河至湖。”（同上卷一五）

按：苏轼于熙宁五年十月左右开运盐河，有《汤村开运盐河雨中督役》《是日宿水陆寺寄北山清顺僧二首》等诗可证；去湖州在是年十二月，乃是为了“相度堤岸利害”。（见《东坡乌台诗案》“与湖州知州孙觉诗”条。《墨妙亭记》亦云：“是岁（五年）十二月，余以事至湖。”）缘由是湖州知州孙觉因“松江堤为民患，觉易以石，高一寻有奇，长百余里，堤下悉为良田”（《东都事略·孙觉传》）。苏轼前去视察，这与杭州附近之开运盐河无关。赵彦材以苏轼在湖留至三月，亦误，苏轼是年回杭度岁。“扁舟”句实乃预测离别后湖州之景，故下句接云：“五马来时宾从非”，又云：“惟有道人应不忘，抱琴无语立斜晖”，皆是想象日后重来时之情事。但赵注何以致误？施《谱》提供了答案。其熙宁五年条云：“以转运司檄监视开运盐河，之湖州相度捍堤利害，又自湖之秀，盖皆用卢秉（时任两浙提刑）之说云。”原来开河、度堤虽为两件差使，却同出运司之命。赵注未加细考，遂混为一事。或据赵注，谓苏轼通判杭州时曾两次去湖，亦未确。

（三）居住雪堂问题。王宗稷《年谱》在元丰五年条云：“《后赤壁赋》云：‘十月既望，苏子步自雪堂，将归于临皋。’则壬戌（元丰五年）之冬未迁。而先生以甲子六月过汝，则居雪堂止年余，由是推之，先生自临皋迁雪堂，必在壬戌之后明矣。”

按：苏轼于元丰三年二月初至黄州，居定惠院；五月，迁临皋；四年，营东坡；五年春于东坡筑雪堂。苏轼《江城子》（“梦中了了醉中醒”）词序云：“元丰壬戌之春，余躬耕于东坡，筑雪堂居之。”既明言“居之”，何谓是年之冬“未迁”？今人或谓“其时雪堂尚未造好，故夜归临皋住宿”（《唐宋词选释》第一〇五页），但雪堂早在是年之春落成，何谓“尚未造好”？王文诰则言苏轼“并未迁居雪堂”（《苏诗总案》卷二二），但苏轼《满庭芳》（“归去来兮”）词序云：“元丰七年四月一日，余将去黄移汝，留别雪堂邻里二三君子”，则“邻里”二字又作何解释？施《谱》元丰四年条云：“盖先生初寓居定惠院，未几迁临皋亭。后复营东坡雪堂，而处其孥于临皋。”原来雪堂作为苏轼游憩、居住或留客暂住（如巢谷、参寥等人）之所，其家眷仍住临皋。故苏轼常来往于两处，其作品中时有反映。《临江仙·夜归临皋》亦写从“夜饮东坡”

而醉归临皋，与《后赤壁赋》为同一路径。其《黄泥坂词》云：“出临皋而东骛兮，并丛祠而北转，走雪堂之坡陀兮，历黄泥之长坂。”“余旦往而夕还兮，步徙倚而盘桓。”“朝嬉黄泥之白云兮，暮宿雪堂之青烟。”则苏轼有时亦夜宿雪堂。王文诰“并未迁居”之说，亦嫌不够确切。

明乎此，有助于解决一些作品的疑异问题。如《浣溪沙》(“覆块青青麦未苏”）一词，傅《录》系于元丰四年，而傅榦《注坡词》残本谓词序后原有“时元丰五年也”一句。但朱彊村《东坡乐府》仍从傅《录》，不敢采用傅榦之说编年。原因大概是此词词序有云：“十二月二日雨后微雪，太守徐君猷携酒见过”，而词中又有“临皋烟景世间无”句，是此词作于临皋。而一般认为苏轼于元丰五年春从临皋迁居雪堂，故定此词作于元丰四年十二月二日。其实，依据上述苏轼来往两处的情况，亦可作于元丰五年十二月二日临皋寓所。是日“雨后微雪”，道路不便，苏轼未去雪堂。傅榦，南宋人，其言当有所据，似可从。

（四）元丰八年，苏轼自登州召还，“九月，除尚书礼部郎中”。此条王《谱》失载，傅《录》却作“召为礼部员外郎”。

按：《续资治通鉴长编》卷三五七，是年六月，司马光荐苏轼；卷三五九，九月己酉“朝奉郎苏轼为礼部郎中”。苏轼于是年十二月所作《论给田募役状》自署官衔亦为“朝奉郎礼部郎中”。《东坡先生墓志铭》《宋史·苏轼传》俱作“礼部郎中”。故知傅《录》误。

（五）元祐元年，苏轼在京，“九月，除翰林学士”。王《谱》不记月份，傅《录》却作“十月十二日”。

按：翁方纲《苏诗补注》卷七云："《宋史·哲宗本纪》：九月丁卯，试中书舍人苏轼为翰林学士知制诰。是月丙辰朔，丁卯是九月十二日。查氏（慎行）《年表》及本卷注，皆以为十月十二日，讹。"《续通鉴长编》卷三八七亦作九月丁卯。查氏盖沿傅《录》之误，施《谱》不误。（但王文诰《苏诗总案》卷二七以苏轼于九月六日作《明堂赦文》，应在翰林学士任，则除命当在此以前，因列于八月条下，录以备考。）

（六）元祐二年，"八月，兼侍读"。王《谱》不记月份，傅《录》失载。

按：苏轼《辞免侍读状》："右臣今月二十六日，准阁门告报，蒙恩除臣兼侍读者。"八月进《谢除侍读表》："臣轼言：今月一日，蒙恩除臣兼侍读者。"是初次除命在七月二十六日，正式任命则在八月一日。施《谱》是。

（七）元祐七年，苏轼于"正月，（自颍州）移知郓州，寻改扬州"。王《谱》在正月之后记云："已而改知扬州"；傅《录》则明云："是月（二月）移知扬州。"翁方纲《苏诗补注》卷七云："任天社《后山诗注》云：按《实录》，元祐七年正月辛亥，东坡自颍除知扬州。查氏《年表》据《纪年录》以为二月者非（原注：辛亥是正月二十八日）。"

按：据《续资治通鉴长编》卷四六九：是年正月，"丁未，知郓州观文殿学士刘挚知大名府，知大名府资政殿学士张璪知扬州，知颍州龙图阁学士苏轼知郓州"。后因郑雍、杨畏、吴立礼言，"璪与挚皆不迁，苏轼亦改扬州（原注：轼改扬州在二十八日，今并书)。”故知苏轼自颍移扬，中经知郓一番波折。施《谱》所记，亦较王《谱》、傅《录》翔实。

(八)元祐八年，政局将变，苏轼出知定州。施《谱》记此事亦颇详且确:“是夏，御史黄庆基、董敦逸连疏论川党太盛，……先生寻亦乞越州；六月，以端明翰林侍读二学士除知定州。七月，再乞越，不允。按，先生虽补外，自此至九月尚留京师，行礼部事，……冬十月，到定州。”王《谱》却认为“定州之除，必在九月内矣”。傅《录》云:“是月(八月)以二学士知定州”，“十二月二十三日到定州”。

按:据《续通鉴长编》卷四八四，谓定州之除在六月:“(六月)壬申，礼部尚书、端明殿学士、翰林侍读学士、左朝散郎苏轼知定州。”原注:“按，苏轼奏议八月十九日以端明侍读礼书论读汉唐正史，则六月二十六日不应已除定。又《实录》于九月十三日再书除定州，恐六月二十六日所书或误。不然，六月二十六日初除州，不行，故九月十三日再除，而《实录》不能详记所以也。当考六月八日，轼乞越州，不允；七月二十四日，轼又以新知定州乞改越州，诏不允。《政目》亦于二十六日书轼知定州。”所考与施《谱》吻合，故知八月、九月之说皆误。又据《朝辞赴定州论事状》，首署“元祐八年九月二十六日端明殿学士兼翰林侍读学士、左朝奉郎新知定州苏轼”，又云“臣已于今月二十七日出门”，故知离京在九月。苏轼到定州后，曾祭告故定州守韩琦于阅古堂，其《祭韩忠献公文》首云:“维元祐八年岁次癸酉十一月初一日乙亥，端明殿学士兼翰林侍读学士、左朝奉郎定州路安抚使兼马步军都总管知定州军州事、上轻车都尉、赐紫金鱼袋苏轼，谨以清酌庶羞之奠，昭告于魏国忠献公之灵”，故知到达定州必在十月。傅《录》作十二月，亦误。

（九）绍圣四年，“闰二月，再责授琼州别驾、昌化军安置”。王《谱》却作“五月”，傅《录》作“四月”。

按：据《宋史·哲宗本纪》，是年闰二月“甲辰，苏轼责授琼州别驾，移昌化军安置”。同日，范祖禹移宾州安置，刘安世移高州安置。又苏轼《到昌化军谢表》云：“今年四月十七日，奉被告命，责授臣琼州别驾、昌化军安置。臣寻于当月十九日起离惠州，至七月二日已至昌化军讫者。”四月十七日为惠州知州方子容亲携“告身”告知苏轼之时，亦证诏命必在其前。施《谱》作“闰二月”，是。

（十）元符元年，“时先生在儋，僦官舍数椽以居止，（董）必遣人逐出；遂买地城南，为屋五间，土人畚土运甓以助之”。《东坡先生墓志铭》云：“（绍圣）四年，复以琼州别驾，安置昌化。……初僦官屋，以庇风雨，有司犹谓不可。则买地筑室，昌化士人畚土运甓以助之，为屋三间。”王《谱》引此，即谓事在绍圣四年，傅《录》同。

按：据《续通鉴长编》卷四九五，董必为广南西路察访，在绍圣五年（六月一日改元元符）三月；同书卷五〇八又谓元符二年四月，“诏新除工部员外郎董必送吏部与小处知州”，其原因之一，乃是“差察访广西，所为多刻薄”。据此，董必逐苏轼事当在元符元年（绍圣五年）。施《谱》是。苏轼《与郑嘉会书》：“初赁官屋数间居之，即不佳，又不欲与官员相交涉，近买地起屋五间一龟头，在南污池之侧，茂木之下，亦萧然可以杜门面壁少休也。”施《谱》云“五间”，亦有依据（诸谱多据《墓志铭》作“三间”）。

上举可供纠误者十例，下举其详明者两例。

（一）熙宁四年，苏轼出任杭州通判。王《谱》、傅《录》皆仅言“以言事议论大不协，乞外任，除通判杭州”。施《谱》则云：“是年六月，先生乞补外，上批出与知州差遣，中书不可，拟通判颍州；上又批出改通判杭州。参知政事冯京荐先生直舍人院，上不答。”反映出神宗对苏轼的信用，并照顾其离京外任的要求，这对了解他们君臣之间的微妙关系和当时党争情况，有一定帮助。（按：据《续通鉴长编》卷二一四，神宗批出改通判杭州，在熙宁三年八月条；同书卷二二〇，冯京荐苏轼在熙宁四年二月条。四年六月，苏轼始赴杭。施宿将此二事补载于此。但首云“是年六月”，叙述不够严密。）

（二）元丰二年，关于“乌台诗案”的记叙，施《谱》采用了《东坡乌台诗案》的大量材料，以突出此事对苏轼一生思想、创作的重要影响。还特别补充当时二位宰相对此案的不同态度：“时二相吴充、王珪，充尝为先生致言于上，珪则挤之云。”

按：吴充说情，见《续通鉴长编》卷三〇一引《吕本中杂说》：吴充对神宗说：“魏武猜忌如此，犹能容祢衡；陛下以尧舜为法，而不能容一苏轼何也？”上惊曰：“朕无他意，止欲召他对狱，考核是非尔！行将放出也。”王珪挤之，见同书卷三四二：“元丰中，轼系御史狱。上本无意深罪之，宰臣王珪进呈，忽言‘苏轼于陛下有不臣意'”，即举其咏桧诗“根到九泉无曲处，世间唯有蛰龙知”句以陷之（又见《石林诗话》卷上。但王巩《闻见近录》等谓此事在苏轼贬黄州之后）。

当然，施《谱》也有失误之处，如嘉祐四年条“岁除，至长安”，实在江陵度岁；熙宁四年条“十一月，到杭。时杭守沈遘”，实为沈立；元丰二年条“十二月二十六日诏责授检校尚书水部员外郎、黄州团练副使、本州安置”，实为十二月二十八日；元丰七年条“到泗，上表乞常州居住，邸吏拘微文不肯进，乃于鼓院投之”，实为到扬州之事；元符三年条“二月，先生以登极恩移廉州安置”，实为四月；同条“四月，先生以生皇子恩诏授舒州团练副使、永州居住”，实为七月，等等。这在评价施《谱》时也是需要注意的。

施《谱》的诗歌系年，也是它的重要部分。施《跋》即专就此问题而作。他说：“……岁月既久，始合诸家之传以成一集，于先后有不暇深考者。今所刊本篇目次第，盖仍其旧，《年谱》虽稍加厘正，而各有所据，其间亦不能与之无异，览者当自得之。”说明其系年与一般刊本乃至《施注苏诗》有异。

冯应榴《苏诗合注》卷首《凡例》云：“编年胜于分类，查本似更密于施顾本。但《后集》五家注本编年犁然不紊，施顾本每卷排次亦撮举大纲，最为得当，邵长蘅《例言》中已言之。查本细分年月，转欠审确。”这个评价是公允的。施顾本作为今存最早的完整编年诗注本，功不可灭。施《谱》诗歌编年，经与《施注苏诗》对勘，有很多不同，但大都似不正确，并非“厘正”，惜不知其“所据”，殊难理解，留待以后研究。

其个别诗篇系年，却较精确，但又大都与《施注苏诗》相同。如凤翔时所作《十二月十四日夜微雪，明日早往南溪小酌至晚》《九月中曾题二小诗于南溪竹上，既而忘之，昨日再游，见而录之》两诗，查慎行、冯应榴均系于治平元年，施《谱》系于嘉祐八年，提前一年，是。因苏轼于治平元年十二月十七八日罢凤翔签判任离去（见其《与杨济甫书》："某只十二月十七八间离岐下也"），不大可能于十五日整日盘桓南溪，又于十六日过录《题南溪竹上》诗，且诗中对离任事一无反映。又如《司竹监烧苇园，因召都巡检柴贻勖左藏以其徒会猎园下》诗，施《谱》亦系于嘉祐八年，是。因苏辙和诗，在《栾城集》中亦编于《十二月十四日夜微雪……》和诗即《次韵子瞻南溪微雪》之次，《栾城集》为苏辙手编，当可信，但诸家注本皆误系于治平元年。又元丰三年苏轼赴黄州诗，列有"至关山《梅花》、《朱陈嫁娶图》、《宿禅智寺》、《初到黄州》"等诗。按，《陈季常所蓄朱陈村嫁娶图》《宿禅智寺》两诗，查慎行、冯应榴均系于到黄州后，施《谱》列于到黄州前，甚是。前首作于岐亭（今湖北麻城）陈慥家中，正是苏轼赴黄途中。其《岐亭五首·序》云："元丰三年正月，余始谪黄州，至岐亭北二十五里，山上有白马青盖来迎者，则余故人陈慥季常也。为留五日。"诗即作于此时。又据《弘治黄州府志》，黄州城内无禅智寺，而岐亭至黄州间则有禅积寺，疑即禅智寺，音近而误，当为苏轼离岐亭后途中所宿，并作后一首诗。故施《谱》编年可从。又如通判杭州时所作"游孤山唱和"诸作，王《谱》根据《东坡乌台诗案》编在熙宁五年。(《东坡乌台诗案》"同李杞因猎出游孤山作诗四首"条云：

“熙宁五年，轼任通判杭州，于十二月内，与发运司勾当公事大理寺丞杞，因猎出游孤山，作诗四首。”）施《谱》编在四年刚到杭州时。按，这四首诗即《腊日游孤山访惠勤惠思二僧》《李杞寺丞见和前篇复用元韵答之》《再和》《游灵隐寺得来诗，复用前韵》。据《东坡题跋》卷三《跋文忠公送惠勤诗后》:“熙宁辛亥（四年），余出倅钱塘，过汝阴见公（欧阳修），屡属余致谢勤。到官不及月，（其《六一泉铭·叙》云:‘予到官三日，访勤于孤山之下。’）以腊日见勤于孤山下，则余诗所谓‘孤山孤绝谁肯庐，道人有道山不孤’者也。”故施《谱》是。但在熙宁五年末，又列入《游孤山访惠勤惠思》一诗，当系误羼。

有的诗歌编年比较审慎，如查慎行《补注东坡先生编年诗》卷首《例略》中，指责施顾注本“排纂尚有舛错”时所举二例:“《客位假寐》一首，凤翔所作，而入倅杭时;《次韵曹九章》一首，黄州所作，而入守湖州时。”此二诗施《谱》编年即付阙如，没有勉强硬置。因此，编年部分仍可供参考和进一步研究，但其价值不如“时事”“出处”两栏，似可断言。

1981年5月

（原载《中华文史论丛》1983年第3辑）

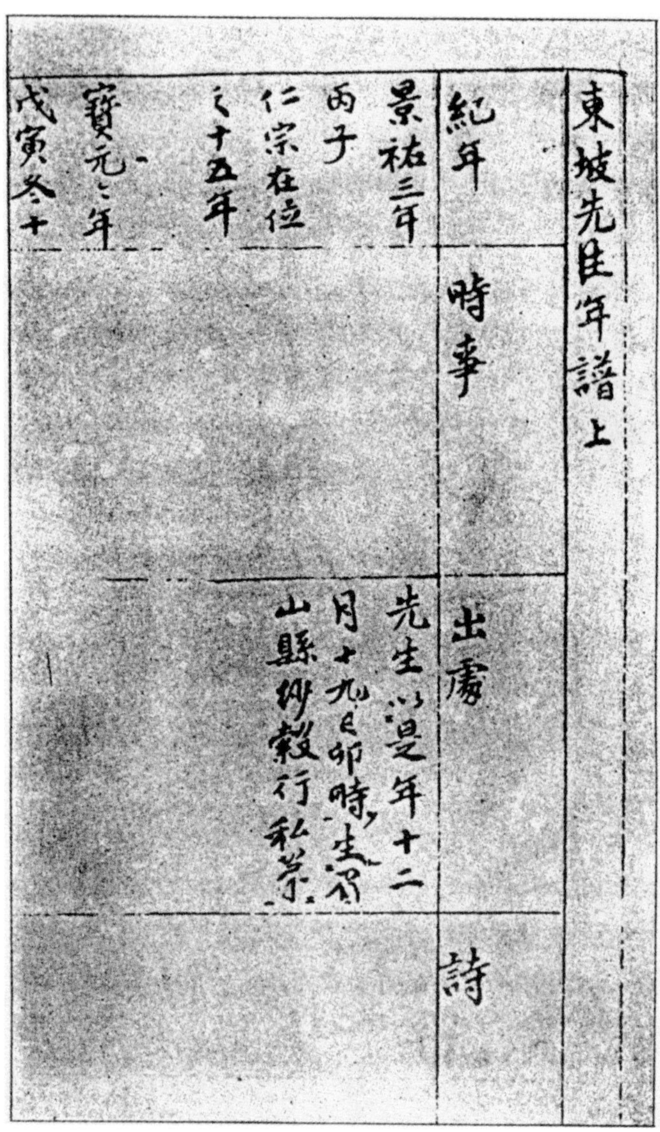

東坡先生年譜上

紀年	時事	出處	詩
景祐三年丙子仁宗在位ゝ十五年寶元ゝ年戊寅冬十		先生以是年十二月十九日卯時生眉山縣紗縠行私第	

南宋施宿《东坡先生年谱》书影

记蓬左文库所藏《王荆文公诗李壁注》（朝鲜活字本）[①]

南宋李壁笺注的《王荆文公诗》和施元之、顾禧、施宿合编的《注东坡先生诗》是公认的两部重要宋代诗歌笺注本，前人所谓“李氏之注王诗犹施氏之注苏诗”（清张宗松语，见《重刊王荆公诗笺注略例》），却遭到了同样的厄运：前者被南宋末刘辰翁所删节，后者被清人邵长蘅等人所删改，而其原本或沉晦难觅，或残缺不全，引起不少版本学者的扼腕叹息。1984年秋，我在日本名古屋市蓬左文库得见这部朝鲜活字本《王荆文公诗李壁注》[②]，即与通行本对勘，发现注文多出一倍左右，且附有“补注”和“庚寅增注”，保存了宋刻李注本的原貌，对研究王安石诗歌及宋

---

① 此文为《王荆文公诗李壁注》（据朝鲜活字本影印）之前言，由上海古籍出版社1993年12月出版；曾先刊载于《文献》1992年第1期。

② 此书书名历来著录有小异。宋刊本大都作“王荆文公诗注”，如《郡斋读书志·附志》作“王荆公诗注”、《藏园群书经眼录》作“王荆文公诗注”、严元照《书宋版王荆文公诗注残卷后（庚午）》等。元刊本作“王荆文公诗笺注”。张元济影印本作“王荆文公诗李雁湖笺注”。蓬左本扉页无正式书名，今拟名“王荆文公诗李壁注”，取其简明醒豁。

代文学和历史具有重要的参考价值。至于施顾注苏诗，今存四部残本，在日本和我国台湾学者近年来努力的基础上，再加上我在日本搜集到的一些新资料，也可基本复原了。长期缺憾，得以弥补，忭喜何似！

一、李壁注本的评介

李壁（1157—1222），字季章，号雁湖，又号石林，谥文懿，眉州丹棱人（今四川丹棱）。《宋史》卷三九八有传。宁宗时官至参知政事，后又兼知枢密院事。开禧三年（1207）至嘉定二年（1209），他谪居抚州期间，“嗜公（王安石）之诗，遇与意会，往往随笔疏于其下，涉日既久，命史纂辑，固已粲然盈编”（魏了翁本书序），遂完成此书。

李壁是南宋著名史学家李焘的第六子。《宋史》本传说他“嗜学如饮渴，群经百氏搜抉靡遗，于典章制度尤综练”。与父焘、弟埴著名于世，蜀人比之“三苏”。生平著述甚丰，达八百余卷。他又沉浸王诗，用力颇劬。刘克庄《后村诗话·续集》卷四评云：“雁湖注半山诗甚精确，其绝句有绝似半山者，已采入《诗选》矣（指《中兴绝句续选》）。”真德秀也说他的诗作，“知诗者谓不减文公”（《故资政殿学士李公神道碑》，《真西山文集》卷四一）。都可说明他对王安石诗歌艺术的认真研习和倾倒。

李壁的学力和所用的工力，使本书见称艺林，颇得好评。《四库全书总目》卷一五三评云：“大致捃摭搜采，具有根据，疑则阙之，非穿凿附会者比。”张宗松《重刊王荆公诗笺注序》云：他以此书与通行《临川集》对勘，发现“篇目既多寡不同，题字亦增损互异，乃叹是书之善，不独援据该洽，可号王氏功臣也”。大致说来，本书有以下几个优点：一是注释详备。从典故、词语出处、所涉人物、作诗背景乃至诗句含意等五个方面详加笺注和探索。这点已为学界所共许，连专门替李注“勘误补正”的沈钦韩也叹其“赡博”。二是重视实物资料。李壁不仅网罗异本，详勘诗句文字的异同，而且重视当时尚存的墨本、石刻。尤为可贵的是，他所见的墨本、石刻，常有序跋，为理解王诗提供了切实可靠的依据。如卷三《白鹤吟示觉海元公》诗，李壁亲于临川得此诗石刻本，有跋于后，谓诗中以白鹤、红鹤、长松，分喻觉海、行详、普觉三僧，而王士禛《池北偶谈》卷一四“王介甫诗”条，却以白鹤喻争新法者，红鹤喻吕惠卿之流，对照之下，其附会穿凿，至为显然。三是辑佚补遗。本书所收王诗比通行《临川先生文集》多出七十二首，这已为许多学者所指明，具体篇名见张宗松《重刊王荆公诗笺注略例》。其实，在注文中还有一些王安石亡佚的诗文。如卷三九《初去临川》题下注引王安石《再宿金峰》诗，卷四六《书陈祁兄弟屋壁》注引王安石《与陈君柬》文（此文蔡上翔《王荆公年谱考略》卷四误为张宗松“补注”所引，张实未作“补注”），皆为本集失收。李注常引王安石同时人或后人诗以注王诗，其中也不乏宋人佚诗。翁方纲《借抄宋本李雁湖注王荆文公诗足本，喜而有赋六首》之四“自注”已指出：“雁湖注中附诗，厉樊榭《宋诗纪事》颇有失者。”

但由于王安石诗歌取资宏富，交游广泛，足迹又遍布半个中国，李壁漏注误注之处亦复不少。不少学者对本书都有纠谬订补之作。称赞李注“甚精确”的刘克庄也指出其引用出处不当（见《后村诗话·前集》卷二）。以后重要者有清姚范《援鹑堂笔记》卷五〇“王荆公诗集”条纠补约百条，沈钦韩《王荆公诗集李壁注勘误补正》四卷，大都允当；今人钱锺书先生《谈艺录》（增订本）纠补约四十条，精当尤超迈前人，都有助阅读李注。此外，在诗目编次上，李注本也有一些失误之处。如“北风吹人不可出”一诗，既见卷四古诗类《对棋与道源至草堂寺》，又见卷四八绝句《对棋呈道原》；卷四一《长干释普济坐化》与卷五〇《哭慈照大师》实为一诗等。

总的说来，李壁注本尽管有些未尽如人意之处，但仍然是迄今最为详备、最有价值的王诗注本。

二、李壁注本的版本系统

李壁笺注王诗五十卷，《宋史》本传和《宋史·艺文志》皆失载，宋时刻本亦稀。今宋刻本已不可见①，但从其他一些材料仍可探知宋本的历次刊行情况和它的内容特点。

南宋赵希弁《郡斋读书志·附志》、陈振孙《直斋书录解题》卷二〇始著录本书。陈振孙云：

① 近见昌彼得《连城宝笈蚀无嫌——谈宋版李壁注王荆公诗》一文（载《故宫月刊》1993年11月），知台北故宫博物院于1992年获得一部宋版李壁注王荆公诗残本共十七卷，目录三卷，洵为重要信息，特加补注，1997年8月8日。

> 注荆公集五十卷，参政眉山李壁季章撰，谪居临川时所为也。助之者曾极景建，魏鹤山为作序。

魏了翁序作于嘉定七年（1214），谓是李壁门人李西美“必欲以是书板行”而请他作序的。这当是本书的最初刊本。

清严元照于嘉庆十五年所写《书宋版王荆文公诗注残卷后（庚午）》（《悔庵学文》卷八）中，说他曾得到宋刻残本，原为明宗室朱钟铉“晋府”所藏，其书“并有嘉定甲申中和节胡衍跋，知是抚州刻本。第一卷后有庚寅补（应作‘增’）注数页，卷内修版，版心亦有‘庚寅换’三字”。嘉定甲申为十七年（1224）。庚寅为绍定三年（1230）。这说明在嘉定七年之后，又有嘉定十七年的胡衍跋本和绍定三年的庚寅增注本。以上三种是今天所知的本书宋刻本。

及至元大德五年（1301），此书经刘辰翁评点，又删略李注，由刘的门人王常予以刊行。书有宋詹大和所编《王荆文公年谱》，目录后有王常刊记。今北京图书馆藏有一部。刘辰翁之子刘将孙于大德五年作序云：

> 李笺比注家异者，间及诗意；不能尽脱窠臼者，尚袭常眩博。每句字附会，肤引常言常语，亦跋涉经史，先君子须溪先生于诗喜荆公，尝评点李注本，删其繁，以付门生儿子。

这里透露出一个重要事实，刘辰翁已将李注作了删节；其删节的原意似为便于“门生儿子”的诵读，非是公开版行，不料后世此删节本却广为流传，原本几成绝迹了。

随后，在大德十年（1306）又有毋逢辰序刊本。今存毋逢辰作于该年的序云：“方今诗道大昌，而建安两书坊竟缺是集（指李壁注本），予偶由临川得善本，锓梓于考亭。”

以上两种是元本系统。以后明清两代诸刻，皆出于此，特别是张宗松的“清绮斋本”和张元济的影印本最为流行。张宗松据华山马氏元刻本，删去刘氏评点，于乾隆六年（1741）重刊于世，即所谓“清绮斋本”（后又有补刻本），四库所收即此本。他的六世孙、现代版本学家张元济先生得季振宜旧本，于1922年以所谓“影印元大德本”问世。但张宗松因未见刘将孙序，他以为删去刘氏评点，即已恢复李注原貌，径以“宋李雁湖先生原本”标首，实际上已是删节本。季振宜旧本（今存台湾）实非元大德原本，与今存北京图书馆的元大德本行款格式不同（前者11行，行21字；后者10行，行19字，且间架宏宽，参看《中国版刻图录》图版三〇九、三一〇），故《中国版刻图录》的编者说：“近年张氏涉园印本，所据实明初刻本，即据此本（指北京图书馆所藏元大德本）重刊。”张元济先生却把季氏旧本（明初刻本）当作元大德本，并以“据元本重印”标首，一般图书目录亦以此著录，也是不确的。

宋刻和元刻两个系统有很大的不同。第一，宋刻本保存李注原貌，并有“补注”“庚寅增注”，元刻本对李注大加删节，且无“补注”“庚寅增注”。严元照曾得三部残宋本（各为七卷），以其中十一卷与张宗松所刻马氏本对勘，结果是：“马所阙者，不特庚寅之补注与胡衍之跋也。书中注语大篇长段悉被删落。五十卷《哭张唐公》诗，马本失之。四十五卷《八公山》诗注引宋子京《抵（应作‘诋’）仙赋》、四十七《黄花》诗注引刘贡父《芍药谱序》、四十八《题玉光亭》诗引郑辂记尼真如事，皆录其全篇，累累千百言者，马本各存一二语耳。其他注语繁重删去一二百字者往往有之，计此十一卷以之补马阙者，无虑万余字，宋元刻之相悬乃如此。”(《书宋版王荆文公诗注残卷后(庚午)》)可见刘辰翁删削之甚。鲍廷博知不足斋也藏有宋刻残本。据吴骞《拜经楼诗话》卷二云："宋李雁湖笺注王半山诗集；海盐张氏所雕者，乃元刘辰翁节本，失雁湖本来面目。曾见知不足斋所藏宋刻半部，笺注并全，每卷后又有庚寅补注，不知出自谁手？”此本后张燕昌亦曾寓目，知仅存十七卷，并云："每卷有庚寅增注，又注中每有较近日刻本多出数条者。”(见翁方纲《跋李雁湖注王半山诗二首》其二，《复初斋文集》卷一八)后缪荃孙得见此本，详论它与元本之异，“方知宋元刻之不同：凡解诗意者均在，引书注释者或留或不留，如整篇文字即均无有，并有元有而宋无者，是元本另一本，非从宋本删节矣”(《注王荆文公诗残宋本跋》，《艺风堂文漫存·乙丁稿》卷四)。从上窥见删节的大概是：删节的文字颇多；解释诗意的保留，殆即刘将孙序所谓“意与事确者”；引书注释者或留或不留，“不留”即指所谓“句字附会”“常言常语”者；尤于整篇引文大都删削。第二，宋刻本多有挤版挖补者，元刻本则版式整齐划一。傅增湘《藏园群书经眼录》卷一三著录宋刊残本十七卷云："注语间其刓补挤写者，每卷后有庚寅增注及抽换之叶，即曾极景建所补也。”第三，宋刻本有魏了翁序(另有胡衍跋)，元刻本则有刘将孙序、毋逢辰序、詹大和《年谱》(另有王常刊记)。

宋元刻本的这种相异之处，为研究和弄清蓬左文库所藏的朝鲜活字本的性质和特点，指明了可靠的途径。

三、蓬左文库所藏的朝鲜活字本的性质和特点

日本所藏朝鲜活字本也有两个版本系统：一是元刻本系统，今尊经阁文库等所藏，杨守敬所得者亦是（见《日本访书志》卷一四）；二是宋、元两本的合编重刻，既保留宋本的原貌，又加入元本的内容。据我所知，只有蓬左文库藏有一部，似是人间孤本了。

此本系“骏河御让本”，有“御本”图印。江户时代德川幕府第一代将军德川家康在骏府（今静冈市）设有藏书库，称为骏河文库。他于元和二年（1616）去世时，遗命将藏书分让给在尾张等地的三个儿子，尾张的德川义直得到一百七十部，建立尾张文库。今蓬左文库就是尾张文库的后身。这些图书即称为“骏河御让本”，属于蓬左文库的贵重书。

此书凡五十卷，目录上、中、下三卷。有刘辰翁评点，刘将孙、毋逢辰两序，又有詹大和《王荆文公年谱》，此为元刻本所有（仅无王常刊记）；又有李注全文、“补注”、“庚寅增注”、魏了翁序（仅无胡衍跋），此为宋刻本所有。故知此本是宋元两本的合刊。今就李注、“补注”、“庚寅增注”的情况作一些说明。

李注。与元刻本相较，此本多出注文一倍左右。例如开卷两诗《元丰行示德逢》《后元丰行》，元本共有李注二十二条，此本却有五十条，多出二十八条。卷一《招约之职方并示正甫书记》，元本仅二十四条，此本六十六条，一首诗就被删去四十二条之多。这跟严元照以十一卷残宋本与元本对勘的印象是一致的。统观所删的

注文，一类是有关词语的出处，有的确近乎“袭常眩博”“常言常语”，删不足惜；也有的是不宜删却的。即以开卷的两首诗为例，如“龟兆”引《周礼》语，“秀发”引《诗·生民》语，“龙骨”引苏轼《龙骨车》诗，“酒斗许”引杜诗、曹植诗，都不为无助；他如解释王安石“夜半载雨输亭皋，旱禾秀发埋牛尻”句，引杜甫《雨》诗：“敢辞茅苇漏，已喜黍豆高”，写喜雨心情颇相类，率然削砍，颇嫌唐突。卷二《题晏使君望云亭》“望云才喜雨一犁”，原注引“《孟子》：‘若大旱之望云霓。’锄之所及，膏润止数寸，故云才喜。又东坡词：‘江上一犁春雨。’”同卷《四皓》诗，原注引李白、苏轼、苏辙咏四皓诗加以比较，颇有启发，亦被刊落，如此等等，不一而足。个别卷所删注文较少，但亦有重要内容被删者。如卷二一《众人》诗，原注引曾子固《南轩记》，说明不以他人之毁誉为怀，以示王、曾见解一致，应属佳注，却被删去。有的注文因删节而造成疏漏，复遭后人诟病。如卷一六《次韵酬微之赠池纸并诗》“窃学又耻从师宜”句，李注引《卫恒传》，元刻本作“……而师宜官为最，每书，辄削而焚其柎。遂以书名。此言窃学，谓鹄也”。句颇费解。姚范《援鹑堂笔记》卷五〇指摘说：“当具梁鹄事，而注无之。”实则此书在“辄削而焚其柎”下，作“梁鹄乃益为版，饮之酒，候其醉而窃其柎，遂以书名”。叙述清楚、完整。姚范所摘之病乃刘辰翁删削不当所致。另一类是“大篇长段”。前述严元照曾举三例，第二例《黄花》诗注，除删刘贡父《芍药花谱序》外，还删去孔常甫叙维扬芍药长文，第一例宋祁《诋仙赋》确被删，但第三例《题玉光亭》引郑铬记尼真如事，马氏元刻本未删。此外被删的“大篇长段”还不少。如卷二《闻望之解舟》诗，删去李壁对屈原自投汨罗事的辨正诗文各一首，就是著例。以上两类情况都跟清人所记残本的情况相符。

另外，有关诗意的阐发也有被删者，缪荃孙所言“凡解诗意者均在”，并不全都如此。如卷一两首题画诗《纯甫出僧惠崇画要予作诗》和《题徐熙花》，前首“流莺探枝婉欲语，蜜蜂掇蕊随翅股”句下原注：“甚言其似也”；后首“借问此木何时果”句下原注：“言花态如生，不知其为画也。”《奉酬约之见招》“伐翳取遥岑”句下原注：“比少陵‘开林出远山’语益工矣。”均被删，颇可惜。

顺便说明，沈钦韩因未见宋本，故其所补者，往往有此本李注原有的。如卷二《游土山示蔡天启秘校》“踠足仅相蹑”句，此本李注原引“《后汉·李南传》：马踠足是以不得速。注，踠，屈损也”。被删。沈氏不知，为之补注云：“《玉篇》：踠，马跌足也。”但检《玉篇》卷七“足部”，原文为：“踠，于阮切，生曲脚。”与李注同，无跌足之解，沈氏反致舛误。又如卷三《再用前韵寄蔡天启》“始见类欺魄”，李注原引“《列子音义》曰：字书作欺䫏，大面丑也”。被删。沈氏补注引《列子·仲尼篇》《集韵》，内容相同。同诗“谁珍坛山刻”，李注引欧阳修《集古录》，原有“坛山在县南十三里”八字被删，沈氏引《一统志》“坛山在正定府赞皇县北十里”补之。检《集古录跋尾》卷一“周穆王刻石”条，李注引文不误。卷五《酬王浚贤良松泉二诗》“苍官受命与舜同”，李注原引《庄子·德充符》，沈氏亦引此。卷一一《山田久欲坼》释“鸿蒙”，李注原指出“见《庄子》”，沈氏不过引出《庄子》原文而已。对沈氏的“勘误补正”，学术界历来多予推崇，以上的例证适足再次说明刘辰翁删节的不当。

补注。除卷一九、卷二〇、卷三七等外，全书各卷都有补注，但刊刻的格式十分紊乱。有的在卷末，有的在卷内；有的在诗末，也有在诗句之下或题下加补注的；有的用阴文“补注”两字标明，有的仅标出词条之目；更有前一首诗的补注，刻在后一首诗题下空白处的，等等。跟清人所见宋残本“多有挤版挖补者”完全一致，这为其他古籍所罕见，反证此朝鲜活字本非常忠实地保存了宋刻本的原式。李壁此书成书的方式是：由他“随笔疏于其下，涉日既久，命史纂辑”的，即他先在王安石诗集上随时加上注疏，后由书吏整理而成。姚范在《援鹑堂笔记》中屡次从内容上判断“盖书草创而未经修饰校订”，“以是知季章于此尚有未及修改”云云，似是符合实况的。如是，则补注的作者仍是李壁本人。这些补注或是书吏整理遗漏的，或是他后来修订的。从补注的内容上似也透露此中消息。如卷四《独归》释“陂农”，“补注”云:“诸本皆作‘疲农’，余于临川见公真迹，乃知是‘陂’字。”“余于临川见公真迹”之类的语句，在李注正文中指不胜屈，此条补注当出李壁之手。

庚寅增注。此本每卷之后皆有“庚寅增注”（除卷一九、卷二〇、卷三二、卷四〇外）。庚寅为绍定三年（1230），而李壁死于嘉定十五年（1222），故知非李壁所为。翁方纲、傅增湘认为是曾极（景建），吴骞疑是“或其（李壁）门人如魏鹤山序中所谓李四（当作西）美之流为之，则未可知耳”（《拜经楼诗话》卷二）。

李西美之说原系吴骞推测之词，暂置不论；曾极之说大概是根据陈振孙所谓“助之者曾极景建”一语。曾极与李壁确有交往，《后村诗话·续集》卷四即记有李壁《酬景建》诗。考李壁原注也有数处提到曾极为他提供材料，如卷三二《次韵酬宋玘六首》题下注引“曾景建言，宋玘是……”，卷四七《送陈景初》注引“曾极载其叔祖裘父所记云……”，都是例证。这大概是陈振孙所说“助之”的一种表现。但“庚寅增注”却非曾极所作。“庚寅增注”中有引用曾极之语者，如卷四三《重阳余婆冈市》“鲁叟”条，“增注”云：“鲁叟，字，后见曾景建言此人姓鲁名赵宗”云云，是为“增注”非曾极之作的明证，此其一；史载曾极因江湖诗案谪道州即卒。考诗案起于理宗宝庆二年（1226），在绍定三年前有四年之久，曾极当时谪道州“即”卒，因此他很可能死于绍定三年之前，此其二；又，缪荃孙《注王荆文公诗残宋本跋》云：“卷后补注有与庚寅补（当作增）注犯复者”，所言甚是。如卷二《寄蔡氏女子》释“横逗”条引张衡《思玄赋》、郭璞注，卷五《酬王浚贤良松泉二诗》释“白皂”条引韩愈与崔群书，卷六《桃源行》释“战尘”条引杜甫、吴融、张衡三诗，卷八《李氏沅江书堂》对“无以私智为公卿”句的评论等，都两者犯复，则“增注”作者似未见过“补注”，不可能是像曾极这样与李壁及本书关系甚密之人，此其三。

“庚寅增注”的内容大都为词语出处，也有补充李壁原注的，如卷一《元丰行示德逢》释“屋敖”，原注云：“屋敖，恐谓屋之仓敖。汉有敖仓，乃即敖山为名，后人因以名仓屋尔。”“庚寅增注”云:“《郦食其传》:据敖仓之粟。敖本地名，在荥阳，秦置仓贮，后人因通谓仓为敖”。又如卷二二《赠上元宰梁之仪承议》“能诗如紫芝”句，原注仅“元紫芝也”四字，致使姚范质疑云:“按，元鲁山不闻有诗”(《援鹑堂笔记》卷五〇)，“庚寅增注”却补出元德秀曾作《于蒍于》之歌等；还有评析诗义的，如卷一《己未耿天骘著作自乌江来……》“而我方渺然，长波一归艇”句，“庚寅增注”云:“公诗妙处如此等句，皆前人所未道，十字通义格。”又如卷六对《叹息行》一诗的有无讥讽，“增注”作了长篇考论等。此外，“庚寅增注”亦间有引同时人诗以注王诗者。如卷四八《钓者》诗注云:“亡友谭季壬之大父勉翁亦有诗:‘渔翁何事亦从戎，变化神奇抵掌中。莫道直钩无所取，渭州一钓得三公。’”据陆游《青阳夫人墓志铭》(《渭南文集》卷三三)，谭望字勉翁，此当为谭望佚诗；谭季壬，字德称，为蜀中名士，陆游文中说“予与季壬，实兄弟如也”，可见交谊之深。谭季壬大约死于庆元元年(1195)以前，因该年陆游所作《正月十一日夜梦与亡友谭德称相遇于成都小东门外，既觉慨然有作》(《剑南诗稿》卷三一)，已称他为“亡友”了。庆元元年离绍定庚寅已三十多年，“庚寅增注”的作者回忆三十多年前的老友，说明他当时年事颇高了。

总之，此朝鲜活字本最为可贵之处，在于保存了被刘辰翁删节的李注一倍左右，保存了“补注”和“庚寅增注”，得见已佚宋本的原貌，提供了大量有用的研究资料。但此本亦恐非李注足本。如宋王应麟《困学纪闻》卷一八曾举《明妃曲》《日出堂上饮》《君难托》三诗李注对王诗的批评，其第二例云:“《日出堂上饮》之诗，

‘为客当酌酒，何预主人谋’，则引郑氏《考槃》之误以寓其贬”，即不见此本。个别卷李注与元刻本全同，有的卷无“补注”“庚寅增注”，说明此本似有残缺。但它是李壁注本中迄今最佳的版本，他本无夺其席，则又是无疑的。

此本字大悦目，楮墨精良，基本完好，个别地方有缺字，即卷一九《始皇驰道》缺“得期修”三字，卷一九《华亭谷》缺“无”一字，卷一九《太白岩》缺“白”一字，卷二一《灵峙》缺“万”一字。卷五〇《哭慈照大师》注文引《传灯录》亦有缺字多处，查《景德传灯录》卷二四，此段引文应为：“漳州报劬院玄应定慧禅师……仍示一偈曰：‘今年六十六，世寿有延促。无生火炽然，有为薪不续。出谷与归源，一时俱备足。’”又，卷一三末缺两页，卷三三中亦缺两页，可据张元济先生影印本抄补。但卷一三末尾的“补注”“庚寅增注”缺页，已无法补全。

本书得以影印出版，首先要感谢东京大学原主任教授伊藤漱平先生，承他亲自专程陪我从东京去名古屋市蓬左文库查访此书，又为我办理复印事宜。蓬左文库正式同意此书在中国出版，盛情可感。后又承京都大学研究生高津孝先生寄赠大作《关于蓬左文库本〈王荆文公诗笺注〉》(《东方学》第69辑，1985年1月出版)，本文也吸收了他的一些研究成果。他实是最早发现此本者。上海古籍出版社积极支持影印出版，又蒙顾廷龙先生为本书题签，在此一并表示衷心的谢忱。

1986年6月

补记

《王荆文公诗李壁注》从1993年由上海古籍出版社影印问世以来，颇受国内学术界关注，已成为研究王安石诗歌的基本文献，对其成书过程、内容价值、笺注特点、版本源流诸方面，也出现了不少有分量的研究成果，加深了对此书的认识。我也继续留心于此，对相关问题作了调查和思考。今谨作补记，略述于下。

（一）宋刊残本的追索

已知此书在宋代有过三次刊刻，今均已佚。据清人记载，尚存少许残本，其中尤以傅增湘、刘承幹等人曾寓目的宋刻十七卷残本最为重要。我在当年（1986年）到处查访，却茫然无踪。在研读汪东整理的《王荆文公诗笺注》（中华书局上海编辑所，1958年）时，发现其中有六卷的卷尾，刊有补注和增注，这引起我的注意。补注和增注是此书宋刊本特有的版式标志，汪东本是以清张宗松清绮斋本为底本的，而清绮斋本又是依据元刊大德本而翻刻的，汪东本又明云："宋刻残本今未见"（见该书《出版说明》），因何有此六卷之补注和增注？而一般通行的清绮斋本是无此内容的。此或可成为寻访宋刻残本的一丝线索。我于1986年7月往访此书责任编辑胡道静先生，询问究竟。由于历时已久，胡先生也不能确切说明，推测是从傅增湘所刊《蜀贤丛书》中之宋刻残本迻录而来，因傅氏《藏园群书经眼录》卷十三著录此书，谓："此书宋椠孤本，今藏南浔刘氏嘉业堂，缪艺风（荃孙）曾假影摹，余即以之覆刻，为《蜀贤丛书》之一。”我即转而寻访《蜀贤丛书》，一时却无收获。

其实，汪东本所据之清绮斋本，乃是乾隆四十一年补刻本，而非初刻本。张宗松于乾隆六年（1741）刻印《王荆公诗笺注》，即清绮斋本，原缺魏了翁序；后族人张燕昌在乾隆四十年（1775）于鲍廷博知不足斋得观宋刊残本十七卷（卷一至卷三、卷一五至卷一八、卷二三至卷二九、卷四五至卷四七），“每卷尾有庚寅增注”，且有魏序，录以赠予张宗松之弟张载华，张载华即于次年（乾隆四十一年）嘱侄张廷一补刻于清绮斋本。此一清绮斋补刻本，国内较为少见，日本京都大学图书馆藏有一部。此补刻本之可注意者，不仅存有魏序，而且有六卷之尾刊有“补注”或“增注”（卷二七、二八、三五、四六之卷尾，各有补注和庚寅增注，卷三六、四七之卷尾，仅有补注）。

汪东本这六卷“补注”或“增注”，不仅与清绮斋乾隆四十一年补刻本内容完全相同，且连缺字、错字都一致，如汪东本卷三五之补注，引李义山诗“斜倚绿窗□□□”，汪东校云：“义山诗未见有此句，无从臆补”，清绮斋补刻本此处亦是三个墨丁（朝鲜活字本第一五九六页此处作“斜倚绿纱窗夜坐”，不缺）。又如汪东本卷四六之补注，引王安石“与陈君一柬”：“安石顿首，还弊庐，幸数对按。”“对按”不词，清绮斋补刻本亦错作“按”。（朝鲜活字本第二〇三一页作“对接”，是，均见出朝鲜活字本之优长处。）凡此皆可说明，汪东本此六卷之补注、增注均来源于清绮斋补刻本，他确实未曾见过“宋刻残本”。

1992年2月，台湾学者昌彼得于《故宫文物月刊》（九卷十一期）发表《连城宝笈蚀无嫌——谈宋版李壁注王荆公诗》一文，首次披露“故宫博物院”于1991年10月获赠一部宋版李壁注王荆公诗残本十七卷、目录三卷，宋刻残本终于重现于学界。南京大学巩本栋教授于2007年访台时，目验此书，撰著《论〈王荆文公诗李壁注〉——从宋本到朝鲜活字本》一文（见《宋集传播考论》，中华书局，2008年），对此书编撰、刊刻、流传等情况作了细致考辨，特别是用宋残本与朝鲜活字本进行对勘，发现前者有而后者无的情形颇为不少，推断朝鲜活字本中的宋刊部分当为另一宋刊本。巩本栋又提出“庚寅增注”的作者仍应为李壁，也值得重视。我原来依据李壁死于“庚寅”前八年，因而以为他不可能再作“庚寅增注”，自是合乎逻辑的推论；但忽略了此注的产生过程，即先有李壁“随笔疏于其下”，再“命史纂辑”的两道工序。“庚寅增注”虽不可能由李壁亲作，但不妨碍他的助手们根据他积累的遗稿资料，代其整理“纂辑”，当然也不排除助手们自己劳作的羼入。如此，本注、补注、庚寅增注皆属李壁之著作权，全书署以“眉山李壁注”也可谓实至名归。庚寅增注中有三处引及“余使燕”时之事（卷二九《将次相州》、卷四四《斜径》、卷四五《涿州》），正与李壁以贺金主生辰使出使北国事吻合，当为李壁手笔之确证。

（二）“朝鲜活字本”诸问题

至于“朝鲜活字本”本身，尚待解决的问题仍然不少。一是它所据底本之来源。朝鲜活字本是由宋刻本和元刻本合编而成的，此合编之举，是中国元明人所为抑或出于朝鲜朝士人之手？如是中土原刻，又是何时传入朝鲜的？此一问题，目前限于材料，尚未找到确切答案，只能待诸来日。二是它刊印的时间。经韩国学者研究，此书所用活字乃是“甲寅字”体，即1434年所铸造的铜活字字体系统。韩国是世界上最早发明金属活字的国家。据《朝鲜王朝实录》之《太宗实录》，其铜活字的历史始于太宗三年（1403年，即明成祖永乐元年），称癸未字。而甲寅字于世宗十六年（1434年，即明宣德九年）改铸，历时两个月而成二十余万个字。字体乃仿明永乐十八年内府所刻之《孝顺事实》，具有赵子昂笔意，俗称“卫夫人字”，以其精美尊为“韩国万世之宝”，被誉为朝鲜铜活字之花。甲寅字以后被一再仿制。日本蓬左文库所藏之李壁注本是用哪一次“甲寅字”来印刷的呢？承韩国庆星大学金致雨教授见告，从板式、鱼尾和个别字体来判断，大概刊印于中宗初（1506年）至宣祖六年（1573年）或宣祖十二年（1580年）之间。三是韩国现今庋藏本书情况。蓬左文库所藏本书，中缺四页能否补全？经查韩国各著名图书馆书目，以及我两次访韩的寻找，仅首尔大学奎章阁和延世大学图书馆藏有少许甲寅字本残卷，已不见完帙踪影。韩国另存有李壁注本，用“甲辰字”（1484）印刷，那是以刘辰翁删节本为底本的，属元刻本系统，与“甲寅字”本不同。

（三）再说书名缘由

据《名古屋市蓬左文库汉籍分类目录》（昭和五十年出版），本书著录为：“王荆文公诗五十卷年谱一卷目录三卷，宋王安石撰　李壁笺注　刘辰翁评点，朝鲜古活字印板九行本，有御本印记，骏河御讓本”。我请顾廷龙先生题签时，暂拟书名为“王荆文公诗注（据朝鲜古活字本影印）”，并附寄有关版本资料，请顾先生酌定。不久，他寄回题签，径作“王荆文公诗李壁注（据朝鲜活字本影印）”，加了“李壁”二字，删去“古”字。此朝鲜本刊印于我国明代，称不得“古”；突出注者姓名则为了强调此书的主要贡献所在，也能与其他王诗注本在书名上区别开来，正如张元济影元本题作“王荆文公诗李雁湖笺注”，书名也是张氏自拟的。承蒙有的学者好意，代拟本书书名为“王荆文公诗雁湖李壁笺注须溪刘辰翁评点”，自与此书内容名实相符，严丝合缝，但此代拟之书名适合现在通行的元刊系统即各类刘辰翁评点本，反而不能达到命名的目的，不如顾先生拟定的“简明醒豁”，也避免了同名化的含混：物固有名，一物一名，不得不殊。

此外，本书除我已指出的存在错字、缺页外，尚有错简多处，有的仅是前后颠倒，在影印时随手置换，有的却非单纯由装订错乱引起，不易改换，如卷二三《将次洺州憩漳上》至《和栖霞寂照庵僧云渺平甫同作》诸诗，其页码顺次应为一〇八三、一〇八六、一〇八七、一〇八四、一〇八五、一〇八八，也顺便说明。

2010年7月15日

王荆文公诗卷第一

雁湖 李壁 笺注

须溪 刘辰翁 评点

古诗

元丰行示德逢（德逢姓杨，与公邻曲）

四山翛翛映赤日，（诗：予尾翛翛。）田背坼如龟兆出。（翛此借用。○周礼：卜师掌开龟之四兆，一曰方兆，二曰功兆，三曰义兆，四曰弓兆。○韩退之嵩山诗：或如龟坼兆。）湖阴先生坐草室，（按王直方杂记：德逢号湖阴先生，丹阳陈辅 [illegible] 每岁清明过金陵上冢，则至蒋山过湖阴先生之居，清谈终日，岁率以为常。元丰辛酉、癸亥频岁访之，不遇，题一绝于门云：北山松粉未飘花，白下风轻麦脚斜。身似旧时王谢燕，一年一度到君家。湖阴归，见其诗，吟赏久之，尝持于舒王，王闻之笑曰：此正戏君为寻常百姓耳。湖阴亦大笑。○今不详其所）看踏沟车望秋实。（魏邢颙为平原侯家丞，防闲以礼，由是不合。庶子刘桢谏曰：……采庶子之春华，忘家丞之秋实。○……）雷蟠电掣云滔滔，夜半载雨输亭皋。（司马相如子虚赋：亭皋千里。）旱禾秀发埋牛尻，（里语：古曰为亭候于皋隰之中。○梁柳恽诗：亭皋木叶下。○言久旱得雨，禾皆茂长，其高可没牛尻也。○诗：生民实发实秀。○礼记内则：兔去尻。）

《王荆文公诗李壁注》书影

图书在版编目(CIP)数据

宋代文学十讲/王水照著. —上海: 复旦大学出版社, 2022.9
(名家专题精讲系列)
ISBN 978-7-309-16240-0

Ⅰ. ①宋… Ⅱ. ①王… Ⅲ. ①中国文学-古典文学研究-宋代-文集 Ⅳ. ①I206.44-53

中国版本图书馆 CIP 数据核字(2022)第 099190 号

宋代文学十讲
王水照　著
责任编辑/宋文涛

复旦大学出版社有限公司出版发行
上海市国权路 579 号　邮编: 200433
网址: fupnet@fudanpress.com　http://www.fudanpress.com
门市零售: 86-21-65102580　团体订购: 86-21-65104505
出版部电话: 86-21-65642845
上海盛通时代印刷有限公司

开本 890×1240　1/32　印张 12.75　字数 272 千
2022 年 9 月第 1 版
2022 年 9 月第 1 版第 1 次印刷
印数 1—2 100

ISBN 978-7-309-16240-0/I·1318
定价: 88.00 元